GW00454998

NIKOLAÏ GOGOL

LES NOUVELLES DE PÉTERSBOURG

traduit du russe
par André Markowicz

postface de Jean-Philippe Jaccard

BABEL

LA PERSPECTIVE NEVSKI

Il n'y a rien de mieux que la Perspective Nevski, du moins à Pétersbourg ; pour lui, elle est l'alpha et l'oméga. De quoi cette rue – la belle de notre capitale – ne brille-t-elle pas ! Je sais que pas un seul de ses pâles et fonctionnaires habitants n'échangerait la Perspective Nevski pour tous les biens du monde. Pas seulement celui qui a vingt-cinq ans d'âge, des moustaches splendides et un pourpoint à la coupe étonnante, mais même celui dont le menton est parsemé de poils grisâtres et dont la tête est aussi lisse qu'un plat d'argent, même lui, la Perspective Nevski l'emplit d'enthousiasme. Et les dames ! Oh, les dames, la Perspective Nevski leur est encore plus bien plaisante. Mais à qui donc n'est-elle pas plaisante ? A peine mettez-vous le pied sur la Perspective Nevski que ça ne sent que la promenade. Vous avez beau avoir à faire quelque chose d'important, d'indispensable, à peine y mettez-vous le pied, je vous jure, vous oubliez toutes les affaires. C'est ici le seul lieu où les gens ne se montrent pas par nécessité, où ils ne sont pas poussés par le besoin, pour cet intérêt mercantile qui règne sur toute la ville de

Pétersbourg. On dirait qu'un homme rencontré sur la Perspective Nevski est moins égoïste que sur la Morskaïa, la Gorokhovaïa, le Litéiny, la rue Méchtchanskaïa et toutes les autres rues, où l'avidité, la convoitise et le besoin se reflètent sur ceux qui marchent ou qui volent dans leurs équipages ou leurs drojkis. La Perspective Nevski est la communication universelle de Pétersbourg. Ici, l'habitant du quartier de Pétersbourg ou celui du secteur de Vyborg qui, depuis plusieurs années, n'a pas rendu visite à son ami des Sables ou du faubourg de Moscou[1] peut être persuadé qu'il le rencontrera sans faute. Aucun livre d'adresses ou almanach ou bureau de renseignements ne fournira des nouvelles aussi exactes que la Perspective Nevski. Toute-puissante Perspective Nevski ! Unique distraction d'un Pétersbourg si pauvre en promenades ! Comme ses trottoirs sont bien balayés, et, Dieu, que de pieds y ont laissé leurs traces ! La botte boueuse et maladroite du soldat réformé, sous le poids de laquelle, pourrait-on croire, se lézarde le granit lui-même, et le petit soulier miniature, léger comme une vapeur, de la jeune petite dame qui tourne la tête vers les vitrines brillantes des magasins comme le tournesol vers le soleil, et le sabre tonnant d'un lieutenant bouillonnant d'espérances qui égratigne sa chaussée d'une longue estafilade, – tout y imprime la puissance de la force ou la puissance de

1. Quatre quartiers de Pétersbourg situés aux quatre points cardinaux *(Sauf mention contraire, toutes les notes sont du traducteur.)*

la faiblesse. Quelle rapide fantasmagorie s'y joue en l'espace d'un seul jour ! Que de changements elle supporte en l'espace de vingt-quatre heures ! Commençons par l'aurore, quand tout Pétersbourg est pénétré par l'odeur des pains frais, juste sortis du four, et peuplé de vieilles vêtues de robes et de mantilles trouées qui prennent d'assaut les églises et les passants compassionnés. Alors, la Perspective Nevski est vide : les ventripotents propriétaires de magasins et leurs commis dorment encore dans leurs chemises de Hollande ou savonnent leur noble joue et prennent leur café ; les mendiants s'ameutent devant les portes des pâtisseries d'où le ganymède endormi qui volait, hier, telle une mouche, avec son chocolat, ressort, un balai à la main, sans cravate, et leur jette gâteaux rassis et reliefs de repas. Un peuple nécessiteux se traîne dans les rues : parfois, elle est traversée par des moujiks russes, courant à leur travail, les bottes souillées d'un plâtre que même le canal Catherine, connu pour sa propreté, a été incapable de laver. A cette heure, il est en général inconvenant de sortir pour une dame, parce que le peuple russe aime employer des expressions tellement vertes que, même au théâtre, sans doute, elles ne les entendraient jamais. Parfois, un fonctionnaire somnolent s'y montre, serviette sous le bras, si le chemin de son administration se trouve passer par la Perspective Nevski. On peut dire résolument qu'à ce moment-là, jusqu'à midi, la Perspective Nevski n'est un but pour personne, elle ne sert que de moyen ; elle s'emplit peu à peu de gens qui ont leurs occupations, leurs soucis, leurs dépits, mais qui pensent à tout sauf à elle. Le moujik russe parle de ses dix kopecks ou de sept sous de cuivre, les vieux et les vieilles, en agitant les bras, parlent tout seuls, parfois avec des gestes assez frappants, mais nul ne les écoute ou ne se moque d'eux, à part seulement les gamins qui la remontent, en peignoirs de coutil, les mains emplies de bouteilles vides ou de chaussures prêtes, à la vitesse de l'éclair. A ce moment-là, quoi que vous puissiez vous mettre, même si, au lieu de votre chapeau, vous aviez sur la tête une casquette, même si votre collerette ressort trop de sous votre nœud de cravate – personne ne le remarquera.

A midi, la Perspective Nevski se voit attaquée par des précepteurs de toutes les nationalités suivis de leurs élèves aux petits cols de batiste. Les Johns anglais et les Lecoq français donnent le bras aux élèves confiés à leurs soins parentaux, et, avec une bienséante gravité, leur expliquent que les enseignes des magasins sont faites afin de pouvoir plus aisément savoir ce qui se trouve dans lesdits magasins. Les gouvernantes, pâles misses et roses slaves, marchent pompeusement derrière leurs fillettes légères et virevoltantes, en leur intimant l'ordre de serrer un peu plus les épaules et de se tenir plus droites ; bref, à ce moment-là, la Perspective Nevski est une Perspective Nevski pédagogique. Mais, plus on approche de deux heures, plus diminue le nombre des précepteurs, des pédagogues et des enfants ; ceux-ci finissent par être supplantés par leurs géniteurs attentionnés qui marchent, donnant le bras à leurs amies bariolées, multicolores et toujours sur les nerfs. Peu à peu, on voit s'adjoindre à leur société tout ce qui vient d'achever des tâches domestiques aussi sérieuses que : converser avec leur docteur du temps qu'il fait ou du petit bouton qui vient de surgir sur leur nez, s'enquérir de la santé de leurs chevaux ou de leurs enfants, lesquels, du reste, font preuve de grandes capacités, lire une affiche ou un article majeur dans le journal sur les gens qui partent à l'étranger et ceux qui en reviennent, et ont enfin fini leur tasse de thé ou de café ; viennent aussi s'adjoindre à eux ceux que l'enviable destinée a gratifiés du titre béni de "chargés des missions spéciales". S'adjoignent aussi à eux ceux qui travaillent au ministère des Affaires étrangères et se distinguent par la noblesse de leurs occupations et de leurs habitudes. Mon Dieu, qu'il est des charges et des fonctions splendides ! qu'elles vous élèvent et qu'elles vous charment l'âme ! mais, hélas, moi, je ne suis pas fonctionnaire et suis privé de la possibilité de voir le doux traitement que nous réservent nos supérieurs. Tout ce que vous rencontrerez sur la Perspective Nevski est empreint de bienséance : les hommes en redingotes longues, les mains plongées dans les poches, les dames en manteaux et chapeaux de velours roses et bleu pâle. Vous rencontrez ici des favoris uniques, passés, avec un art extraordinaire et merveilleux, sous la cravate, des favoris de soie, de satin, noirs comme l'astrakan ou le charbon, mais qui n'appartiennent, hélas, qu'au ministère des Affaires étrangères. Les fonctionnaires des autres départements, auxquels la Providence a refusé les favoris noirs, doivent, à leur plus grand désagrément, en arborer des roux. Ici, vous rencontrez des moustaches magnifiques, qu'aucune plume, qu'aucun pinceau ne peut représenter ; des moustaches auxquelles est consacrée la bonne moitié d'une vie, – objet de longues veilles, du jour comme de la nuit, des moustaches sur lesquelles s'épanchent des parfums et des aromates exaltants et qu'on lisse des pommades les plus rares et les plus riches, qu'on enveloppe la nuit dans du vélin de toute finesse, des moustaches qui respirent l'attachement le plus touchant de leurs détenteurs et dont les passants sont jaloux. Mille sortes de chapeaux, de robes et de foulards, – bigarrés, légers, qui, parfois pendant deux jours entiers, gardent l'attachement de leurs propriétaires, aveugleraient n'importe qui sur la Perspective Nevski. On pourrait croire qu'un océan de papillons vient soudain de s'envoler de leurs tiges et qu'il s'agite, nuage resplendissant, au-dessus des scarabées noirs du sexe masculin. Ici, vous rencontrez des tours de taille dont vous n'avez même jamais rêvé : des tailles si fines, si étroites, pas même plus grosses que le cou d'une bouteille, qui, lorsque vous les rencontrez, vous font faire un écart déférent pour éviter de les cogner d'un coude malencontreux ; votre cœur sera saisi de crainte et même de peur à l'idée qu'une seule de vos imprudentes expirations puisse briser en deux cette charmante création d'une nature alliée à l'art. Et ces manches féminines que vous rencontrez sur la Perspective Nevski ! Ah, quelle grâce ! Elles ressemblent un peu à deux ballons de navigation aérienne, de sorte que la dame s'élèverait soudain dans l'air si le monsieur ne la soutenait pas ; parce que soulever dans les airs une dame est aussi facile et agréable qu'une coupe pétillante de champagne que l'on porte à ses lèvres. Nulle part ailleurs quand on se rencontre on ne salue d'une façon aussi noble et désinvolte que sur la Perspective Nevski. Ici, vous rencontrez un sourire unique, un sourire qui est le sommet de l'art, un sourire qui, parfois, pourrait vous faire fondre de plaisir, et d'autres fois, vous montrera à vous-même plus bas que terre, baissant la tête, ou, d'autres fois encore, plus haut que l'aiguille de l'Amirauté, et la surpassant même. Ici, vous rencontrez des gens qui parlent d'un concert ou bien du temps qu'il fait avec une noblesse et un sentiment de fierté personnelle absolument extraordinaires. Ici, vous rencontrez mille caractères, mille phénomènes inouïs. Mon Dieu ! quelles créatures étranges on rencontre sur la Perspective Nevski ! Il y a ici une multitude de gens qui, quand vous les rencontrez, ne manqueront pas de regarder vos bottes, et, si vous passez, se retourneront pour regarder vos basques. Jusqu'au jour d'aujourd'hui, je n'arrive pas à comprendre pourquoi. Au début, je me disais qu'ils étaient savetiers, mais absolument pas : ils sont pour la plupart fonctionnaires dans les départements les plus divers, nombreux sont ceux, parmi eux, qui sont capables de rédiger un rapport exemplaire de telle administration vers telle autre ; ou bien des gens dont l'occupation est la promenade, la lecture des journaux dans les pâtisseries, – bref, pour la plupart d'entre eux, des gens tout à fait comme il faut. A cette heure bénie, entre deux et trois heures de l'après-midi, qu'on peut qualifier de capitale motrice de la Perspective Nevski, s'accomplit l'exposition essentielle de toutes les productions humaines. L'un exhibe sa redingote de dandy rehaussée du plus beau des castors, un autre – un magnifique nez aquilin, un autre porte de somptueux favoris, une quatrième une paire de jolis petits yeux et un chapeau étonnant, un cinquième – une bague à talisman sur un auriculaire de dandy, une sixième – un peton chaussé d'un soulier des plus gracieux, un septième – une cravate qui suscite l'étonnement, le huitième – des moustaches qui vous plongent dans la stupeur. Mais trois heures sonnent, l'exposition s'achève, la foule s'éclaircit... A trois heures – nouveau changement. Le printemps se fait soudain sur la Perspective Nevski : elle se recouvre soudain de fonctionnaires en uniformes verts. Affamés, les conseillers titulaires, surnuméraires et autres mettent tous leurs efforts à presser le pas. Les jeunes registrateurs de collège, les secrétaires de province et de collège courent profiter de l'instant pour déambuler le long de la Perspective Nevski avec un air digne qui montre qu'il est tout à fait faux qu'ils viennent de passer six heures dans un bureau. Mais les vieux secrétaires de collège, les conseillers titulaires et surnuméraires marchent d'un pas pressé, baissant la tête : ils ont d'autres soucis que d'examiner les passants ; ils ne sont pas encore entièrement extraits de leurs soucis ; leur tête est un capharnaüm et tout un fonds d'archives d'affaires commencées et inachevées ; eux, pendant longtemps encore, au lieu des enseignes, ils ne distinguent que des dossiers de papiers ou le visage empâté de leur chef de bureau.

A partir de quatre heures, la Perspective Nevski est vide, et je doute que vous y rencontriez un seul fonctionnaire. Une couturière, venant d'une boutique, traverse au pas de course la Perspective Nevski un carton à la main, une pitoyable proie d'un greffier de chancellerie au grand cœur, lancée aux quatre vents dans son manteau de frise, un toqué en voyage auquel toutes les heures sont indifférentes, une haute et longiligne Anglaise, son réticule et son livre à la main, un artisan, Russe de la tête aux pieds, en redingote de cotonnade, ceinture nouée au dos, avec sa barbiche maigre, dont toute la vie ne tient toujours qu'à un petit fil, et dans lequel tout bouge, le dos, les bras, les jambes, la tête quand, d'un pas déférent, il arpente le trottoir, parfois un petit artisan ; vous ne rencontrez personne d'autre sur la Perspective Nevski.

Mais dès que la pénombre retombe sur les immeubles et sur les rues et que le guéritier, couvert d'une grosse toile, grimpe sur l'échelle pour allumer la lanterne, alors qu'aux petites fenêtres basses des magasins se montrent ces estampes qui n'osent pas se montrer en plein jour, alors, la Perspective Nevski se ranime à nouveau et recommence à bouger. Alors commence cette période mystérieuse où les lampes donnent à toute chose une sorte de lumière aguichante, mystérieuse. Vous rencontrez un grand nombre de jeunes gens, surtout célibataires, en redingotes chaudes et en manteaux. A ce moment-là, on sent une espèce de but, ou, pour mieux dire, quelque chose qui ressemble à un but, quelque chose d'inconscient à l'extrême ; les pas de chacun s'accélèrent et deviennent en général très inégaux. Des ombres longilignes fusent le long des murs et sur la chaussée et touchent presque de la tête le pont Politzeïski. Les jeunes registrateurs de collège, les secrétaires de province et de collège déambulent pendant très longtemps ; mais les vieux registrateurs de collège, les conseillers titulaires et surnuméraires restent pour la plupart chez eux, soit parce qu'ils sont des gens mariés, soit parce que les cuisinières allemandes qui vivent chez eux leur préparent des repas succulents. Ici, vous rencontrez les dignes vieillards qui se promenaient avec une telle gravité, une noblesse si étonnante, à deux heures sur la Perspective Nevski. Vous les voyez courir comme les jeunes registrateurs de collège, juste pour jeter un coup d'œil sous le chapeau d'une dame qu'ils ont aperçue de loin, d'une dame dont les grosses lèvres et les joues, toutes crépies de fard, plaisent si fort à nombre de promeneurs, et plus spécialement aux commis, aux petits artisans, aux marchands toujours vêtus de redingotes allemandes qui se promènent en foule compacte, le plus souvent bras dessus, bras dessous.

— Halte ! s'écria à ce moment-là le lieutenant Pirogov, tirant par la manche le jeune homme en frac et cape qui marchait avec lui. – Tu as vu ?

— J'ai vu, merveilleuse, une vraie Bianca du Pérugin.

— Mais tu parles de laquelle ?

— De celle-là, de l'autre, aux cheveux bruns. Et ces yeux ! mon Dieu, ces yeux ! Et ce port, ce maintien, et l'ovale de ce visage – des merveilles !

— Je te parle de la blonde qui est passée derrière elle, là-bas. Pourquoi tu ne suis pas la brunette si elle te plaît si fort ?

— Oh, ce n'est possible ! s'écria, rougissant, le jeune homme en frac. Comme si c'était une de celles qui se promènent le soir sur la Perspective Nevski ; ce doit être une dame du grand monde, poursuivit-il en soupirant, rien que sa cape vaut dans les quatre-vingts roubles !

— Benêt, va ! s'écria Pirogov, le poussant de force dans la direction où se déployait son éclatante cape. Vas-y, gros nigaud, elle ne repassera pas deux fois ! moi, je suis la blonde.

Les deux amis se séparèrent.

"On vous connaît, tiens !" se disait Pirogov avec un sourire satisfait et sûr de lui, persuadé qu'il n'était point de beauté qui eût pu lui résister.

Le jeune homme en frac et cape, d'un pas timide et frissonnant, partit dans la direction où se déployait au loin la cape bariolée qui tantôt chatoyait d'un éclat étincelant à mesure qu'elle approchait de la lumière d'une lanterne, tantôt, en l'espace d'une seconde, se couvrait de ténèbres dès qu'elle s'en éloignait. Il avait le cœur battant et, sans le vouloir, il pressait le pas. Il n'osait pas même penser qu'il pût recevoir un droit quelconque à l'attention de la beauté qui s'envolait au loin, et osait encore moins imaginer une pensée aussi noire que celle à laquelle le lieutenant Pirogov avait fait allusion ; mais il avait seulement envie d'apercevoir la maison, de noter où pouvait habiter cette créature si gracieuse qui, semblait-il, était descendue du ciel tout droit sur la Perspective Nevski et qui, sans doute, s'envolerait à nouveau, nul ne saurait plus où. Il volait si vite qu'il n'arrêtait pas de pousser du trottoir de graves messieurs doués de favoris grisonnants. Ce jeune homme appartenait à cette classe qui est chez nous un phénomène assez étrange et appartient autant aux citoyens de Pétersbourg que le visage qui vous apparaît dans un rêve appartient au monde réel. Cette catégorie exceptionnelle est très hors du commun dans cette ville où tout le monde est soit fonctionnaire, soit marchand, soit artisan allemand. Il était peintre. N'est-ce pas que c'est un phénomène étrange ? Un peintre de Pétersbourg ! un peintre au pays des neiges, un peintre au pays des Finnois, où tout est humide, lisse, plat, pâle, gris, brumeux. Ces peintres ne ressemblent en rien aux peintres italiens, fiers, brûlants comme l'Italie et comme son ciel ; au contraire, ce sont pour la plupart des hommes gentils, doux, timides, insouciants, qui aiment tranquillement leur art, buvant du thé avec leurs deux amis dans une petite chambre, parlant modestement de la chose qu'ils vénèrent, et totalement indifférents au superflu. Un peintre de ce genre pourra si ça lui chante inviter chez lui une vieille mendiante et l'obliger à rester là six heures de suite pour transmettre à la toile sa mine pitoyable et insensible. Il dessine la perspective de sa chambre, chambre dans laquelle apparaît tout un bataclan artistique ; des pieds et des mains en plâtre, qui ont pris une teinte café sous l'effet conjugué du temps et de la poussière, des chevalets cassés, une palette renversée, un ami jouant de la guitare, des murs souillés de peinture, une fenêtre ouverte par laquelle on voit miroiter une Néva pâlichonne et de pâles pêcheurs vêtus de chemises rouges. Ils mettent presque toujours, sur tout, une sorte de coloris grisâtre – marque indélébile du Nord. En même temps, c'est avec un plaisir indicible qu'ils travaillent à leurs œuvres. Ils portent souvent un talent authentique, et si seulement l'air frais de l'Italie pouvait souffler sur eux, ce talent se développerait sans doute, aussi libre, aussi vaste et éclatant qu'une plante qu'on sort enfin d'une pièce pour la mettre à l'air pur. Ils sont généralement très timides : une étoile et une grosse épaulette les plongent dans une confusion telle qu'ils baissent malgré eux le prix de leurs tableaux. Ils aiment parfois jouer un peu les dandys, mais ce dandysme paraît toujours comme trop criard et ressemble à une pièce sur un habit usé. Vous les rencontrerez parfois vêtus d'un frac impeccable et d'une cape salie, d'un gilet de soie raffiné et d'une redingote toute tachée de peinture. C'est de la même façon que, dans un paysage inachevé, vous trouverez parfois une nymphe dessinée tête en bas que, n'ayant pas trouvé d'autre place, ils ont esquissée sur le fond sali d'un de leurs tableaux précédents, naguère peint avec enthousiasme. Un peintre pareil ne vous regarde jamais droit dans les yeux ; s'il vous regarde, c'est d'un regard comme trouble, indéfini ; il ne plonge pas en vous le regard d'épervier ou l'œil de faucon de l'officier. La raison en est qu'en même temps qu'il vous voit, il voit vos traits et ceux de je ne sais quel Hercule de plâtre qui se tient dans sa chambre ou il se représente son propre tableau, tableau qu'il n'est encore qu'en train d'imaginer. Voilà pourquoi il vous répond souvent d'une façon incohérente, parfois à contre-temps, et les sujets qui se mélangent dans sa tête ne font qu'accroître sa timidité. C'est à cette catégorie qu'appartenait le jeune homme que nous décrivons, le peintre Piskariov, timide, pusillanime, mais dont le cœur renfermait des braises d'un sentiment toutes prêtes, le cas échéant, à se transformer en brasier. Frissonnant en secret, il courait derrière l'objet qui l'avait frappé si fort, et paraissait s'étonner lui-même de son audace. La créature inconnue à laquelle ses yeux, ses pensées et ses sentiments s'étaient liés ainsi tourna soudain la tête et lui lança un regard. Dieu, quels traits divins ! Le front, d'une beauté, d'une blancheur aveuglantes, était couronné par des cheveux plus splendides que l'agate. Elles vrillaient, ces boucles, et une partie, tombant de sous le chapeau, touchait la joue que le froid vespéral rehaussait d'une rougeur légère et vive. Ses lèvres étaient closes par un essaim de songes les plus charmants. Tout ce qui reste des souvenirs de l'enfance, tout ce que donnent la songerie et la douce inspiration à la lueur d'un luminaire, tout cela, semblait-il, s'était réuni, fondu et reflété sur ses lèvres harmonieuses. Elle lança un regard vers Piskariov, et, lui, à ce regard, son cœur se mit à frissonner ; elle lui avait lancé un regard dur, un sentiment d'indignation avait passé sur son visage à la vue d'une poursuite si insolente ; mais sur ce visage splendide, la colère même était enchanteresse. Frappé de honte et de timidité, il s'arrêta, baissant les yeux ; mais comment perdre cette divinité et ne pas même connaître le sanctuaire où elle avait posé ses ailes ? Telles furent les pensées qui vinrent au jeune rêveur, et il se résolut à continuer. Mais, pour ne pas se faire remarquer, il prit une distance plus grande, posa des regards détachés à droite et à gauche, examina les enseignes, et tout cela sans perdre de vue une seule seconde son inconnue. Les passants devinrent plus rares, la rue était plus silencieuse ; la belle se retourna, et il crut qu'un léger sourire avait lui sur ses lèvres. Il trembla de tout son corps, il crut que ses yeux l'avaient trompé. Non, c'était une lanterne qui, de sa lumière menteuse, avait exprimé sur son visage l'illusion d'un sourire ; non, c'étaient ses propres songes qui se riaient de lui. Mais le souffle se coupa dans sa poitrine, tout en lui se transforma en un frisson indistinct, tous ses sentiments s'enflammèrent, et tout, devant lui, se plongea dans une espèce de brouillard. Le trottoir filait sous ses pas, les calèches aux chevaux galopants paraissaient immobiles, le pont s'étendait et se cassait sur son arche, l'immeuble se dressait le toit en bas, la guérite s'effondrait à sa rencontre, et la hallebarde du factionnaire, en même temps que les lettres dorées de l'enseigne et les ciseaux qui y étaient peints, luisait, comme suspendue à ses propres cils. Et tout cela n'était dû qu'à un regard, juste un mouvement vers lui de son joli minois. Incapable d'entendre, de voir, de comprendre quoi que ce soit, il était lancé sur les traces de ses petits pieds splendides, en s'efforçant lui-même de modérer la vitesse de ses pas, qui volaient au rythme de son cœur. Parfois, le doute l'envahissait : était-ce vrai que l'expression du visage de la belle était si bienveillante, – et, là, il s'arrêtait une minute, mais les battements de son cœur, la puissance invincible et l'inquiétude de toutes ses sensations le projetaient en avant. Il ne remarqua même pas l'immeuble à trois étages qui se dressa soudain devant lui, et le moment où ses quatre rangées de fenêtres, illuminées, le regardèrent d'un coup et la balustrade du perron lui opposa son barreau de fer. Il vit l'inconnue voler dans l'escalier, se retourner, poser son doigt contre ses lèvres et lui faire signe de le suivre. Ses genoux tremblaient ; ses sentiments, ses pensées n'étaient plus qu'un brasier ; un éclair de joie, de sa pointe insupportable, s'enfonça dans son cœur. Non, ce n'était plus un rêve ! Mon Dieu ! Que de bonheur en un seul instant ! une vie si merveilleuse en l'espace de deux minutes !

Mais n'était-ce pas un rêve, tout cela ? Comment celle pour un seul regard de laquelle il aurait été prêt à donner toute sa vie, celle dont simplement savoir l'adresse était pour lui un bonheur indicible, comment donc pouvait-elle, à présent, se montrer si bienveillante, si attentive à son égard ? Il vola dans l'escalier. Il ne sentait plus aucune pensée terrestre ; il n'était pas échauffé par la flamme d'une passion terrestre, non, à cet instant, il était pur et candide, comme un jeune homme vierge qui n'exhale encore que le besoin spirituel et vague de l'amour. Et ce qui aurait excité chez un homme perverti des désirs audacieux, cela même, au contraire, rendait ses propres désirs encore plus sacrés. Cette confiance que lui montrait cette faible et merveilleuse créature, cette confiance lui avait fait faire un vœu d'austérité médiévale, le vœu d'exaucer en esclave le moindre de ses ordres. Il désirait seulement que ces ordres fussent les plus durs, les plus irréalisables, afin qu'il pût voler, les surmonter en y mettant toute l'ardeur dont il était capable. Il ne doutait que ce fût une aventure mystérieuse et grave en même temps qui obligeât cette inconnue à se fier à lui ; qu'on allait, à l'évidence, lui demander des services importants et il sentait en son cœur assez de force et de résolution pour tout.

L'escalier vrillait et ses songes rapides vrillaient en même temps. "Prenez garde en montant !", fit, comme une harpe, une voix qui lui emplit toutes les veines d'un nouveau frisson. Au sommet obscur du troisième étage, l'inconnue frappa à la porte, – la porte s'ouvrit et ils entrèrent ensemble. Une femme d'aspect assez avenant les accueillit une bougie à la main, mais posa sur Piskariov un regard si étrange et si déluré qu'il en baissa involontairement les yeux. Ils entrèrent dans une pièce. Trois silhouettes féminines, à des coins différents, se présentèrent à sa vue.

25

L'une étalait les cartes pour une réussite ; l'autre était à un piano, et, de deux doigts, déchiffrait une sorte de semblance pitoyable de polonaise antique ; la troisième était assise à un miroir, coiffant avec un peigne ses longs cheveux, et sans penser le moins du monde interrompre sa toilette à l'entrée d'un étranger. Cette espèce de désordre désagréable qu'on ne peut voir que dans la chambre insouciante d'un célibataire régnait sur toute chose. Les meubles, corrects, étaient couverts de poussière ; une araignée avait sa toile sur la moulure du plafond ; par l'entrebâillement de la porte d'une autre pièce on voyait luire une botte, et le parement d'un uniforme faisait une tache rouge ; le rire sonore d'un homme et le rire d'une femme résonnaient sans la moindre pudeur.

Dieu, où était-il entré ! Au début, il refusa d'y croire, et se mit à examiner plus attentivement les objets qui emplissaient la pièce : mais les murs nus et les fenêtres sans rideaux ne montraient pas la présence d'une attentive maîtresse de maison ; les visages hâves de ces pitoyables créatures, dont l'une venait de s'asseoir quasiment sous son nez et l'examinait lui-même aussi tranquillement qu'une tache sur l'habit d'un autre, – tout cela l'assura qu'il venait d'entrer dans l'antre affreux où la débauche pitoyable avait élu domicile, cette débauche engendrée par une instruction de façade et par la multitude effroyable de la capitale. Cet antre où l'homme sacrilège écrase et foule dans la fange toute la pureté, tout le sacré qui font l'ornement de la vie, où la femme, cette perle du monde, ce joyau de la création, est transformée en une espèce de créature étrange, à double face, où, en même temps que la pureté de son âme, elle perd toute sa féminité et s'affuble des attitudes obscènes des hommes, et cesse d'être cet être faible, cet être merveilleux si différent de nous. Piskariov la toisait des pieds jusqu'à la tête, les yeux éberlués, comme s'il cherchait à se persuader que c'était bien la même qui l'avait tellement envoûté et emporté loin de la Perspective Nevski. Mais elle se tenait devant lui toujours aussi belle ; ses cheveux étaient toujours aussi splendides ; ses yeux semblaient toujours célestes. Elle était pleine de fraîcheur ; elle n'avait que dix-sept ans ; on voyait qu'elle n'avait été touchée par la débauche affreuse que tout récemment ; que la débauche n'avait pas encore osé attenter à ses joues, que ces joues étaient fraîches et légèrement rehaussées d'une fine rougeur, – elle était splendide.

Il se tenait devant elle, immobile, et était prêt à nouveau à succomber aux songes, comme il venait tout juste de le faire. Mais la belle en eut assez d'un silence aussi long et lui fit un sourire insistant, en le regardant droit dans les yeux. Mais ce sourire était empreint d'une espèce d'insolence pitoyable ; il était si étrange, et il allait à son visage comme la piété à la tronche d'un filou ou un livre de comptes à un poète. Il tressaillit. Elle ouvrit ses mignonnes petites lèvres et se mit à parler, mais ce qu'elle disait était si bête, si trivial... A croire qu'en même temps que la pureté, c'est votre intelligence qui vous quitte. Il ne voulait plus rien entendre. Il était d'un ridicule consommé, et simple comme un enfant. Au lieu de profiter d'une pareille bienveillance, au lieu de se réjouir de l'occasion, une occasion qui, sans l'ombre d'un doute, aurait réjoui n'importe qui à sa place, il se précipita, à toutes jambes, comme une chèvre sauvage, hors de la pièce et jaillit sur le trottoir.

La tête baissée, les bras ballants, il restait dans sa chambre comme un miséreux qui aurait trouvé une perle inestimable et l'aurait à l'instant même fait tomber à la mer. "Une beauté pareille, des traits aussi divins – et quoi ? à un endroit pareil !…" Voilà tout ce qu'il était capable de marmonner.

De fait, jamais la pitié ne nous étreint si fort qu'à la vue de la beauté touchée par le souffle mortifère de la débauche. Nous voulons bien accepter que la débauche vive avec la laideur, mais la beauté, la beauté tendre… elle n'est liée dans nos pensées qu'avec la pureté et la virginité. La belle qui avait tellement envoûté le malheureux Piskariov était, de fait, un phénomène merveilleux, extraordinaire. Son séjour dans ce cercle méprisable paraissait encore plus extraordinaire. Tous ses traits étaient si purement dessinés, toute l'expression de son visage splendide portait une telle noblesse qu'il était absolument impossible de penser que la débauche ait pu déjà ouvrir sur elle ses griffes épouvantables. Elle aurait fait tout le joyau, toute la terre, tout le paradis, toute la richesse d'un époux passionné ; elle aurait pu être une étoile aussi splendide que sereine dans l'humble cercle d'une famille, et donner par le

28

moindre mouvement de ses lèvres splendides les ordres les plus doux. Elle aurait fait une divinité dans une salle populeuse, sur un parquet brillant, sous l'éclat des bougies, vénérée en silence par la foule de ses admirateurs prosternés à ses pieds : mais, hélas ! elle avait été, par je ne sais quelle effrayante volonté de l'esprit de l'enfer, avide à détruire l'harmonie de la vie, précipitée, avec de grands éclats de rire, dans son abîme.

Pénétré d'une pitié déchirante, il restait devant une bougie qui se consumait. Minuit avait sonné depuis longtemps, le clocher de la tour sonnait déjà minuit et demi, et lui, il restait immobile, sans sommeil, sans veille active. La somnolence, profitant de son immobilité, s'emparait déjà tout doucement de lui, et seule la flamme de la bougie perçait encore les songes qui s'emparaient de lui, quand, brusquement, un coup contre la porte le fit tressaillir et le réveilla. La porte s'ouvrit et un laquais entra, revêtu d'une riche livrée. Jamais une riche livrée n'avait pénétré dans sa chambre, et à plus forte raison à une heure aussi extraordinaire… Il restait stupéfait et, plein d'une impatience curieuse, regardait le laquais qui venait le visiter.

— La dame, fit le laquais, inclinant la tête avec déférence, chez laquelle vous avez daigné entrer il y a quelques heures, vous demande de vous rendre chez elle et vous envoie un carrosse.

Piskariov était saisi d'une surprise muette. "Une voiture, un laquais en livrée !… Non, il doit y avoir une erreur quelque part…"

— Ecoutez, mon bon, fit-il avec timidité, vous faites visiblement erreur. Votre maîtresse vous envoie sans doute chercher quelqu'un d'autre, pas moi.

— Non, monsieur, je ne me suis pas trompé. C'est bien vous qui avez bien daigné raccompagner Madame à pied jusqu'à une maison sur le Litéiny, dans une pièce du troisième étage ?

— C'est moi.

— Alors, je vous prie de faire diligence, Madame veut absolument vous voir et vous demande de vous rendre directement dans son hôtel particulier.

Piskariov descendit l'escalier quatre à quatre. Dans la cour, de fait, il y avait un carrosse. Il s'installa dedans, les portières claquèrent, les pavés de la chaussée se mirent à tonner sous les roues et les sabots – et l'enfilade illuminée des immeubles aux enseignes éclatantes fila le long des fenêtres du carrosse. L'hôtel particulier, le carrosse, le laquais à la livrée somptueuse… – il n'arrivait pas du tout à accorder tout cela avec la chambre du troisième étage aux fenêtres empoussiérées et au piano désaccordé.

Le carrosse s'arrêta devant un perron aux lumières aveuglantes et tout le frappa à la fois : la file des équipages, les conversations des cochers, les fenêtres violemment éclairées et les accords de la musique. Le laquais en livrée somptueuse l'aida à descendre du carrosse et, d'un geste déférent, l'accompagna dans une entrée aux colonnes de marbre, au suisse chamarré d'or, aux capes et aux pelisses éparpillées, à l'éclairage violent. Un escalier aérien, à la rampe brillante, inondé d'aromates, s'élançait vers le haut.

Il le gravissait déjà, il était déjà entré dans la première salle, s'effrayant et reculant dès le premier pas devant l'épouvantable multitude. La bigarrure extraordinaire des visages le plongea dans une confusion terrible ; il avait l'impression qu'une espèce de démon avait émietté le monde entier en une multitude de morceaux et que, tous ces morceaux, sans le moindre sens, sans la moindre intention, il venait, là, maintenant, de les mélanger. Les épaules étincelantes des dames, les fracs noirs, les lustres, les lampes, les gazes aériennes qui volaient, les rubans éthérés, et la grosse contrebasse qui se montrait derrière les balustrades des chœurs magnifiques, – tout cela, pour lui, était éblouissant. Il aperçut en une seule fois tant de dignes vieillards et de demi-vieillards porteurs d'étoiles sur leurs fracs, tant de dames qui, d'un air si léger, si fier et si gracieux, déambulaient sur le parquet ou bien siégeaient par rangs entiers, il entendit tant de paroles françaises et anglaises, et, de plus, les jeunes gens en fracs noirs étaient empreints d'une telle noblesse, ils parlaient et se taisaient avec une telle dignité, se montraient tellement incapables de dire un seul mot superflu, ils plaisantaient d'un air si majestueux, souriaient d'un air si déférent, portaient des favoris si magnifiques, avaient un art si ravageur de montrer leurs mains impeccables en arrangeant leur cravate, les dames étaient tellement aériennes, tellement plongées dans la satisfaction et dans l'ivresse de leur propre personne, baissant les yeux d'une façon si charmante que… mais le seul air de Piskariov, adossé, plein de terreur, à une colonne, montrait qu'il avait perdu tous ses moyens. C'est alors que la foule entoura un groupe qui dansait. Elles tournoyaient, ornées des créations translucides de Paris, vêtues de robes tissées dans l'air lui-même ; elles touchaient le parquet sans y penser de leurs petits pieds brillants et semblaient plus éthérées que si elles ne l'avaient pas touché du tout. Mais une parmi elles était plus belle que toutes les autres, vêtue d'habits plus somptueux et plus brillants. Indicible, son sens incroyablement fin de l'harmonie, du goût, s'étendait à toute son apparence, et, en même temps, semblait-il, elle ne s'en était pas préoccupée, et il s'était épanché de lui-même, sans qu'elle le cherche. Elle regardait et ne regardait pas la foule des spectateurs qui l'entouraient, ses longs cils splendides étaient baissés avec indifférence, et l'étincelante blancheur de son visage se jeta aux yeux d'une manière encore plus aveuglante quand une ombre légère frôla, à l'instant où elle pencha la tête, son front charmant.

Piskariov employa toutes ses forces à écarter la foule pour la regarder mieux ; mais, à son dépit le plus extrême, une sorte d'énorme tête aux cheveux noirs et bouclés n'arrêtait pas de la cacher ; en plus, la foule le serrait tellement qu'il n'osait plus ni avancer ni reculer, craignant de cogner d'une façon ou d'une autre tel ou tel conseiller secret. Mais il parvint quand même à se frayer un passage, et regarda sa propre mise, pour s'arranger le mieux possible. Dieu du Ciel, qu'était-ce donc ! Il portait un pourpoint tout taché de peinture ; pressé de partir, il avait oublié de se changer pour un habit plus propre. Il rougit jusqu'aux oreilles, et, tête baissée, il voulut s'effondrer sous terre, mais s'effondrer sous terre était résolument impossible : les pages de la Cour, dans leurs costumes étincelants, s'étaient massés derrière lui, formant un véritable mur. Il voulait déjà être le plus loin possible de la belle au front et aux cils splendides. Il releva les yeux, terrorisé, pour voir si elle ne le regardait pas : mon Dieu ! elle se tenait devant lui… Mais qu'est-ce que c'est ? qu'est-ce que c'est ? "C'est elle", s'écria-t-il, presque à pleine voix. Et, oui, c'était bien elle, c'était celle qu'il avait croisée sur le Nevski et qu'il avait raccompagnée jusque chez elle.

Pendant ce temps, elle avait relevé les cils et posait sur chacun son regard clair. "Aïe, aïe, aïe, ce qu'elle est belle !…" fut-il seulement capable de prononcer, le souffle coupé. Elle fit passer ses yeux sur tout le cercle qui brûlait littéralement d'arrêter son regard, mais avec une espèce de lassitude et d'inattention elle détourna les yeux et rencontra ceux de Piskariov. Oh, ce ciel ! ce paradis ! donne-moi la force, mon Dieu, de le supporter ! la vie ne peut pas le contenir, il va détruire l'âme et l'emporter ! Elle fit un signe, mais pas de la main, pas de la tête, non, dans ses yeux destructeurs ce signe se traduisait par une expression imperceptible, que personne ne pouvait voir, mais, lui, il la vit, il la comprit. La danse dura longtemps ; la musique fatiguée, semblait-il, s'était complètement éteinte et se mourait puis s'arrachait encore, hurlant et résonnant ; enfin – ce fut la fin ! Elle s'assit, sa poitrine haletait sous la fine vapeur de la gaze ; sa main (mon Dieu, quelle main merveilleuse !) retomba sur ses genoux, froissant sa robe aérienne, et la robe sous elle, semblait-il, se mit à respirer la musique, sa fine couleur lilas souligna d'une façon plus claire encore la blancheur lumineuse de cette splendide main. Oh, juste la toucher – et plus rien d'autre ! Aucun autre désir – tous les autres seraient vils. Il se tenait près d'elle, derrière sa chaise, sans oser dire un mot, sans oser respirer.

— Vous vous êtes ennuyé ? prononça-t-elle. Moi aussi, je m'ennuyais. Je remarque que vous me haïssez… ajouta-t-elle en baissant ses longs cils.

— Vous haïr ! moi ? je… voulut prononcer un Piskariov complètement perdu, et il aurait dit, sans doute, une masse de mots sans suite, mais c'est alors que s'approcha un chambellan avec des remarques piquantes et agréables, et une huppe splendide sur la tête. Il exhibait assez agréablement une rangée de dents assez passables et chacune de ses pointes était un clou perçant qu'il lui enfonçait dans le cœur. Finalement, un inconnu, par bonheur, s'adressa au chambellan en lui posant une question quelconque.

— Comme c'est insupportable ! dit-elle, levant vers lui ses yeux célestes. Je vais m'asseoir à l'autre bout de la salle ; soyez-y !

Elle glissa dans la foule et disparut. Lui, comme un fou, jouant des coudes, il s'ouvrit un passage dans la foule, et s'y trouva tout de suite.

Oui, c'était elle ! Elle siégeait comme une reine, la plus belle, la plus splendide, et elle le cherchait du regard.

— Vous êtes là, prononça-t-elle d'une voix douce. Je serai sincère avec vous ; les circonstances de notre rencontre vous ont paru étranges, sans doute. Pensez-vous réellement que je puisse appartenir à ce méprisable genre de créatures parmi lesquelles vous m'avez rencontrée ? Mes actes vous paraissent étranges, mais je vais vous ouvrir un secret ; serez-vous capable, prononça-t-elle, dardant sur lui des yeux attentifs, de ne jamais le trahir ?

— Oh oui ! oui ! oui !…

Mais approcha alors un homme d'un certain âge qui se mit à lui parler une langue que Piskariov ne comprenait pas, et lui tendit la main. Elle lança un regard suppliant vers Piskariov, lui fit signe de rester là et d'attendre son retour, mais, dans un sursaut d'impatience, lui, il n'était plus capable d'obéir à un ordre, même venant de ses lèvres. Il se lança à sa poursuite ; mais la foule les sépara. Il ne voyait plus sa robe lilas, passait avec inquiétude de salle en salle, poussant tous les gens de rencontre sans la moindre miséricorde, mais, dans toutes les salles, il n'y avait plus que des as qui jouaient au whist, plongés dans un silence de mort. Dans l'angle d'une pièce, un certain nombre de personnes âgées débattaient des avantages du service militaire sur le service civil ; dans une autre salle, des gens vêtus de fracs impeccables lançaient des remarques légères sur les œuvres en multiples volumes d'un poète, travailleur acharné. Piskariov sentit qu'un des hommes âgés, à l'air on ne peut plus digne, l'avait saisi par le bouton de son habit et présentait à son jugement une remarque des plus judicieuses, mais il le repoussa grossièrement, sans même avoir remarqué qu'il portait une décoration tout à fait importante. Il se précipita encore dans une autre pièce – elle n'y était pas non plus. Dans une troisième – rien encore. "Mais où est-elle ? donnez-la-moi ! oh, je ne peux pas vivre sans la revoir encore ! je veux entendre ce qu'elle avait à me dire", – mais toutes ses recherches restaient vaines. Inquiet, épuisé, il se réfugia dans un coin et regarda la foule ; mais ses yeux tendus se mirent à lui montrer les choses comme d'une façon trouble. Finalement, il commença à distinguer clairement les contours de sa chambre. Il releva les yeux et vit devant lui son bougeoir à la mèche presque éteinte tout au fond ; toute la bougie avait fondu et le suif s'était répandu sur la table.

Donc, il avait dormi ! Mon Dieu, quel rêve il avait fait ! Et pourquoi avait-il fallu qu'il se réveille ? pourquoi n'avait-il pas pu attendre ne serait-ce qu'une minute : elle serait réapparue, sans le moindre doute. Une lumière rageante, de son éclat trouble et déplaisant, le regardait par la fenêtre. La chambre était dans un désordre tellement gris, tellement trouble… Oh, comme la réalité était dégoûtante ! Qu'était-elle devant le songe ? Il s'empressa de se dévêtir et se coucha, s'emmitouflant sous la couverture, en cherchant, ne serait-ce qu'un instant, à rappeler son rêve. Le sommeil, de fait, ne tarda pas à survenir, mais il ne lui présenta pas du tout ce qu'il cherchait à voir : tantôt c'était le lieutenant Pirogov qui paraissait avec sa pipe, tantôt le concierge de l'Académie, tantôt un conseiller d'Etat actuel, tantôt la tête d'une Finnoise dont il avait jadis fait le portrait, et des bêtises du même ordre.

Il resta dans son lit jusqu'à midi, cherchant à s'endormir ; mais elle n'apparaissait plus. Si elle avait, ne fût-ce qu'une seule minute, montré ses traits splendides, si, ne fût-ce qu'une seule fois, il avait entendu bruire sa démarche légère, si sa main dénudée, claire comme la neige d'au-dessus des nuages, avait fusé devant ses yeux.

Il avait tout rejeté, tout oublié, il restait écrasé, désespéré, empli seulement de son rêve. Il ne voulait plus s'occuper de rien ; ses yeux, sans le moindre intérêt, sans la moindre vie, regardaient par la fenêtre qui donnait sur la cour, où un porteur d'eau crasseux versait de l'eau qui gelait en plein air, et la voix chevrotante du fripier tintait : "Vieux habits à vendre." Le quotidien et le réel frappaient étrangement son oreille. Il demeura ainsi jusqu'au soir et c'est avidement qu'il se jeta sur son lit. Il lutta longuement contre l'insomnie, il finit par la vaincre. A nouveau un rêve, mais une espèce de rêve trivial, haïssable. "Mon Dieu, aie pitié : ne serait-ce qu'une minute, ne serait-ce qu'une seule minute, montre-la-moi !" Il attendit encore le soir, se rendormit, rêva une fois encore d'une sorte de fonctionnaire qui était en même temps un fonctionnaire et un basson ; oh, c'était insupportable ! Finalement, elle apparut ! Sa tête, ses boucles… elle regarde… Oh, que c'est court ! A nouveau le brouillard, à nouveau une sorte de rêve stupide.

Les rêves finirent par devenir sa vie, et, à partir de ce moment, toute sa vie prit un tour étrange : on peut dire qu'il dormait dans ses veilles, et veillait en dormant. Si quelqu'un l'avait vu, muet devant sa table vide, ou marchant dans la rue, il l'aurait sans doute pris pour un lunatique ou pour un homme détruit par l'alcoolisme ; son regard était absolument creux, sa distraction naturelle avait fini par prendre tout l'espace et chassait totalement de son visage tout sentiment, toute expression. Il ne se ranimait qu'au retour de la nuit.

Un tel état ruina ses forces et sa torture la plus terrible était que le sommeil finit par le quitter complètement. Cherchant à sauver sa dernière richesse, il eut recours à tous les moyens pour le faire revenir. Il avait entendu dire qu'il y avait un moyen pour faire revenir le sommeil – il suffisait de prendre de l'opium. Mais, cet opium, où le trouver ? Il se souvint d'un Persan qui tenait un magasin de châles, et qui, à chaque fois ou presque qu'il le rencontrait, lui demandait de lui dessiner une beauté. Il décida de se rendre chez lui, supposant que, lui, à coup sûr, de l'opium, il en avait. Le Persan le reçut assis en tailleur sur son divan.

— Pourquoi tu veux l'opium ? lui demanda-t-il.

Piskariov lui raconta son insomnie.

— Bon, je vais te donner de l'opium, mais dessine-moi une beauté. Qu'elle soit bien, la beauté ! qu'elle ait des sourcils noirs et des yeux grands comme des olives ; et que, moi, je sois accouché près d'elle à fumant pipe ! tu entends ? qu'elle soit belle ! qu'elle soit une beauté !

Piskariov promit tout ce qu'on voulait. Le Persan sortit une minute et revint avec une petite boîte emplie d'un liquide sombre, en versa soigneusement une dose dans une deuxième boîte et la donna à Piskariov en lui enjoignant de ne pas prendre plus de sept gouttes diluées dans de l'eau. Il saisit avidement la précieuse boîte, qu'il n'aurait pas rendue contre un monceau d'or, et courut à toutes jambes chez lui.

Chez lui, il versa quelques gouttes dans un verre d'eau, l'avala et s'effondra dans son lit.

Mon Dieu, quelle joie ! Elle ! à nouveau elle ! mais, cette fois, complètement différente. Oh, comme elle était belle, assise à la fenêtre d'une lumineuse petite maison de campagne ! ses vêtements exhalent une simplicité telle qu'elle ne se trouve que dans la pensée d'un poète… La coiffure sur sa tête… Mon Dieu, comme elle est simple, cette coiffure, et comme elle lui va bien ! Un fichu léger jeté négligemment sur son cou fin et droit ; tout en elle est timide, tout en elle montre le sens du goût, un goût secret et indicible. Comme sa démarche gracieuse est charmante ! comme le bruit de ses pas et de sa robe toute simple est musical ! comme son poignet est beau, serré par un bracelet de cheveux ! Elle lui parle les larmes aux yeux : "Ne me méprisez pas : je ne suis pas celle pour qui vous me prenez. Regardez-moi, regardez plus attentivement et dites : suis-je capable de ce que vous pensez ?" – "Oh ! non, non ! que celui qui oserait le penser, que celui…" Mais il se réveilla, bouleversé, déchiré, les larmes aux yeux. "Il aurait mieux valu que tu n'existes pas du tout ! que tu n'aies pas vécu au monde, que tu aies été la création d'un peintre dans son inspiration ! Moi, je ne me serais plus jamais éloigné de la toile, j'aurais passé l'éternité à te regarder et à t'embrasser. Je n'aurais vécu, je n'aurais respiré que par toi, comme par le plus splendide des songes, et, là, j'aurais été heureux. Je n'aurais connu aucun autre désir. Je t'aurais appelée, comme mon ange gardien, avant de dormir ou de me réveiller, et je t'aurais attendue quand il m'aurait fallu représenter le divin et le sacré. Mais à présent… quelle vie affreuse ! A quoi sert donc qu'elle vive ? Est-ce que la vie d'un fou peut faire plaisir à ses parents et ses amis qui l'ont aimé ? Mon Dieu, ce que c'est que notre vie ! une discorde perpétuelle entre le songe et la réalité !" Voilà quel genre de pensées ne cessait de l'occuper. Il ne pensait à rien, il avait même presque cessé de manger et c'est avec l'impatience, avec la passion de l'amant qu'il attendait le soir et la vision désirée. La tension incessante de ses pensées vers un unique objet finit par prendre un tel pouvoir sur toute son existence et sur son imagination que l'image désirée lui apparaissait presque tous les jours, toujours dans une situation contraire à la réalité, parce que ses pensées étaient complètement pures, comme celles d'un enfant. En passant par ces rêves, l'objet lui-même se purifiait et se métamorphosait du tout au tout.

Les prises d'opium enflammèrent ses pensées encore davantage, et s'il exista jamais un amoureux au dernier degré de la folie, d'une folie furieuse, affreuse, destructrice, tempétueuse, ce fut bien cet infortuné.

De tous ses rêves, il y en avait un qui lui apportait encore plus de joie que les autres : il se représentait son atelier, il était tellement gai, c'était un tel bonheur de travailler, sa palette à la main ! Et elle, elle était là aussi. Elle était déjà sa femme. Elle était auprès de lui, appuyée de son coude splendide au dossier de son fauteuil, et elle regardait son travail. Ses yeux, langoureux, fatigués, disaient le temps de leur béatitude ; tout dans la pièce respirait le paradis ; tout était si lumineux, si bien rangé. Mon Dieu ! elle a penché sur sa poitrine sa tête charmante… Jamais il n'avait vu un rêve plus beau. Quand il en ressortit, il se leva comme plus frais et moins distrait. Des pensées étranges étaient nées dans sa tête. "Peut-être, se disait-il, qu'elle a été entraînée dans la débauche par je ne sais quelle circonstance affreuse, malgré elle ; peut-être que les élans de son âme auraient tendance au repentir ; peut-être, elle-même, elle voudrait s'arracher à sa situation terrible. Et est-ce donc possible d'admettre froidement sa perte, et d'autant plus qu'il suffirait de lui tendre la main pour la sauver de la noyade ?" Ses pensées s'étendaient plus loin encore. "Personne ne me connaît, se disait-il, personne n'a rien à faire de moi, et, moi, qu'ai-je à faire des autres. Si elle exprime une pure repentance et elle change sa vie, alors, je l'épouserai. C'est mon devoir de l'épouser, et, sans doute, je ferai beaucoup mieux que de nombreux autres qui se marient avec leur gouvernante et même, souvent, avec les créatures les plus viles.

Mais mon acte sera désintéressé, et peut-être même grandiose. Je rendrai au monde son ornement le plus splendide."

Son plan frivole ainsi conçu, il sentit une rougeur jaillir sur son visage ; il s'approcha de la glace et s'effraya de ses joues caves et de la pâleur de son visage. Il entreprit de se préparer avec soin ; il se lava, se lissa les cheveux, revêtit un nouveau frac, un gilet de dandy, se jeta une cape sur les épaules et sortit dans la rue. Il inspira l'air frais et sentit sa fraîcheur dans le cœur, comme un convalescent qui décide de sortir pour la première fois après une longue maladie. Son cœur battait comme il approchait de la rue où il n'avait jamais remis les pieds depuis le moment de sa fatale rencontre.

Il mit longtemps à retrouver l'immeuble ; sa mémoire, semblait-il, le trahissait. Il passa toute la rue deux fois de haut en bas, et ne savait pas devant lequel s'arrêter. Finalement, l'un lui parut plausible. Il grimpa les marches quatre à quatre, frappa à la porte : la porte s'ouvrit, et qui donc parut à sa rencontre ? Son idéal, son image mystérieuse, l'original de ses tableaux méditatifs, celle par laquelle il vivait, d'une vie si affreuse, si douloureuse, si douce. Elle se tenait devant lui en personne ; il se mit à trembler ; il arrivait à peine, de faiblesse, à tenir sur ses jambes, saisi par cet élan de joie. Elle se tenait devant lui, tellement splendide, même si ses yeux étaient ensommeillés, même si une pâleur se laissait deviner sur son visage, sur un visage qui, déjà, n'avait plus la même fraîcheur, mais elle était toujours splendide.

42

— Ah ! s'écria-t-elle, découvrant Piskariov et se frottant les yeux (il était déjà deux heures de l'après-midi). Pourquoi vous vous êtes sauvé, l'autre jour ?

Lui, épuisé, il s'était assis sur une chaise, et il la regardait.

— Parce que je viens juste de me réveiller ; on m'a ramenée à sept heures du matin. J'étais complètement soûle, ajouta-t-elle en souriant.

Oh, elle aurait mieux fait d'être muette et totalement privée de langue, plutôt que de prononcer de tels discours ! Elle lui avait soudain montré, comme dans un panorama, toute sa vie. Lui, pourtant, malgré cela, vaille que vaille, il décida d'essayer, voir si les objurgations pourraient l'atteindre. Il prit son courage à deux mains et, d'une voix tremblante en même temps qu'enflammée, il entreprit de lui représenter la situation affreuse où elle était. Elle l'écouta d'un air attentif et avec ce sentiment de surprise que nous montrons devant quelque chose d'étrange et d'inattendu. Elle lança un regard, non sans un léger sourire, vers une de ses amies assise dans un coin, laquelle avait cessé de nettoyer son peigne, et, elle aussi, écoutait attentivement le prédicateur.

— C'est vrai que je suis pauvre, finit par dire Piskariov après un sermon long et moralisant, mais nous travaillerons, nous essaierons sans cesse, l'un devant l'autre, d'améliorer notre vie. Il n'est pas de plus grand plaisir que de ne rien devoir qu'à soi-même. Moi, je travaillerai à mes tableaux, toi, en restant auprès de moi, tu donneras de l'âme à mes

43

travaux, tu feras de la couture ou de la broderie, et nous ne manquerons jamais de rien.

— Non mais enfin ! fit-elle, interrompant son discours avec une espèce d'expression de dédain. Je ne suis pas une lingère ou une couturière pour travailler, moi.

Mon Dieu ! ces mots venaient d'exprimer toute la bassesse, toute l'ignominie de sa vie, – d'une vie faite de vide et d'oisiveté, ces compagnons fidèles de la débauche.

— Epousez-moi ! reprit avec un air insolent l'amie qui, dans son coin, était jusque-là restée muette. Quand je serai votre épouse, je resterai comme ça !

A ces mots, elle fit sur son visage pitoyable une sorte de mine stupide qui provoqua un grand rire de la belle.

Oh ! cela, c'était trop ! il n'avait pas la force de le supporter. Il se précipita dehors, incapable de ressentir, incapable de penser. Son esprit avait chancelé : stupide, sans but, sans rien voir, sans rien entendre, il erra toute la journée. Personne ne sut où il avait passé la nuit ; c'est seulement le lendemain que, poussé par une espèce d'instinct stupide, il repassa chez lui, pâle, affreux, échevelé, des signes de folie sur le visage. Il s'enferma dans sa chambre et ne laissa plus entrer personne, resta sans rien demander. Quatre jours passèrent et sa porte ne s'était pas ouverte une seule fois ; finalement, ce fut toute une semaine, et la chambre était toujours fermée. On courut à la porte, on appela, il n'y eut aucune réponse ; on finit par enfoncer la porte et on retrouva

44

son cadavre sans vie, la gorge tranchée. Le rasoir ensanglanté avait roulé par terre. Ses bras tendus et convulsés et son visage affreusement défiguré laissaient à conclure que sa main lui avait été infidèle et qu'il avait souffert encore longtemps avant que son âme pécheresse ne quittât son corps.

Ainsi mourut, victime d'une passion insensée, le pauvre Piskariov, un homme doux, craintif, timide, simple comme un enfant, porteur d'une étincelle de talent qui, peut-être, le temps aidant, aurait pu jaillir en flamme vive et claire. Personne ne le pleura ; on ne vit personne auprès de son cadavre, hormis la silhouette habituelle de l'inspecteur de police et la mine indifférente du médecin municipal. On emmena son cercueil, tout doux, sans même les rites de la religion, au cimetière d'Okhta ; en le suivant, le seul à pleurer était une sentinelle, et, encore, c'était parce qu'il avait forcé sur la vodka. Même le lieutenant Pirogov ne vint pas lancer un regard sur le cadavre du pauvre infortuné qu'il avait honoré, de son vivant, de sa haute protection. Du reste, lui, il avait d'autres chats à fouetter ; il était pris dans une aventure extraordinaire. Mais tournons-nous vers lui.

Je n'aime pas les cadavres et les défunts, il m'est toujours désagréable de trouver sur mon chemin une longue procession funéraire et de voir un soldat invalide, vêtu comme une espèce de capucin, priser son tabac de la main gauche, parce que sa main droite est occupée à tenir un flambeau. Je me sens toujours pris de dépit à la vue d'un riche catafalque et d'un cercueil capitonné de velours ; mais mon dépit est mêlé de tristesse quand je vois un charretier tirer le cercueil rouge et nu d'un miséreux et une unique mendiante, rencontrée à un carrefour, se traîner derrière lui, n'ayant rien d'autre à faire.

Je crois que nous avons laissé le lieutenant Pirogov au moment où il quittait le malheureux Piskariov et se lançait à la poursuite de sa blondinette. Cette blondinette était une petite créature toute légère et très intéressante. Elle s'arrêtait devant chaque magasin et restait à contempler les ceintures, les foulards, les boucles d'oreilles, les gants et autres babioles exposées aux yeux, n'arrêtait pas de se retourner, lançait des regards autour d'elle et n'arrêtait pas de se retourner. "Toi, ma colombe, je t'aurai !", disait Pirogov d'un ton plein d'assurance en continuant sa poursuite, camouflant son visage dans le col de son manteau pour ne pas tomber sur une connaissance. Mais il ne serait pas inutile d'expliquer au lecteur ce que c'était que le lieutenant Pirogov.

Mais avant que nous ne disions ce qu'était le lieutenant Pirogov, il ne serait pas inutile de raconter certaines choses sur le milieu auquel appartenait Pirogov. Il est des officiers qui forment à Pétersbourg une espèce de classe moyenne de la société. A une soirée, à un repas chez un conseiller titulaire, ou un conseiller titulaire actuel, qui est parvenu à son grade au bout de quarante ans de loyaux services, vous en trouverez toujours un. Quelques filles de famille, pâles, décolorées aussi complètement que Pétersbourg, dont certaines ont passé tous les âges, le guéridon pour servir le thé, les danses domestiques, le piano – tout cela est indissociable de l'épaulette claire qui brille sous le feu de la lampe, entre une blonde pleine de dignité et le frac noir de son frérot ou d'un ami de la maison. Ces beautés à sang froid sont extrêmement dures à remuer ou à faire rire ; pour cela, il faut un grand art, ou, pour mieux dire, il faut ne pas avoir d'art du tout. Il faut parler de façon à ce que ce ne soit pas trop intelligent, ni trop comique, et qu'il y ait toujours en tout de ces vétilles qu'aiment les femmes. C'est là qu'il faut rendre justice aux messieurs dont nous parlons. Ils ont un don particulier pour faire rire et écouter ces beautés sans couleur. Les exclamations étouffées par le rire : "Ah, arrêtez ! vous n'avez pas honte de nous faire rire comme ça ?" sont souvent leurs meilleures récompenses. Les classes supérieures, ils n'y pénètrent que rarement, ou, pour mieux dire, jamais. De ces cercles-là, ils sont totalement rejetés par ce que cette société nomme les aristocrates ; ceci dit, ils passent pour des gens instruits et éduqués. Ils aiment à discuter littérature ; font des éloges de Boulgarine, de Pouchkine et de Gretch, et parlent avec mépris et non sans piques spirituelles d'A. A. Orlov[1]. Ils ne laissent pas passer une seule conférence publique, fût-elle à propos de comptabilité, voire de sylviculture. Au théâtre, quelle

---

1. F. Boulgarine (1789-1859) et N. Gretch (1787-1867), éditeurs de *L'Abeille du Nord*, étaient les ennemis littéraires de Pouchkine et de Gogol. A. Orlov (1791-1848) était un prosateur moralisateur que même Boulgarine et Gretch tournaient en ridicule.

que soit la pièce, vous en trouverez toujours un, sauf si l'on en arrive à jouer, évidemment, quelque chose comme "Filatka", ce qui offense grandement leur goût raffiné. Le théâtre, ils y passent leur vie. Ce sont les gens les plus rentables pour la direction d'un théâtre. Ce qu'ils aiment dans les pièces, ce sont les beaux vers, ils aiment aussi appeler les acteurs à pleine voix ; nombre d'entre eux, enseignants dans des établissements de l'éducation de l'Etat, ou préparant aux établissements de l'éducation de l'Etat, finissent par acquérir un cabriolet et une paire de chevaux. Alors, leur cercle s'élargit ; ils peuvent atteindre le stade où ils se marient avec une fille de marchand qui sait jouer du piano, possède cent mille roubles, ou environ, en liquide, et une foule de parents barbus. Mais, cet honneur, ils ne peuvent y prétendre qu'après avoir atteint, au moins, le rang de colonel. Parce que nos braves barbes russes, elles ont beau sentir un peu le chou, elles refusent absolument de marier leurs filles à autre chose qu'un général, au moins un colonel. Tels sont les traits essentiels de cette catégorie de jeunes gens. Mais le lieutenant Pirogov jouissait d'une multitude de talents qui lui appartenaient en propre. Il déclamait à merveille des vers de *Dmitri Donskoï*[1] et du *Malheur d'avoir de l'esprit*[2], avait un

1. Tragédie de N. Koukolnik, très verbeuse.
2. Rappelons que la pièce d'H. Griboïédov, interdite à la représentation, avait été diffusée par des centaines de copies manuscrites. Mettre sur le même plan la tragédie de Koukolnik et le chef-d'œuvre de Griboïedov est évidemment accablant.

art particulier de faire des anneaux si réussis avec la fumée de sa pipe qu'il était capable d'en enfiler d'un coup une dizaine l'un sur l'autre. Il savait raconter très plaisamment l'histoire drôle sur le canon, qui est une chose, et la licorne, qui en est une autre. Du reste, il est assez difficile de faire la liste des talents dont la nature avait gratifié Pirogov. Il aimait parler de telle actrice ou de telle ballerine, mais en termes moins forts que ceux qu'emploie d'habitude un jeune lieutenant. Il était très content de son grade, qui était tout récent, et, même si, parfois, se couchant sur son divan, il se disait : "Oh, oh ! vanité, tout est vanité, qu'est-ce que ça fait, que je sois lieutenant ?", en secret, cette nouvelle dignité le flattait à l'extrême ; dans les conversations, il s'efforçait souvent de faire allusion, par la bande, à cette circonstance, et, une fois, tombant dans la rue sur un scribe qui lui avait semblé malpoli, il l'arrêta immédiatement, et, en quelques mots – mais des mots bien sentis –, il lui fit remarquer que ce scribe se tenait devant un lieutenant, et pas je ne sais quel autre officier. Il s'était efforcé d'exposer cela avec d'autant plus d'éloquence que, juste à ce moment, passaient devant lui deux dames d'un aspect tout à fait avenant. Pirogov, en général, faisait preuve d'une passion pour la grâce, et encourageait le peintre Piskariov ; du reste, cela venait peut-être du fait qu'il éprouvait un grand désir de voir portraiturer sa virile physionomie. Mais assez parlé des qualités de Pirogov. L'homme est une créature si merveilleuse qu'on n'a jamais fini de faire la liste, de but en blanc, de toutes ses qualités, et, plus on l'examine, plus on découvre des particularités nouvelles, et les décrire prendrait l'éternité.

Et donc, Pirogov n'avait pas arrêté de poursuivre l'inconnue, en l'occupant, de temps en temps, de questions auxquelles elle répondait d'un ton rogue, brutal, et par des sortes de sons indéfinis. Ils entrèrent, par les sombres portes de Kazan, dans la rue Méchtchanskaïa, rue des boutiques de tabac et de quincaillerie, des artisans allemands et des nymphes finnoises. La blonde avait pressé le pas, elle fila dans la porte cochère d'un immeuble assez crasseux. Pirogov la suivit. Elle grimpa quatre à quatre un petit escalier étroit et ouvrit une porte par laquelle Pirogov s'introduisit bravement. Là, il se retrouva dans une grande pièce aux murs crasseux, au plafond couvert de suie. Une masse de vis de fer, d'outils de ferblanterie, de cafetières brillantes et de bougeoirs encombrait une table ; le sol était couvert de limaille de cuivre et de fer. Pirogov réalisa tout de suite qu'il se trouvait chez un artisan ferblantier. L'inconnue s'éclipsa plus loin, par une porte latérale. Il hésita une seconde, puis, suivant la coutume russe, résolut de la suivre. Il entra dans une pièce qui ne ressemblait en rien à la précédente, très proprement arrangée et démontrant que son propriétaire était allemand. Il fut stupéfait par une vision des plus étranges.

Il venait de se voir face à Schiller – pas le Schiller qui a écrit *Guillaume Tell* et l'*Histoire de la guerre de trente ans*, mais le Schiller bien connu, maître ferblantier de la rue Méchtchanskaïa. Auprès de Schiller se tenait Hoffmann, – pas l'écrivain Hoffmann, mais l'excellent cordonnier de la rue Offitserskaïa, grand ami de Schiller. Schiller était soûl et, assis sur sa chaise, il tapait du pied et parlait avec fougue. Ce n'est pas cela qui avait étonné Pirogov, non, il fut très étonné par la position des deux hommes. Schiller dressait son nez – un nez assez puissant –, la tête tournée vers le plafond, tandis que Hoffmann, lui, le tenait par le nez avec deux doigts et faisait tourner la lame de son tranchet de cordonnier juste à la surface de ce nez. Les deux hommes parlaient allemand, c'est pourquoi le lieutenant Pirogov, qui ne savait en allemand que *"Gut Morgen"*, fut incapable de comprendre quoi que ce soit à leur histoire. Ceci dit, voilà en quoi consistait le discours de Schiller.

"Je ne veux pas, je n'ai pas besoin de nez ! disait-il en faisant de grands gestes. Rien que pour mon nez, je dépense par mois trois livres de tabac. Et je paye une méchante boutique russe, parce que les boutiques allemandes ne vendent pas de tabac russe, je paye une méchante boutique russe quarante kopecks la livre ; ça fait en tout un rouble vingt kopecks ; douze fois un rouble vingt kopecks – ça fait quatorze roubles quarante kopecks. Tu entends, mon bon Hoffmann ? juste pour un nez, quatorze roubles quarante kopecks ! Et, en plus, les jours de fête, je prise du *râpé*, parce que je ne veux pas, les jours de fête, priser du mauvais tabac russe. Par an, je prise deux livres de *râpé*, à deux roubles la livre. Six plus quatorze – vingt roubles quarante kopecks, rien que pour le tabac. C'est du pillage ! Je te le demande, mon bon Hoffmann, hein que c'est vrai ? – Hoffmann, qui était soûl lui-même, répondait par l'affirmative. Vingt roubles quarante kopecks ! Je suis un Allemand de Souabe ; j'ai un roi en Allemagne. Je ne veux pas de nez ! coupe-moi le nez ! tiens, mon nez !"

Sans l'apparition fortuite du lieutenant Pirogov, il paraît évident que Hoffmann aurait, coûte que coûte, coupé le nez de Schiller, parce qu'il avait déjà mis son couteau en position, comme s'il voulait tailler une semelle.

Schiller parut tout à fait contrit de voir un inconnu, sans prévenir, le déranger au si mauvais moment. Même s'il errait dans le brouillard enivrant du vin et de la bière, il sentait qu'il était quelque peu malséant de se retrouver dans cet état, et faisant ce qu'il faisait, en présence d'un témoin de fortune. Mais le lieutenant Pirogov inclina légèrement la tête et dit, avec le ton avenant qu'il se connaissait :

— Vous m'excuserez…

— Dehors ! lui répondit Schiller d'une voix traînante.

Cela désarçonna un peu le lieutenant Pirogov. Ce genre d'adresse lui était totalement nouveau. Le sourire qui avait affleuré sur son visage disparut d'un seul coup. Avec un air de dignité blessée, il dit :

— Il m'est étrange, monsieur… vous n'avez pas remarqué, sans doute… je suis officier…

— C'est quoi, officier ! Je suis allemand de Souabe. Moi-même (et, à ce mot, Schiller donna un grand coup de poing sur la table) je être officier ; un an et demi junker, deux ans lieutenant, et demain, tout de suite, officier. Mais je ne veux pas armée. Moi, l'officier, je lui fais ça : "fffou !" – et, à ces mots, Schiller montra sa paume et souffla dessus.

Le lieutenant Pirogov vit qu'il ne lui restait rien d'autre à faire que se retirer. Mais cette manière d'agir, tout à fait inconvenante pour son grade, lui restait sur le cœur. Il s'arrêta plusieurs fois dans l'escalier, comme s'il cherchait à reprendre du poil de la bête et réfléchir sur le moyen de faire sentir à Schiller son audace. Il finit par se dire qu'il était possible d'excuser Schiller, parce qu'il avait la tête pleine de bière ; en plus, il se représenta la jolie blondinette, et il décida d'oublier. Le lendemain, le lieutenant Pirogov, tôt le matin, se présenta à l'atelier du ferblantier. Il fut accueilli dans la première pièce par la blondinette, laquelle, d'une voix assez dure, qui allait si bien à son minois, lui demanda :

— Que désirez-vous ?

— Ah, bonjour, ma mignonne ! vous ne m'avez pas reconnu ? la coquine, qu'ils sont jolis, ses petits yeux ! – et le lieutenant Pirogov voulut lever du bout du doigt son menton.

Mais la blondinette lança une exclamation apeurée et lui demanda avec la même dureté :

— Que désirez-vous ?

— Vous voir, je ne désire rien d'autre, prononça le lieutenant Pirogov, affichant un sourire assez plaisant et s'approchant toujours ; mais, remarquant que la craintive blonde voulait se faufiler derrière une porte, il ajouta : J'ai besoin, ma mignonne, de me commander des éperons. Vous pouvez me faire des éperons ? même si, pour vous aimer, ce n'est pas des éperons qu'il faut, mais une jolie petite bride. Qu'elles sont mignonnes, vos jolies mains !

Le lieutenant Pirogov était toujours aimable dans les épanchements de ce genre.

— J'appelle mon mari, s'écria l'Allemande et elle sortit, et, quelques minutes plus tard, Pirogov vit ressortir Schiller, les yeux ensommeillés, à peine réveillé de sa cuite de la veille. Il lança un coup d'œil vers l'officier et se souvint, comme dans un rêve confus, de l'aventure. Il ne se souvenait de rien réellement, mais il sentait qu'il avait fait une bêtise, et c'est pourquoi il le reçut avec un air des plus durs.

— Pour des éperons, je ne peux pas prendre moins de quinze roubles, prononça-t-il pour se défaire de Pirogov, parce qu'en Allemand honnête qu'il était, il avait honte de voir un homme qui l'avait vu dans une situation malséante. Schiller aimait boire sans le moindre témoin, avec deux ou trois amis, et, à ce moment-là, il se cachait même de ses apprentis.

— Pourquoi si cher ? dit Pirogov d'une voix caressante.

— Travail allemand, répliqua froidement Schiller. Le Russe vous le ferait pour deux roubles.

— Je vous en prie, pour vous montrer que je vous apprécie et que je veux me rapprocher de vous, je paye quinze roubles.

Schiller fut un instant songeur ; en Allemand honnête qu'il était, il eut comme un peu honte. Cherchant lui-même à lui faire renoncer à sa commande, il lui déclara qu'il lui faudrait un délai de deux semaines. Mais Pirogov, sans la moindre récrimination, accepta parfaitement.

L'Allemand resta pensif et se mit à réfléchir à la façon de faire son travail au mieux, afin qu'il vaille réellement quinze roubles. A ce moment, la blondinette entra dans l'atelier et entreprit de fouiller sur la table surchargée de cafetières. Le lieutenant profita de la songerie de Schiller, s'approcha d'elle et lui serra le bras, qu'elle avait dénudé jusqu'à l'épaule. Cela déplut fort à Schiller.

— *Mein Frau !* s'écria-t-il.

— *Was wollen Sie doch ?* répondit la blondinette.

— *Gehen Sie cuisine !*

La blondinette s'éloigna.

— Alors, dans deux semaines ? dit Pirogov.

— Oui, dans deux semaines, répondit Schiller songeur, j'ai beaucoup de travail en ce moment.

— Au revoir ! Je repasserai.

— Au revoir, répondit Schiller, refermant la porte derrière lui.

Le lieutenant Pirogov décida de ne pas abandonner ses poursuites, même si l'Allemande lui avait opposé une résistance patente. Il ne comprenait pas qu'il fût possible de lui résister, d'autant que son amabilité et son grade brillant lui donnaient pleinement le droit à l'attention. Il faut pourtant noter que l'épouse de Schiller, toute belle qu'elle ait pu être, était très bête. Cela dit, la bêtise est l'un des charmes particuliers d'une épouse mignonne. Du moins ai-je vu pas mal de maris qui se réjouissent de la bêtise de leur épouse et y voient tous les symptômes d'une innocence infantile. La beauté produit des miracles authentiques. Tous les défauts spirituels d'une beauté, au lieu d'éveiller du dégoût, deviennent comme extraordinairement attractifs ; la débauche elle-même, dans ce cas-là, respire la joliesse ; mais qu'elle disparaisse – et la femme doit être vingt fois plus intelligente que l'homme pour inspirer, je ne dis pas de l'amour, mais au moins du respect. Cela dit, la femme de Schiller avait beau être bête, elle était toujours restée fidèle à son devoir et c'est pourquoi Pirogov avait bien du mal à parvenir au but de son audacieuse entreprise ; mais surmonter les obstacles s'accompagne toujours de jouissance, et la blondinette devenait de jour en jour plus intéressante. Il commença à s'enquérir souvent de ses éperons, si bien que Schiller finit par se lasser. Il mettait tous ses efforts à achever les éperons le plus vite possible ; bientôt les éperons furent prêts.

— Ah, quel travail magnifique ! s'écria le lieutenant Pirogov, apercevant les éperons. Mon Dieu, comme ils sont bien faits ! Notre général n'en a pas de pareils.

Un sentiment de satisfaction s'épanouit dans l'âme de Schiller. Ses yeux eurent une espèce d'expression plus gaie et il se réconcilia complètement avec Pirogov. "L'officier russe est un homme intelligent", se disait-il en lui-même.

— Alors, donc, vous pouvez aussi faire une gaine, par exemple, pour un poignard, ou bien pour d'autres choses ?

— Oh, je peux tout à fait, dit Schiller en souriant.

— Eh bien, faites-moi une gaine pour un poignard. Je vous l'apporterai : j'ai un très bon poignard turc, mais j'aurais envie de lui faire une autre gaine.

Là, Schiller fut comme saisi par une bombe. Son front se plissa. "Ah ça alors !" se dit-il, en s'en voulant secrètement de s'être exposé lui-même à ce travail supplémentaire. Refuser à présent lui paraissait un déshonneur, d'autant que l'officier russe avait loué son travail. Il hocha quelque peu la tête et accepta ; mais le baiser que Pirogov, en repartant, colla insolemment en plein sur les lèvres de la mignonne blondinette le plongea dans la stupéfaction totale.

Je pense qu'il n'est pas inutile de permettre au lecteur de faire un peu plus ample connaissance avec Schiller. Schiller était un Allemand total, au sens le plus complet de ce mot. Dès l'âge de vingt ans, depuis cet âge heureux où les Russes ne vivent que de vent, Schiller avait déjà tout calculé de sa vie et ne se permettait jamais, en aucun cas, une exception. Il avait décidé de se lever à sept heures, de déjeuner à deux heures, d'être exact en toute chose et soûl tous les dimanches. Il avait résolu, pendant vingt ans, de se constituer un capital de cinquante mille, et, cela, c'était aussi exact et aussi implacable que le destin, parce qu'un fonctionnaire oubliera plutôt de lancer un coup d'œil dans la loge du concierge de son chef qu'un Allemand se décidera à trahir sa parole. En aucune circonstance il n'augmentait ses dépenses, et si le prix des pommes de terre grimpait plus que de coutume, il n'ajoutait pas un kopeck, se contentant de diminuer la quantité, et, même s'il avait parfois faim, il s'y faisait. Il était si pointilleux qu'il avait décidé de ne pas embrasser sa femme plus de deux fois par jour, et, pour ne pas l'embrasser par hasard une fois de trop, il ne mettait pas plus d'une seule petite cuillère de poivre dans sa soupe ; du reste, le dimanche, cette règle n'était pas observée, parce que Schiller buvait ce jour-là deux bouteilles de bière et une bouteille de vodka au thym, dont, pourtant, il disait le plus grand mal. Il ne buvait pas du tout comme un Anglais qui, sitôt son repas achevé, s'enferme à clé et se soûle tout seul. Au contraire, comme un Allemand, il buvait toujours avec inspiration, soit en compagnie du savetier Hoffmann, soit de celle du menuisier Kuntz, lui aussi Allemand et grand ivrogne. Tel était le caractère de l'honorable Schiller, qui se trouva finalement placé dans une situation des plus pénibles. Il avait beau être flegmatique et allemand, le comportement de Pirogov éveilla en lui quelque chose qui ressemblait à de la jalousie. Il se cassait la tête et n'arrivait pas à trouver comment diable il pourrait se défaire de cet officier russe. Pendant ce temps, Pirogov, fumant la pipe dans le cercle de ses camarades, – puisque c'est vraiment la Providence qui l'établit, là où il y a des officiers, il y a des pipes –, fumant la pipe dans le cercle de ses camarades, faisait allusion, avec un sourire grave et entendu, à une petite intrigue avec une jolie petite Allemande, avec laquelle, à l'en croire, il était dans la plus grande intimité et qu'en réalité, il avait quasiment perdu l'espoir de plier de son côté.

Un jour qu'il déambulait rue Méchtchanskaïa, en lorgnant l'immeuble sur lequel on pouvait admirer l'enseigne de Schiller avec des cafetières et des samovars, à sa plus grande joie, il aperçut la tête de la blondinette, penchée à la fenêtre et examinant les passants. Il s'arrêta, la salua de la main et dit : *"Gut morgen !"*. La blondinette le salua comme une connaissance.

— Alors, votre mari est là ?

— Il est là, répondit la blondinette.

— Et quand est-ce qu'il n'est pas là ?

— Il n'est pas là le dimanche, dit la stupide blondinette.

"Voilà qui n'est pas mal, se dit Pirogov, il faut en profiter."

Le dimanche suivant, comme un orage dans le ciel bleu, il apparut devant la blondinette. De fait, Schiller n'était pas là. La jolie maîtresse de maison s'effraya ; mais Pirogov adopta cette fois une conduite assez prudente, fit preuve du plus grand respect, et, s'inclinant, montra toute la beauté de sa taille souple et sanglée. Il plaisanta d'une manière aussi agréable que déférente, mais la stupide Allemande ne répondait que par des monosyllabes. Enfin, tentant tous les côtés pour la prendre d'assaut et voyant que rien n'arrivait à l'intéresser, il lui proposa de danser. L'Allemande accepta tout de suite, parce que les Allemandes aiment toujours danser. Sur cela, Pirogov fondait de grands espoirs : d'abord, cela lui faisait déjà plaisir en soi, deuxièmement, cela pouvait montrer son maintien et son agilité, et, troisièmement, dans les danses, on pouvait se rapprocher davantage, étreindre la jolie Allemande et ouvrir une voie pour tout le reste ; bref, il en déduisait un succès total. Il commença une espèce de gavotte, sachant que les Allemandes ont besoin de gradation. La jolie Allemande s'avança au milieu de la pièce et leva son splendide petit pied. Cette position exalta Pirogov et il se précipita pour la couvrir de baisers. L'Allemande commença à crier, ce qui ne fit qu'accroître encore son charme aux yeux de Pirogov ; il l'inonda de ses baisers. C'est à ce moment-là, soudain, que la porte s'ouvrit et que Schiller entra avec Hoffmann et le menuisier Kuntz. Ces dignes artisans étaient soûls comme des savetiers.

Mais je laisse aux lecteurs le soin de juger de la colère et de l'indignation de Schiller.

— Malotru ! s'écria-t-il, pris de l'indignation la plus forte, comment oses-tu embrasser ma femme ? Tu es un salopard, et pas un officier russe. Que le diable m'emporte, ami Hoffmann, je suis un Allemand et pas un cochon russe.

Hoffmann répondit par l'affirmative.

— Oh, je ne veux pas avoir de cornes ! prends-le, mon ami Hoffmann, par le collet, je ne veux pas –, poursuivit-il avec de grands gestes, alors que son visage ressemblait au drap rouge de son gilet. Je vis à Pétersbourg depuis huit ans, j'ai ma mère en Souabe, et mon oncle à Nuremberg ; je suis un Allemand et pas une bête à corne ! enlevez-lui ses habits, mon ami Hoffmann ! prends-le par bras et jambes, mon kamrat Kuntz !

Et les Allemands saisirent Pirogov par les bras et les jambes.

En vain essaya-t-il de résister ; ces trois artisans étaient les plus costauds de tous les Allemands de Pétersbourg et ils se comportèrent avec lui d'une façon si malpolie et si grossière que, je l'avoue, je n'arrive pas du tout à trouver les mots pour rendre compte de ce déplorable événement.

Je suis sûr que, le lendemain, Schiller était pris d'une forte fièvre, qu'il tremblait comme une feuille, s'attendant de minute en minute à voir débarquer la police, et qu'il aurait donné Dieu sait quoi pour que l'aventure de la veille ne se fût produite que dans son rêve. Rien ne pouvait se comparer à la colère et à l'indignation de Pirogov. La pensée seule de ce terrible châtiment le plongeait dans la furie. Pour châtier Schiller, il lui semblait que la Sibérie et les verges étaient des châtiments encore trop doux. Il volait chez lui pour s'habiller et se rendre tout droit chez le général, et lui faire une peinture des plus saisissantes de cette mutinerie des artisans allemands. Il voulait en même temps porter une plainte écrite à l'Etat-Major général. Et si l'Etat-Major avait fini par édicter un châtiment encore trop doux, alors, il aurait écrit directement au Conseil impérial, sinon au Souverain lui-même.

Mais tout cela eut une espèce de fin bizarre : en chemin, il s'arrêta dans une pâtisserie, mangea deux petits gâteaux feuilletés, lut un article de *L'Abeille du Nord* et, quand il ressortit, il n'était plus aussi porté par la colère. De plus, un vent frais assez plaisant le força à faire une petite promenade le long de la Perspective Nevski ; vers neuf heures, il s'était calmé, et jugea qu'il était malvenu de déranger le général un dimanche, d'autant que, sans le moindre doute, le général devait avoir été appelé en mission, ce qui fit qu'il se rendit à une soirée chez un directeur du collège des contrôles, où il y avait une agréable réunion de fonctionnaires et d'officiers. Là, il passa la soirée avec plaisir et se distingua si bien dans la mazurka qu'il enthousiasma non seulement les dames, mais les cavaliers.

"Quelle merveille que notre monde ! me disais-je avant-hier, me promenant sur la Perspective Nevski et repensant à ces deux aventures. Comme le destin se joue de nous d'une façon étrange, mystérieuse ! Obtenons-nous un jour ce que nous désirons ? Atteignons-nous un jour ce vers quoi, semblait-il, nous avions bandé toutes nos forces ? Tout se passe à rebours. A l'un, le destin donne une paire de chevaux splendides, et il s'en sert en restant insensible à leur beauté – alors que l'autre, dont tout le cœur brûle de passion chevaline, fait de la marche à pied et se contente de claquer la langue quand un coursier passe devant lui. Un tel possède un cuisinier hors pair, mais, par malheur, une bouche si petite qu'il ne peut pas y faire entrer, quoi qu'on y fasse, plus de deux petites bouchées ; l'autre a une bouche grande comme l'arche de l'entrée du Grand Etat-Major, mais, las ! il doit se contenter d'un pauvre repas allemand de pommes de terre. Comme notre destin se joue étrangement de nous !"

Mais les événements les plus étranges, ce sont ceux qui nous arrivent sur la Perspective Nevski. Oh, ne vous y fiez pas, à cette Perspective Nevski ! Je m'enroule toujours dans ma cape quand il m'arrive de l'emprunter, et j'essaie de ne pas regarder du tout les objets que j'y rencontre. Tout est mensonge, tout est chimère, rien n'est ce qu'il paraît ! Vous pensez que ce monsieur qui se promène vêtu d'une petite redingote à la coupe parfaite est très riche ? Que non : il tient tout entier dans sa seule redingote. Vous imaginez que ces deux gros qui se sont arrêtés devant l'église en construction discutent de son architecture ? Absolument pas : ils disent qu'elles sont bizarres, les deux corneilles qui se sont posées l'une en face de l'autre. Vous pensez que cet enthousiaste qui fait de grands gestes dit que sa femme vient de jeter par la fenêtre un billet doux à un officier qu'il ne connaît ni d'Eve ni d'Adam ? Pas du tout, il parle de Lafayette. Vous pensez que ces dames… mais, les dames, fiez-vous-y le moins. Regardez moins dans les vitrines : les babioles qui y sont présentées sont splendides, mais elles sentent une grande quantité d'assignats. Mais Dieu vous garde de regarder sous le chapeau des dames ! La cape d'une belle aura beau se déployer dans le lointain, je n'aurai pas la curiosité de la suivre. Eloignez-vous, au nom du Ciel, éloignez-vous des réverbères ! et vite, aussi vite que possible, passez sans vous retourner. Vous aurez de la chance si vous en sortez en recevant juste un peu d'huile puante sur votre redingote de dandy. Mais même en dehors des réverbères, tout respire le mensonge. Elle ment à chaque seconde, cette Perspective Nevski, et surtout quand la nuit, d'une masse épaisse, la couvre de son poids en séparant les murs blancs ou jaune paille des immeubles, quand toute la ville n'est plus que lumières et fracas, quand des myriades de carrosses déboulent depuis les ponts, quand les postillons s'époumonent et sautent sur leurs chevaux et que le démon lui-même allume les lampes juste pour vous montrer le monde comme il n'est pas.

LE NEZ

I

Le vingt-cinq mars, Pétersbourg fut le théâtre d'un événement étrange jusqu'à l'extraordinaire. Le barbier Ivan Iakovlévitch, résidant Perspective Voznessenski (son nom de famille est perdu et même son enseigne – où l'on peut voir un monsieur à la joue ensavonnée avec cette inscription : "Et ouvre aussi les sangs" – n'indique rien de plus), le barbier Ivan Iakovlévitch, donc, se réveilla assez tôt et sentit une odeur de pain chaud. Se relevant à moitié dans son lit, il vit que son épouse, une dame plutôt respectable et grande amatrice le café, sortait du four des pains qu'elle venait juste de cuire.

— Aujourd'hui, Prascovia Ossipovna, je ne prendrai pas de café, dit Ivan Iakovlévitch, et, à la place, je me mangerais bien un petit pain chaud avec une tête d'oignon. (C'est-à-dire qu'Ivan Iakovlévitch aurait souhaité et l'un et l'autre, mais il savait qu'il était absolument impossible de demander les deux choses en même temps, Prascovia Ossipovna ne

67

supportant guère ce genre de lubies.) "Qu'il mange son pain, l'imbécile ; moi, ça m'arrange, se dit l'épouse, il me restera une tasse de café en plus." Et elle lui jeta un pain sur la table.

Ivan Iakovlévitch, histoire de décence, mit son frac par-dessus sa chemise et, s'installant à la table, versa du sel, prépara deux petites têtes d'oignons, prit dans sa main un couteau et, non sans avoir pris une mine empreinte de gravité, se mit à découper le pain. Il découpa le pain en deux moitiés, regarda au milieu et, à sa grande surprise, vit qu'il y avait dedans une espèce de masse blanche. Ivan Iakovlévitch farfouilla prudemment au couteau et palpa du bout du doigt. "C'est solide ! se dit-il, mais qu'est-ce que ça peut être ?"

Il y fourra les doigts et ressortit – un nez !… Ivan Iakovlévitch en resta les bras ballants ; il se frotta les yeux, palpa : un nez, réellement un nez ! et même, à ce qu'il semblait, un nez qu'il connaissait. L'horreur se figea sur le visage d'Ivan Iakovlévitch. Mais cette horreur ne fut rien devant l'indignation qui s'empara de son épouse.

— Où est-ce que tu as pu, espèce de monstre, couper un nez ? cria-t-elle en colère. Filou ! pochtron ! c'est moi qui vais te dénoncer à la police. Mais quel brigand ! Ça fait trois fois déjà que j'entends dire que, quand tu rases les gens, tu leur secoues tellement le nez qu'ils ont peur que tu l'arraches.

Mais Ivan Iakovlévitch n'était ni mort ni vif. Il avait vu que ce nez n'appartenait à personne d'autre qu'à l'assesseur de collège Kovaliov, qu'il rasait tous les mercredis et dimanches.

— Attends, Prascovia Ivanovna ! Je le range, je l'enveloppe dans un linge, dans un coin ; qu'il reste un peu là-bas, et puis je sors dehors.

— Il ne manquait plus que ça ! Que je permette qu'on laisse dans ma chambre un nez coupé ?... Espèce de vieux tisonnier ! Tout ce qu'il sait faire, tiens, c'est de promener le rasoir sur la lanière de cuir, mais son devoir, ça, il n'est pas fichu de le remplir, vieux coureur, espèce de moins que rien ! Que moi, à cause de toi, j'aie des ennuis avec la police ?... Espèce de gâche-métier, vieille bûche ! Sors-le ! Sors-le ! emporte-le où tu veux ! jette-le à tous les diables !

Ivan Iakovlévitch restait complètement foudroyé. Il pensait, il pensait – et ne savait pas quoi penser.

— Le diable le sait, ce qui s'est passé, finit-il par dire, après s'être gratté derrière l'oreille. Si j'étais soûl ou pas, hier, quand je suis rentré, je ne pourrais pas le jurer. Mais, à tous les signes, c'est une affaire qui est tout sauf claire : parce que, le pain – c'est du cuit, et, le nez, pas du tout. Je n'y comprends rien.

Ivan Iakovlévitch se tut. L'idée que la police puisse trouver chez lui un nez et le mettre en accusation le plongea dans une panique complète. Il croyait déjà entrevoir le col rouge, brodé de jolis parements d'argent, l'épée... et il tremblait de tout ses membres. Finalement, il trouva sa culotte et ses bottes, enfila ses loques, et, poussé par les objurgations pesantes de Prascovia Ossipovna, enveloppa le nez dans un chiffon puis sortit dans la rue.

Il voulait le fourrer quelque part : soit dans le trou d'une borne près d'une porte cochère, soit le faire tomber, comme ça, fortuitement, puis obliquer dans une ruelle. Mais, par malheur, il tombait toujours sur quelqu'un qu'il connaissait et qui l'interrogeait tout de suite : "Où tu vas ?" ou bien "Qui donc tu vas raser si tôt ?", si bien qu'Ivan Iakovlévitch n'arrivait pas à trouver la minute favorable. Une fois, il l'avait déjà laissé tomber, mais le factionnaire, dans sa guérite, lui avait crié, en le désignant du bout de sa hallebarde : "Ramasse ! tu as fait tomber quelque chose !" Et Ivan Iakovlévitch avait dû ramasser le nez et le cacher dans sa poche. Le désespoir s'empara de lui, d'autant que la foule ne faisait qu'augmenter dans la rue à mesure que les magasins et les boutiques commençaient à s'ouvrir.

Il décida d'aller vers le pont Issakiévski, pour voir s'il n'arriverait pas à le jeter dans la Néva… Mais je suis un peu confus de ne vous avoir toujours rien dit d'Ivan Iakovlévitch, un homme digne de bien des points de vue.

Ivan Iakovlévitch, comme tout artisan russe qui se respecte, était un ivrogne fini. Et, même si, tous les jours, il rasait des mentons, le sien ne l'était jamais. Le frac d'Ivan Iakovlévitch (Ivan Iakovlévitch ne portait jamais de redingote) était bringé : c'est-à-dire qu'il était noir, mais tout pommelé de taches marron, jaunes et grises ; le col était lustré et, au lieu de trois boutons, on n'y voyait pendre que trois fils. Ivan Iakovlévitch était un grand cynique, et chaque fois que l'assesseur de collège Kovaliov lui disait pendant qu'il se faisait raser : "Tu as les mains qui puent, Ivan Iakovlévitch !", Ivan Iakovlévitch lui répondait par cette question : "Pourquoi est-ce qu'elles pueraient ?"– "Je ne sais pas, mon vieux, mais elles puent", disait l'assesseur de collège, et Ivan Iakovlévitch, après une prise de tabac, le savonnait en réponse sur la joue, sous le nez, derrière l'oreille et sous la barbe – bref, partout où ça lui chantait.

Ce digne citoyen s'était engagé sur le pont Issakiévski. Il commença par regarder autour de lui ; ensuite, il se pencha sur le parapet, l'air de regarder sous le pont, voir s'il y avait des poissons, et, en douce, il jeta le chiffon avec le nez. Il sentit que c'était comme si, d'un coup, une montagne venait de lui tomber de sur les épaules ; Ivan Iakovlévitch en eut même un petit ricanement. Au lieu d'aller raser les mentons de fonctionnaires, il se dirigea vers un établissement dont l'enseigne clamait "Le manger et le thé", pour demander un verre de punch, quand, brusquement, il remarqua au bout du pont un inspecteur de police à l'aspect des plus nobles, aux larges favoris, avec tricorne et sabre. Il se figea ; et pourtant, l'inspecteur lui faisait signe du doigt et l'appelait :

— Approche un peu, mon brave !

Ivan Iakovlévitch, qui connaissait les manières, ôta sa casquette encore de loin, et, s'approchant très vite, prononça :

— Tous mes bonjours, Votre Noblesse.

— Non, non, pas la noblesse ; dis-moi, tu faisais quoi, là, sur le pont ?

— Je vous jure, monsieur, j'allais raser un client, je voulais juste regarder si le courant était fort.

— Taratata, taratata ! Tu ne t'en sortiras pas comme ça. Allez, réponds !

— Votre Grâce, je suis prêt à vous raser deux fois par semaine, ou même trois, gratis sans discussion, répondit Ivan Iakovlévitch.

— Chante toujours, beau merle ! J'ai déjà trois barbiers qui me rasent, et ils prennent ça pour un grand honneur. Non, toi, allez, raconte, tu faisais quoi ?

Ivan Iakovlévitch blêmit… Mais ici, l'aventure se recouvre entièrement de brouillard et, ce qui s'est passé ensuite, personne n'en a la moindre idée.

II

L'assesseur de collège[1] Kovaliov se réveilla assez tôt, et il émit son "brrr" avec les lèvres – ce qu'il faisait toujours quand il se réveillait, même s'il n'arrivait guère à s'expliquer pour quelle raison. Kovaliov s'étira, se fit donner le petit miroir posé sur le bureau. Il voulait voir la tête qu'avait le petit bouton qui, la veille au soir, lui avait surgi sur le nez ; mais,

---

1. Les assesseurs de collège occupent le huitième rang de l'échelle des grades de la Table des rangs (qui en compte quatorze). Le grade d'assesseur de collège pour un fonctionnaire civil correspond à celui de major dans l'armée, grade juste au-dessus de celui de capitaine.

à sa stupeur la plus extrême, il vit qu'à la place du nez, il avait un espace absolument lisse ! Epouvanté, Kovaliov se fit donner de l'eau et se frotta les yeux avec une serviette : non, réellement, pas de nez ! Il entreprit de palper pour savoir s'il dormait : visiblement, non. L'assesseur de collège Kovaliov bondit de son lit, se secoua : pas de nez !… Il se fit tout de suite habiller et vola tout droit chez le chef de la police.

Mais, cependant, il est nécessaire de dire quelques mots à propos de Kovaliov, afin que le lecteur puisse voir quel genre d'assesseur de collège il était. Les assesseurs de collège qui reçoivent ce grade à l'aide d'attestations universitaires ne peuvent en rien être comparés à ces assesseurs de collège qui se sont créés au Caucase[1]. Ce sont deux genres complètement différents. Les assesseurs de collège universitaires… Mais la Russie est un pays si fantastique que si l'on parle d'un assesseur de collège, tous les assesseurs de collège, de Riga jusqu'au Kamtchatka, ne manqueront pas de le prendre pour leur compte. Et c'est pareil pour tous les titres et les grades. Kovaliov était un assesseur de collège du Caucase. Il n'avait été élevé à cette dignité que depuis deux ans, ce qui fait qu'il n'arrivait pas à l'oublier une seule minute ; et pour se donner encore plus de noblesse et de poids, il ne s'appelait jamais "assesseur de collège", mais

1. Les administrations du Caucase, région nouvellement occupée par l'Empire russe, étaient connues pour être particulièrement corrompues, et l'on pouvait y faire carrière beaucoup plus rapidement qu'en Russie.

"major". "Dis donc, ma colombe, avait-il coutume de dire, rencontrant dans la rue une commère qui vendait des plastrons, viens donc me voir chez moi ; j'habite rue Sadovaïa ; tu n'as qu'à demander : «C'est là qu'habite le major Kovaliov ?», tout le monde t'indiquera." S'il rencontrait une jolie petite mignonne, il lui donnait en plus quelque instruction secrète, et ajoutait : "Tu demanderas, mon petit cœur, le logement du major Kovaliov." Voilà pourquoi nous aussi, dorénavant, nous appellerons major cet assesseur de collège.

Le major Kovaliov avait coutume de faire une promenade quotidienne sur la Perspective Nevski. Le joli col de son plastron était aussi propre qu'empesé. Ses favoris étaient du genre de ceux qu'on peut encore voir de nos jours chez les géomètres de province ou de district, les architectes et les médecins militaires de même que chez les policiers de différents offices et, en général, chez tous les hommes qui ont les joues rondes et sanguines et sont très férus au boston : ces favoris tracent une arête sur tout le milieu de la joue et vont en ligne droite jusqu'au nez. Le major Kovaliov portait en breloques une multitude de cachets de cornaline, avec des armoiries ou simplement le nom gravé des jours : mercredi, jeudi, lundi, etc. Le major Kovaliov était monté à Pétersbourg par nécessité, je veux dire pour chercher une place digne de son grade ; si ça marchait, une place de vice-gouverneur, sinon une d'inspecteur quelconque dans une administration un peu en vue. Le major Kovaliov n'aurait pas refusé, non plus, un mariage, mais seulement dans le cas où, en même temps que sa promise, il aurait touché deux cent mille roubles de capital. Le lecteur est donc en état de juger de la situation de ce major au moment où il vit à la place de son nez, un nez potable et modéré, un espace stupide et complètement lisse.

Comme par malheur, pas un cocher ne se montrait dans la rue et il fut obligé de marcher, enveloppé dans sa cape, se cachant le visage sous son mouchoir, comme s'il venait de saigner. "Mais j'espère quand même que c'est juste une impression, ce n'est pas possible que le nez disparaisse, comme ça, sans prévenir !", se dit-il et il entra dans une pâtisserie, exprès pour se regarder dans une glace. Par bonheur, il n'y avait personne dans la pâtisserie ; les serveurs balayaient les salles et disposaient les chaises ; certains, les yeux ensommeillés, sortaient sur un plateau des pâtés chauds ; sur les tables et les chaises traînaient les journaux de la veille, tachés de café. "Bon, Dieu soit loué, personne, murmura-t-il, maintenant, on peut regarder." Il approcha timidement d'une glace et regarda. "Le diable sait quoi, quelle chiennerie ! murmura-t-il, non sans cracher. Si au moins il y avait quelque chose à la place du nez, mais, non, rien !…"

Il se mordit les lèvres de dépit, sortit de la pâtisserie et se résolut, contre son ordinaire, à ne regarder personne et ne lancer aucun sourire. Soudain, il s'arrêta, comme foudroyé, devant l'entrée d'un immeuble ; un phénomène indicible venait de se produire devant ses yeux ; un carrosse s'arrêta devant l'entrée ;

les portières s'ouvrirent ; un monsieur en uniforme en bondit, tout courbé, et courut pour gravir l'escalier. Quelle ne fut pas l'épouvante et en même temps la stupeur de Kovaliov quand il reconnut que c'était là son propre nez ! Devant ce spectacle extraordinaire, il lui sembla que tout venait de se chambouler : il sentait qu'il avait du mal à tenir debout ; il décida, coûte que coûte, d'attendre qu'il revienne à son carrosse, tout tremblant, comme pris de fièvre. Deux minutes plus tard, de fait, le nez ressortit. Il était vêtu d'un uniforme brodé d'or, avec un grand col droit ; il portait un pantalon de chamois ; une épée au côté. A son chapeau à plumes, on pouvait conclure qu'il avait rang de conseiller d'Etat. Tout démontrait qu'il s'apprêtait à partir en visite. Il lança un regard à droite comme à gauche, cria au cocher : "Fouette !" – grimpa dans le carrosse et partit.

Le pauvre Kovaliov faillit devenir fou. Il ne savait plus quoi penser d'une aventure aussi étrange. Comment était-il possible, de fait, qu'un nez qui, la veille encore, se trouvait sur sa figure, incapable de voyager à pied ou en voiture, – pût porter l'uniforme ! Il se lança à la poursuite du carrosse qui, par bonheur, ne s'était pas rendu bien loin et s'était arrêté devant la basilique de Kazan.

Il s'empressa de pénétrer dans la basilique, fendit la rangée de vieilles au visage bandé, avec juste deux fentes pour les yeux, dont il se moquait si fort auparavant, et entra dans l'église. Il y avait peu de fidèles à l'intérieur de l'église ; ils se tenaient tous seulement à l'entrée, devant les portes. Kovaliov se sentait dans un tel état d'abattement qu'il n'avait guère la force de prier, et cherchait des yeux ce monsieur dans tous les coins. Il finit par le trouver à l'écart. Le nez cachait complètement son visage dans un col droit et priait avec un air de dévotion extrême.

"Comment s'approcher de lui ? pensait Kovaliov. Tout, l'uniforme, le chapeau, tout le montre, qu'il est conseiller d'Etat. Le diable le sait, comment faire !"

Il se mit à toussoter auprès de lui ; mais le nez ne quittait pas une minute sa pieuse posture et faisait ses enclins.

— Monsieur, dit Kovaliov, s'encourageant intérieurement, monsieur…

— Vous désirez ? répondit le nez, se retournant.

— Il m'est étrange, monsieur, il me semble… vous devriez connaître votre place. Et, d'un coup, je vous retrouve, et où donc ? – dans une église. Accordez-moi….

— Excusez-moi, je n'arrive pas à comprendre de quoi vous daignez parler… Expliquez-vous.

"Mais comment donc lui expliquer ?" se dit Kovaliov, et, prenant son courage à deux mains, il commença :

— Bien sûr, je… quoique, je suis major. Que je me promène sans nez, accordez-le, c'est indécent. Une quelconque marchande, qui vend des oranges pelées sur le pont Voznessenski, elle peut rester sans nez ; mais, ayant en vue d'être nommé… en plus, connaissant dans de nombreuses maisons certaines dames : Mme Tchekhtariova, conseillère d'Etat, et d'autres… Vous jugerez vous-même… je ne sais pas, monsieur. (A ces mots, le major Kovaliov haussa les épaules.) Excusez-moi… examinant la chose du point de vue des règles du devoir et de l'honneur… vous comprenez vous-même…

— Je ne comprends résolument rien, répondit le nez. Expliquez-vous d'une manière plus satisfaisante.

— Monsieur…, dit Kovaliov avec un air empreint de sa propre dignité, je ne sais comment comprendre vos paroles… Ici, toute l'affaire est parfaitement claire… Ou vous voulez… Enfin, vous êtes mon propre nez !

Le nez regarda le major, et ses sourcils se froncèrent quelque peu.

— Vous vous trompez, monsieur. J'existe en propre. En plus, il ne peut y avoir aucune relation entre nous. A en juger par les boutons de votre uniforme, vous servez dans un autre ministère.

A ces mots, le nez se détourna et reprit sa prière.

Kovaliov perdit tous ses moyens, ne sachant que faire, ni même que penser. A ce moment, résonna l'agréable froufrou d'une robe de dame ; s'approcha une dame d'un certain âge, tout ornée de dentelles, et, avec elle, une toute fine, dont la robe blanche dessinait d'une façon très charmante la taille droite, une dame coiffée d'un chapeau couleur paille, léger comme un gâteau. Ensuite, ce fut un grand haïdouk aux larges favoris, le cou garni d'une bonne douzaine de collets, qui s'arrêta et ouvrit une tabatière.

Kovaliov s'approcha plus près, sortit le petit col en batiste de son plastron, arrangea ses breloques sur leur chaînette en or, et, souriant de gauche et de droite, porta son attention sur la dame toute légère qui, telle une petite fleur de printemps, se penchait délicatement et portait à son front sa petite mimine blanche aux doigts à demi translucides. Le sourire sur le visage de Kovaliov s'épanouit encore plus quand il vit, sous son chapeau, son petit menton rond, d'une blancheur éclatante, et une partie de la joue, teinte de la couleur d'une première rose de printemps. Mais, brusquement, il bondit en arrière, comme s'il s'était brûlé. Il s'était souvenu qu'à la place du nez, il n'avait absolument rien, et des larmes lui montèrent aux yeux. Il se retourna pour dire, tout net, à l'homme en uniforme qu'il faisait juste semblant d'être conseiller d'Etat, qu'il était un filou et une crapule, et qu'il n'était rien d'autre que son propre nez… Mais le nez n'était plus là ; il avait eu le temps s'envoler, visiblement, là encore, vers une autre visite.

Cela plongea Kovaliov dans le désespoir. Il revint sur ses pas et s'arrêta un instant près de la colonnade, scrutant de tous côtés, voir si son nez n'y était pas. Il se souvenait parfaitement qu'il portait un chapeau à plumes et un uniforme brodé d'or ; mais il n'avait pas remarqué son manteau, ni la couleur de son carrosse, ni celle de ses chevaux, ni même si, derrière, il y avait un laquais, et ce qu'il avait comme livrée. En plus, les carrosses, il y en avait un tel nombre dans un sens comme dans l'autre, et ils étaient lancés à une telle vitesse qu'il était même difficile de remarquer quoi que ce soit ; et quand bien même il en aurait remarqué un, il n'aurait eu aucun moyen de l'arrêter. Il faisait un soleil splendide. Il y avait foule sur la Perspective Nevski ; toute une cascade fleurie de dames se déversait sur tout le trottoir, depuis le pont Politzeïski jusqu'au pont Anitchkine. Un conseiller surnuméraire de ses amis, auquel il donnait du "lieutenant-colonel", surtout s'ils n'étaient pas seuls, se dirigeait vers lui. Et voilà Iaryguine, chef de bureau au Sénat, un autre grand ami, qui perdait toujours au boston quand il demandait huit. Et un autre major, qui avait reçu son grade d'assesseur au Caucase, lui faisait de grands gestes pour l'appeler...

— Ah, le diable m'emporte ! dit Kovaliov. Eh, cocher, tout droit chez le chef de la police !

Kovaliov sauta dans des drojkis, encourageant le cocher par ses cris : "Fouette, au galop !"

— Le chef de la police est chez lui ? s'écria Kovaliov, pénétrant dans le vestibule.

— Non, monsieur, répondit le suisse, il vient juste de sortir.

— Mince alors !

— Oui, ajouta le suisse, ça fait pas très longtemps, mais il est sorti. Vous seriez passé il y a une petite minute, peut-être que vous l'auriez trouvé.

Kovaliov, sans ôter son mouchoir de sa face, reprit un cocher et lui cria d'une voix désespérée :

— Fouette !

— Où ? dit le cocher.

— Tout droit !

— Comment, tout droit ? ça tourne ici : à droite ou à gauche ?

Cette question arrêta Kovaliov et le fit réfléchir à nouveau. Dans sa situation, il fallait prioritairement s'adresser au Bureau des bonnes mœurs[1], pas seulement parce que ce bureau était lié à la police, mais parce que ses décisions pouvaient être beaucoup plus rapides que celles des autres administrations : chercher satisfaction auprès de la direction du service auquel le nez avait déclaré appartenir aurait été déraisonnable, parce que, des propres réponses du nez, on pouvait déjà voir que cet homme-là n'avait rien de sacré et qu'il pouvait aussi bien mentir, comme dans le cas où il avait menti en l'assurant qu'il ne l'avait jamais vu. Et donc, Kovaliov voulait galoper au Bureau des bonnes mœurs quand il lui vint à l'idée que ce filou et cette crapule qui s'était comporté, à leur première rencontre, d'une façon aussi inqualifiable, pouvait encore, tranquillement, profitant des circonstances, trouver un moyen de filer hors de la ville, – ce qui rendrait toutes les recherches vaines, ou qui pourrait, à Dieu ne plaise, les étirer sur tout un mois. Mais, semblait-il, le Ciel lui-même le persuada. Il décida de s'adresser directement au bureau d'un journal et de faire en temps et en heure une publication avec la description circonstanciée de toutes ses qualités, afin que quiconque le rencontrerait puisse le lui remettre immédiatement ou, à défaut, lui faire connaître le lieu où il se trouvait. Ainsi, cette décision prise, il ordonna au cocher

1. Le Bureau des bonnes mœurs avait pour mission de s'occuper de tous les délits et des conflits mineurs entre les personnes.

de galoper au bureau du journal, et, pendant tout le trajet, il n'arrêta pas de le rouer de coups de poing dans le dos, en répétant : "Plus vite, crapule ! plus vite, filou !" – "Ah, monsieur !", disait le cocher, secouant la tête et fouettant de la bride un cheval au poil aussi long que celui d'un teckel. Les drojkis s'arrêtèrent enfin, et c'est un Kovaliov hors d'haleine qui se précipita dans une petite pièce de réception où un fonctionnaire aux cheveux gris, vêtu d'un vieux frac et portant des lunettes, siégeait à un bureau et, la plume entre les dents, comptait les sous de cuivre de ses annonceurs.

— Qui reçoit les annonces ici ? s'écria Kovaliov. Ah, bonjour !

— Mes respects, dit le fonctionnaire aux cheveux gris, relevant une seconde les yeux et les rebaissant vers les piles de pièces.

— Je veux insérer…

— Permettez. Je vous prie de patienter quelques secondes, prononça le fonctionnaire, inscrivant d'une main un chiffre sur le papier et faisant glisser des doigts de la main gauche deux boules de son boulier.

Un domestique à galons, empreint d'un air qui montrait qu'il séjournait dans une maison aristocratique, se tenait devant la table, une note à la main et jugeait bon de faire preuve de son savoir-vivre.

— Vous me croirez, monsieur, ce petit chien, il ne vaut pas quatre-vingts kopecks, c'est-à-dire, moi, je n'en donnerais pas huit ; mais la comtesse, elle l'aime, je vous jure, elle l'aime, – et donc, celui qui le retrouve, il aura cent roubles ! Si on disait ce qu'on pense, tels qu'on est là, ensemble, les goûts des gens sont totalement incompatibles ; si vous êtes amateur, gardez un lévrier ou un caniche ; je ne dis pas cinq cents roubles, mettez-y mille dedans, mais que, votre chien, il soit bien.

Le digne fonctionnaire écoutait cela d'un air grave et en même temps s'occupait de l'annonce : combien de lettres y avait-il dans la note qu'il venait d'apporter ? Il y avait sur les côtés une quantité de vieilles femmes, de commis et de concierges, tous des porteurs de notes. L'une clamait qu'on mettait à disposition un cocher, non buveur ; l'autre – une calèche presque neuve, sortie en 1814 de Paris ; une autre encore mettait à disposition une fille de dix-neuf ans, experte au métier de lingère, et bonne aussi à d'autres travaux ; des drojkis en bon état auxquels manquait un ressort ; un jeune cheval fougueux, robe gris pommelé, âgé de dix-sept ans ; de nouvelles graines, reçues de Londres, de navet et de radis ; une datcha tout confort avec deux boxes à chevaux et un espace où faire pousser un excellent jardin de bouleaux ou de sapins ; on y trouvait aussi un appel aux amateurs pour acheter de vieilles semelles, avec une invitation à se présenter à la vente aux enchères tous les jours de huit heures à trois heures du matin. La pièce dans laquelle s'entassait tout ce monde était étroite, et l'air y était d'une rare densité ; mais l'assesseur de collège Kovaliov ne pouvait pas sentir l'odeur, parce qu'il se cachait derrière son mouchoir et parce que son nez lui-même se trouvait Dieu sait où.

— Monsieur, puis-je vous demander… J'ai un besoin extrême, dit-il enfin avec impatience.

— Tout de suite, tout de suite ! Deux roubles quarante-trois kopecks ! Un rouble soixante-quatre kopecks ! disait le monsieur aux cheveux gris, jetant leurs notes à la figure des vieilles et des concierges. Monsieur désire ? dit-il enfin, s'adressant à Kovaliov.

— Je demande…, dit Kovaliov, je suis victime de filouterie ou d'escroquerie, je ne sais pas encore. Je demande seulement de publier que celui qui me rendra cette crapule touchera une gratification notable.

— Puis-je vous demander votre nom ?

— Non, pourquoi mon nom ? Je ne peux pas dire mon nom. J'ai beaucoup d'amis : Mme Tchekhtariova, conseillère d'Etat, la capitaine Palaguéïa Grigorievna Podtotchina… Si elles apprenaient, tout mais pas ça ! Ecrivez simplement : assesseur de collège, ou, mieux, ayant rang de major.

— Le fugitif était un de vos serfs ?

— Comment un de mes serfs ? Ça, ce ne serait encore rien comme filouterie ! Ce qui s'est enfui… c'est… mon nez.

— Hum ! quel nom de famille étrange ! Et ce monsieur "Monnez" vous a volé une forte somme ?

— Mon nez, c'est-à-dire… vous ne comprenez pas ce que je dis ! C'est le nez, mon propre nez à moi, qui a disparu Dieu sait où. Le diable a voulu me jouer un mauvais tour !

— Mais, de quelle façon, disparu ? C'est vrai, je n'arrive pas très bien à comprendre.

— Mais je ne peux pas vous le dire, de quelle façon ; l'essentiel, c'est qu'il se promène, maintenant, en ville, et qu'il se qualifie de conseiller d'Etat. Et c'est pour ça que je vous demande de publier que celui qui l'attrapera me le ramène immédiatement, dans les plus brefs délais. Jugez vous-même, c'est vrai, comment je peux faire, sans une partie aussi notable de mon corps ? Ce n'est pas comme, je ne sais pas, un petit orteil au bout du pied, je le fourre dans ma botte, le pied – et personne ne le voit, qu'il n'est plus là. Je fréquente tous les jeudis la conseillère d'Etat Tchekhtariova ; Palaguéïa Grigorievna Podtotchina, veuve de capitaine, et elle, elle a une fille très mignonne, ce sont aussi des gens que je fréquente, alors, mettez-vous à ma place, qu'est-ce que je peux faire, à présent… Maintenant, je ne peux plus me présenter.

Le fonctionnaire resta pensif, ce qu'indiquait la brusque contraction de ses lèvres.

— Non, je ne peux pas insérer une annonce pareille dans le journal, dit-il après un long silence.

— Comment ? pourquoi ?

— Comme ça. Le journal peut perdre sa réputation. Si tout le monde commence à écrire qu'il a son nez qui s'est sauvé… On le dit déjà assez, qu'on publie beaucoup d'absurdités et de fausses rumeurs.

— Mais en quoi est-ce donc une absurdité ? Il n'y a rien du tout, là, on dirait.

— C'est vous qui avez l'impression qu'il n'y a rien. Mais, tenez, la semaine dernière, il y a eu un cas. Un fonctionnaire se présente, exactement comme vous en ce moment, il m'apporte une annonce, ça lui a fait une facture de deux roubles soixante-treize kopecks, et, toute l'annonce, c'était qu'un caniche à poil noir s'était sauvé. On pouvait croire, bon. Mais ça a donné un pamphlet : le caniche, il s'avère que c'était un trésorier de je ne me souviens plus quelle administration.

— Mais, moi, ce n'est pas sur un caniche que je fais une annonce, c'est sur mon propre nez ; donc, c'est quasiment la même chose que sur moi-même.

— Non, je ne peux pas insérer une annonce comme ça.

— Mais puisque je vous dis que c'est vrai, que mon nez a disparu !

— S'il a disparu, c'est l'affaire d'un docteur. Il paraît qu'il y a des gens qui peuvent vous recoller les nez que vous voulez. N'empêche, vous, je vois que vous devez être un gai luron, vous aimez faire rire la compagnie.

— Je vous le jure, sur tous les saints ! Bon, puisqu'on en est là, je vais vous le montrer.

— Ne vous dérangez pas ! poursuivit le fonctionnaire en prisant son tabac. Remarquez, si ça ne vous dérange pas, – j'aimerais jeter un coup d'œil.

L'assesseur de collège ôta le mouchoir de son visage.

— C'est vrai, c'est extrêmement étrange ! dit le fonctionnaire, un espace parfaitement plat, on dirait une crêpe tout fraîche. Oui, c'est incroyable ce que c'est plat !

— Bon, maintenant encore vous continuerez à ergoter ? Vous le voyez bien vous-même, qu'il faudra insérer. Je vous serai tout particulièrement reconnaissant ; et je suis très heureux que cette circonstance nous ait permis de faire connaissance…

Le major, comme nous le voyons, s'était même résolu à faire quelque peu le lèche-botte.

— Insérer, bien sûr, on peut toujours, dit le fonctionnaire, mais le fait est que je n'y vois pas de grand profit pour vous. Si vous voulez, confiez ça à quelqu'un qui aurait une plume habile, qu'il décrive ça comme une rareté de la nature et qu'il fasse un petit article dans *L'Abeille du Nord* (là, il se reprit une prise de tabac), pour l'édification de la jeunesse (là, il s'essuya le nez) ou, comme ça, pour la curiosité générale.

L'assesseur de collège fut complètement désespéré. Il baissa les yeux jusqu'au bas du journal, où il y avait les annonces de spectacles ; déjà son visage était prêt à sourire parce qu'il y retrouvait le nom d'une actrice fort mignonne, et sa main touchait déjà sa poche, savoir s'il n'avait pas un assignat de cinq, parce que les officiers supérieurs ne doivent prendre que des fauteuils, – mais l'idée de son nez lui gâcha tout !

Le fonctionnaire lui-même sembla touché par la pénible situation de Kovaliov. Cherchant un moyen de soulager sa peine, il jugea bienséant d'exprimer sa compassion par quelques mots :

— C'est vrai, je regrette beaucoup qu'il vous arrive une histoire pareille. Vous ne voudriez pas une petite prise ? ça soulage les maux de tête et les humeurs maussades ; même du point de vue des hémorroïdes, ça fait du bien.

A ces mots, le fonctionnaire tendit à Kovaliov une tabatière, tout en faisant pivoter le couvercle qu'ornait le portrait d'une dame en chapeau.

Ce geste irréfléchi fit perdre patience à Kovaliov.

— Je ne comprends pas comment vous pouvez plaisanter, dit-il, les nerfs à fleur de peau, vous ne voyez donc pas que, ce que je n'ai plus, c'est ce qui m'aurait permis de priser ? Que le diable le prenne, votre tabac ! Ça me rend malade, et pas seulement votre sale tabac russe, non, même si vous m'aviez offert une prise de *râpé*.

A ces mots, il sortit, profondément outré, du bureau du journal et se rendit chez le commissaire de police, dont il savait qu'il raffolait du sucre. Chez lui, tout le vestibule, qui servait aussi de salle à manger, était orné de pains de sucre que des marchands lui offraient par amitié. Au moment où il entra, la cuisinière ôtait au commissaire ses bottes militaires ; l'épée et toutes les armures martiales étaient paisiblement pendues à tous les coins, et son fils de trois ans s'apprêtait à jouer avec son impressionnant tricorne ; le commissaire, après une vie de combats et de campagnes, voulait goûter aux plaisirs de la paix.

Kovaliov entra chez lui au moment où il s'étendait, grognait et se disait : "Ah, un petit roupillon de deux heures !" On imagine donc si l'assesseur de collège se présenta à contretemps ; et, je ne sais pas, quand bien même il lui aurait apporté plusieurs livres de thé ou du drap, il n'aurait pas reçu le meilleur accueil. Le commissaire était un grand protecteur des arts et des manufactures, mais ce qu'il préférait à tout, c'étaient les assignats de l'Etat. "C'est quelque chose, avait-il coutume de dire, il n'y a rien de mieux que cette chose-là : ça demande pas à manger, ça prend pas trop d'espace, ça se trouve toujours une place dans la poche, ça tombe – ça se fait pas mal."

Le commissaire reçut Kovaliov sans guère d'aménité et dit que le temps de la digestion n'était pas celui des enquêtes, que la nature elle-même avait fixé un petit repos juste après déjeuner (ce qui donna à savoir à l'assesseur de collège que le commissaire n'était pas sans connaître les maximes des grands sages de l'Antiquité), qu'un homme honnête ne se ferait pas arracher le nez et qu'il y en avait des masses, des majors, de par le monde, qui n'avaient même pas de pantalon propre et qui allaient traîner dans toutes sortes d'endroits mal famés.

En plein dans le mille ! Il faut remarquer que Kovaliov était extrêmement susceptible. Il pouvait pardonner ce qu'on disait de lui, mais il ne pardonnait pas du tout ce qui avait trait à son rang et à son titre. Il supposait même que, dans les pièces de théâtre, on pouvait laisser passer tout ce qui avait trait aux capitaines mais qu'on n'avait absolument aucun droit d'attaquer les grades supérieurs. L'accueil du commissaire le troubla tellement qu'il secoua la tête et dit, avec un sentiment de dignité outragée, ouvrant un peu les bras : "Je l'avoue, après des remarques aussi blessantes de votre part, je n'ai rien à ajouter…" – et il sortit.

Il rentra chez lui, il sentait à peine ses jambes. La nuit était tombée. Après toutes ces démarches infructueuses, son logement lui fit une impression triste et sordide. Pénétrant dans le vestibule, il vit sur le divan de moleskine usée son domestique Ivan, qui, allongé sur le dos, crachait au plafond, y atteignant le même endroit avec un art réel. L'indifférence de son laquais le jeta dans la fureur ; il lui frappa le front de son chapeau : "Sale porc, tu passes toujours ton temps à faire n'importe quoi !"

Ivan bondit d'un coup et, à toutes jambes, se précipita pour lui ôter sa cape.

Une fois dans sa chambre, le major, triste, épuisé, se jeta dans son fauteuil et, après une série de soupirs, finit par dire :

— Mon Dieu ! mon Dieu ! Pourquoi un malheur pareil ? Si j'avais été sans un bras ou sans une jambe – tout aurait été mieux ; j'aurais été sans oreilles – c'est moche, mais c'est quand même plus supportable ; mais, sans nez, un homme, c'est le diable sait quoi ; un oiseau sans ailes, un citoyen sans droits, – juste à jeter par la fenêtre ! Si encore on me l'avait coupé à la guerre, ou dans un duel, ou si c'est moi qui en avais été la cause ; mais il a disparu comme ça, sans raison, oui, disparu pour rien, pour pas un sou !… Mais non, ce n'est pas possible, ajouta-t-il, après un temps de réflexion. C'est invraisemblable que le nez ait disparu ; c'est invraisemblable, de toutes les façons. Ou bien, soit, réellement, c'est dans mon rêve, soit, c'est juste une espèce de chimère ; peut-être que, par erreur, j'ai pris pour de l'eau la vodka avec laquelle je m'essuie la barbe après le barbier. Ivan, ce crétin, il ne l'aura pas bue, et, moi, voilà, je paye les pots cassés.

90

Pour s'assurer réellement qu'il n'était pas soûl, le major se pinça si fort qu'il en poussa un cri. Cette douleur le persuada définitivement que c'était bien en vrai qu'il agissait et qu'il vivait. Il s'approcha tout doucement de la glace et commença par plisser les yeux avec l'idée que, allez savoir, peut-être que le nez pourrait se remontrer à sa place ; mais, à la minute même, il bondit en arrière, et dit :

— Ah, quelle tronche de caricature !

De fait, ce n'était pas compréhensible. Si ce qui avait disparu, ç'avait été un bouton, une cuiller en argent, une montre, ou quelque chose de ce genre-là ; mais disparaître et, disparaître – qui ? et, en plus, dans mon propre logement !… Le major Kovaliov, réfléchissant à toutes les circonstances, supposait que, sans doute, ce qui était le plus proche de la réalité, c'était que ça ne pouvait être la faute que de la capitaine Podtotchina qui désirait qu'il épouse sa fille. Lui aussi, il n'avait rien contre lui faire un brin de cour, mais il évitait les explications définitives. Quand la capitaine lui avait déclaré tout net qu'elle voulait la lui donner en mariage, lui, il avait filé à l'anglaise avec ses compliments, disant qu'il était encore jeune, qu'il fallait qu'il fasse encore quatre-cinq ans de carrière, le temps d'avoir exactement quarante-deux ans. Voilà pourquoi la capitaine, sans doute par vengeance, avait décidé de lui jeter un sort, et avait loué les services de quelques vieilles sorcières, parce qu'il n'y avait absolument aucun moyen de supposer que le nez ait pu être coupé : personne n'était entré dans sa chambre ; le barbier,

Ivan Iakovlévitch, lui avait fait la barbe le mercredi, or, pendant tout le mercredi et, même pendant tout le jeudi, son nez avait été intact – ça, il s'en souvenait, il le savait parfaitement ; en plus, il aurait senti de la douleur, et, sans aucun doute, la plaie n'aurait jamais pu se cicatriser aussi vite et être plate comme une crêpe. Il bâtissait des plans dans sa tête : fallait-il, en bonne et due forme, traîner la capitaine au tribunal ou se présenter chez elle en personne et la surprendre sur le fait ? Ses réflexions furent interrompues par de la lumière qui jaillit dans l'entrebâillement de la porte, ce qui montrait que, dans le vestibule, Ivan avait déjà allumé la bougie. Bientôt Ivan parut lui-même, la portant devant lui et éclairant violemment toute la chambre. Le premier geste de Kovaliov fut de saisir le mouchoir et de cacher l'endroit où, la veille encore, il avait son nez, pour que, de fait, cet imbécile ne reste bouche bée en remarquant une telle étrangeté chez son maître.

Ivan n'avait pas eu le temps de rentrer dans son trou qu'on entendit dans le vestibule une voix inconnue :

— Est-ce ici qu'habite l'assesseur de collège Kovaliov ?

— Entrez. Le major Kovaliov est là, dit Kovaliov, bondissant et courant ouvrir la porte. Entra un fonctionnaire de la police, l'air avenant, les favoris ni trop clairs ni trop sombres et les joues assez pleines, celui-là même qui, au début de la nouvelle, se tenait au bout du pont Issakiévski.

— Monsieur a perdu son nez ?

— Absolument.

— Il est retrouvé.

— Qu'est-ce que vous dites ? s'écria le major Kovaliov. La joie lui avait ôté la langue. Il écarquillait les yeux sur l'inspecteur aux lèvres et aux joues charnues qui se tenait devant lui et sur lequel clignait violemment la lumière frissonnante de la bougie. – De quelle façon ?

— D'une façon étrange : on l'a arrêté alors qu'il était presque déjà en fuite. Il s'installait déjà dans la diligence de Riga. Et son passeport avait été rempli depuis longtemps au nom d'un certain fonctionnaire. Et, ce qui est étrange, c'est que, moi-même, au début, je l'ai pris pour une personne. Mais, par bonheur, j'avais mes lunettes, et, je l'ai vu à l'instant, que c'était un nez. Parce que je suis myope et, si vous vous placez devant moi, je vois seulement que vous avez une figure, mais, je ne remarquerai rien, ni le nez, ni la barbe. Ma belle-mère, je veux dire, la mère de ma femme, elle non plus, elle n'y voit rien du tout.

Kovaliov était hors de lui.

— Mais où est-il ? Où ? J'y cours tout de suite.

— Ne vous inquiétez pas. Sachant que vous en aviez besoin, je vous l'ai rapporté. Et l'étrange est que le complice principal de cette affaire est cet escroc de barbier de la rue Voznessenski, que je garde au violon. Ça fait longtemps que je le soupçonne d'ivrognerie et de vol, et, pas plus tard qu'avant-hier, il a piqué dans une boutique une douzaine de boutons. Votre nez est tout à fait comme neuf.

A ces mots, l'inspecteur fourra une main dans sa poche et en sortit le nez enveloppé dans du papier.

— Mais oui, c'est lui ! s'écria Kovaliov. C'est vrai, c'est lui ! Prenez une tasse de thé avec moi.

— Ce serait une joie, mais je ne peux vraiment pas : il faut que je passe d'ici à la maison d'arrêt… Les prix ont beaucoup monté sur tout, ces derniers temps… A la maison, j'ai aussi ma belle-mère, je veux dire la mère de ma femme, et les enfants ; l'aîné, surtout, il donne de grands espoirs ; un gamin très intelligent, mais, les moyens pour l'instruire, ils font tellement défaut…

Kovaliov devina et, saisissant sur la table un assignat de dix roubles, il le fourra dans la main de l'inspecteur, lequel, avec de grandes révérences, ressortit sur la rue, où, presque à la minute, Kovaliov entendit sa voix sermonnant dans les dents un paysan stupide qui venait juste, avec sa charrette, de s'engager sur le boulevard.

L'assesseur de collège, après le départ de l'inspecteur, resta quelques minutes dans un état indéfini et eut beaucoup de mal, au bout de quelques minutes, à retrouver sa faculté de voir et de sentir ; tellement cette joie inattendue l'avait plongé dans un état second. Il prit délicatement son nez retrouvé dans le creux de ses deux mains, et le scruta, une nouvelle fois, de toute son attention.

— Oui, c'est lui, c'est bien ! dit le major Kovaliov. Voilà même le petit bouton sur le côté gauche qui avait surgi hier.

Le major faillit en rire de joie.

Mais rien n'est durable en ce monde, et c'est pourquoi la joie n'est plus aussi vivace la minute d'après ; une troisième minute, et elle devient encore plus faible et elle finit par se fondre dans l'état habituel de votre âme, comme un rond dans l'eau, issu de la chute d'un caillou, finit par se confondre dans la surface lisse. Kovaliov s'était mis à réfléchir et avait compris que l'affaire n'était pas encore réglée : le nez était retrouvé, mais il fallait le fixer, le réinstaller à sa place.

— Et s'il ne se refixait pas ?

A cette question, qu'il s'était faite à lui-même, le major blêmit.

Empli d'un sentiment de frayeur indicible, il se précipita vers la table, avança le miroir, pour ne pas risquer de remettre son nez de travers. Avec prudence, avec délicatesse, il le posa à sa place désignée. Horreur ! Le nez ne se recollait pas !... Il le porta à sa bouche, le réchauffa un peu de son souffle et le replaça sur l'espace vide qui s'était formé entre ses deux joues ; mais le nez refusait absolument de tenir.

— Allez ! allez, quoi ! mais colle-toi, crétin ! lui disait-il. Mais le nez semblait comme de bois et retombait sur la table avec un bruit tellement étrange, on aurait dit un bouchon. Le visage du major se déforma dans une convulsion. – Mais enfin, il ne se collera donc pas ? disait-il, pris d'épouvante. Mais il eut beau essayer de le remettre à sa place, ses efforts demeuraient inutiles.

Il appela Ivan et l'envoya chercher le docteur qui occupait dans le même immeuble le meilleur appartement, au premier étage. Ce docteur était un homme bien de sa personne, il avait de magnifiques favoris d'ébène, une doctoresse pleine de fraîcheur et de santé, il mangeait le matin des pommes fraîches et tenait sa bouche dans une hygiène totale, en la rinçant tous les matins quasiment trois quarts d'heure et en se lissant les dents avec cinq genres de brosses différentes. Le docteur arriva à la minute. Il demanda la durée depuis laquelle ce malheur était survenu, souleva le major Kovaliov par le menton et lui donna avec le pouce deux chiquenaudes à l'endroit où s'était trouvé le nez, des chiquenaudes si puissantes que le major dut rejeter sa tête en arrière avec une telle force qu'il se cogna contre le mur. Le médecin dit que ce n'était rien, lui conseilla de s'écarter un peu du mur, lui ordonna de pencher la tête d'abord vers la droite, puis, après avoir palpé l'endroit où s'était trouvé le nez, dit : "Hum !" Puis il lui ordonna de se tordre la tête vers la gauche, et dit : "Hum !" – et, pour conclure, il lui donna une autre chiquenaude avec le pouce, de sorte que Kovaliov secoua la tête comme un cheval dont on regarde les dents. Cette étude accomplie, le médecin hocha la tête et dit :

— Non, pas moyen. Restez plutôt comme ça, parce que ça pourrait être encore pire. Bien sûr, on pourrait le fixer ; moi, je pense que je vous le fixerais tout de suite ; mais je vous assure que ce serait pire pour vous.

— Elle est bonne, celle-là ! comment je pourrais rester sans nez ? dit Kovaliov. Ça ne peut pas être

96

pire que maintenant. C'est simplement le diable sait quoi ! Où est-ce que je peux me montrer avec cet air de caricature ? J'ai de bonnes relations : tenez, ce soir même, il faut que je sois à deux soirées. Je connais beaucoup de gens ; la conseillère Tchekhtariova, la capitaine Podtotchina… même si après ce qu'elle m'a fait aujourd'hui, je ne peux plus avoir affaire à elle qu'à travers la police. Faites-moi cette faveur, prononça Kovaliov d'une voix suppliante, il n'y a aucun moyen ? remettez-le, d'une façon ou d'une autre ; même pas bien, pourvu qu'il tienne ; je pourrais même le tenir un peu avec la main, dans les cas dangereux. En plus, je ne danse pas, pour ne pas me faire du tort, je ne sais pas, par un geste imprudent. Et pour ce qui est de ma reconnaissance pour les visites, vous pouvez être assuré, autant que mes moyens le permettront…

— Croyez-moi, dit le docteur d'une voix ni sonore ni basse, mais extrêmement persuasive et magnétique, je ne soigne jamais par appât du gain. C'est contraire à mes règles et à mon art. Certes, je fais payer mes visites, mais uniquement pour ne pas offenser au cas où je refuserais. Bien sûr, je n'ai pas replacé votre nez, mais je vous l'assure sur l'honneur, si vous croyez en ma parole, que ce sera bien pire. Laissez plutôt agir la nature elle-même. Lavez-vous plus souvent à l'eau froide, et je vous assure que, même si vous n'avez pas de nez, vous serez aussi bien portant que si vous en aviez un. Pour votre nez, je vous conseille de le garder dans un flacon d'alcool, ou, mieux encore, d'y verser deux

cuillers à soupe de vodka forte et de vinaigre chaud,
– et, là, vous pouvez en tirer une somme consé-
quente. Moi-même, je vous le prendrais volontiers,
si vous êtes raisonnable sur le prix.

— Non, non ! je ne le vendrai pour rien au monde !
s'écria le major Kovaliov désespéré, tant pis, qu'il
soit perdu !

— Excusez-moi, dit le docteur en saluant, je voulais vous être utile… Que faire ! Du moins, vous
pouvez témoigner de mes efforts.

A ces mots, le docteur, avec un air empreint de
dignité, sortit de la pièce. Kovaliov ne remarqua
même pas sa figure et, dans un gouffre d'indifférence, ne vit que les manchettes de la chemise propre et blanche comme la neige, qui sortait de sous
les manches de son frac noir.

Il résolut, le lendemain même, avant de porter
plainte, d'écrire à la capitaine pour voir si elle n'accepterait pas de lui rendre ce qu'elle devait. Voici sa
lettre :

Chère Alexandra Grigorievna !

*Je ne puis comprendre l'acte étonnant qui est le
vôtre. Soyez assurée qu'agissant de la sorte, vous ne
gagnerez rien et ne m'obligerez pas à épouser votre
fille. Croyez-moi, l'histoire de mon nez m'est connue
totalement, de même que le fait que vous en êtes les
instigatrices principales, vous, et personne d'autre.
Sa brutale séparation de sa place, sa fuite et son
déguisement tantôt sous la forme d'un certain fonctionnaire, tantôt, pour finir, sous sa propre forme,*

n'est rien d'autre que la suite des sortilèges pronon-
cés par vous ou ceux de vos semblables qui s'exer-
cent à ce genre de nobles occupations. De mon côté,
j'estime de mon devoir de vous mettre en garde ; si
le susdit nez ne se retrouve pas aujourd'hui même à
sa place, je me verrai contraint d'avoir recours à la
protection de la loi.

Au reste, avec mon respect le plus total, j'ai l'hon-
neur d'être

    Votre humble serviteur,

             PLATON KOVALIOV.

Cher Platon Kouzmitch !
Votre lettre m'a plongée dans un étonnement
extrême. Je vous l'avoue en toute sincérité, je ne m'y
attendais absolument pas, et d'autant moins au sujet
des reproches injustifiés que vous me faites. Je vous
fais savoir que, pour le fonctionnaire auquel vous
faites allusion, je ne l'ai jamais reçu chez moi, ni
déguisé, ni sous sa forme naturelle. J'ai reçu, certes,
quelques visites de Filipp Ivanovitch Potantchikov.
Et même si, de fait, il recherchait la main de ma fille,
étant lui-même de mœurs irréprochables, non bu-
veur et d'une profonde éducation, je ne lui ai jamais
donné le moindre espoir. Vous faites en outre allusion
à votre nez. Si vous entendez par là que j'aurais soi-
disant voulu vous moucher le nez, c'est-à-dire vous
opposer un refus formel, je suis surprise que ce soit
vous qui le disiez, alors que, moi, comme vous le
savez bien, je suis d'un avis tout contraire, et si,
aujourd'hui même, vous me demandez formellement

la main de ma fille dans les formes légales, je suis
prête sur-le-champ à vous donner satisfaction, car
cela a formé depuis toujours l'objet de mon désir le
plus vif, dans l'espoir de quoi je reste toujours à
vous servir,

ALEXANDRA PODTOTCHINA.

"Non, se dit Kovaliov après avoir lu cette lettre.
C'est sûr qu'elle est innocente. Ce n'est pas possible !
Le coupable d'un crime n'aurait pas pu écrire cette
lettre-là. – L'assesseur de collège se connaissait dans
ce domaine parce qu'il avait été plusieurs fois envoyé en mission pour des enquêtes, du temps encore
où il travaillait au Caucase. – Mais de quelle façon,
mais par quelles destinées une chose comme ça a-
t-elle pu se produire ? Il n'y a que le diable qui s'y
retrouverait !" dit-il enfin, baissant les bras.

Pendant ce temps, la rumeur de cette aventure
extraordinaire s'était répandue dans toute la capitale,
et, comme d'habitude, non sans quelques enjolive-
ments particuliers. A ce moment-là, tous les esprits
étaient précisément enclins au merveilleux : tout
récemment, le public avait été captivé par la puissance du magnétisme. En plus, l'histoire des chaises
dansantes de la rue Konniouchennaïa était encore
fraîche et c'est pourquoi il n'est guère étonnant qu'on
ait bientôt commencé à dire que, soi-disant, le nez de
l'assesseur de collège Kovaliov, tous les jours à trois
heures précises, faisait une promenade sur la Perspective Nevski. On voyait tous les jours s'amasser une

100

foule de curieux. Quelqu'un dit que, soi-disant, le nez se trouvait dans le magasin de Junker – et, près de chez Junker, il y eut une telle cohue et une telle bousculade que la police fut même forcée d'intervenir. Un spéculateur de bon aloi, portant des favoris et qui vendait à l'entrée d'un théâtre des biscuits secs, fabriqua tout exprès de magnifiques et solides bancs de bois sur lesquels il invitait les curieux à grimper pour quatre-vingts kopecks. Un colonel aux états de service impressionnants, rien que pour voir la chose, sortit plus tôt de chez lui, et, au prix de grands efforts, se fraya un passage dans la foule ; mais, à sa plus grande indignation, il ne vit dans la vitrine du magasin, au lieu du nez, qu'un tricot de laine et une image lithographiée représentant une jeune fille en train d'arranger son bas, avec, derrière un arbre, un galant, gilet ouvert et barbe en bouc, la regardant – image suspendue à la même place depuis au moins dix ans. Revenu sur ses pas, il dit avec dépit : "Comment peut-on agiter les gens avec des bruits aussi stupides et invraisemblables ?"

Ensuite, le bruit courut que ce n'était pas sur la Perspective Nevski, mais au Jardin taurique que se promenait le nez du major Kovaliov, et qu'il y était, soi-disant, depuis longtemps ; que, du temps encore que Khozrev-Mirza y habitait[1], ce jeu étrange de la nature n'arrêtait pas de l'étonner. Certains étudiants de l'Académie de chirurgie s'y rendirent. Une dame de haute noblesse et grande dignité demanda dans une

1. Prince persan qui s'était rendu à Pétersbourg en 1829.

lettre manuscrite au gardien du Jardin de montrer aux enfants ce phénomène rare, et, si c'était possible, avec des explications morales et édifiantes pour l'instruction de la jeunesse.

Toutes ces aventures faisaient le bonheur de tous les mondains, des visiteurs indispensables des raouts, aimant à faire rire les dames, et dont les réserves, à ce moment-là, étaient à plat. Quelques personnes honorables et cherchant la vertu étaient fort irritées. Un homme disait avec indignation qu'il ne comprenait pas qu'au siècle cultivé où nous vivons on puisse voir se répandre des inventions aussi absurdes, et il se demandait pourquoi le gouvernement n'y mettait toujours pas bon ordre. Cet homme, comme on le voit, appartenait à cette catégorie d'hommes qui souhaiteraient mêler le gouvernement à tout, même à leurs brouilles quotidiennes avec leur épouse. A la suite de cela... mais ici, l'aventure se recouvre de brouillard, et ce qui s'est passé ensuite, personne, réellement, n'en sait rien.

III

C'est n'importe quoi, réellement, ce qui arrive dans ce monde. Parfois, ça n'a pas trace de vraisemblance ; d'un coup, ce fameux nez qui se promenait avec le grade de conseiller d'Etat et avait fait tant de bruit en ville, se retrouva, comme si de rien n'était, de nouveau à sa place, c'est-à-dire au milieu des deux joues du major Kovaliov. Cela se produisit déjà le sept avril. Se réveillant et regardant le miroir par hasard, qu'aperçut-il ? son nez ! – lui, hop, sa main dessus – oui, son nez ! "Ehé !", dit Kovaliov, et, de joie, il faillit, là, pieds nus, danser le kazatchok dans sa chambre, mais Ivan, qui entrait, l'en empêcha. Il demanda à l'instant de quoi se laver, et, en se lavant, se regarda une nouvelle fois dans le miroir : le nez était là ! En s'essuyant de sa serviette, il regarda une fois supplémentaire dans le miroir : le nez était là !

— Dis donc, regarde, Ivan, je crois que j'ai un bouton, non, sur le nez ? dit-il, en pensant : "Quel malheur si Ivan disait : mais non, monsieur, non seulement il n'y a pas de bouton, mais il n'y a pas de nez !"

Mais Ivan dit :

— Non, monsieur, pas trace de bouton : le nez est propre !

"C'est bien, que le diable me prenne !" se dit le major et il claqua des doigts. A ce moment-là, parut à sa porte le barbier Ivan Iakovlévitch, mais d'un air si peureux, on aurait dit un chat qui vient de se prendre une roustée parce qu'il aurait chipé du lard.

— Dis-le d'avance : tu as les mains propres ? lui cria de loin Kovaliov.

— J'ai les mains propres, monsieur.

— Menteur !

— Je vous jure, j'ai les mains propres, monsieur.

— Bon, fais attention, hein.

Kovaliov s'assit. Ivan Iakovlévitch le recouvrit d'une serviette et, en un instant, à l'aide d'un blaireau, transforma toute sa barbe et une partie de la joue en cette crème qu'on sert les jours de fête chez les marchands.

"N'empêche, hein ! se dit Ivan Iakovlévitch en lançant un coup d'œil vers le nez, puis, il pencha la tête de l'autre côté et le regarda encore de ce côté-là. – Ça alors ! ah bah, là, quand on pense", poursuivit-il et il resta encore longtemps à regarder le nez. Finalement, tout doucement, avec toutes les précautions qu'on peut seulement imaginer, il souleva deux doigts, dans l'intention d'en attraper le bout. Tel était le système d'Ivan Iakovlévitch.

— Ta, ta, ta, attention ! s'écria Kovaliov.

Ivan Iakovlévitch en resta les bras ballants, hébété, confus comme jamais il ne l'avait été. Finalement, avec prudence, il se mit à lui chatouiller la barbe avec son rasoir ; et même s'il était très peu pratique, très difficile, de raser sans appui sur la partie olfactive du corps, s'appuyant cahin-caha de son pouce râpeux sur la joue et la lèvre inférieure, il finit par vaincre tous les obstacles et acheva le rasage.

Quand tout fut prêt, Kovaliev s'empressa de s'habiller, prit un cocher et partit directement à la pâtisserie. En entrant, il cria de loin : "Garçon, un chocolat !" et, en même temps, à la minute, il fila vers une glace : le nez était là ! Il se retourna joyeusement et regarda d'un air sarcastique, en plissant un peu l'œil, deux militaires, dont l'un avait le nez guère plus grand qu'un bouton de gilet. Ensuite, il se rendit au siège de l'administration où il faisait ses démarches pour une place de vice-gouverneur, ou, en cas d'échec, d'inspecteur. En traversant le vestibule, il lança un coup d'œil dans la glace : le nez était là ! Ensuite, il passa chez un autre assesseur de collège, ou un major, un joyeux drille auquel il avait dit souvent en réponse à ses différentes piques : "Je te connais, vipère !" En chemin, il réfléchit : "Si le major ne se plie pas de rire en me voyant, c'est un signe certain que tout ce qu'il y a est là où ça doit être." Mais, l'assesseur de collège – rien. "C'est bien, c'est bien, le diable m'emporte !", se dit Kovaliov. En chemin, il rencontra la capitaine Podtotchina avec sa fille, leur fit mille saluts et fut reçu par des exclamations de joie ; donc, rien, aucune perte de faveur. Il leur parla longtemps, et, sortant tout exprès sa tabatière, il mit longtemps à se remplir le nez, les deux conduits, en se répétant en lui-même : "Tenez, tiens, les bonnes femmes, espèce de vieilles poules ! n'empêche, ta fille, je ne la prendrai pas. Juste comme ça, *par amour**[1] – là, je veux bien !" Et, depuis ce jour-là, le major Kovaliov se promena comme si de rien n'était sur la Perspective Nevski, et dans les théâtres, et partout. Et son nez aussi, comme si de rien n'était, restait sur sa figure, ne montrant pas même le début d'un désir de repartir vagabonder. Et, après cela, on vit toujours le major Kovaliov de bonne humeur, souriant, faisant résolument la cour à toutes les jolies demoiselles et s'arrêtant même une fois

1. Les mots ou expressions en italique et suivis d'un astérisque sont en français dans le texte.

devant une boutique du Gostinny dvor[1] pour acheter le ruban d'une décoration, on ne sait pas pourquoi, parce que, lui-même, il n'était chevalier d'aucun ordre.

Voilà quelle histoire est arrivée dans la capitale nordique de notre vaste empire ! Ce n'est qu'aujourd'hui, en la reprenant tout entière, que nous voyons toutes ses invraisemblances. Sans même parler de la séparation réellement surnaturelle d'un nez et de son apparition dans toutes sortes de lieux sous l'aspect d'un conseiller d'Etat, – comment Kovaliov avait-il pu ne pas comprendre qu'il est impossible de passer une annonce dans le journal au sujet de son nez ? Et si je dis cela, ce n'est pas que le prix d'une annonce me paraisse excessif : ça, c'est n'importe quoi, je ne suis pas du tout un fesse-matthieu. Mais ce n'est pas poli, c'est gênant, ce n'est pas bien ! Et puis cela encore – comment le nez s'était-il retrouvé dans le pain sorti du four, et comment Ivan Iakovlévitch lui-même ?... non, ça, je ne le comprends pas du tout, je ne le comprends absolument pas ! Mais ce qui est le plus étrange, ce qui est le plus incompréhensible, – c'est qu'il y a des auteurs pour prendre des sujets pareils. Je l'avoue, ça, c'est réellement inconcevable, c'est vraiment... non, non, vraiment, je ne comprends pas. D'abord : à quoi ça sert à la patrie ? à rien ; ensuite... mais, ensuite non plus,

1. Une des grandes galeries marchandes donnant sur la Perspective Nevski.

ça ne sert à rien de rien. C'est juste, vraiment, je ne sais pas…

Et, malgré tout, même si, pourtant, on peut admettre et ci, et ça, et ça encore, et ça ensuite… bon, où donc n'y a-t-il jamais eu d'incohérences ?… Et malgré tout, quand on y réfléchit, à tout ensemble, dans tout ça, je vous jure, il y a quelque chose. On a beau dire, des aventures de ce genre, en ce monde, – c'est rare, mais ça arrive.

LE PORTRAIT

PARTIE I

Nulle part les gens ne s'arrêtaient autant que devant le petit magasin de tableaux du marché Chtchoukine[1]. Ce petit magasin, de fait, se présentait comme un assemblage des plus hétéroclite de bizarreries ; des tableaux peints pour la plupart à l'huile, couverts d'une laque vert sombre, entourés de cadres d'oripeau jaune sombre. Un hiver avec des arbres blancs, un soir complètement rouge, évoquant la lueur d'un incendie, un paysan flamand fumant la pipe avec un bras cassé, faisant plutôt penser à un dindon en manchettes plutôt qu'à un être humain, – voilà quels étaient leurs sujets habituels. A cela, il fallait ajouter quelques représentations gravées : le portrait de Khozrev-Mirza en toque de mouton, des portraits de généraux en tricorne, le nez tordu. Qui plus est, les portes de ce genre de boutiques sont généralement encombrées de colliers d'œuvres imprimées en loubok[2], grand format, qui témoignent d'un don original de l'homme russe. L'une des feuilles montre la princesse

1. L'équivalent de notre marché aux puces.
2. L'équivalent de nos images d'Epinal.

Miliktrissa Kirbitievna, l'autre la ville de Jérusalem, sur les maisons et les églises de laquelle s'est étalée sans trop de cérémonie une peinture rouge qui s'est emparée d'une partie de la terre et de deux moujiks russes en prière, porteurs de moufles. D'acheteurs, ce genre d'œuvres n'en ont généralement pas trop, mais, les curieux passent en foule. Un fainéant de domestique bâille sans doute devant elles, en tenant à la main les gamelles qui contiennent le repas de son maître qu'il est allé cherché à la taverne, lequel maître, je le pressens déjà, mangera une soupe qui sera tout sauf chaude. On voit devant, sans doute, un soldat en capote, ce joli-cœur du marché aux puces, qui est venu pour vendre deux canifs ; une marchande du quartier d'Okhta, porteuse d'un éventaire de savates. Chacun s'enthousiasme à sa façon : les paysans, d'habitude, montrent du doigt ; les jolis cœurs examinent d'un œil grave ; les gamins domestiques et les petits apprentis rient et se moquent les uns des autres devant les caricatures ; les vieux domestiques, en capote de ratine, regardent juste parce qu'il faut bien un endroit où bâiller ; et les marchandes, jeunes commères russes, courent, par instinct, écouter de quoi les gens bavassent, et regarder ce qu'ils regardent.

C'est alors que le jeune peintre Tchartkov, qui passait par là, s'arrêta devant la boutique. Son vieux manteau et ses habits sans recherche montraient un homme entièrement dévoué à son travail et qui n'avait pas le temps de s'occuper de cette mise qui exerce toujours un attrait mystérieux sur la jeunesse. Il s'était arrêté devant la boutique et riait intérieurement de la laideur de ces tableaux.

Puis il fut pris malgré lui par une réflexion : il se demanda qui pouvait bien avoir besoin de ces œuvres-là. Que le peuple russe pût admirer les *Erouslan Lazarévitch*, les *bâfreurs* et les *buveurs*, *Foma* et *Erema*, cela ne l'étonnait pas ; les objets représentés, le peuple y avait un accès facile et immédiat ; mais qui étaient les acheteurs de ces badigeonnages à l'huile, sales et bariolés ? qui pouvait bien avoir besoin de ces paysans flamands, de ces paysages rouges et bleu ciel qui font preuve d'une espèce de prétention à un degré supérieur de l'art, mais ne font qu'exprimer son avilissement le plus profond ? Cela, semblait-il, n'était pas du tout l'œuvre de quelque enfant autodidacte. Sinon, malgré toute l'insensibilité caricaturale de l'ensemble, on aurait au moins dû y voir percer la violence d'un élan. Mais on ne voyait là, tout simplement, qu'une bêtise crasse, qu'une médiocrité lâche et stérile qui faisait intrusion parmi les arts, alors qu'elle n'avait une place que parmi les travaux les plus bas, une médiocrité qui restait fidèle, néanmoins, à sa vocation et imposait sa routine dans le monde même de l'art. Les mêmes couleurs, la même manière, la même main routinière qui s'exerçait, une main qui serait plutôt celle d'un automate fabriqué à la hâte que celle d'un être humain !… Il demeura longtemps devant ces tableaux sales, ne pensant déjà plus du tout à eux, et cependant, le patron de la boutique, un petit bonhomme gris en manteau de ratine, doué d'une barbe qu'il n'avait rasée que le dimanche d'avant, lui parlait déjà depuis un bon moment, marchandait et s'entendait sur le prix, alors qu'il ne savait pas encore ce qui lui avait plu et ce qu'il recherchait.

— Pour ces paysans, là, et ce paysage, tenez, je vous prends juste vingt-cinq roubles. La peinture que c'est ! Ça vous crève les yeux ; je viens juste de les recevoir de la salle des ventes, la laque elle n'est pas encore sèche. Ou, tenez, là, cet hiver, prenez l'hiver ! Quinze roubles ! Rien que le cadre, ce qu'il vaut. Non mais, regardez-le, cet hiver ! – Ici, le marchand donna une légère chiquenaude à son tableau, sans doute pour montrer toute la qualité de son hiver. – Je vous fais un paquet ensemble et je vous le livre ? Où monsieur habite-t-il ? Eh, petit, de la ficelle.

— Attends, mon bon, pas si vite, dit le peintre en revenant à lui quand il vit que l'habile marchand s'était sérieusement mis à faire un paquet. Il se sentit des scrupules de ne rien prendre alors qu'il était resté si longtemps à regarder dans la boutique et dit :

— Attends, je regarde voir si je ne trouve pas quelque chose ici, – et, se penchant, il se mit à fouiller par terre des badigeonnages anciens, entassés sous la poussière et à demi effacés et qui, visiblement, ne jouissaient plus d'aucun respect. Il y avait là de vieux portraits de famille, dont on ne pouvait plus même, sans doute, retrouver les descendants, des représentations totalement inconnues, à la toile trouée, des cadres dédorés, – bref, toutes sortes de vieux rebuts. Mais le peintre se mit à farfouiller, en se disant : "Qui sait, peut-être que je trouverai quelque chose." Il avait plus d'une fois entendu des récits sur la façon dont, chez les marchands de *louboks*, on avait pu trouver, dans les rebuts, des toiles de grands maîtres.

Le patron, voyant où il était allé fouiller, mit fin à son agitation et reprit sa position et sa gravité coutumières devant la porte, attirant le chaland en indiquant du geste sa boutique : "Ici, mon bon monsieur, regardez ces tableaux ! entrez, entrez ; je viens de les recevoir de la salle des ventes." Il avait déjà crié tout son soûl, et généralement pour rien, avait parlé à satiété avec le fripier établi face à lui dans sa propre boutique, quand, se souvenant en fin de compte que, dans sa boutique, il avait un client, il tourna le dos au peuple et repartit au fond. "Alors, mon bon monsieur, on a choisi quelque chose ?" Mais le peintre, depuis déjà un certain temps, se tenait immobile devant un portrait dans un grand cadre doré sur lequel à présent on ne voyait briller que des bribes de dorure.

C'était un vieillard au teint de bronze, aux traits anguleux, souffreteux ; les traits de son visage, semblait-il, avaient été saisis pendant un geste convulsif et portaient l'écho d'une force qui n'était pas celle des pays du Nord. C'était le sceau d'un Midi enflammé. Le vieillard était drapé dans un large costume asiatique. Le portrait avait beau être abîmé et couvert de poussière, quand Tchartkov réussit à enlever la poussière du visage, il découvrit les traces du travail d'un grand peintre. Le portrait, semblait-il, était inachevé ; mais la puissance de la touche saisissait. Le plus extraordinaire étaient ses yeux : le peintre semblait y avoir utilisé toute la puissance de sa touche et toute l'attention de son effort. Ces yeux, ils vous regardaient, tout simplement, ils vous regardaient depuis le portrait, comme s'ils mettaient à mal son harmonie par leur vivacité étrange. Quand il apporta le tableau vers la porte, les yeux regardèrent encore plus fort. Les gens autour eurent presque tous la même impression. Une femme, qui s'était arrêtée derrière lui, s'écria : "Il regarde, il regarde !" et recula. Il ressentit une sorte de sensation désagréable, obscure pour lui-même, et il reposa le portrait par terre.

— Ma foi, prenez le portrait ! dit le patron.

— Combien ? dit le peintre.

— Je vais pas chercher cher : allez, soixante-quinze kopecks !

— Non.

— Vous m'en donnez combien ?

— Vingt kopecks, dit le peintre, s'apprêtant à repartir.

— Non, vous poussez un peu, là ! vos vingt kopecks, ce n'est même pas le prix du cadre. Vous voulez l'acheter demain, à ce que je vois ? Monsieur, monsieur, revenez ! ajoutez dix kopecks. Prenez, prenez, donnez-moi vingt kopecks. Je vous jure, juste parce que je commence la journée, vous êtes le premier client.

Ensuite de quoi il fit un geste qui semblait dire : "Allez, tant pis, un tableau de perdu !"

Voilà comment, Tchartkov, à sa plus grande surprise, avait acheté un vieux portrait ; il se demanda à l'instant même : "Pourquoi je l'ai acheté ? qu'est-ce que je vais en faire ?" Mais la messe était dite. Il sortit de sa poche ses vingt kopecks, les tendit au patron, prit le portrait sous le bras et l'emporta chez lui. En chemin, il se souvint que les vingt kopecks qu'il avait donnés, ils étaient ses derniers. Ses pensées s'assombrirent soudain ; le dépit et une indifférence vide de lui. "Le diable m'emporte ! quelle chiennerie, le monde !", se dit-il avec cette rage d'un Russe dont les affaires ne sont guère brillantes. Il marchait presque machinalement d'un pas rapide, totalement insensible à tout. La lueur rouge de l'aube du soir brillait encore sur une moitié du ciel ; les immeubles tournés de ce côté s'irradiaient encore de sa lumière chaude ; mais l'éclat froid et bleuté de la lune devenait toujours plus fort. Des ombres légères, à demi transparentes, laissaient traîner leur queue sur la terre, reflétées par les immeubles et les jambes des piétons. Le peintre commençait peu à peu à lancer des regards vers le ciel illuminé d'une sorte de lumière transparente, fine et douteuse, et, presque dans le même moment, ses lèvres formaient des mots comme : "Quelle légèreté dans le ton !" et "La poisse, le diable m'emporte !" Et, remontant le portrait qui n'arrêtait pas de glisser de sous son aisselle, il pressait le pas.

Fatigué, en sueur, il arriva enfin chez lui, Quinzième Ligne de l'île Vassilievski. Lourdement, hors d'haleine, il grimpa son escalier inondé de détritus et

117

orné de traces de chats et de chiens. Il frappa à la porte, mais personne n'ouvrit : son domestique n'était pas là. Il s'appuya contre la fenêtre, s'apprêtant à attendre patiemment, et finit par entendre dans son dos les pas d'un jeune gars en chemise bleue, son serviteur, modèle, apprenti et balayeur de plancher – plancher qu'il souillait à nouveau l'instant d'après avec ses bottes. Le gamin s'appelait Nikita et passait tout son temps devant les portes dès que son maître avait le dos tourné. Nikita essaya longuement d'introduire la clé dans le trou de la serrure, qu'on ne voyait absolument pas, en raison de l'obscurité. La porte finit par s'ouvrir. Tchartkov fit un pas dans son vestibule, insupportablement froid, comme c'est toujours le cas chez les peintres, ce qu'ils ne remarquent pas, du reste. Sans donner son manteau à Nikita, il entra avec dans son atelier, une pièce carrée, grande, mais basse de plafond, aux fenêtres embuées, encombrée de tout un bric-à-brac artistique ; des morceaux de mains de plâtre, des cadres sur des toiles vides, des esquisses, entamées et abandonnées, des draperies disposées sur des chaises. Il était très fatigué, se débarrassa de son manteau, posa distraitement le portrait qu'il avait apporté entre deux petites toiles et se jeta sur le petit divan étroit, dont on ne pouvait pas dire qu'il était tendu de moleskine, parce que la rangée de petits clous en cuivre qui, jadis, avait dû le maintenir, était depuis longtemps indépendante, tandis que la moleskine restait au-dessus, indépendante aussi, de sorte que Nikita fourrait par-dessous les bas noirs, les chemises et tout le linge

118

sale. Il s'assit un instant puis s'allongea, pour autant qu'il fût possible de s'allonger sur son petit divan, et demanda une bougie.

— Il n'y a pas de bougie, dit Nikita.

— Comment il n'y en a pas ?

— Mais hier non plus, y en avait pas, dit Nikita.

Le peintre se souvint que, de fait, la veille non plus, il n'y avait pas de bougie, s'apaisa et se tut. Il se fit déshabiller, et se couvrit d'une robe de chambre dont l'usure était profonde et capitale.

— Ah oui, et y a le propriétaire qui est venu, dit Nikita.

— Bon, il est venu pour le loyer ? je sais, dit le peintre, avec un geste d'impatience.

— Oui, mais il est pas venu seul, dit Nikita.

— Il est venu avec qui ?

— J'en sais rien, avec qui… un gendarme, ou quoi.

— Pour quoi faire, le gendarme ?

— J'en sais rien, pour quoi faire ; il dit que, parce que vous payez pas le loyer.

— Bon, et qu'est-ce que ça va donner ?

— J'en sais rien, ce que ça va donner ; il disait, s'il veut pas, bon, il disait, qu'il libère le logement ; ils voulaient revenir demain tous les deux.

— Qu'ils reviennent, dit Tchartkov avec une indifférence triste. Et une humeur de nuages gris le submergea complètement.

Le jeune Tchartkov était un peintre de talent, un talent qui promettait : par jaillissements, par instants, sa touche exprimait un don d'observation, une réflexion, un élan vigoureux pour s'approcher au plus près de la nature. "Prends garde, mon bon, lui avait dit un jour son professeur, tu as du talent ; ce serait péché de le gâcher. Mais tu es impatient. Il y a quelque chose qui t'attire, puis quelque chose d'autre qui te séduit – tu te plonges dedans, et le reste, pour toi, c'est du rebut, le reste, tu t'en fiches, tu ne veux même pas le remarquer. Prends garde à ne pas devenir un peintre à la mode. Déjà maintenant, tes couleurs, elles commencent à briller un peu trop. Ton dessin manque de rigueur, et, parfois, il est même très faible, on ne voit pas la ligne ; tu cherches déjà une lumière à la mode, tout ce qui saute aux yeux. Prends garde, tu vas me tomber dans le genre anglais. Sois prudent : le monde commence à t'attirer, je te vois déjà de temps en temps un foulard de dandy autour du cou, un chapeau lustré… C'est séduisant, on peut se mettre à peindre des tableaux à la mode, des petits portraits pour l'argent. Mais, ça, c'est ce qui le tue, le talent, pas ce qui le développe. Patiente. Médite chacun de tes travaux, abandonne le dandysme – laisse ça aux autres, de se faire de l'argent. Ce que tu as en toi, tu l'auras toujours."

Le professeur n'avait pas entièrement tort. Parfois, c'est vrai, notre peintre avait envie de faire un peu la noce, de jouer les dandys – bref, de montrer sa jeunesse ici ou là. Par moments, il était capable de tout oublier quand il se mettait au pinceau et ne s'en arrachait que comme d'un rêve splendide interrompu. Son goût se développait régulièrement. Il ne comprenait pas encore toute la profondeur de Raphaël, mais il était déjà séduit par la touche rapide et large

120

du Titien et s'enflammait devant les Flamands. Les traits obscurcis qui recouvrent les tableaux anciens ne s'étaient pas encore dissipés à ses yeux, mais il y distinguait déjà certaines choses, même si, au fond de lui-même, il n'était pas d'accord avec son professeur qui affirmait que les maîtres anciens restent inaccessibles, tant ils sont loin devant nous ; il avait même l'impression que le XIXᵉ siècle les devançait significativement sur certaines choses, que l'imitation de la nature était comme devenue plus brillante, plus vive, plus proche encore ; bref, il pensait là ce que pense la jeunesse, qui a déjà compris certaines choses et qui les sent, dans l'orgueil de sa conscience intérieure. Parfois, il était pris de colère à voir qu'un peintre étranger en visite, un Français ou un Allemand, parfois même pas du tout des peintres par vocation, juste par le savoir-faire de la routine, une touche ferme et la brillance des couleurs, faisait un bruit universel et s'amassait en une seconde un capital sonnant et trébuchant. Cela lui venait à l'esprit non pas quand, plongé dans son travail, il en oubliait le boire et le manger, et le monde entier, mais quand, au bout du compte, il était rattrapé par le besoin oppressant, quand il n'avait pas le sou pour acheter des pinceaux et des couleurs, quand le propriétaire importun revenait dix fois par jour exiger son loyer. Alors, son imagination affamée lui dessinait avec envie le sort du peintre riche : alors, une pensée qui passe souvent par la tête d'un Russe parvenait même à le traverser : envoyer tout au diable, et faire la noce, par rage contre tout. Et, au moment où nous sommes, c'était là l'humeur dans laquelle il se trouvait.

— C'est ça, patiente ! patiente ! prononça-t-il avec dépit. La patience, elle a des limites, à la fin. Patiente ! et sur quoi je vais manger, demain ? Personne ne me prêtera un sou. Et si j'apporte mes tableaux ou mes dessins à vendre, tout ce qu'on m'en donnera, c'est vingt kopecks. Ils sont utiles, bien sûr, je le sens bien : aucun n'est commencé pour rien, chacun m'a permis d'apprendre quelque chose. Mais à quoi ça sert ? les études, les tentatives – et ça sera toujours des études, des tentatives, ça n'aura jamais de fin. Mais qui achètera, qui me connaît par mon nom ? et qui a besoin d'antiques de la classe de dessin, ou de mon amour inachevé de Psyché, ou de la perspective de ma chambre, ou du portrait de mon Nikita, même si, sérieusement, il est mieux que le portrait de je ne sais quel peintre à la mode ? C'est vrai, à la fin ? Pourquoi est-ce que je me torture comme un élève, je sue sur mon abécédaire, alors que je pourrais briller autant que tout un autre, et être comme ils sont tous, avec de l'argent ?

A ces mots, le peintre se mit soudain à trembler et blêmit : convulsivement déformé, le visage jailli de la toile qu'il avait déposée le regardait. Deux yeux épouvantables s'étaient littéralement plantés en lui, comme s'ils se préparaient à le dévorer ; sur les lèvres, il pouvait lire l'ordre impérieux de se taire. Pris de panique, il voulut pousser un cri et appeler Nikita, qui avait déjà eu le temps de lancer, depuis

122

son vestibule, ses ronflements de géant ; mais il s'arrêta en une seconde et éclata de rire. La sensation de panique disparut à l'instant. C'était le portrait qu'il venait d'acheter, et qu'il avait complètement oublié. La lueur de la lune, illuminant la pièce, était tombée dessus et lui avait donné cette vivacité étrange. Il se mit à l'examiner et à le nettoyer. Il humecta d'eau une éponge, la passa sur la toile plusieurs fois de suite, en lava quasiment toute la poussière et la saleté qui s'y étaient accumulées et agglomérées, le suspendit au mur et fut encore plus impressionné par ce travail extraordinaire : tout le visage était redevenu vivant, et les yeux lui lancèrent un regard tel qu'il finit par frissonner et, faisant quelques pas en arrière, prononça, d'une voix sidérée : "Il regarde, il regarde, avec des yeux humains !" Il lui revint soudain en mémoire une histoire que son professeur avait racontée dans le temps, l'histoire d'un portrait du célèbre Léonard de Vinci, sur lequel le grand maître avait travaillé pendant plusieurs années mais qu'il considérait toujours comme inachevé et qui, d'après ce que disait Vasari, était considéré par tous comme l'œuvre d'art la plus parfaite, la plus définitive. Le plus définitif y étaient les yeux, dont les contemporains restaient saisis ; même les veinules les plus petites, presque indécelables, avait été captées et rendues à la toile. Mais ici, pourtant, dans ce portrait qu'il avait à ce moment sous les yeux, il y avait quelque chose d'étrange. Ce n'était plus de l'art. C'étaient des yeux vivants, les yeux d'un homme en vrai ! On pouvait croire qu'ils avaient été prélevés chez un homme vivant, et placés

123

là. Il n'y avait plus ici ce plaisir sublime qui vous emplit à la vue d'une œuvre d'art, quelle que puisse être l'horreur du sujet. "Que se passe-t-il ? se demandait malgré lui le peintre. Pourtant, c'est la nature, c'est la nature vivante ; d'où vient cette sensation étrangement désagréable ? Ou bien l'imitation servile, littérale, de la nature est une faute et nous revient comme un cri violent, incohérent ? Ou bien, si l'on prend un sujet en y étant indifférent ou insensible, sans y participer par l'émotion, il se représentera toujours dans sa seule réalité épouvantable, non irradié par la lumière de cette pensée indicible qui est cachée en toute chose, il apparaîtra dans la réalité qui se révèle quand, dans notre désir de connaître un homme d'une grande beauté, nous nous armons d'un couteau anatomique, nous disséquons son intérieur, et nous voyons un homme dégoûtant ? Pourquoi donc la nature simple, basse, apparaît-elle chez tel peintre dans une espèce de lumière, et nous ne ressentons pas la moindre sensation de bassesse ; au contraire, c'est comme si l'on avait éprouvé du plaisir, et, après cela, la vie autour de nous s'écoule, se meut comme plus tranquille, plus harmonieuse ? Et pourquoi cette même nature, chez tel autre peintre, paraît-elle basse, sale, alors qu'il est aussi fidèle à cette même nature ? Mais on n'y sent pas cette chose irradiante. C'est exactement pareil quand on regarde un paysage : il a beau être magnifique, il manque toujours quelque chose quand il n'y a pas de soleil."

Il revint vers le portrait, pour scruter ces deux yeux surprenants, et remarqua avec effroi qu'ils le regardaient. Cela, ce n'était plus une copie de la nature, c'était la vie étrange qui illuminerait le visage d'un cadavre ressorti de sa tombe. Etait-ce la lumière de la lune, qui porte toujours le délire du songe et revêt toute chose d'images différentes, contraires au jour positif, ou la cause revenait-elle à quelque chose d'autre, le fait est que, soudain, il ne savait pas pourquoi, il eut peur de rester seul dans sa chambre. Il s'éloigna doucement du portrait, lui tourna le dos et s'efforça de ne pas le regarder, et pourtant, malgré lui, son œil lui-même, jamais de face, lançait des regards vers lui. Finalement, il eut même peur de marcher dans la chambre ; il avait l'impression que, là, maintenant, il y avait quelqu'un qui marcherait derrière lui, et il n'arrêtait pas de se retourner timidement. Il n'avait jamais été peureux ; mais son imagination et ses nerfs étaient sensibles, et, ce soir-là, il fut incapable de s'expliquer cette peur instinctive. Il s'assit dans un coin, mais, même là, il avait l'impression qu'il y avait quelqu'un qui, là, d'une seconde à l'autre, allait se pencher par-dessus son épaule et le regarder droit dans les yeux. Même le ronflement de Nikita, qui résonnait depuis le vestibule, ne chassait pas sa peur. Au bout d'un certain temps, timidement, sans relever les yeux, il se redressa, alla derrière son paravent, et se coucha. A travers les interstices du paravent, il voyait sa chambre éclairée par la lune, et voyait droit devant lui le portrait accroché. Ses yeux s'y fixèrent d'une façon encore plus effrayante, encore plus insistante, et, semblait-il, ne voulaient plus rien regarder d'autre que lui. L'âme oppressée, il se résolut à se lever de son lit, saisit un drap et, s'approchant du portrait, le recouvrit totalement.

Cela fait, il se recoucha plus serein, et pensa à la misère et au destin lamentable des artistes, au chemin semé d'épines qui leur est échu en ce monde ; et malgré tout, ses yeux, sans le vouloir, regardaient par l'interstice du paravent, le portrait enveloppé dans le drap. L'éclat de la lune renforçait la blancheur du drap, et il lui semblait que les yeux effrayants commençaient même à luire à travers le tissu. Terrorisé, il fixa des yeux encore plus attentifs, comme s'il cherchait à se convaincre que c'étaient des sottises. Mais, finalement, voilà, non, pour de vrai... il voit, il le voit clair et net : le drap n'est plus là... le portrait est découvert et ce portrait regarde, par-delà tout ce qui est autour, directement sur lui, regarde tout simplement au fond de lui... Son cœur se mit à vaciller. Qu'est-ce qu'il voit ? le vieillard se met à bouger et, soudain, il s'appuie, de ses deux mains, sur le cadre. Enfin, il se soulève, à la force de ses bras, et, ressortant ses deux jambes, saute hors du cadre... A travers l'interstice du paravent, on ne voit plus que le cadre vide. La chambre s'emplit d'un bruit de pas qui se rapproche de plus en plus du paravent. Le cœur du pauvre peintre bat de plus en plus fort. Le souffle coupé par la terreur, celui-ci s'attendait à ce que le vieillard le regarde, là, maintenant, de son côté à lui du paravent. Et il le regarda, de fait, de son côté du paravent, avec ce même visage de bronze, en roulant ses grands yeux. Tchartkov essaya de crier – et sentit qu'il n'avait pas de voix, il essaya de bouger, de faire un mouvement – ses membres ne bougeaient pas. La bouche ouverte, le souffle figé, il regardait ce grand fantôme terrible, vêtu d'une espèce de robe asiatique, et attendait ce qu'il allait faire. Le vieillard s'assit presque à ses pieds, après quoi il sortit quelque chose des plis de sa large robe. C'était un sac. Le vieillard l'ouvrit et, le saisissant par les deux bouts, le secoua : de lourds rouleaux qui ressemblaient à de longues colonnettes tombèrent sur le sol avec un bruit sourd ; chacun était enveloppé dans du papier bleu, et sur chacun, il vit marqué "10 000 roubles". Le vieillard ressortit ses longues mains osseuses de ses larges manches et entreprit de dérouler les rouleaux. L'or étincela. Malgré toute la force du sentiment qui l'oppressait, toute la terreur qui le rendait fou, le peintre se sentit fixer cet or de tout son être, les yeux immobiles, le regardant se dérouler entre les mains osseuses, luire, sonner de ce son fin et sourd, et se ré-enrouler à nouveau. C'est là qu'il remarqua un rouleau qui avait roulé un peu plus à l'écart des autres, juste au pied de son lit, à sa tête. Il le saisit, presque convulsivement, et, terrorisé, il regarda si le vieillard ne le remarquerait pas. Mais le vieillard semblait-il, était très occupé. Il rassembla tous ses rouleaux, les rangea dans le sac et, sans lui lancer, à lui, un seul regard, repartit derrière le paravent. Le cœur de Tchartkov battait à rompre quand il entendit le froissement de ses pas s'éloigner à travers la chambre. Il serrait aussi fort qu'il pouvait le rouleau dans sa main, tremblant pour lui de tout son corps, et, soudain, il sentit que les pas se rapprochaient à nouveau du paravent, – visiblement, le vieillard s'était souvenu qu'il lui manquait un rouleau. Désespéré, il serra de toutes ses forces le rouleau dans sa main, banda tous ses efforts pour faire un mouvement, poussa un cri – et se réveilla.

Une sueur froide l'inondait tout entier ; son cœur battait à la limite de la rupture ; sa poitrine était oppressée comme si son dernier souffle voulait s'en échapper. "Alors, vraiment, c'était un rêve ?", dit-il, se prenant la tête dans les mains ; mais la vivacité terrible de la vision ne ressemblait pas à un rêve. Il vit, déjà réveillé, le vieillard repartir dans le cadre, il vit même fuser un pan de son long habit, et sa main sentait parfaitement qu'une seconde auparavant, elle avait tenu quelque chose de lourd. La lumière de la lune inondait la chambre, faisant ressortir des angles obscurs là une toile, là une main de plâtre, là un drapé oublié sur une chaise, là un pantalon ou des bottes boueuses C'est alors seulement qu'il remarqua qu'il n'était pas dans son lit, mais qu'il était debout, juste en face du portrait. Comment il était arrivé jusque-là – ça, il n'arrivait pas à le comprendre. Ce qui le stupéfia encore plus, c'est que le portrait, de fait, était entièrement découvert et qu'il n'y avait pas de drap dessus. Empli d'une terreur figée, il le regardait et voyait que ses yeux humains, vivants, s'étaient figés sur lui. Une sueur froide perla sur son visage ; il voulait s'éloigner, mais il sentait que ses jambes avaient comme pris racine. Et qu'est-ce qu'il voit ? ce n'est plus un rêve : les traits du vieillard se remettent à bouger, ses lèvres se tendent vers lui, comme si elles cherchaient à l'aspirer tout entier… Il bondit, avec un hurlement de désespoir – et il se réveilla.

"Alors, ça aussi, c'était un rêve ?" Le cœur battant à tout rompre, il palpa des deux mains autour de lui. Oui, il était bien dans son lit, dans la posture même dans laquelle il s'était endormi. Devant lui, le paravent ; la lumière de la lune inondait la chambre. A travers l'interstice du paravent, il voyait le tableau, enveloppé, normalement, dans le drap, – exactement comme il l'avait fait. Alors, ça aussi, c'était un rêve ! – Mais sa main serrée sent toujours que c'était comme si elle avait porté quelque chose. Les battements de son cœur sont si puissants, ils font presque peur ; une oppression dans la poitrine, insupportable. Il fixa des yeux l'interstice du paravent et scruta le drap. Et voilà qu'il voit clairement que le drap commence à s'ouvrir, comme s'il y avait des mains, dessous, qui cherchent à s'en défaire, et à le rejeter. "Seigneur mon Dieu, mais qu'est-ce que c'est !", s'écria-t-il, il se signa désespérément, et il se réveilla.

Et ça aussi, c'était un rêve ! Il bondit de son lit, à moitié fou, dans un état second, et il n'arrivait plus à expliquer ce qui lui arrivait : était-ce l'oppression de son cauchemar ou d'un démon quelconque, le délire de la fièvre ou une vision en vrai. Cherchant à apaiser d'une manière ou d'une autre toute l'agitation de son âme et le bouillonnement de son sang qui battait la chamade tout au long de ses veines, il s'approcha de la fenêtre et ouvrit la lucarne. Le vent froid qui s'engouffra le ranima. La lueur de la lune se déversait encore sur les toits et les murs blancs des immeubles, même si quelques nuages avaient commencé à traverser le ciel. Tout était calme : l'oreille captait de loin en loin le tintement d'un équipage au cocher somnolant, quelque part, dans une ruelle cachée, bercé par sa haridelle paresseuse, à attendre un client attardé. Il regarda longtemps, la tête penchée à la lucarne. Déjà au ciel naissaient les signes d'une aube qui se levait ; il finit par sentir la somnolence, fit claquer la lucarne, s'écarta de la fenêtre, se recoucha et s'endormit très vite, comme un mort, du plus profond sommeil.

Il se réveilla très tard et ressentit cette sensation désagréable qui vous prend quand votre poêle entête ; il avait une migraine désagréable. La chambre était terne ; une humidité désagréable se répandait dans l'air et s'introduisait par les interstices de ses fenêtres, bouchées par des tableaux peints ou tout juste entoilés. Lugubre, maussade comme une chiffe, il s'assit sur son divan déchiré, sans trop savoir à quoi se mettre, et il finit par se souvenir de tout son rêve. A mesure que le souvenir lui revenait, le rêve se représentait à son imagination avec une vivacité si oppressante qu'il se remettait déjà à se demander si cela avait vraiment été un rêve, ou tout simplement un délire, s'il n'y avait pas eu là quelque chose d'autre, s'il n'y avait pas eu là comme une vision. Il arracha le drap et examina à la lumière du jour ce portrait effrayant. Les yeux, de fait, frappaient par leur vivacité extraordinaire, mais il ne leur trouva rien de particulièrement effrayant ; juste comme une espèce de sensation indicible, désagréable, qui lui restait sur le cœur. Et en même temps, il n'arrivait toujours pas à se convaincre que cela avait été vraiment un rêve. Il lui semblait qu'au milieu de ce rêve, il y avait eu comme un fragment effrayant de réalité. Il lui semblait que dans le regard même et dans l'expression du vieillard il y avait comme quelque chose qui disait qu'il était venu le voir cette nuit ; sa main sentit le poids qu'elle venait de porter, comme si quelqu'un le lui avait arraché juste une minute auparavant. Il lui semblait que si, ce rouleau, il l'avait serré ne serait-ce qu'un tout petit peu plus fort, il lui serait resté dans la main au moment du réveil.

"Mon Dieu, mais ne serait-ce qu'un petit peu de cet argent !", dit-il, avec un lourd soupir, et, dans son imagination, il vit se déverser hors du sac les rouleaux qu'il avait vus, avec cette inscription tentatrice : "10 000 roubles". Les rouleaux s'ouvraient, l'or luisait, se ré-enroulait à nouveau, et, lui, il restait là, les yeux rivés, hébétés, immobiles, sur l'air vide, incapable de se détourner – comme un enfant assis devant un dessert et qui voit, ravalant sa salive, que ce sont d'autres qui le mangent. Soudain, on frappa à la porte, et il revint désagréablement à lui. Entrèrent le propriétaire et un inspecteur dont l'apparition, pour les petites gens, comme on le sait, est encore plus désagréable que, pour les riches, la tête d'un solliciteur. Le propriétaire du petit immeuble dans lequel habitait Tchartkov était un de ces spécimens typiques des propriétaires d'immeubles situés dans des lieux comme la Quinzième Ligne de l'île Vassilievski, ou le quartier de Pétersbourg, ou un coin éloigné de la Kolomna – des créatures comme il y en a beaucoup en Russie, et dont il est aussi difficile de définir le caractère que la couleur d'une redingote usée. Dans sa jeunesse, il avait été un capitaine et un braillard, avait rendu aussi quelques services dans le civil, il était maître dans l'art de bien manier le fouet, il avait été dégourdi, élégant et stupide ; mais, dans sa vieillesse, il avait comme fondu toutes ces particularités frappantes dans une espèce d'ensemble terne et sans couleur. Il avait eu le temps de devenir veuf, avait pris sa retraite, ne se pavanait plus, ne se vantait plus, ne se haussait plus du collet, ne faisait plus que boire du thé et raconter, en vidant le samovar, toutes sortes de fadaises ; il arpentait sa chambre, redressait un bout de suif ; soigneusement, à l'issue de chaque mois, il visitait ses locataires pour récupérer son argent ; il sortait dans la rue avec sa clé, pour regarder le toit de son immeuble ; chassait plusieurs fois par jour le gardien du terrier où il s'enfouissait pour dormir ; bref, c'était un de ces hommes à la retraite, auxquels, après qu'ils ont roulé leur bosse de bivouac en bivouac, ne restent que leurs sales manies.

— Vous voyez bien, Varoukh Kouzmitch, dit le propriétaire, s'adressant à l'inspecteur avec un geste d'impuissance, il ne paye pas son loyer, il ne paye pas.

— Mais que faire, si je n'ai pas d'argent ? Attendez, je paierai.

— Moi, mon bon monsieur, je ne peux pas attendre, dit le propriétaire avec dépit, en agitant la clé qu'il tenait à la main, moi, j'ai le lieutenant-colonel Potogonkine qui habite chez moi ; et Anna Pétrovna Boukhmistérova, qui occupe la grange et deux box de l'étable, elle a trois domestiques avec elle – voilà ce que j'ai comme locataires. Moi, pour le dire comme je le pense, ça n'existe pas avec moi, qu'on ne paye pas son loyer. Soit vous payez tout de suite, soit vous déménagez.

— Ça, si vous avez signé un contrat, il faut payer, dit l'inspecteur de police, secouant un peu la tête et se cachant un doigt derrière un bouton de son uniforme.

— Mais comment payer ? – c'est la question. Je n'ai pas le sou en ce moment.

— Dans ce cas-là, dédommagez Ivan Ivanovitch par des produits de votre profession, dit l'inspecteur, il acceptera, peut-être, d'être payé en tableaux.

— Non, mon bon, pour les tableaux – merci. Si c'étaient des tableaux avec un contenu noble, encore, on pourrait les accrocher au mur, je ne sais pas, le portrait d'un général étoilé, ou du prince Koutouzov, mais non, regardez, il dessine un moujik, un moujik en chemise, son valet, quoi, celui qui lui broie ses couleurs. Lui dessiner son portrait, à lui, le gredin ! déjà qu'il va tâter de mon bâton ; il m'a arraché tous les clous de mes targettes, le bandit. Tenez, regardez les sujets qu'il prend : tiens, il dessine sa chambre. S'il prenait une chambre rangée, encore, bien propre, mais lui, comment il la dessine, avec toutes les

133

ordures, toute la saleté qu'on peut trouver. Tenez, regardez, il m'a sali ma chambre, vous pouvez voir vous-même. Mais moi, jusqu'à sept ans de suite, moi, je garde des locataires, des colonels, Anna Pétrovna Boukhmistérova… Non, je vous dirai : il n'y a pas de pire locataire qu'un peintre ; ça vit comme un cochon, une plaie du Ciel, tout simplement.

Et tout cela, le pauvre peintre dut l'écouter avec patience. L'inspecteur de police, pourtant, s'était mis à examiner les tableaux et les études et il démontra là que son âme était plus vive que celle du logeur, et qu'elle n'était même pas étrangère à l'émotion artistique.

— Hé, dit-il, pointant du doigt une toile où était représentée une femme dénudée, c'est un sujet, euh… folâtre. Et celui-là, pourquoi il a du noir sous le nez ? c'est du tabac, ou quoi, qu'il s'est mis dedans ?

— C'est l'ombre, répondit à cela Tchartkov, d'une voix dure, sans tourner les yeux vers lui.

— Bah, on aurait pu la mettre, je ne sais pas, ailleurs, parce que, sous le nez, c'est un endroit drôlement visible, dit l'inspecteur, et ça, c'est le portrait de qui ? poursuivit-il, s'approchant du portrait du vieillard, il fait vraiment trop peur. C'est comme si, vraiment, en vrai aussi, il faisait peur comme ça ; hou, mais il vous regarde, tout simplement. Hou, quel croquemitaine ! C'est de qui que vous l'avez fait ?

— Euh, d'un…, dit Tchartkov, et il n'acheva pas sa phrase ; on entendit un craquement. L'inspecteur de police, visiblement, avec serré trop fort le cadre du portrait, de par la force brute de ses mains policières ; les bordures s'étaient enfoncées, l'une d'elles

134

était tombée, et, en même temps, avec un bruit de métal lourd, tomba au sol un rouleau de papier bleu. Une inscription sauta aux yeux de Tchartkov : "10 000 roubles". Comme un fou, il se précipita pour le ramasser, saisit le rouleau, le serra convulsivement dans sa main – qui, sous le poids, restait baissée.

— Non mais, c'est de l'argent qui a tinté, dit l'inspecteur, qui avait entendu le bruit de ce qui était tombé par terre et n'avait pas pu distinguer ce que c'était, tellement Tchartkov s'était précipité pour le ramasser.

— En quoi ça vous regarde, ce que j'ai ?

— En quoi ça me regarde, c'est que vous devez payer votre loyer à votre logeur ; que vous avez de l'argent, mais que vous ne voulez pas payer, – voilà en quoi.

— Bon, je vais le payer aujourd'hui.

— Bon, mais pourquoi vous ne vouliez pas payer avant, et vous faites du dérangement à votre logeur, et la police aussi, tenez, vous la dérangez ?

— Parce que, cet argent, je ne voulais pas y toucher ; je lui aurai tout payé ce soir et je quitterai les lieux dès demain, parce que je ne veux pas rester chez un logeur pareil.

— Bon, Ivan Ivanovitch, il vous paiera, dit l'inspecteur, s'adressant au logeur. Si vous n'êtes pas satisfait comme il se doit ce soir, alors, vous m'excuserez, monsieur le peintre.

A ces mots, il remit son tricorne et ressortit dans le vestibule, suivi par un logeur baissant la tête, et, semblait-il, pris dans une espèce de réflexion.

135

— Dieu soit loué, le diable les a chassés ! dit Tchartkov quand il entendit la porte de l'entrée se refermer.

Il bondit dans le vestibule, envoya Nikita faire une course, pour être complètement seul, s'enferma à clé derrière lui, et, revenu dans sa chambre, entreprit, le cœur lui battant la chamade, de dérouler le rouleau. C'étaient des pièces de dix roubles, rien que des pièces neuves, chaudes comme le feu. Presque fou, il restait devant son monceau d'or, en se demandant toujours si c'était un rêve. Le rouleau en contenait exactement mille ; il était exactement comme ceux qu'il avait vus dans son rêve. Pendant plusieurs minutes, il resta à les palper, à les examiner, et il n'arrivait toujours pas à se remettre. Il avait vu soudain ressusciter dans son imagination les histoires de trésors, de cassettes à double fond laissées par les aïeux à leurs petits-neveux ruinés et dont ils pressentaient sûrement la condition. Voilà ce qu'il pensait : "Ce ne serait pas un grand-père qui aurait trouvé ça pour laisser un cadeau à un petit-fils, en le cachant dans le cadre d'un portrait de famille ?" Plein d'un délire romantique, il se mit même à se demander s'il n'y avait pas là une sorte de lien secret avec son destin, si l'existence de ce portrait n'était pas liée avec sa propre existence et si son acquisition en elle-même n'était pas comme une espèce de prédestination. Il étudia avec curiosité le cadre du portrait. Il portait sur un flanc une petite cavité creusée, cachée par une glissière d'une façon si habile, si invisible que, sans la main capitale de l'inspecteur de police, les roubles

seraient restés tranquilles jusqu'à la fin des siècles.
Examinant le portrait, il s'étonna à nouveau de la
qualité du travail, du rendu extraordinaire des yeux ;
ils ne lui paraissaient plus effrayants, mais, à chaque
fois, malgré lui, il lui restait une sensation désagréable au fond de l'âme. "Non, se dit-il, tu peux
être le grand-père de qui tu veux, moi, je te mettrai
sous verre et, pour ça, je te ferai un cadre d'or." A ces
mots, il reposa ses mains sur le monceau d'or qui gisait
devant lui, et son cœur battit très fort à son contact.
"Qu'est-ce que je vais faire avec ?", se demandait-il,
les yeux fixés sur eux. Maintenant, je suis à l'abri du
besoin, au moins pour trois ans, je peux m'enfermer
dans ma chambre, travailler. Maintenant, j'ai ce qu'il
faut pour les peintures ; personne ne viendra plus me
déranger, m'embêter ; je m'achète un mannequin
excellent, je me commande un joli torse en plâtre,
des jolis petits pieds, j'installe une Vénus, je me fais
faire des gravures de mes premiers tableaux. Et si je
travaille comme ça deux ou trois ans pour moi, sans
me presser, pas pour la vente, je les enfonce tous, et
je peux devenir un peintre illustre".

Voilà ce qu'il se disait quand sa raison le lui soufflait ; mais, de l'intérieur, une voix sonnait en lui,
plus audible et plus forte. Et quand il lançait un nouveau regard sur le monceau d'or, ce furent sa jeunesse et ses vingt-deux ans qui parlèrent. Maintenant,
il avait à sa portée ce sur quoi, jusqu'alors, il ne pouvait jeter que des regards envieux, ce qu'il n'admirait que de loin, en salivant. Hou, comme son cœur
se mit à battre à cette seule pensée ! Se vêtir d'un

frac à la mode, rompre le carême après une si longue période de jeûne, se louer un appartement bien, faire un tour, là, maintenant, au théâtre ou dans une pâtisserie, etc. – et, le temps de saisir son argent, il était déjà dehors.

Avant toute chose, il passa chez le tailleur, pour s'habiller de la tête aux pieds, et, comme un enfant, n'arrêta plus de se regarder ; il s'acheta des parfums, des pommades, loua, sans discuter, le premier appartement, absolument splendide, qu'il visita sur la Perspective Nevski, avec des glaces et des vitres d'un seul tenant ; acheta, par hasard, dans un magasin, un lorgnon hors de prix, acheta tout aussi par hasard une foule de cravates de toutes sortes, beaucoup plus qu'il ne lui en fallait, se fit boucler les cheveux chez le coiffeur, fit en carrosse deux fois le tour de la ville sans la moindre raison, se bâfra sans mesure de bonbons dans une pâtisserie et entra dans un restaurant français que, jusqu'alors, il ne connaissait par des rumeurs aussi vagues que celles qui nous viennent de l'empire de Chine. Là, il déjeuna en se pavanant, en lançant des regards plutôt fiers sur les autres clients et sans pouvoir arrêter d'arranger ses boucles frisées devant la glace. Il but une bouteille de champagne, vin qu'il ne connaissait, là encore, que par la rumeur. Le vin pétilla quelque peu dans sa tête et il sortit dans la rue, vif, alerte, et comme dit le proverbe russe, à tu et à toi avec le diable. Il flâna en se pavanant, et fit courir son lorgnon sur chacun. Sur un pont, il remarqua son ancien professeur, et fila crânement devant lui, l'air

de ne pas l'avoir remarqué, si bien que le professeur, sidéré, resta encore longtemps immobile sur le
pont, le visage tout entier transformé en point d'interrogation.

Tous les objets, et tout ce qu'il y avait : le chevalet, la toile, les tableaux, fut, le soir même, démé-
nagé dans le somptueux appartement. Il disposa ce
qui était le mieux aux endroits les plus visibles, et,
ce qui était un peu moins bien, il l'abandonna dans
les coins, sans pouvoir s'empêcher de se regarder
dans chaque glace. Son âme avait senti renaître le
désir irrépressible de saisir la gloire par la queue,
tout de suite, et de se montrer au monde. Il croyait
déjà entendre les cris : "Tchartkov ! Tchartkov !
vous avez vu le tableau de Tchartkov ? Quelle vivacité dans la touche de Tchartkov ! Quelle force, le
talent chez Tchartkov !" Il déambulait, exalté, à travers sa chambre, se trouvait emporté Dieu sait où.
Le lendemain, armé d'une centaine de roubles, il se
rendit chez l'éditeur d'un journal populaire, pour lui
demander une aide magnanime ; il fut accueilli avec
joie par un journaliste qui lui donna à l'instant même
du "très honorable", lui serra les deux mains, l'inter-
rogea très en détails sur son nom, son patronyme,
son adresse, et, dès le lendemain, il vit paraître dans
le journal, à la suite d'une annonce sur la découverte
d'un nouveau genre de bougies de suif, un article
ainsi rédigé : "*Des extraordinaires talents de Tchartkov* : Nous nous empressons de réjouir les habitants
cultivés de notre capitale par la nouvelle d'une
acquisition, on peut le dire, splendide, de tous les

points de vue. Tout le monde s'accorde pour dire que nous avons chez nous bien des physionomies et des visages splendides, mais nous n'avions pas eu jusqu'à présent le moyen de les confier à la toile miraculeuse, afin de les transmettre à la postérité ; ce manque est enfin comblé : il s'est découvert un peintre qui réunit en lui tout ce qu'il faut. Aujourd'hui, une belle peut être assurée qu'elle sera transmise avec toute la grâce de son aérienne beauté, légère, charmante et merveilleuse, semblable aux papillons qui volettent sur les fleurs printanières. Le digne père de famille se verra entouré de sa famille. Le marchand, le guerrier, le citoyen, l'homme d'Etat – tous, avec un zèle renouvelé, poursuivront leur carrière. Courez, courez, passez, pendant une sortie, une promenade chez un ami, une cousine, un magasin étincelant, courez, où que vous soyez tous. Le splendide atelier du peintre (Perspective Nevski, tel numéro) est orné tout entier des portraits de son pinceau, un pinceau digne de Van Dyck et de Titien. On ne sait de quoi s'étonner le plus : de la justesse et de la ressemblance avec les originaux ou de l'éclat et de la fraîcheur extraordinaires du pinceau. Gloire à vous, ô peintre ! vous êtes né coiffé. Vivat, Andréï Pétrovitch (le journaliste, on le voit, aimait la familiarité) ! Vivez en gloire, et donnez-nous la gloire. Nous savons vous apprécier. L'affluence, et l'argent, même si certains de nos confrères journalistes s'élèvent contre, vous récompenseront."

Cette annonce, le peintre la lut plein d'un plaisir secret ; son visage s'illumina. On avait parlé de lui dans la presse – c'était nouveau pour lui ; il relut les

lignes plusieurs fois de suite. La comparaison avec
Van Dyck et Titien le flatta au plus haut point. La
phrase "Vivat, Andréï Pétrovitch !" lui plut beaucoup, elle aussi ; on l'appelait par son prénom et son
patronyme dans la presse – c'était un honneur que,
jusqu'à présent, il n'avait pas connu. Il arpenta sa
chambre à pas rapides, s'ébouriffant les cheveux,
tantôt en se rasseyant dans le fauteuil, tantôt se relevant d'un bond et se rasseyant sur le divan, s'imagi-
nant à chaque instant comment il recevrait les
visiteuses et les visiteurs, il s'approchait d'une toile
et produisait au-dessus de sa surface une esquisse de
touche gaillarde, en essayant de donner à sa main un
mouvement aussi gracieux que possible. Le lendemain, la clochette tinta à sa porte ; il courut ouvrir.
Entrèrent une dame, précédée d'un laquais en livrée
doublée de fourrure, et, en même temps que la dame,
une petite demoiselle de dix-sept ans, sa fille.

— Vous êtes M. Tchartkov ? dit la dame.
Tchartkov s'inclina.

— On écrit tant de choses sur vous ; vos portraits, à ce qu'on dit, sont le sommet de la perfection.
– A ces mots, la dame posa le lorgnon sur son œil et
courut en toute hâte examiner les murs, sur lesquels
il n'y avait rien. – Mais où sont vos portraits ?

— Ils sont dehors, dit le peintre, un peu confus,
je viens juste d'emménager dans cet appartement, ils
sont encore en route… ils arrivent.

— Vous êtes déjà allé en Italie ? dit la dame, dirigeant son lorgnon sur lui, faute d'avoir trouvé un
autre objet sur lequel le poser.

141

— Non, jamais, mais je voudrais beaucoup… ceci dit, pour l'instant, je sursois… Voici des fauteuils, vous êtes fatiguée ?

— Je vous remercie, je suis restée longtemps dans la voiture. Ah, mais, enfin, je vois votre travail ! dit la dame, accourant vers le mur opposé et posant son lorgnon sur ses études, ses programmes, ses perspectives et ses portraits disposés partout sur le sol. – *C'est charmant ! Lise, Lise, venez ici !** Une pièce dans le goût de Teniers, tu vois : le désordre, le désordre, la table, le buste dessus, la main, la palette ; tiens, la poussière – tu vois comme la poussière est dessinée ! *C'est charmant** !* Et regarde, sur cette autre toile, cette femme qui se lave le visage, – *quelle jolie figure** !* Ah, un petit paysan ! regarde : un petit paysan ! Alors, vous ne faites pas seulement des portraits ?

— Oh, des bêtises… Rien, je m'amusais… des études…

— Dites-moi, quelle est votre opinion sur les portraitistes d'aujourd'hui ? N'est-ce pas qu'il n'y en a plus aujourd'hui du niveau du Titien ? Il n'y a plus cette force dans le coloris, il n'y a plus ce… quel dommage que je ne puisse pas vous l'exprimer en russe (la dame était amatrice de peinture et elle avait couru, armée de son lorgnon, par toutes les galeries de l'Italie). Pourtant, M. Nul… ah, comme il peint ! Quelle touche extraordinaire ! Je trouve que, lui, il a même plus d'expression dans les visages que Titien. Vous ne connaissez pas M. Nul ?

— Qui est ce Nul ? demanda le peintre.

142

— M. Nul. Ah, quel talent ! il a fait son portrait quand elle n'avait que douze ans. Il faut absolument que vous veniez chez nous. *Lise*, tu lui montreras ton album. Vous savez, nous sommes venues pour que vous commenciez tout de suite son portrait.

— Mais, bien sûr, je suis à votre service.

Et, en un instant, il rapprocha un chevalet avec une toile toute prête, prit sa palette, et scruta le pâle minois de la jeune fille. S'il avait su connaître la nature humaine, il y aurait lu en une minute le début d'une passion enfantine pour les bals, le début de l'ennui et des plaintes sur la longueur du temps jusqu'au repas et après le repas, le désir de courir dans sa nouvelle robe pendant une fête, les traces pénibles d'une application indifférente à tous les arts, application induite par sa mère pour élever l'âme et les sentiments. Mais le peintre ne voyait dans ce tendre minois que la transparence d'un corps presque de porcelaine, si attirante pour le pinceau, une langueur légère et séduisante, le cou fin et l'aristocratique légèreté du port. Et, à l'avance, il se préparait à triompher, à montrer la légèreté et l'éclat de sa touche, qui, jusqu'alors n'avait eu affaire qu'aux traits durs de modèles grossiers, aux strictes reproductions de sculptures antiques et aux copies de tel ou tel maître ancien. Il s'imaginait déjà en pensée ce que pourrait donner ce minois si léger.

— Vous savez, dit la dame avec une expression même quelque peu touchante, je voudrais… elle a une robe en ce moment ; je ne voudrais pas, je vous l'avoue, qu'elle porte une robe, à laquelle nous sommes

143

tellement habitués ; je voudrais qu'elle soit habillée simplement, et qu'elle soit représentée à l'ombre de la verdure, quelque part, je ne sais pas, au milieu des champs, qu'il y ait des troupeaux dans le lointain, ou un bois… qu'on ne puisse pas remarquer qu'elle se rend à un bal ou à une soirée mondaine. Nos bals, je vous l'avoue, ils tuent tellement l'âme, ils étouffent tellement les restes de sentiments… de la simplicité, qu'il y ait plus de simplicité.

Hélas ! les visages de la maman et de sa fille clamaient qu'elles avaient tellement dansé dans tous les bals qu'elles étaient toutes deux devenues comme de cire.

Tchartkov se mit au travail, installa son modèle, réfléchit tout cela dans sa tête ; traça dans l'air un geste du pinceau, disposant les points d'appui mentalement ; plissa un peu un œil, recula d'un pas, regarda de plus loin – et, en une heure, il commença et finit la couche préparatoire. Content de ce qu'il avait fait, il s'était déjà mis à peindre, le travail l'entraînait. Il avait déjà tout oublié, il oubliait même qu'il se trouvait en présence de dames de l'aristocratie, avait même cédé à certains de ses tics de travail, prononçant à haute voix certains sons, chantonnant de temps en temps, comme cela arrive pour un peintre dont toute l'âme est plongée dans son travail. Sans la moindre cérémonie, d'un seul mouvement du pinceau, il obligeait le modèle à lever la tête – tête qui finit par tournicoter nerveusement et à montrer un épuisement total.

— Assez, pour la première fois, assez, dit la dame.

144

— Encore un peu, dit le peintre plongé dans son travail.

— Non, c'est l'heure ! *Lise**, trois heures ! dit-elle, sortant une petite montre pendue sur une chaîne d'or à sa ceinture, et elle s'écria : – Ah, qu'il est tard !

— Juste une petite minute, dit Tchartkov d'une voix enfantine, suppliante et naïve.

Mais la dame, visiblement, n'était pas du tout disposée à se soumettre pour cette fois à ses besoins artistiques et lui promit de rester plus longtemps une fois prochaine.

"N'empêche, c'est rageant, se dit Tchartkov, la main venait juste de se lancer." Et il se souvint que personne ne venait l'interrompre ou l'arrêter quand il travaillait dans son atelier de l'île Vassilievski ; Nikita, lui, restait immobile pendant des heures entières – on pouvait le peindre tant qu'on voulait ; il arrivait même à s'endormir dans la position requise. Et, mécontent, il reposa son pinceau et sa palette sur une chaise et s'arrêta, d'un œil trouble, devant la toile. Un compliment dit par la dame du monde le réveilla de sa somnolence. Il se précipita vers les portes pour les raccompagner ; sur le palier, il reçut une invitation à leur rendre visite, à déjeuner chez elles la semaine prochaine, et, l'air guilleret, il rentra dans sa chambre. La dame aristocratique l'avait totalement charmé. Jusqu'alors, il avait regardé ce genre de créatures comme quelque chose d'inaccessible, des êtres nés dans le seul but de passer dans une calèche splendide avec des domestiques en livrée et un cocher élégant, et jeter un regard absent sur le piéton errant couvert d'un vieux petit manteau. Et, d'un seul coup, là, maintenant, l'une de ces créatures l'invite à déjeuner dans une maison aristocratique. Une satisfaction extraordinaire l'envahit ; il était totalement enivré et se récompensa par un excellent repas, un spectacle le soir, et fit un nouveau tour de toute la ville en carrosse sans la moindre nécessité.

Pendant toutes ces journées, il n'était plus arrivé à se remettre à son travail normal. Il ne faisait qu'attendre la minute où la sonnette allait tinter. La dame aristocratique finit par revenir avec sa fille pâlichonne. Il les installa, poussa son chevalet, cette fois avec habileté et quelques prétentions à des manières mondaines, et se remit à peindre. Le jour ensoleillé et la lumière claire lui furent d'une grande aide. Il vit dans son léger petit original beaucoup de choses qui, saisies et rendues sur la toile, pouvaient donner une haute qualité au portrait ; il vit qu'on pouvait faire quelque chose de particulier pourvu qu'on rende la même finesse du détail que celle que la nature lui offrait à présent au regard. Son cœur avait même commencé un peu à frissonner quand il sentit qu'il allait exprimer ce que personne encore n'avait su remarquer. Le travail l'envahit tout entier, il se plongea tout entier dans son pinceau, oubliant à nouveau les origines aristocratiques de son original. Le souffle suspendu, il regardait les traits légers qu'il arrivait à rendre et ce corps quasiment diaphane de la jeune fille de dix-sept ans. Il saisissait chaque nuance, la légère teinte jaune, le bleu à peine perceptible sous les yeux et s'apprêtait déjà à saisir un petit bouton qui venait de jaillir sur le front quand, brusquement, il entendit une question de la mère, au-dessus de lui : "Ah, pourquoi ça ? ce n'est pas la peine, disait la dame. Vous aussi, vous… là, à certains endroits… c'est comme si c'était un peu jaune, et, là, ici, ces petites taches toutes sombres." Le peintre voulut expliquer que c'étaient justement ces petites taches et ce jaune qui jouaient bien ensemble, que c'étaient eux qui faisaient les tons légers et agréables du visage. Mais on lui répondit qu'ils ne faisaient pas le moindre ton et qu'ils ne jouaient pas du tout ; que c'était juste son impression. "Mais permettez-moi, ici, juste à cet endroit, de mettre une toute petite touche de jaune", dit le peintre naïf. Mais c'est bien cela qui lui fut interdit. On lui répondit que c'était seulement aujourd'hui que *Lise** était un peu indisposée, qu'elle n'avait jamais le moindre jaune sur le visage et que ce visage frappait toujours par sa fraîcheur particulière. Le cœur triste, il entreprit d'effacer ce que le pinceau avait fait jaillir sur la toile. Disparurent un grand nombre de traits imperceptibles, et, en même temps, c'est un peu de la ressemblance qui disparut. Il se mit, avec indifférence, à lui communiquer ce coloris commun qui se donne par cœur et qui transforme les visages même pris dans la nature en une espèce de froideur idéale, qu'on ne voit que dans les programmes d'études. Mais la dame était contente que le coloris blessant ait entièrement disparu. Elle exprima seulement sa surprise de voir que le travail demandât autant de temps et ajouta qu'elle avait entendu dire qu'en deux séances, il savait achever un portrait complètement. Le peintre ne trouva rien à lui répondre. Les dames se relevèrent et s'apprêtèrent à sortir. Il reposa le pinceau, les raccompagna jusqu'à la porte et, après cela, resta, la tête dans un grand vague, comme figé devant son portrait. Il le regardait d'un air bête, et il sentait pourtant voler dans son esprit ces traits légers de la féminité, ces nuances et ces tons aériens qu'il avait remarqués et que son pinceau avait anéantis sans pitié. Tout empli d'eux, il écarta le portrait et retrouva dans un coin une tête de Psyché abandonnée qu'il avait, jadis, et très vite, esquissée sur une toile. C'était un petit visage habilement dessiné, mais absolument idéal, froid, composé uniquement de traits communs, qui n'avaient pas pris corps dans la vie. N'ayant rien d'autre à faire, il repassa dessus, se rappelant sur lui tout ce qu'il avait eu l'occasion de remarquer sur le visage de sa visiteuse aristocratique. Les traits qu'il avait su saisir, les nuances et les tons se couchaient là sous cette forme purifiée sous laquelle ils apparaissent quand le peintre, à force d'observation de la nature, s'en éloigne et crée une œuvre qui lui est égale. Psyché se ranima, et la pensée à peine perceptible s'incarna peu à peu dans le corps visible. Le type du visage d'une jeune mondaine se communiqua malgré lui à Psyché, et elle acquit ainsi une expression particulière, qui lui donnait le droit au titre d'œuvre authentiquement originale. On pouvait croire qu'il s'était servi, par fragments et dans son entité, de tout ce que lui avait présenté l'original, et il se passionna pour son travail. Pendant plusieurs

148

jours, il ne fut pris que par lui. Et c'est à ce travail que le surprit le retour des deux dames. Il n'eut pas le temps d'ôter le tableau de son chevalet. Les deux dames, de loin, émirent un même cri de surprise ravie et levèrent les mains au ciel.

— *Lise, Lise** ! Ah, comme c'est ressemblant ! *Superbe, superbe** ! Quelle belle idée, de l'avoir habillée en grecque. Ah, quelle surprise !

Le peintre ne savait comment détromper les dames. Confus et baissant la tête, il fit tout bas :

— C'est Psyché.

— Sous l'aspect d'une psyché ? *C'est charmant** ! dit la mère, souriant (et l'on vit aussi sourire la fille). N'est-ce pas, *Lise**, que c'est ce qui te va le mieux, d'être représentée en Psyché ? *Quelle idée délicieuse** ! Mais quel travail ! C'est du Corrège. Je l'avoue, j'ai beaucoup lu et entendu parler de vous, mais je ne savais pas que vous étiez un talent pareil. Non, vous devez absolument faire mon portrait à moi aussi.

La dame aussi, visiblement, avait envie de paraître comme une espèce de Psyché.

"Que faire avec elles ? se dit le peintre. Si c'est elles qui le veulent, qu'elles prennent la Psyché", – et il fit à haute voix :

— Veuillez prendre la pose encore un tout petit peu, je vais arranger quelques petites choses.

— Ah, j'ai peur que vous n'alliez la… elle ressemble tellement, maintenant.

Mais le peintre avait compris que les craintes concernaient le jaune, et il les apaisa, disant qu'il ne ferait que donner un peu plus d'éclat et d'expression aux yeux. Alors qu'en vérité, il avait trop honte, et il avait envie, au moins un tout petit peu, de donner un petit peu de ressemblance avec l'original, pour que personne n'aille lui reprocher une absence totale de scrupules. Et, de fait, les traits de la pâle jeune fille parurent plus clairement dans le profil de Psyché.

— Assez ! dit la mère, qui commençait à avoir peur que la ressemblance ne finisse par être trop proche.

Le peintre fut récompensé de toutes les façons : par un sourire, par de l'argent, un compliment, une poignée de mains sincère, une invitation à dîner ; bref, il reçut mille récompenses flatteuses. Le portrait fit fureur en ville. La dame le montra à ses amies ; toutes furent saisies par l'art avec lequel le peintre avait su conserver la ressemblance et, en même temps, donner de la beauté à l'original. Ce dernier point, on pense bien, ne fut pas remarqué sans une certaine teinte d'envie. Et le peintre fut soudain assailli de commandes. Toute la ville, semblait-il, voulait qu'il fasse son portrait. La sonnette de sa porte n'arrêtait pas de tinter. D'un côté, cela pouvait être bien, puisque cela présentait une pratique infinie par la diversité, la multitude des visages. Mais, par malheur, ce n'étaient que des gens avec qui il était difficile de s'entendre, des gens pressés, occupés ou appartenant au grand monde, – et donc, encore plus occupés que tous les autres, et impatients à l'extrême. De tout côté, on ne demandait que deux choses, que ce soit bien et vite. Le peintre vit qu'il était résolument impossible d'achever quoi que ce soit, qu'il fallait tout remplacer par l'habileté et l'énergie rapide du pinceau. Saisir juste l'ensemble, une expression générale, et ne pas approfondir au pinceau la finesse des détails ; bref, étudier la nature dans sa particularité était résolument impossible. En plus, il faut ajouter que tous ceux ou presque qui voulaient leur portrait avaient toutes sortes de prétentions spéciales. Les dames exigeaient que les portraits n'expriment principalement que l'âme et le caractère, quitte à ne pas du tout tenir compte du reste, d'arrondir tous les angles, d'aplanir tous les petits défauts et même, si c'était possible, de les éviter totalement. Bref, que le visage puisse vous laisser fasciné, sinon complètement amoureux. En conséquence, en se mettant à poser, elles prenaient parfois de ces expressions qui laissaient le peintre pantois : une telle s'efforçait de représenter sur son visage de la mélancolie, ou une autre de la songerie, une troisième voulait coûte que coûte se diminuer la bouche et la serrait tellement qu'elle finissait par devenir un petit point minuscule, guère plus grand qu'une tête d'épingle. Et, malgré tout cela, elles exigeaient la ressemblance et le naturel. Les hommes ne valaient guère mieux que les dames. L'un exigeait qu'on le représentât tournant la tête d'un mouvement mâle et énergique ; l'autre, les yeux levés au ciel pour signifier l'inspiration ; un lieutenant de la Garde exigeait absolument qu'on vît Mars lui-même dans son regard ; le notable civil se cherchait dans le visage le plus de droiture et de noblesse possibles, et voulait que sa main s'appuie sur un livre sur lequel, en lettres bien lisibles, il y eût écrit : "J'ai toujours défendu la justice." Au début, à entendre ces exigences, le peintre en attrapait des suées : tout cela, il fallait le mettre en forme, y réfléchir, et les délais étaient toujours très courts. Il finit par comprendre ce dont il s'agissait et ne se posa plus guère de questions. Après deux ou trois mots, il comprenait comment la personne voulait être représentée. Vous vouliez être Mars, il vous donnait du Mars ; vous vous voyiez en Byron, il vous tournait une pose et un tour byroniens. Les dames se voyaient en Corinne, en Ondine, en Aspasie, il acceptait tout très volontiers et, de lui-même, il ajoutait à tous une dose de noblesse qui, on le sait, ne pourra jamais nuire et fera pardonner au peintre jusqu'au manque de ressemblance. Bientôt, il commença lui-même à s'émerveiller devant la vitesse miraculeuse et l'énergie de sa touche. Et ses modèles, on pense bien, s'enthousiasmaient, et proclamaient qu'il était un génie.

Tchartkov devint un peintre à la mode de tous les points de vue. Il se mit à fréquenter les dîners, à accompagner les dames dans les galeries, voire dans les promenades, à s'habiller comme un dandy et à affirmer haut et fort que le peintre se devait d'appartenir à la société, qu'il y allait de son rang social, que les peintres s'habillent comme des savetiers, qu'ils ne savent pas se conduire comme il faut, ils ne respectent pas le bon ton et sont dépourvus de toute culture. Chez lui, dans son atelier, il instaura l'ordre et la propreté absolue, engagea deux laquais de haute tenue, reçut des élèves élégants, il changeait plusieurs fois par jour de costume matinal, se frisait,

étudia la façon d'améliorer ses manières pour recevoir ses visiteurs, se lança dans l'ornement de son
aspect physique par tous les moyens possibles, pour
faire une impression plus agréable aux dames ; bref,
très vite, on ne reconnaissait plus en lui ce peintre
modeste qui, jadis, avait travaillé, inconnu, dans son
petit cagibi de l'île Vassilievski. A présent, c'est avec
violence qu'il parlait de l'art et des peintres ; il affirmait qu'on conférait bien trop de qualités aux peintres de l'ancien temps, que, jusqu'à Raphaël, ce
n'étaient pas des figures qu'ils dessinaient, mais des
harengs ; que ce n'était guère que dans l'imagination
des spectateurs qu'on voyait soi-disant une sainteté
dans leur présence ; que les œuvres de Raphaël lui-
même n'étaient pas toutes du même niveau et que la
gloire de certaines de ses œuvres ne tenait que par le
lieu commun ; que Michel-Ange était un vantard,
qu'il voulait juste fanfaronner en montrant qu'il s'y
connaissait en anatomie, qu'il était totalement dénué
de grâce, et que l'éclat véritable, la force de la touche et le coloris, on ne devait les chercher que maintenant, au siècle où nous étions. Ici, naturellement,
comme sans le vouloir, il en arrivait à parler de lui-
même.

— Non, je ne comprends pas, disait-il, la peine
que prennent les autres à suer sur leurs travaux. Cet
homme qui passe des mois à patouiller un seul
tableau, à mon avis, c'est un tâcheron et pas un peintre. Je ne pourrai jamais croire qu'il a du talent. Le
génie parle avec audace, d'un jet. Tenez, moi, disait-il
s'adressant généralement à ses visiteurs, ce portrait,

je l'ai fait en deux jours, cette petite tête, en un jour, ça, en quelques heures, ça, en un petit peu plus d'une heure. Non, moi… je vous l'avoue, je ne considère pas comme un artiste celui qui gratte le papier ligne après ligne ; ça, c'est du travail manuel, ce n'est pas de l'art.

Voilà ce qu'il disait à ses visiteurs et ses visiteurs restaient sidérés par la force et par l'énergie de sa touche, laissaient même échapper des exclamations en apprenant la vitesse avec laquelle ils avaient été faits, puis racontaient à leurs amis : "C'est un talent, un talent authentique ! Regardez comme il parle, et ses yeux comme ils brillent ! *Il y a quelque chose d'extraordinaire dans toute sa figure** !"

Le peintre était flatté de ce genre de rumeurs. Quand, dans les revues, il voyait paraître des louanges à son propos, il était content comme un enfant, même si ces louanges étaient achetées au prix de son propre argent. Il distribuait la feuille imprimée partout où il pouvait, et, comme sans le vouloir, il la montrait à ses amis et à ses connaissances, et cela lui faisait un plaisir qui désarmait par sa naïveté. Sa gloire enflait, ses travaux et ses commandes affluaient. Il était las de faire les mêmes portraits et les mêmes visages dont il connaissait par cœur la position et les attitudes. Il ne les exécutait qu'à contrecœur, s'efforçant d'esquisser juste la tête, et, le reste, il le faisait achever par ses élèves. Avant, il cherchait tout de même à trouver au moins une attitude nouvelle, ou à frapper par la force, l'effet. A présent, même cela l'ennuyait. Il était fatigué de composer et de réfléchir.

154

Il n'y arrivait plus, et il n'avait d'ailleurs pas le temps : la vie de distractions et la société dans laquelle il essayait de camper un rôle d'homme du monde, – tout cela l'emportait loin du travail et de la pensée. Sa touche se glaçait, s'engourdissait, il finit par s'enfermer insensiblement dans des formes monotones, définies, usées jusqu'à la corde. Les visages monotones, glacés, toujours nets et, pour ainsi dire, tirés à quatre épingles, des fonctionnaires, civils ou militaires, ne présentaient pas un champ très large à son pinceau qui avait oublié les magnifiques drapés, et les mouvements puissants, et les passions. Il était inutile de parler des groupes, de nouer un noble dramatisme de l'action. Il ne voyait plus que l'uniforme, le corset, le frac, devant lequel l'artiste sent qu'il se glace et l'imagination ne peut que disparaître. On ne voyait même plus dans ses œuvres les qualités les plus banales, et pourtant, elles jouissaient toujours de la même gloire, même si les vrais connaisseurs et les peintres ne faisaient que hausser les épaules quand ils regardaient ses derniers travaux. Et certains qui avaient connu Tchartkov dans le passé n'arrivaient pas à comprendre comment avait pu disparaître en lui un talent dont les présages avaient été si puissants à son début, et essayaient en vain de percer ce mystère : comment le don avait pu s'éteindre chez un homme qui venait juste de parvenir à l'épanouissement complet de toutes ses forces.

Mais le peintre enivré n'entendait pas ces rumeurs. Il parvenait déjà à la maturité de l'esprit et de l'âge ; il avait fini par grossir et s'étendre dans le sens de la largeur. Il lisait dans les journaux : "notre très honoré Andréï Pétrovitch", "notre peintre émérite, Andréï Pétrovitch". On lui proposait des places d'honneur, on l'invitait à des examens, à des comités. Déjà, il commençait, comme cela arrive toujours à un âge honorable, à prendre fortement le parti de Raphaël et des maîtres anciens, – non pas qu'il se fût totalement persuadé de leur haute qualité, mais parce qu'il pouvait, à travers eux, envoyer quelques piques aux jeunes peintres. Déjà, il commençait, selon la coutume générale quand on entre dans cet âge, à reprocher sans nuance à la jeunesse son immoralité et son mauvais esprit. Il commençait déjà à croire que, dans le monde, tout est simple, qu'il n'y a pas d'inspiration céleste, que tout doit être obligatoirement soumis à l'ordre strict du soin et de l'uniformité. Bref, sa vie avait touché à ces années où tout ce qui respire l'élan se resserre chez l'homme, où l'archet puissant touche l'âme de moins en moins fort et ne s'enroule plus en sons poignants autour du cœur, où le contact de la beauté ne transforme plus les forces virginales en flammes et en brasier, mais tous les sentiments consumés se montrent plus sensibles au bruit de l'or, quand ils se montrent plus attentifs à sa musique séduisante, et, peu à peu, sans qu'il s'en rende compte, lui permettent de s'endormir complètement. La gloire ne peut pas apporter de jouissance à celui qui l'a volée et non pas méritée ; elle ne provoque son frisson constant que chez celui qui en est digne. Voilà pourquoi tous les sentiments et les élans de Tchartkov s'étaient tournés vers l'or. L'or était devenu sa passion, son idéal, sa peur, sa jouissance, son but. Les liasses d'assignats grossissaient dans les malles, et, comme tous ceux à qui échoit ce don terrible, il avait commencé à devenir ennuyeux, inaccessible à tout, l'or mis à part, un harpagon sans rime ni raison, un accumulateur dénué de scrupule, et on le voyait déjà prêt à devenir l'un de ces êtres étranges qui sont si nombreux dans notre monde insensible, et lequel provoquent l'horreur de l'homme au cœur vivant, lequel les voit comme des tombes de marbre ambulantes avec un cadavre à la place du cœur. Mais un événement vint bouleverser de fond en comble et réveiller son être tout entier.

Un jour, il découvrit sur sa table un billet de l'Académie des beaux-arts qui l'invitait, comme l'un de ses membres les plus éminents, à venir donner son jugement sur la nouvelle œuvre, envoyée d'Italie, d'un peintre russe qui s'y perfectionnait. Ce peintre était l'un de ses anciens camarades qui, depuis ses jeunes jours, avait porté la passion de l'art, s'y était plongé avec l'âme enflammée d'un travailleur, s'était arraché à ses amis, à sa famille, à ses douces habitudes et avait fui là-bas, où, sous un ciel splendide mûrit la grandiose pépinière des arts – cette Rome merveilleuse, au seul nom de laquelle le cœur enflammé de l'artiste se met à battre si fort, si pleinement. Là-bas, comme un ermite, il s'était plongé dans son art et des études que rien ne venait plus distraire. Peu lui importait de savoir si l'on parlait de son caractère, de son incapacité à vivre en société, de son irrespect des bienséances mondaines, de l'humiliation qu'il infligeait à sa dignité de peintre par ses habits sans éclat ni recherche. Peu lui importait de savoir si ses collègues lui en voulaient ou non. Il dédaignait tout le reste, il avait tout donné à l'art. Il visitait sans fin les galeries, il se fixait pendant des heures entières devant les œuvres des grands peintres, suivant et saisissant leur touche merveilleuse. Il n'achevait rien sans s'être comparé plusieurs fois de suite avec ses maîtres sublimes et sans avoir lu dans leurs œuvres un conseil muet mais éloquent. Il n'entrait pas dans les disputes et les conversations houleuses ; il n'attaquait ni les puristes ni les anti-puristes. Il rendait justice à chacun, tirant de tout seulement ce qu'il portait de sublime, et avait fini par ne se garder pour maître que le divin Raphaël. Ainsi, ce grand poète qui, ayant relu une grande quantité d'œuvres, s'étant pénétré de mille splendeurs, de mille beautés grandioses, finissait par ne se garder pour livre de chevet que l'*Iliade* d'Homère, après avoir compris qu'on trouve en elle tout ce qui existe, tout ce qu'on peut désirer, qu'il n'y a rien, enfin, qui ne se soit reflété dans une œuvre aussi profonde et aussi parfaite. Mais qui retire de son étude l'idée grandiose de la création, la puissante beauté de la pensée et le grâce sublime du pinceau céleste.

En entrant dans la salle, Tchartkov trouva déjà une foule immense de visiteurs qui se pressaient devant le tableau. Le silence le plus profond, si rare dans une foule d'amateurs, cette fois, régnait partout. Tchartkov s'empressa à prendre la pose grave du connaisseur, s'approcha du tableau ; mais, Dieu, ce qu'il vit !

Pure, immaculée, splendide, comme une fiancée, se tenait devant lui l'œuvre du peintre. Modeste, divine, innocente et simple comme un génie, elle s'élevait au-dessus de chacun. Des figures divines, semblait-il, stupéfaites de voir tant de regards tournés vers elles, avaient pudiquement baissé leurs cils splendides. C'est avec un sentiment de stupeur involontaire que les amateurs examinaient cette touche nouvelle, encore jamais vue. Tout, semblait-il, était réuni là en même temps : l'étude de Raphaël, qui se reflétait dans la haute noblesse des postures, l'étude du Corrège qui s'exhalait dans la perfection définitive de la touche. Mais ce qui s'imposait le plus, c'était la force de l'œuvre elle-même, qui, elle, ne vibrait que dans l'âme du peintre. Le moindre objet dans le tableau en était pénétré ; chaque fois, le peintre avait découvert le principe et la force intérieure. Partout était saisie cette fluide rondeur des lignes qui est celle de la nature, cette rondeur que ne voit que l'œil de l'artiste-créateur et qui, chez le copiste, est toujours rendue par des angles. On voyait que, tout ce que le peintre avait d'abord saisi du monde extérieur de la nature, il l'avait fait passer à travers son âme, et que c'était de là, de cette source de son âme, qu'il l'avait fait jaillir en un chant harmonieux et triomphal. Et même les non-initiés sentaient clairement l'abîme insondable qui existe entre une œuvre et une copie de la nature. Il était presque impossible d'exprimer ce silence extraordinaire dont, malgré eux, étaient étreints tous ceux qui fixaient leurs regards sur le tableau, – pas un frémissement, pas un bruit ; et le tableau, de minute en minute, paraissait de plus en plus sublime ; il s'écartait, plus lumineux, plus merveilleux, de tout, et, tout entier, il finit par se fondre en un instant unique, fruit descendu des cieux vers un artiste de la pensée, instant dont toute la vie humaine n'est rien qu'une préparation. Des larmes involontaires étaient prêtes à couler sur le visage des visiteurs massés près du tableau. Tous les goûts, semblait-il, toutes les errances mutines et injustes du goût s'étaient fondues en une sorte d'hymne muet à l'œuvre divine. Tchartkov se tenait devant le tableau, immobile, la bouche ouverte, et quand, finalement, peu à peu, les visiteurs et les amateurs se mirent à murmurer et commencèrent à discuter des mérites de l'œuvre et quand on finit par se tourner vers lui en lui demandant d'exprimer ses pensées, il reprit ses esprits ; il voulut prendre un air indifférent, habituel, voulut émettre le jugement ordinaire, banal des artistes rancis, comme, par exemple : "Oui, bien sûr, c'est vrai, le talent du peintre est indiscutable ; il y a des choses ; on voit qu'il a voulu exprimer quelque chose ; et pourtant, pour ce qui est de l'essentiel…" Et ajouter, évidemment, à la suite, quelques-unes de ces louanges qui ne laissent intact aucun peintre. Il voulut le faire, mais les paroles moururent sur ses lèvres, des larmes et des sanglots jaillirent, incohérents, pour toute réponse, et, comme un fou, il s'enfuit de la salle en courant.

Un instant, immobile et inerte, il resta au milieu de son atelier somptueux. Toute l'essence, toute l'âme de sa vie s'était réveillée en une seconde, comme si la jeunesse venait de lui revenir, comme si les étincelles éteintes du talent venaient de se rallumer. Un bandeau, d'un coup, était tombé de ses yeux. Mon Dieu ! et tuer d'une façon aussi impitoyable les meilleures années de sa jeunesse ; exterminer, étouffer l'étincelle de cette flamme, qui, peut-être, couvait dans sa poitrine, une flamme qui, peut-être, aujourd'hui, aurait brûlé en grandeur, en beauté, une flamme qui, elle aussi, peut-être, aurait pu faire jaillir des larmes de stupeur et de reconnaissance ! Avoir tué tout cela, l'avoir tué sans la moindre pitié ! C'était comme si, aurait-on dit, à cet instant, il avait senti, d'un coup, en même temps, ressusciter dans son âme toutes ces tensions, tous ces élans qu'il avait connus jadis. Il saisit un pinceau et s'approcha d'une toile. La sueur de l'effort perla sur son visage ; il se transforma tout entier en un désir, s'enflamma d'une seule pensée : il voulait représenter un ange déchu. C'est cette idée qui s'accordait le plus à l'état de son âme. Mais, hélas ! ses figures, ses postures, les groupes, les pensées, tout se montrait contraint, incohérent. Son pinceau et son imagination s'étaient trop enfermés dans un seul moule, et l'élan impuissant à franchir les frontières et les entraves dont il s'était accablé tout seul se ressentait lui-même d'une erreur, d'un manque de rigueur. Il avait méprisé l'échelle longue et fatigante des acquis graduels et des premières lois essentielles de la future grandeur. La rage l'envahit. Il fit débarrasser de son atelier toutes ses dernières œuvres, tous ces petits tableaux mondains,

161

sans vie, ces portraits de hussards, de dames et de conseillers d'Etat. Il s'enferma seul dans sa chambre, dit qu'il ne recevait personne, et se plongea tout entier dans le travail. Comme un jeune homme patient, comme un élève, il travailla. Mais comme tout ce qui sortait de son tableau était d'une ingratitude impitoyable ! A chaque pas, il était arrêté par l'ignorance des forces les plus élémentaires ; un mécanisme tout simple, insignifiant glaçait tout son élan et se dressait comme un seuil infranchissable pour son imagination. Le pinceau, sans le vouloir, se tournait vers des formes connues d'avance, les mains se croisaient d'une seule façon toujours prévue, la tête n'osait pas se permettre un mouvement hors du commun, les plis même de la robe se ressentaient d'une leçon apprise par cœur et refusaient de se soumettre pour se draper dans une posture du corps encore inconnue. Et cela, il le sentait, il le sentait, il le voyait !

"Mais est-ce vrai que j'ai eu du talent ? finit-il par se dire, ne m'étais-je pas trompé ?" Et, prononçant ces mots, il se tourna vers ses œuvres anciennes, celles qu'il avait travaillées, jadis, d'une façon si pure, si désintéressée, là-bas, dans son pauvre cagibi de la solitaire île Vassilievski, loin des gens, de l'opulence et de toutes les lubies. A présent, il revint dessus et les examina attentivement, toutes, et, en même temps, il sentit revenir à sa mémoire toute sa pauvre vie d'avant. "Oui, murmura-t-il, désespéré, j'ai eu du talent. Partout, dans tout, on voit des signes et des traces…"

162

Il s'arrêta et, brusquement, se mit à trembler de tout son corps : ses yeux venaient de rencontrer des yeux immobiles qui le fixaient. C'était ce portrait extraordinaire qu'il avait acheté au marché Chtchoukine. Il avait toujours été voilé, perdu sous les amoncellements d'autres tableaux, et Tchartkov l'avait complètement oublié. A présent, comme par un fait exprès, alors qu'il avait fait emmener tous les portraits et les tableaux à la mode qui encombraient l'atelier, ce portrait avait jailli avec toutes ses anciennes œuvres, celles de sa jeunesse. Quand il se souvint de toute son étrange histoire, quand il se souvint que, d'une certaine façon, ce portrait étrange avait été la cause de sa transformation, que le trésor reçu d'une façon si miraculeuse avait fait naître en lui toutes ces tentations de vanité qui avaient tué son talent, – c'est presque de la furie qu'il sentit prête à jaillir dans son âme. A la minute même, il fit emporter ce portrait haïssable. Mais le trouble de son âme ne s'en apaisait pas : tous ses sentiments, tout le tréfonds de son être étaient bouleversés de fond en comble, et il connut cette torture affreuse qui, comme une exception saisissante, apparaît quelquefois dans la nature, quand un talent faible essaie de se montrer dans une dimension qui le surpasse et n'arrive pas à se montrer ; cette torture qui, chez l'adolescent, fait naître le sublime, mais qui chez l'homme qui a passé la limite des songeries ne peut plus devenir qu'une soif stérile : cette torture affreuse qui rend l'homme capable de crimes monstrueux. Il fut saisi par une jalousie affreuse, une jalousie qui touchait à la furie. La bile lui montait au visage quand il voyait une œuvre qui portait le sceau du talent. Il grinçait des dents et la dévorait d'un regard de vampire. Il vit naître dans son âme l'intention la plus infernale qu'ait jamais pu nourrir un homme, et c'est avec une force furieuse qu'il s'élança lui obéir. Il commença à acheter tout ce que l'art faisait de mieux. Après avoir acheté un tableau hors de prix, il le rapportait soigneusement dans sa chambre et se jetait dessus avec la furie d'un tigre, le déchirait, le déchiquetait, le coupait en morceaux et le piétinait, en accompagnant cela d'un rire de jouissance. Les richesses infinies qu'il avait amassées lui donnaient les moyens de satisfaire ce désir infernal. Il délia tous ses sacs d'or et il ouvrit ses coffres. Jamais aucun monstre d'ignorance n'extermina autant d'œuvres splendides que ce vengeur impitoyable. A toutes les ventes auxquelles il se montrait, chacun, d'avance, désespérait de pouvoir acquérir une œuvre d'art. On pouvait croire que le Ciel courroucé avait spécialement envoyé sur la terre ce fléau affreux, qui cherchait à y détruire toute l'harmonie. Cette passion affreuse jeta sur lui une teinte effrayante ; une bile perpétuelle se voyait sur son visage. La malédiction, la négation du monde se lisaient sur ses traits mêmes. On pouvait croire que s'était incarné en lui cet effrayant démon que Pouchkine a représenté dans l'idéal. Ses lèvres ne prononçaient que des paroles fielleuses et des insultes perpétuelles. Comme une espèce de harpie, vous le croisiez dans la rue, et tous, même les gens qui le connaissaient, l'apercevant de loin, s'efforçaient de filer et d'éviter sa rencontre, disant qu'elle suffirait à leur empoisonner toute leur journée.

Par bonheur pour le monde et pour l'art, une telle vie de tension et de violence ne pouvait pas durer : les passions étaient trop disproportionnées, trop colossales pour ses faibles forces. Les crises de furie et de folie devinrent plus fréquentes, et tout cela finit par se transformer en une maladie des plus affreuses. Une fièvre cruelle alliée à une phtisie dévorante s'emparèrent de lui avec une telle violence qu'en l'espace de trois jours il ne resta plus de lui que son ombre. A cela s'ajoutèrent tous les signes d'une folie désespérée. Certaines fois, plusieurs personnes ensemble n'arrivaient pas à le retenir. Il commença à revoir les yeux vivants, oubliés depuis si longtemps, de ce portrait extraordinaire, et, dans ces moments-là, sa furie était affreuse. Tous les gens qui entouraient son lit lui semblaient des portraits affreux. Le portrait se dédoublait, se quadruplait dans son regard ; tous les murs lui semblaient encombrés de portraits qui le fixaient, lui, de leurs yeux immobiles et vivants. Des portraits effrayants regardaient depuis le plafond, depuis le plancher, la chambre s'élargissait et se poursuivait à l'infini, pour contenir le plus grand nombre possible de ces yeux immobiles. Le docteur, qui avait accepté le devoir de le soigner et avait déjà un peu entendu parler de son étrange histoire, s'efforçait de toutes ses forces de trouver le rapport secret entre les fantômes qu'il voyait et les aventures de sa vie, mais n'y parvenait pas. Le malade ne comprenait rien et ne sentait rien en dehors de ses tortures, il n'émettait que des hurlements affreux et des discours incohérents. Sa vie finit par s'achever dans un dernier, et muet, élan de souffrance. Son cadavre était effrayant. On ne put rien retrouver de ses immenses richesses ; mais, découvrant les morceaux déchiquetés des grandes œuvres dont le prix pouvait atteindre des millions, on comprit quelle en avait été l'affreuse destination.

PARTIE II

Une multitude de calèches, de drojkis et de landaus
attendaient devant l'entrée de l'immeuble dans
lequel on vendait aux enchères la collection de l'un
de ces riches amateurs d'art qui ont doucement som-
nolé toute leur vie, plongés dans les zéphyrs et les
amours, ont passé innocemment pour des mécènes,
et ont tranquillement dilapidé dans ce but les millions accumulés par leurs pères, et souvent par leur
propre labeur dans le passé. Ce genre de mécènes a,
on le sait, disparu aujourd'hui, et notre XIXe siècle a
depuis longtemps acquis la triste physionomie du
banquier jouissant de ses millions seulement sous
forme de chiffres exposés sur le papier. La longue
salle était emplie d'une foule de visiteurs des plus
bariolée, accourus tels des oiseaux de proie sur un
cadavre laissé à l'abandon. Il y avait là toute une flot-
tille de marchands russes du Gostinny dvor et même
du marché aux puces, en redingotes bleues. Leur air
et l'expression de leur visage ici étaient comme plus
assurés, plus libres, et n'avaient rien à voir avec cette
courtoisie surfaite qu'on voit tellement chez le
marchand russe quand il se trouve chez lui, dans

sa boutique, en face de ses clients. Ici, ils ne faisaient plus aucune manière, même s'il y avait dans la salle une multitude de ces aristocrates dont, partout ailleurs, ils auraient été prêts, en s'inclinant devant eux, à enlever la poussière de leurs bottes. Ici, ils se montraient désinvoltes, palpaient sans cérémonie les livres et les tableaux, cherchant à se renseigner sur la qualité du produit, et surenchérissaient sans vergogne sur les comtes connaisseurs. Il y avait là aussi beaucoup de ces inévitables spectateurs des ventes aux enchères, qui ont décidé d'y assister tous les jours, comme pour y déjeuner ; des connaisseurs aristocrates qui se sont pris pour devoir de ne pas rater une occasion d'enrichir leur collection et ne se trouvent pas d'autre occupation de midi à une heure ; enfin, de ces respectables messieurs dont les vestes et les poches sont maigres, qui se montrent tous les jours sans aucun but de convoitise, mais uniquement pour voir comment cela finira, qui donnera le plus, qui donnera le moins, qui l'emportera sur qui, et qui repartira bredouille. Une multitude de tableaux étaient jetés dans tous les coins, sans la moindre logique : ils étaient mélangés avec des meubles, des livres marqués au sceau de leur ancien propriétaire, lequel, peut-être, avait été dénué de cette louable curiosité d'en lire une seule ligne. Des vases chinois, des plaques de marbre pour les tables, des meubles anciens et modernes, aux lignes chantournées, avec des griffons, des sphinx et des pattes de lions, dorées ou sans dorure, des lustres, des quinquets – tout cela était entassé, et pas du tout comme dans un magasin.

168

Tout cela apparaissait comme une espèce de chaos des arts. En général, ce que nous ressentons pendant une vente aux enchères est effrayant : il y a là quelque chose qui rappelle une procession funéraire. Les salles dans lesquelles elles sont faites sont toujours bizarrement sombres ; les fenêtres, encombrées de meubles et de tableaux, laissent passer une lumière avare, le silence, répandu sur les visages, et la voix d'enterrement du commissaire-priseur qui fait cogner son marteau et chante sa messe des morts pour tous ces pauvres qui se retrouvent là d'une façon si étrange. Tout cela, semble-t-il, ne fait qu'accroître encore notre impression si bizarrement désagréable.

La vente, semblait-il, battait son plein. Toute une foule de personnes respectables, massées ensemble, s'agitait à l'envi. De tous côtés, on entendait : "Un rouble, un rouble, un rouble", – on ne laissait pas le temps au commissaire-priseur de répéter le nouveau prix, qui avait déjà quadruplé par rapport à la mise de départ. La foule amassée s'agitait à cause d'un portrait qui n'avait pas pu ne pas arrêter tous ceux qui avaient ne serait-ce qu'une faible notion de peinture. La touche noble d'un peintre se montrait là à l'évidence. Le portrait, visiblement, déjà restauré et réhabilité plus d'une fois, représentait les traits halés d'un asiatique vêtu d'un habit ample, et doué d'une expression extraordinaire, étrange ; mais ce qui sidérait le plus les gens agglutinés, c'étaient les yeux, extraordinairement vivants. Plus on les regardait, et plus, semblait-il, ils pénétraient dans les tréfonds de chaque personne. Cette étrangeté, ce tour de magie extraordinaires du peintre avait attiré une attention quasiment générale. Nombreux étaient ceux qui parmi les amateurs en lice avaient déjà renoncé, parce que le prix atteignait des sommets incroyables. Ne restaient plus que deux aristocrates bien connus, amateurs de peinture, et qui refusaient, l'un et l'autre, de renoncer à cette acquisition. Ils s'échauffaient et le prix aurait grimpé, sans doute, dans des dimensions vraiment hors du commun, si, brusquement, l'une des personnes qui examinaient le tableau n'avait pas dit :

— Permettez-moi d'interrompre pour un temps votre duel. J'ai peut-être plus le droit que personne au monde de posséder ce tableau.

Ces mots, en un instant, attirèrent l'attention de chacun. C'était un homme de grande taille, d'à peu près trente-cinq ans, aux longues boucles brunes. Un visage avenant, empli d'une sorte d'insouciance lumineuse, montrait une âme étrangère à toutes les vaines agitations de la mondanité : sa mise n'affichait pas la moindre prétention à suivre la mode ; tout montrait en lui un artiste. De fait, c'était le peintre B., que connaissaient personnellement de nombreux assistants à cette vente.

— Aussi étranges que mes paroles puissent vous paraître, poursuivit-il, voyant l'attention générale ainsi tournée vers lui, si vous acceptez d'écouter une courte histoire, vous verrez, je l'espère, que j'avais le droit de les prononcer. Tout m'assure que c'est ce portrait même que je recherche.

170

Une curiosité naturelle s'enflamma sur tous les visages, et le commissaire-priseur lui-même, la bouche ouverte, s'arrêta, le marteau en l'air, pour écouter. Au début du récit, de nombreux regards se tournaient vers le portrait, mais, à la fin, tout le monde avait les yeux fixés sur le seul conteur, à mesure que son récit devenait de plus en plus passionnant.

— Vous connaissez cette partie de la ville qu'on appelle la Kolomna. – C'est ainsi qu'il commença. – Là, rien ne ressemble au reste de Pétersbourg ; là, ce n'est pas la capitale, et ce n'est pas la province ; on a l'impression de sentir, quand on traverse les rues de la Kolomna, que tous vos élans et les désirs de votre jeunesse vous abandonnent. Ici, l'avenir ne se montre pas, ici, tout est silence et retraite, tout s'est mis à l'écart du mouvement de la capitale. Ici viennent s'installer des fonctionnaires à la retraite, des veuves, des gens modestes qui ont affaire au Sénat et se condamnent donc à vivre là à perpétuité ; des cuisinières qui ne travaillent plus et passent toute leur journée à traîner dans les marchés, qui bavassent avec un moujik chez un petit marchand de quatre-saisons et prennent tous les jours pour cinq kopecks de café et quatre de sucre, et, enfin, toute cette catégorie de gens qu'on ne peut qualifier que d'un nom : des gens de cendre, – des gens qui, par leurs habits, leur visage, leurs cheveux, leurs yeux ont une espèce d'apparence trouble, cendreuse, comme ces journées où il n'y a ni tempête ni soleil, ou il y a juste un entre-deux : un brouillard qui se répand et enlève aux objets toute leur netteté. On peut ajouter là des maîtres de chapelle au théâtre, des conseillers titulaires à la retraite, des favoris de Mars réformés, l'œil crevé et la lèvre enflée. Tous ces gens sont totalement privés de passions : ils marchent sans rien regarder de précis, ils se taisent sans penser à rien. Dans leur chambre, il n'y a guère de biens ; parfois, juste une bouteille de vodka russe, qu'ils passent avec monotonie toute leur journée à siroter, sans trace de ces afflux de violence qui vous arrivent avec une prise rapide, comme celles auxquelles s'adonne d'habitude le dimanche le jeune artisan allemand, ce gaillard de la rue Méchtchanskaïa, seul maître du trottoir sitôt qu'il est minuit passé.

La vie dans la Kolomna est solitaire au possible : il est rare de voir un équipage, à part celui, peut-être, qu'empruntent les acteurs, et qui est le seul, par son fracas et ses cliquetis, à troubler le silence général. Ici, tout le monde marche à pied : le cocher se traîne très souvent sans le moindre client, transportant du foin pour son petit cheval barbu. On peut trouver à se loger pour cinq roubles par mois, et même avec café le matin. Les veuves pensionnées forment ici toute l'aristocratie ; elles se tiennent bien, balaient souvent leur chambre, bavardent avec leurs amies de la cherté de la viande et du chou ; elles ont souvent une fille toute jeune, créature silencieuse, sans voix, parfois mignonne, un petit roquet affreux et une pendule murale à un balancier qui oscille tristement. Ensuite, viennent les acteurs, dont le salaire ne leur permet pas de quitter la Kolomna, des gens libres,

172

comme tous les artistes, qui vivent pour leurs plaisirs. Eux, passant leur vie dans leur robe de chambre, ils réparent leurs pistolets, fabriquent avec du carton toutes sortes de choses utiles à la maison, jouent aux dames et aux cartes avec un ami en visite, et passent ainsi leur matinée, faisant, en soirée, quasiment la même chose, mais en y ajoutant de temps en temps du punch. Après ces notables et cette aristocratie de la Kolomna viennent une piétaille et un menu fretin extraordinaires. Eux, il est aussi difficile de leur donner un nom que de dénombrer la multitude des insectes qui naissent dans le vieux vinaigre. Il y a là des vieilles qui prient ; des vieilles qui boivent ; des vieilles qui prient et qui boivent en même temps ; des vieilles qui s'en sortent par des moyens invraisemblables, comme des fourmis – qui traînent toutes sortes de chiffons et de linge du pont Kalinkine jusqu'au marché aux puces pour les revendre à quinze kopecks ; bref, c'est la lie la plus pauvre de l'humanité, une lie dont aucun économiste politique dans son amour de l'humain n'a encore trouvé le moyen d'améliorer la situation.

Si je vous parle de tout cela, c'est pour vous montrer à quel point il peut être fréquent que ces gens se trouvent dans l'obligation de chercher une aide ponctuelle, soudaine, et d'avoir recours aux emprunts ; et c'est alors que s'installe parmi eux un genre particulier d'usuriers qui fournissent de petites sommes contre des gages et des taux élevés. Ces petits usuriers sont généralement beaucoup plus insensibles que les grands, parce qu'ils apparaissent au milieu de la pauvreté et des loques si frappantes de la misère que ne voit pas l'usurier riche, qui n'a affaire qu'à des visiteurs en équipages. Voilà pourquoi en eux tout sentiment d'humanité ne peut que mourir très tôt. Parmi ces usuriers, il y en avait un… mais il serait bon que je vous dise que l'aventure que j'ai entrepris de vous conter s'est déroulée au siècle dernier, je veux dire pendant le règne de la défunte souveraine Catherine II. Vous pouvez bien comprendre que l'aspect même de la Kolomna et sa vie à l'intérieur ont dû beaucoup changer. Et donc, parmi ces usuriers, il y en avait un – un être extraordinaire de tous les points de vue, qui s'était installé depuis déjà longtemps dans cette partie de la ville. Il marchait vêtu d'une ample robe asiatique : la teinte sombre de son visage montrait ses origines méridionales, mais de quelle nation il était, Indien, Grec ou Persan, cela, personne ne pouvait le dire à coup sûr. Une taille haute, presque extraordinaire, un visage buriné, maigre, comme brûlé, et une espèce de teint effrayant, on ne savait pourquoi, des yeux très grands, emplis d'un feu extraordinaire, des sourcils noirs et tombants, tout le distinguait avec violence et force de tous les habitants cendreux de la capitale. Sa maison elle-même ne ressemblait pas aux autres petites maisons de bois. C'était une construction de pierre, du genre de celles que construisaient jadis les marchands génois, – avec des fenêtres irrégulières, de tailles différentes, des verrous et des volets de fer. Cet usurier se distinguait déjà des autres usuriers par le fait qu'il pouvait fournir n'importe quelle

174

somme à qui voulait, depuis la vieille pauvresse jusqu'au notable de la cour dilapidant ses biens. On voyait devant sa maison des équipages des plus brillants par les fenêtres desquels on apercevait parfois la tête d'une somptueuse dame du grand monde. La rumeur, comme d'habitude, avait couru que ses coffres étaient pleins d'un argent infini, de pierres précieuses et de bijoux et de gages de toutes sortes, mais que, pourtant, il n'avait pas cette convoitise dont faisaient preuve les autres usuriers. Il donnait son argent volontiers, en disposant, semblait-il, d'une façon tout à fait acceptable les délais de remboursement ; mais, par toutes sortes d'étranges calculs arithmétiques, il les faisait atteindre des intérêts inouïs. C'est du moins ce que disait la rumeur. Mais, le plus étrange, et ce qui ne pouvait pas ne pas frapper chacun, c'était le destin étrange de tous ceux qui avaient touché à son argent : ils finissaient tous leur vie d'une façon désastreuse. S'agit-il juste là d'une opinion, de ragots ineptes de la superstition ou de rumeurs lancées par malveillance – cela, nul ne le sait. Mais quelques exemples, survenus en peu de temps, sous les yeux de chacun, étaient vivaces et frappants.

Parmi l'aristocratie de l'époque, un jeune homme de la meilleure ascendance attira bientôt l'attention générale en se distinguant dès ses jeunes années dans la carrière de l'Etat, admirateur enflammé de tout ce qui était vrai et sublime, passionné par tout ce qu'ont créé l'art et la raison de l'homme, et qui promettait d'être un mécène. Bientôt, il fut remarqué par la souveraine elle-même qui lui confia une place importante, en totale concordance avec ses exigences, une place où il pouvait faire beaucoup de choses pour les sciences, et en général pour le bien. Le jeune notable s'entoura d'artistes, de poètes, de savants. Il voulait donner du travail à tous, encourager chacun. Il entreprit, sur son propre compte, un grand nombre d'éditions utiles, lança un grand nombre de commandes, fixa des prix d'encouragement, dépensa à tout cela une masse d'argent et finit par se ruiner. Mais, plein de son élan magnanime, il ne voulut pas renoncer à sa cause, chercha à emprunter partout et finit par tomber sur notre usurier. Après lui avoir fait un emprunt considérable, cet homme, en peu de temps, changea du tout au tout : il se mit à persécuter, à fustiger toute forme de raison et de talent qui se développaient. C'est alors, par malheur, que survint la révolution française. Cela, soudain, lui servit d'arme pour toutes sortes de mauvais coups. Il vit partout je ne sais quelles tendances révolutionnaires, il percevait des allusions partout. Il devint soupçonneux à un point tel qu'il se mit pour finir à se soupçonner lui-même, se mit à composer des dénonciations monstrueuses, mensongères, fit une masse de malheureux. Il va de soi que de tels actes ne pouvaient pas ne pas finir par remonter jusqu'au trône. La magnanime souveraine fut épouvantée et, pleine de cette noblesse d'âme qui orne les têtes couronnées, prononça des paroles dont, même si elles n'ont pas pu nous être transmises mot pour mot, le sens profond s'est imprimé dans le cœur de bien des gens. La souveraine fit remarquer que ce

176

n'est pas sous l'autorité de la couronne qu'on pouvait opprimer les nobles et sublimes élans de l'âme, que ce n'était pas là qu'on méprisait et qu'on persécutait les créations de l'esprit, des arts et de la poésie ; qu'au contraire, seuls les monarques en ont été les protecteurs ; que Shakespeare et Molière ont prospéré sous leur protection, alors que le grand Dante n'a pu trouver un refuge dans sa patrie républicaine ; que les vrais génies surgissent dans les périodes d'éclat et de puissance des souverains et des royaumes, et non pendant les monstrueux orages politiques et les terrorismes républicains, lesquels, jusqu'à présent, n'ont pas donné au monde un seul poète ; qu'il fallait distinguer les artistes poètes car ils ne remplissaient nos âmes que de paix et d'un silence magnifique, et non d'agitation ou de révolte ; que les savants, les poètes et tous les créateurs de l'art forment en fait les perles et les diamants de la couronne impériale : ils sont l'ornement et le surcroît d'éclat du siècle d'un grand monarque. Bref, la souveraine qui avait prononcé ces paroles, était à cet instant d'une beauté divine. Je me souviens que les vieillards ne pouvaient pas repenser sans larmes à cette minute. Tout le monde se mit à la tâche. A l'honneur de notre fierté nationale, il faut remarquer que le cœur russe porte toujours en lui le désir sublime de prendre la défense de l'opprimé. Le notable qui avait trompé sa confiance reçut un châtiment exemplaire et fut démis de ses fonctions. Mais il lut un châtiment bien plus terrible encore dans le visage de ses contemporains. C'était un mépris résolu et général.

On ne peut pas dépeindre les souffrances de son âme orgueilleuse ; la fierté, l'orgueil trompé, les espoirs ruinés – tout se réunit et sa vie s'acheva dans des crises d'une folie effrayante et furieuse.

Un autre exemple saisissant survint aussi aux yeux de tous ; parmi les beautés dont n'était pas pauvre à cette époque notre capitale du Nord, il y en avait une qui emportait sans discussion la palme sur les autres. C'était une sorte de conjonction merveilleuse entre notre beauté nordique et la beauté méridionale, un diamant comme on n'en trouve au monde que rarement. Mon père avouait qu'il n'avait jamais rien vu de semblable de toute sa vie. Tout, semblait-il, s'était uni en elle : la beauté, la richesse et la splendeur de l'âme. Elle avait une foule de prétendants et, parmi eux, le plus remarquable était le prince R***, le jeune homme le plus noble, le meilleur, aussi splendide de visage que par ses élans chevaleresques et magnanimes, un noble idéal des romans et des femmes, un Grandisson de tous les points de vue. Le prince R*** était fou de passion ; une passion tout aussi enflammée lui répondit. Mais les terres ancestrales du prince ne lui appartenaient plus depuis longtemps, sa famille était en disgrâce, et le délabrement de sa fortune était connu de tous. Soudain, le prince quitte la capitale, soi-disant pour redresser ses affaires, et, quelque temps plus tard, revient, entouré d'une pompe et d'un luxe incroyables. Des fêtes et des bals étincelants le font connaître de la cour. Le père de la belle se laisse enfin plier et on célèbre en ville un mariage des plus intéressants.

D'où venaient ce changement et la richesse inouïe du fiancé, cela, personne ne le savait ; mais on disait çà et là qu'il avait accepté certaines conditions du mystérieux usurier et qu'il lui avait fait un emprunt. Quoi qu'il en soit, ce mariage occupa toute la ville. Les deux jeunes mariés étaient l'objet de l'envie générale. Tout le monde connaissait leur amour fougueux et constant, les longues souffrances qu'ils avaient endurées des deux côtés, leurs hautes qualités à tous les deux. Les femmes enflammées traçaient d'avance ce bonheur paradisiaque des deux jeunes mariés. Mais il en fut tout autrement. En l'espace d'une année, un changement épouvantable se produisit chez le mari. Son caractère auparavant si noble et si splendide s'empoisonna d'une jalousie soupçonneuse, d'intolérance et de caprices à l'infini. Il devint le tyran et le bourreau de sa femme, et, ce que personne n'aurait pu prévoir, en vint aux actes les plus inhumains, et même aux coups. En un an, plus personne ne pouvait reconnaître la femme qui, naguère encore, brillait et entraînait derrière elle des foules d'admirateurs soumis. Au bout du compte, incapable, à force, de supporter le poids de son destin, elle parla la première de divorce. Le mari tomba dans une crise de furie à cette seule pensée. Dans un premier élan de frénésie, il fit irruption dans sa chambre un couteau à la main, et il aurait sans aucun doute tué sa femme si l'on ne l'avait pas saisi et retenu. Dans un élan d'hébétude et de désespoir, il retourna le couteau contre lui-même – et acheva sa vie dans les souffrances les plus affreuses.

En dehors de ces deux exemples qui s'étaient produits sous les yeux de toute la société, on racontait beaucoup de cas survenus dans les classes inférieures, et qui, presque tous, avaient une fin affreuse. Là-bas, un homme honnête et sobre devenait un ivrogne ; là, un commis de marchand avait volé son maître ; là, un cocher, qui avait travaillé des années honnêtement, avait égorgé son client pour un sou. On le pense bien, ces histoires, qu'on ne racontait jamais sans les fleurir encore, ne pouvaient pas ne pas emplir d'effroi les modestes habitants de la Kolomna. Personne ne doutait de la présence du Malin dans cet homme. On disait qu'il proposait des conditions qui vous faisaient dresser les cheveux sur la tête, et qu'aucun malheureux, par la suite, n'osait plus révéler ; que son argent avait la particularité de brûler, il se consumait de lui-même et portait des espèces de signes terrifiants… bref, il y avait une foule de ragots absurdes. Et le plus remarquable était que cette population de la Kolomna, tout ce monde de pauvres vieilles femmes, de petits fonctionnaires, d'artistes à la petite semaine, bref, tout ce menu fretin dont je viens de parler, acceptait de supporter les dernières affres de la misère plutôt que de s'adresser au terrible usurier ; on trouvait même des vieilles qui étaient mortes de faim et avaient préféré laisser mourir leur corps plutôt que de perdre leur âme. Quand on le rencontrait dans la rue, on était malgré soi pris de peur. Le piéton reculait prudemment et se retournait encore pendant longtemps en suivant cette silhouette incroyablement haute qui s'effaçait au loin. Son apparence seule était déjà tellement invraisemblable qu'elle aurait pu forcer n'importe qui à lui reconnaître une existence surnaturelle. Ces traits puissants, aux sillons si profonds, comme on n'en voit chez personne ; ce teint de bronze brûlant du visage ; cette invraisemblable épaisseur des sourcils, ces yeux insupportables, effrayants, et même les larges pans de sa robe asiatique – tout, pouvait-on croire, semblait dire que, devant les passions qui animaient ce corps, toutes les passions des autres hommes ne pouvaient que pâlir. Mon père restait toujours figé quand il le rencontrait, et, chaque fois, il ne pouvait s'empêcher de prononcer : "Le diable, le diable en personne !" Mais il faut vite que je vous présente mon père, qui est, d'ailleurs, le vrai sujet de ce récit.

Mon père était un homme remarquable de bien des points de vue. C'était un peintre comme il y en a peu, un de ces miracles que ne peut produire, de loin en loin, de son sein intarissable, que la Russie, un peintre qui s'était trouvé lui-même dans son âme, sans maître et sans école, sans loi ni règle, mû seulement par la seule soif du perfectionnement, et ne suivant, pour des raisons qu'il ignorait peut-être lui-même, que le chemin que lui montrait son âme ; un de ces miracles spontanés que les contemporains honorent souvent du mot blessant d'"ignares" et qui, loin de refroidir sous les critiques et leurs propres échecs, n'y puisent que de nouveaux élans et de nouvelles forces, et dont l'âme est déjà très loin des œuvres pour lesquelles ils ont reçu ce titre d'ignares. Par un sublime instinct intérieur, il avait senti la présence d'une pensée dans chaque objet ; il avait saisi lui-même la signification véritable du mot "peinture historique" ; il avait saisi pourquoi on pouvait qualifier de "peinture historique" la moindre tête, le moindre portrait de Raphaël, de Léonard de Vinci, du Titien ou du Corrège, et pourquoi une immense toile représentant une scène d'histoire resterait toujours un *tableau de genre**, malgré toutes les prétentions de l'artiste à faire de la peinture historique. Son sentiment intérieur et ses convictions propres avaient tourné son pinceau vers les sujets chrétiens, le degré ultime et le plus haut dans l'échelle du sublime. Il n'avait ni l'amour-propre ni la susceptibilité tellement inséparables du caractère de nombreux artistes. C'était un caractère ferme, un homme honnête et droit, voire grossier, couvert, à l'extérieur, d'une espèce d'écorce un peu rude, sans une certaine fierté dans l'âme et qui pouvait parler des gens à la fois avec condescendance et dureté. "Qu'en ai-je à faire, d'eux, disait-il généralement, ce n'est pas pour eux que je travaille. Ce n'est pas dans leur salon qu'on portera mes tableaux, mais dans une église. Celui qui me comprendra – me remerciera, s'il ne me comprend pas, il priera malgré tout. Il n'y a pas de raison de critiquer un mondain s'il ne comprend pas la peinture ; par contre, il s'y connaît en cartes, il s'y connaît en bon vin, en chevaux, – qu'est-ce qu'il faut de plus à un seigneur ? il serait capable, encore, sur un coup de tête, de vouloir nous faire la leçon, et, là, nous autres, on n'aurait plus de vie ! Chacun son dû, et les cochons sont bien gardés. Pour moi, mieux vaut quelqu'un qui dise clairement qu'il n'y connaît rien à ceux qui jouent les hypocrites, qui disent que, n'est-ce pas, ils s'y connaissent alors qu'ils n'y connaissent rien, et ne font qu'abîmer et gâcher." Il travaillait pour un petit salaire, c'est-à-dire pour le salaire dont il avait besoin pour faire vivre sa famille et se fournir la possibilité de travailler. En plus, il ne refusait jamais d'aider un autre et de tendre une main secourable à un artiste dans le besoin ; sa foi était la foi simple et pieuse de nos ancêtres et c'est pour cela, peut-être, que sur les visages qu'il représentait apparaissait d'elle-même cette noble expression que n'arrivent pas à retrouver les talents clinquants. Par la patience de son travail et la constance dans le chemin qu'il s'était tracé lui-même, il avait même commencé par acquérir le respect de ceux qui l'avaient qualifié d'ignare et de rustre autodidacte. Il recevait sans cesse des commandes de l'église, et son travail ne s'interrompait jamais. L'une de ces commandes l'avait passionné. Je ne me souviens plus quel était le sujet exactement, je sais seulement qu'il fallait placer dans le tableau l'esprit des ténèbres. Il réfléchit longtemps à l'image qu'il pourrait lui donner ; il avait envie d'incarner dans ce visage tout ce qui ronge et qui oppresse. En méditant ainsi, il voyait souvent passer devant ses yeux l'image de l'usurier mystérieux, et il pensait malgré lui : "Voilà sur qui je devrais copier le diable." Jugez de sa stupeur quand, un jour, alors qu'il travaillait dans son atelier, il entendit qu'on frappait à la porte et que, tout de suite après, il vit entrer chez lui l'effrayant usurier. Il ne put pas ne pas sentir une sorte de frisson intérieur lui parcourir le corps.

— Tu es peintre ? dit-il, sans la moindre cérémonie, à mon père.

— Oui, je suis peintre, dit mon père, attendant, sidéré, ce qui serait la suite.

— Bon. Dessine-moi mon portrait. Je vais mourir bientôt, peut-être, je n'ai pas d'enfants ; mais je ne veux pas mourir complètement, je veux vivre. Est-ce que tu peux dessiner un portrait qui soit exactement comme vivant ?

Mon père se dit : "Ça tombe bien : il se propose lui-même comme diable dans mon tableau." Il promit. Ils s'accordèrent sur le délai et le prix, et, le lendemain même, avec sa palette et ses pinceaux, mon père était chez lui. La grande cour, les chiens, les portes et les verrous de fer, les fenêtres en ogives, les malles recouvertes de tapis étranges, et, pour finir, l'extraordinaire maître des lieux, qui s'assit, immobile, devant lui, – tout cela lui fit une impression étrange. Les fenêtres, comme par hasard, étaient obstruées et encombrées depuis le bas jusqu'en haut de telle sorte qu'elles ne donnaient de la lumière que par un interstice tout en haut. "Le diable m'emporte, quelle lumière sur son visage en ce moment !", se dit-il et il se mit à peindre avec avidité, comme s'il craignait que cette lumière heureuse ne disparaisse d'un seul coup. "Quelle force ! se répéta-t-il. Si je le représente ne serait-ce qu'à moitié de ce qu'il est en ce

184

moment, il tuera tous mes anges et tous mes saints ;
ils pâliront devant lui. Quelle force diabolique ! il va
me jaillir hors de la toile, tout simplement, si je suis
la nature ne serait-ce qu'un petit peu. Quels traits
extraordinaires !", répétait-il sans cesse, approfon-
dissant son zèle, et il voyait lui-même que certains
traits commençaient à paraître sur la toile. Mais plus
il s'approchait de ces traits, plus il se sentait plein
d'une sensation pesante, inquiète, qu'il ne comprenait pas. Et néanmoins, malgré cela, il se jura de
suivre à la lettre le moindre trait et la moindre expression. Avant toute chose, il travailla sur le rendu
des yeux. Dans ces yeux, il y avait tellement de force
que, semblait-il, il était même impensable de les
rendre exactement tels qu'ils étaient dans la nature.
Lui, malgré tout, il essaya coûte que coûte d'en pui-
ser les traits et les nuances les plus infimes, et de
percer leur mystère… Mais il avait à peine commencé à y entrer et à les approfondir avec son pinceau qu'il sentit renaître dans son âme un dégoût si
étrange, une sensation d'oppression tellement incompréhensible qu'il dut un moment abandonner le
pinceau pour s'y remettre ensuite. Finalement, il se
vit incapable d'y tenir, il sentit que ces yeux s'enfonçaient dans son âme et qu'ils y provoquaient une
espèce de trouble inimaginable. Le lendemain et le
surlendemain, c'était encore plus fort. La peur le
prit. Il laissa tomber le pinceau et déclara tout net
qu'il ne pouvait pas faire le portrait. Il fallait voir
comment l'étrange usurier changea en l'entendant. Il
se jeta à ses pieds, et le supplia de terminer le tableau,

185

disant que de cela dépendaient tout son destin et toute son existence dans ce monde, qu'il avait déjà touché de son pinceau ses traits vivants, et que, s'il parvenait à les rendre avec justesse, sa vie, par une force surnaturelle, resterait dans le portrait, et que, donc, il ne mourrait pas entièrement, et qu'il avait besoin de rester présent dans le monde. Mon père, à ces mots, ressentit de l'effroi : ils lui parurent tellement étranges et terrifiants qu'il jeta son pinceau et sa palette et s'enfuit à toutes jambes hors de la pièce.

Il y repensa, tremblant, toute la journée et toute la nuit, et, le lendemain, il reçut de l'usurier le portrait, que lui rapportait une femme, la seule créature qu'il avait à son service, et qui lui dit que son maître ne voulait pas de son portrait, qu'il ne donnait rien pour lui et le lui renvoyait. Le soir du même jour, il apprit que l'usurier était mort et qu'on s'apprêtait déjà à l'enterrer, selon les rites de sa religion. Tout cela lui parut indiciblement étrange. Et cependant, depuis ce moment précis, on vit de grands changements dans son caractère ; il se sentit dans un état d'inquiétude et d'angoisse dont il n'arrivait pas à comprendre la cause, et, bientôt, il se rendit coupable d'un geste que personne n'aurait jamais pu imaginer. Depuis un certain temps, les travaux de l'un de ses élèves commençaient à attirer l'attention d'un cercle restreint de connaisseurs et d'amateurs. Mon père avait toujours vu en lui un talent et lui avait toujours montré la plus grande bienveillance. Soudain, il se sentit jaloux de lui. La bienveillance générale et les conversations à son propos lui devinrent insupportables. Finalement, pour couronner son dépit, voilà qu'il apprend qu'on vient de proposer à son élève de peindre un tableau pour une riche église qu'on venait de construire. Cela le fit exploser. "Non, je ne laisserai pas ce blanc-bec triompher ! disait-il. Tu es un peu jeune, mon petit gars, pour nous mettre le nez dans la gadoue, à nous, les vieux. Il me reste encore des forces, Dieu soit loué. On va le voir, encore, qui y mettra le nez de qui, dans la gadoue." Et cet homme honnête, à l'âme pleine de droiture, eut recours à des intrigues et des coups bas qui lui avaient toujours répugné ; il finit par obtenir que le tableau soit soumis à un concours, et que d'autres peintres puissent eux aussi y participer avec leurs œuvres. Après quoi il s'enferma dans sa chambre et se mit au pinceau avec passion. C'est toutes ses forces, semblait-il, tout son être qu'il voulait y concentrer. Et, de fait, cela fut une de ses plus belles œuvres. Personne ne doutait qu'il dût rester vainqueur. Les tableaux furent présentés et, devant le sien, tous les autres étaient comme la nuit devant le jour. Quand, brusquement, un des membres présents, un prêtre, si je ne me trompe, fit une remarque qui fit l'effet d'un coup de tonnerre : "Dans le tableau de ce peintre, c'est vrai, on voit beaucoup de talent, dit-il, mais il n'y a pas de sainteté dans les visages ; il y a même, au contraire, quelque chose de démoniaque dans les yeux, comme si c'était un esprit malin qui avait tenu son pinceau." On regarda, la vérité évidente de ces paroles s'imposa à chacun. Mon père se précipita vers son tableau, comme

187

pour vérifier lui-même la justesse d'une remarque aussi blessante, et il remarqua avec effroi qu'il avait donné les yeux de l'usurier à presque toutes les figures. Leur regard était démoniaque et destructeur, au point que, lui-même, il en frissonna malgré lui. Le tableau fut refusé et il dut, à son dépit le plus insupportable, entendre que la première place restait à son élève. Il est impossible de décrire la furie dans laquelle il se trouvait quand il revint chez lui. Il faillit frapper ma mère, il chassa ses enfants, cassa les pinceaux et le chevalet, décrocha du mur le portrait de l'usurier, demanda un couteau et fit faire du feu dans la cheminée, s'apprêtant à le découper en morceaux et à le faire brûler. C'est dans cet élan que le trouva, en entrant dans la chambre, un ami peintre que ne rongeait aucun désir inaccessible, qui peignait avec joie tout et n'importe quoi, et se montrait encore plus joyeux quand il passait à table et banquetait.

— Qu'est-ce que tu fais, qu'est-ce que tu as l'intention de brûler ? dit-il, s'approchant du tableau. Mais enfin, c'est une de tes meilleures œuvres. C'est l'usurier qui vient de mourir. Tu lui es entré, on peut le dire, dans les yeux. Jamais je n'ai vu des yeux qui regardaient comme ces yeux-là, chez toi.

— Eh bien, je vais voir comme ils vont regarder, une fois qu'ils seront dans le feu, dit mon père en prenant son élan pour le jeter dans la cheminée.

— Arrête-toi, au nom du Ciel ! dit l'ami, le retenant, donne-le-moi, plutôt, s'il te fait mal aux yeux à ce point.

188

Mon père commença par refuser, puis il accepta et le joyeux drille, très content de son acquisition, repartit avec le portrait.

A son départ, mon père se sentit soudain plus calme. Comme si, avec ce portrait, c'était un lourd fardeau qui le quittait. Il resta sidéré lui-même devant la haine qui l'avait habité, devant sa jalousie et ce changement si frappant de son caractère. Après avoir examiné son geste, il fut empli de tristesse et, non sans douleur intérieure, il prononça :

— Non, c'est Dieu qui m'a puni ; c'est à juste titre que mon tableau a subi cette opprobre. Il avait été conçu pour la perte de mon frère. Le sentiment démoniaque de la jalousie a mené mon pinceau, c'était un sentiment démoniaque qui devait s'y refléter.

Il partit immédiatement à la recherche de son ancien élève, l'étreignit de toutes ses forces, lui demanda pardon et s'efforça autant qu'il le pouvait d'effacer sa faute. Il reprit le cours de son travail ; mais une espèce de songerie se montrait de plus en plus sur son visage. Il priait davantage, restait de plus en plus silencieux et ne parlait plus des gens avec dureté ; même la rude écorce de son caractère paraissait s'adoucir. Très vite, une autre circonstance lui fit un nouveau choc. Il n'avait plus revu son camarade qui avait emporté le tableau depuis longtemps. Il s'apprêtait à sortir prendre de ses nouvelles quand il le vit entrer chez lui. Après quelques paroles et quelques questions échangées, l'ami dit :

— Tu sais, vieux, tu avais raison de vouloir le brûler, ton tableau. Le diable le prenne, il y a quelque chose d'étrange dedans… Je ne crois pas aux sorcières, mais, comme tu veux : dedans, il y a le Malin…

— Comment ça ? dit mon père.

— Comme ça, depuis que je l'ai accroché dans ma chambre, j'ai senti une espèce d'angoisse… comme si j'avais envie d'égorger quelqu'un. Jamais de ma vie je n'avais su ce que c'était que l'insomnie, mais, maintenant, ce n'est pas seulement l'insomnie que j'ai connue, mais de ces rêves… et je serais incapable de dire si c'est des rêves ou bien quelque chose d'autre : comme un lutin qui cherche à t'étouffer, et toujours l'impression de voir ton maudit vieillard. Bref, je ne peux pas te raconter l'état dans lequel j'étais. Jamais je n'avais rien connu de pareil. Je suis resté comme un lunatique pendant tout le temps : je sentais comme une espèce de peur, comme l'attente pénible de je ne sais trop quoi. Je sens que je ne suis capable de dire un mot joyeux, qui vienne du cœur, à qui que ce soit ; comme si, juste dans mon dos, il y avait un espion qui m'écoutait. Et c'est seulement depuis que j'ai donné mon portrait à un neveu, qui me l'a demandé, que j'ai senti que c'était comme un poids qui me tombait de sur les épaules ; d'un coup, je me suis senti gai, comme tu le vois. Ça, vieux, tu as fait un beau diable !

Pendant tout le temps du récit, mon père fut comme figé d'attention ; il finit par demander :

— Et le portrait, en ce moment, il est chez ton neveu ?

— Chez mon neveu, ça ne va pas ? il n'a pas tenu, dit le joyeux luron, il faut croire que c'est l'âme de

190

l'usurier qui s'est installée dedans : il saute hors du cadre, il fait les cent pas dans la chambre ; et ce qu'il raconte, mon neveu, c'est simplement inimaginable. Moi, je l'aurais pris pour un fou, si je n'avais pas senti la même chose, plus ou moins. Lui, il l'a revendu à un collectionneur de tableaux, et l'autre non plus, il n'a pas supporté, il s'en est débarrassé, je ne sais pas chez qui.

Ce récit fit une grande impression sur mon père. Il resta très profondément pensif, tomba dans la mélancolie et finit par se persuader complètement que son pinceau avait servi d'arme au Malin, qu'une partie de la vie de l'usurier était vraiment passée, d'une façon ou d'une autre, dans le tableau, et, que, maintenant, elle tourmentait les gens, en leur insinuant des impulsions diaboliques, détournant un peintre de sa voie, faisant naître les terribles tortures de la jalousie, etc. Trois malheurs qui s'enchaînèrent par la suite, trois morts subites – celles de son épouse, de sa fille et de son plus jeune fils – furent reçus comme un châtiment du Ciel, et il prit la décision d'abandonner le monde coûte que coûte. Quand j'eus neuf ans, il me plaça à l'Académie des beaux-arts, et, après avoir réglé toutes ses dettes, il s'éloigna dans un monastère isolé, où, très vite, il entra dans les ordres. Là, par l'austérité de sa vie, par sa soumission inlassable à tous les ordres de la confrérie, il étonna tous les autres. Le supérieur, qui avait appris qu'il était un grand peintre, lui demanda de peindre l'icône principale pour l'église. Mais l'humble frère opposa un refus définitif, disant qu'il était indigne de reprendre le pinceau, que son pinceau était souillé, qu'il devait d'abord, par le labeur et de grands sacrifices, purifier son âme pour devenir digne d'entreprendre une telle chose. On ne voulut pas l'obliger. Il s'accroissait lui-même, autant que c'était possible, l'austérité de la vie monastique. Finalement, même cette austérité lui parut insuffisante, et pas assez austère. Alors, avec la bénédiction du supérieur, il s'éloigna dans un ermitage, pour être entièrement seul. Là, il se construisit une cabane de branchages, ne mangea que des racines crues, traîna des pierres d'un endroit à l'autre, se tenait immobile du lever au coucher du soleil, les bras tendus au Ciel, lisant sans arrêt des prières. Bref, il mettait à l'épreuve, semblait-il, tous les degrés de sa patience, et de ce sacrifice extraordinaire dont on ne peut trouver d'équivalents que dans les premières vies de saints. C'est ainsi que, longtemps, pendant de longues années, il épuisa son corps, en l'endurcissant dans le même temps par la force vivifiante de la prière. Enfin, un beau jour, il revint dans son monastère et dit d'une voix ferme au supérieur : "Maintenant, je suis prêt. Si Dieu le veut, j'accomplirai ma tâche." Le sujet qu'il prit fut la Nativité. Il y resta pendant un an entier, sans sortir de sa cellule, se nourrissant à peine de nourriture maigre, priant toujours. A la fin de l'année, le tableau était prêt. C'était, de fait, un miracle du pinceau. Il faut savoir que ni les frères ni le supérieur ne s'y connaissaient beaucoup en peinture, mais tous, ils furent saisis par l'extraordinaire sainteté des figures. Le sentiment de la divine humilité et de la douceur sur le visage de la Très-Sainte Mère penchée sur son enfant, la profonde raison dans les yeux du Divin enfant, qui semblait voir dans l'horizon des temps, le silence solennel des rois sidérés par le miracle divin, prosternés à ses pieds et, finalement, le silence, sacré et indicible, qui enveloppait tout le tableau, – tout cela apparaissait tellement dans la force de l'harmonie et la puissance de la beauté que l'impression était magique. Tous les frères tombèrent à genoux devant la nouvelle icône, et le supérieur, bouleversé, prononça : "Non, l'homme seul, avec l'aide du seul art des hommes, ne peut pas produire un tableau comme celui-ci : c'est une force sainte, supérieure, qui a tenu ton pinceau, et la bénédiction des cieux repose sur son labeur."

A ce moment-là, j'avais fini mes études à l'Académie, j'étais sorti avec la médaille d'or et, avec elle, l'espoir heureux d'un voyage en Italie – le plus beau rêve d'un peintre de vingt ans. Il ne me restait plus qu'à faire mes adieux à mon père, que j'avais quitté depuis douze ans. Je l'avoue, son image même s'était effacée de ma mémoire. J'avais plusieurs fois entendu parler de l'austère sainteté de sa vie et je m'attendais à trouver la dure apparence d'un ermite, étranger à tout en ce monde, si ce n'est sa cellule et sa prière, épuisé, asséché par ses jeûnes perpétuels et ses veilles. Mais quelle ne fut pas ma surprise quand je vis paraître devant moi un vieil homme magnifique, presque divin ! On ne voyait même aucune trace d'épreuves sur son visage : il luisait de la lumière de la gaîté céleste. Sa barbe, blanche comme neige, et ses cheveux fins, presque aériens d'une même couleur argentée, tombaient d'une façon picturale sur sa poitrine et le long des plis de sa soutane noire et descendaient jusqu'à la corde qui ceignait sa pauvre robe monacale ; mais le plus saisissant fut pour moi d'entendre de sa bouche des paroles et des pensées sur l'art que, je l'avoue, je garderai encore longtemps au fond de l'âme, et dont je voudrais sincèrement que tous mes confrères fassent de même.

— Je t'attendais, mon fils, dit-il, quand je vins vers lui pour recevoir sa bénédiction. Un chemin s'ouvre devant toi, dans lequel désormais ta vie va s'engager. Ta voie est pure, ne t'en écarte pas. Tu as du talent ; le talent est le don de Dieu le plus précieux – ne le perds pas. Etudie, creuse tout ce que tu veux, soumets tout au pinceau, mais apprends, en tout, à trouver la pensée intérieure, et, plus que tout, efforce-toi de percer le mystère sublime de la création. Heureux est l'élu qui le possède. Il ne connaît pas d'objet ignoble dans la nature. Dans l'infime, l'artiste créateur est aussi grand que dans le grand ; dans le méprisé, il ne connaît plus rien de méprisable puisque l'âme splendide du Créateur transparaît invisible à travers lui, et le méprisé a reçu une haute expression dès lors qu'il est passé par le purgatoire de son âme. L'art apporte à l'homme un signe du paradis divin, céleste, et rien que pour cette raison, il est plus haut que tout. Mais autant le repos solennel est plus haut que l'agitation terrestre ; autant la création est plus haute que la destruction ; autant l'ange, par la pure et simple innocence de son âme lumineuse, est plus haut que toutes les innombrables et orgueilleuses passions de Satan, – autant l'œuvre d'art qui atteint la hauteur est supérieure à tout ce qui existe en ce monde. Sacrifie-lui tout et aime-la de toute ta passion. Mais pas d'une passion qui vit de la jouissance terrestre – une passion céleste et douce ; sans elle, l'homme est impuissant à s'élever de terre et ne peut pas offrir les sons miraculeux de la sérénité. Car c'est pour la sérénité, la réconciliation de tous que l'œuvre d'art doit descendre en ce monde. Elle ne peut faire naître le murmure dans l'âme : par une prière sonore, elle s'élance éternellement vers Dieu. Mais il est des minutes, des minutes de ténèbres…

Il s'arrêta et je remarquai que son visage lumineux s'assombrissait soudain, comme si un nuage momentané venait de passer dessus.

— Il y a eu un événement dans ma vie, dit-il. Jusqu'à présent, je n'arrive pas à comprendre ce que c'était que cette image étrange dont j'ai peint la représentation. C'était vraiment comme une apparition diabolique. Je sais que le monde rejette l'existence du diable, et c'est pourquoi je ne parlerai pas de lui. Mais je dirai seulement que je l'ai peint avec dégoût, et que je n'ai jamais senti d'amour pour mon travail. J'ai voulu me forcer à me soumettre, et, sans âme, me rendant sourd à tout, j'ai voulu être fidèle à la nature. Ce n'était pas une œuvre d'art, et c'est pourquoi les sentiments qui envahissent tous ceux qui le regardent sont, dans leur fond, des sentiments mutins, – et pas les sentiments d'un artiste, puisque l'artiste, même dans l'inquiétude, respire le repos. On m'a dit que ce portrait passait de main en main et répandait des sentiments d'angoisse, faisant naître chez tel peintre la jalousie, la haine noire contre un frère, la soif haineuse de persécuter et d'opprimer. Que le Très-Haut te garde de ces passions ! Rien n'est plus effrayant. Plutôt supporter l'amertume de toutes les persécutions possibles que d'être à l'origine de l'ombre d'une persécution. Veille sur la pureté de ton âme. Qui possède en lui-même un talent doit avoir une âme plus pure que quiconque. Aux autres, on peut pardonner beaucoup, mais, à lui – rien. Il suffit que celui qui sort de chez lui vêtu d'un lumineux habit de fête porte l'éclaboussure d'une seule tache laissée par une voiture et tout le monde l'entoure, le montre du doigt et parle de sa négligence, alors qu'on ne remarque pas les mille taches sur les autres passants, qui n'ont sur eux que des habits quotidiens. Car, sur les habits quotidiens, on ne remarque pas les taches.

Il me donna sa bénédiction et me serra dans ses bras. Jamais de ma vie je ne ressentis une émotion plus noble. C'est plus avec vénération qu'avec un sentiment filial que je me pressai contre sa poitrine, et que je baisai ses cheveux argentés flottants. Une larme brilla sur ses yeux.

— J'ai une demande à te faire, mon fils, me dit-il, au moment où nous nous séparions. Peut-être t'arrivera-t-il de trouver ce portrait dont je t'ai parlé. Tu le reconnaîtras tout de suite aux yeux extraordinaires et à leur expression contre-nature, – détruis-le, coûte que coûte…

Vous pouvez juger si je pouvais ne pas lui faire le serment d'obéir à une telle demande. Pendant quinze ans, il ne m'est pas arrivé de rencontrer quoi que ce soit qui pût ressembler de près ou de loin à la description que m'avait faite mon père, et, soudain, aujourd'hui, à une vente aux enchères…

Ici, le peintre laissa sa phrase en suspens, tourna les yeux vers le mur, pour regarder ce portrait une fois encore. La foule des auditeurs fit le même mouvement, cherchant des yeux le portrait extraordinaire. Mais, à la stupeur générale, il n'était plus sur le mur. Une rumeur et un murmure indistincts parcoururent toute la foule, et puis on entendit très nettement ces mots : "Volé". Quelqu'un avait eu le temps de le décrocher, profitant de l'attention des auditeurs, passionnés par le récit. Et longtemps encore les gens restèrent frappés de stupeur, incapables de savoir s'ils avaient vu vraiment ces yeux extraordinaires, ou si c'était un simple songe qui était apparu un instant devant leurs yeux fatigués d'avoir examiné si longuement des vieux tableaux.

LE MANTEAU

Dans le département de... mais mieux vaut ne pas dire dans quel département. Rien n'est plus susceptible que toutes les catégories de départements, de régiments, de chancelleries et, bref, que toutes les catégories possibles de fonctionnaires. Nous vivons un moment où chaque particulier estime offensée en sa personne la société dans son ensemble. Il paraît que, tout récemment encore, on a vu arriver une plainte d'un certain capitaine de police, de je ne me souviens plus quelle ville, plainte dans laquelle ce capitaine affirmait clairement que tous les décrets de l'Etat étaient mis en danger et que son nom sacré à lui était prononcé sans trace du respect voulu. Pour preuve de sa plainte, il avait joint un volume des plus pesants de je ne sais plus quelle œuvre romantique où l'on voyait paraître toutes les dix pages un capitaine de police qui, de loin en loin, était même carrément soûl. Et donc, pour éviter les ennuis, mieux vaut que, le département dont il s'agit, nous l'appelions *un certain département*. Et donc, *dans un certain département*, il y avait *un certain fonctionnaire* ; un fonctionnaire dont on ne peut pas dire qu'il était très remarquable, un peu courtaud de taille, un peu grêlé, un peu plus ou moins roux, et même un petit peu myope, avec une légère calvitie, des rides sur les deux joues et ce teint du visage qu'on appelle hémorroïdal… Que voulez-vous ! la faute au climat de Pétersbourg. Quant à son grade (puisque, chez nous, ce qu'il faut d'abord énoncer, c'est le grade), il était ce qui s'appelle un conseiller titulaire éternel, sur lequel, comme on sait, ont ri et se sont fait les griffes à satiété toute une masse d'écrivains qui ont la louable habitude d'attaquer ceux qui ne peuvent pas se défendre. Le nom de famille de ce fonctionnaire était Savatkine. Déjà au nom, on voit qu'il a été formé, jadis, d'une savate ; mais quand, à quelle époque et de quelle façon est-il venu de cette savate, cela, personne n'en savait rien. Le père, et le grand-père, et même le beau-frère, et tous les Savatkine en général, étaient toujours chaussés de bottes, procédant juste à un ressemelage deux ou trois fois par an. Il s'appelait Akaki Akakiévitch. Le lecteur trouvera peut-être ce nom étrange et recherché, mais je puis assurer qu'on ne l'avait pas cherché du tout, et que les circonstances firent d'elles-mêmes qu'il était absolument impossible de trouver un autre nom, et voilà comment la chose se fit. Akaki Akakiévitch naquit à la brune, si la mémoire ne me fait pas défaut, un 23 mars. Sa défunte mère, veuve de fonctionnaire et femme au cœur pur, s'apprêta, comme de juste, à faire baptiser l'enfant. La mère était encore alitée, face à la porte, et, à sa droite, se trouvait le parrain, un homme au cœur d'or, Ivan Ivanovitch Iérochkine, chef de service au Sénat, et la marraine, épouse d'un commissaire de district, femme aux rares vertus, Arina Sémionovna Bélobriouchkova. La génitrice se vit proposer au choix n'importe lequel de ces trois noms : Mokki, Sosie, ou bien celui du saint martyr Khozdazat. "Non, se dit la défunte, tout ça, c'est des noms, je ne sais pas…" Pour lui complaire, on ouvrit l'almanach à une autre page ; on eut trois nouveaux noms : Triphily, Doula, et Varakhaze. "Mais c'est un châtiment, murmura la vieille femme, je ne les ai jamais entendus, ces noms-là. Si c'était encore Varadat ou Varoukh, mais Triphily et Varakhaze." On tourna une troisième page, et on eut : Pavsikakhi et Vakhtisi. "Non, je vois ça, dit la mère, il faut croire que c'est le destin. Il vaut encore mieux qu'il s'appelle comme son père. Son père s'appelait Akaki, que le fils soit aussi Akaki. L'enfant fut baptisé, et il se mit à pleurer et fit une de ces grimaces où l'on pouvait lire, semblait-il, qu'il pressentait qu'il serait conseiller titulaire. Et donc, voilà de quelle façon la chose s'est déroulée. Si nous avons narré cela, c'est pour que le lecteur voie que c'est arrivé suite à une nécessité absolue, et qu'il était absolument impossible de lui donner un autre nom. Quand et dans quelles circonstances était-il entré dans ce département, et qui l'y avait nommé, cela, personne n'arrivait à s'en souvenir. Les directeurs et tous les chefs possibles avaient beau changer et rechanger, lui, on l'avait toujours vu à la même place, dans la même position, au même grade, toujours fonctionnaire à la copie, au point qu'on avait pu finir par croire qu'il était né tel quel, parfaitement formé, avec son uniforme et sa petite calvitie. On ne lui montrait aucun respect dans le département. Non seulement les gardiens ne se levaient pas quand il passait, mais ils ne le regardaient même pas, comme si c'était une simple mouche qui traversait la salle d'attente à tire-d'aile. Les chefs le traitaient avec une espèce de froideur despotique. Un quelconque assistant de chef de bureau lui fourrait directement sous le nez les papiers, sans lui dire "recopiez", ou "tenez, une petite affaire intéressante", ou un mot agréable, comme cela se fait dans les services policés. Et, lui, il les prenait, en ne regardant que les papiers, sans chercher à voir qui les lui donnait, et s'il en avait le droit. Il les prenait, et se mettait à recopier. Les jeunes fonctionnaires riaient et se moquaient de lui, épuisant tout leur humour de chancellerie et racontaient en sa présence toutes sortes d'histoires qu'ils inventaient sur lui ; sur sa logeuse, une vieille femme de soixante-dix ans, dont on disait qu'elle le battait, on demandait à quand était fixé leur mariage, on lui faisait tomber des papiers sur la tête en disant que c'était de la neige. Mais, à tout cela, Akaki Akakiévitch ne répondait pas un mot, comme s'il n'y avait même personne devant lui ; cela n'avait même aucune influence sur son emploi du temps ; parmi toutes ces taquineries, lui, il ne faisait jamais une seule faute de copie. C'est seulement quand la plaisanterie était trop insupportable, quand on lui poussait le coude, pour l'empêcher de faire ce qu'il avait à faire, qu'il demandait : "Laissez-moi, pourquoi est-ce que vous me blessez ?" Et l'on sentait quelque chose d'étrange dans ces mots, et dans la voix qui les disait. On y sentait quelque chose qui vous poussait tellement à la compassion qu'un jeune homme, nouvellement nommé, et qui, à l'exemple des autres, s'était permis de se moquer de lui, s'arrêta soudain, comme transpercé, et, depuis ce moment-là, tout s'était comme transformé devant ses yeux et se montrait sous un jour différent. Une espèce de force contre-nature l'avait poussé loin de ses camarades avec lesquels il venait de faire connaissance, les prenant pour des hommes bienséants et mondains. Et longtemps encore, au milieu des minutes les plus gaies, il vit réapparaître ce petit fonctionnaire bas sur pattes, avec sa calvitie sur le front, qui prononçait ces mots qui transperçaient : "Laissez-moi, pourquoi est-ce que vous me blessez ?" – et dans ces mots qui le transperçaient, on entendait sonner d'autres mots : "Je suis ton frère." Et ce pauvre jeune homme se cachait les yeux avec la paume de sa main, et de nombreuses fois, par la suite, dans sa vie, il frissonna, voyant toute l'inhumanité qu'il y avait dans l'être humain, toute la grossièreté cruelle qui pouvait se cacher derrière le raffinement de l'éducation et la mondanité et, Dieu ! même chez un homme dont le monde proclame la noblesse et l'honnêteté…

Je doute qu'on pût trouver un homme qui vécût autant que lui dans son travail. C'est peu dire qu'il servait avec zèle – non, il servait avec amour. Là, dans ce recopiage, il distinguait un monde à lui, un monde bariolé et agréable. La jouissance s'exprimait sur son visage ; certaines lettres étaient ses favorites, et, s'il lui arrivait de tomber dessus, il était fou de joie ; il souriait, il clignait de l'œil, aidait avec les lèvres, de sorte que, semblait-il, on pouvait lire sur son visage toutes les lettres que sa plume traçait. Si on lui avait donné des primes en relation avec son zèle, il se serait retrouvé, peut-être, à sa plus grande surprise, conseiller d'Etat ; mais ce qu'il avait gagné, comme disaient les malins, ses camarades, c'était zéro en boutonnière, et des hémorroïdes au bas des reins. Du reste, on ne peut pas dire que personne ne fit attention à lui. Un directeur, un homme de cœur, voulant le récompenser pour son long service, lui fit lui donner un jour quelque chose de plus important que la simple copie ; précisément, d'une affaire déjà prête, il lui fut demandé de rédiger un rapport pour une autre instance de la juridiction ; il s'agissait seulement de changer le titre et de modifier ici ou là les formes verbales de la première personne à la troisième. Cela lui donna un tel travail qu'il sua sang et eau, se frotta le front et finit par dire : "Non, donnez-moi plutôt quelque chose à recopier." Depuis ce jour-là, on l'avait laissé recopier à jamais. En dehors de la copie, semblait-il, rien n'existait pour lui. Il ne pensait pas à ses habits : son uniforme n'était pas vert, mais d'une espèce de roux farineux. Son petit col était étroit, bas, de telle sorte que son cou qui, pourtant, n'était pas long, ressortant de ce col, semblait d'une longueur incroyable, comme ces petits chatons de plâtre qui hochent la tête et que transportent, par dizaines, sur leur crâne de colporteurs, nos étrangers russes. Et il y avait toujours quelque chose qui se collait à son uniforme : tantôt un peu de foin, tantôt un fil ; en plus, il avait un art particulier, quand il marchait dans la rue, d'arriver au moment précis où l'on jetait dehors toutes sortes de détritus, et il emportait éternellement sur son chapeau des écorces de melon et de pastèque, et toutes sortes de bêtises de ce genre-là. Pas une fois dans sa vie il n'avait fait attention à ce qui se passait, à ce qui arrivait tous les jours dans la rue, au contraire, comme nous savons, de ses collègues fonctionnaires, qui, à force de jeter sur tout des yeux perçants et toujours aux aguets, seront capables de remarquer, sur le trottoir d'en face qui a le sous-pied de son pantalon déchiré – ce qui ne manque jamais d'éveiller leur sourire entendu.

Mais si Akaki Akakiévitch regardait quelque chose, il ne voyait jamais que ses lignes, écrites de son écriture pure, droite, et c'est seulement si, venue d'on ne sait où, une tête de cheval se plaçait sur son épaule et lançait de ses narines tout un ouragan contre ses joues, qu'il remarquait qu'il se trouvait au milieu non pas d'une ligne, mais d'une chaussée. Rentrant chez lui, il s'installait tout de suite à table, lampait à la hâte sa soupe aux choux et avalait un peu de viande avec un oignon, sans remarquer leur goût le moins du monde, il mangeait cela avec les mouches et tout ce que Dieu pouvait y envoyer à cet instant. Quand il remarquait que son estomac tendait à se gonfler, il se levait de table, sortait un petit flacon d'encre et recopiait des papiers qu'il avait ramenés de son travail. S'il n'en avait pas, il se faisait exprès, pour son propre plaisir, une copie personnelle, surtout si le papier était remarquable non pas par la beauté du style, mais par l'adresse à tel ou tel personnage, nouveau ou haut placé.

Même aux heures où le ciel gris de Pétersbourg s'éteint complètement et tout le peuple fonctionnaire, après avoir bien bu et bien mangé, chacun selon ses moyens, son salaire et ses propres caprices – quand tout s'est reposé après les grincements de plume au bureau, des courses, des occupations indispensables, les siennes et celles des autres, et de tout dont se charge, même à titre plus volontaire qu'obligatoire l'infatigable être humain, – quand les fonctionnaires s'empressent d'offrir aux réjouissances le temps qui leur reste : qui, plus alerte, se précipitant au théâtre ; qui, dans la rue, se disposant à examiner tel ou tel petit chapeau ; qui, à une soirée – pour la dépenser en compliments à telle ou telle jeune fille délurée, étoile d'un cercle restreint de fonctionnaires ; qui, et c'est ce qui arrive le plus souvent, se rendant juste chez son collègue, au quatrième ou au cinquième étage, dans ses deux petites pièces avec vestibule et cuisine, et quelques petites prétentions de suivre la mode, une lampe ou tel objet ayant coûté de nombreux sacrifices, renoncements aux repas, aux promenades, – bref, même à ce moment où tous les fonctionnaires s'éparpillent dans les petits appartements de leurs amis pour faire une partie de whist à la hussarde agrémentée d'un thé bu dans un verre avec des biscuits à un kopeck, en étouffant dans la fumée de leurs longs chibouques et en racontant tout en donnant les cartes tel ou tel ragot descendu du grand monde, un ragot auquel jamais, en aucune circonstance, un Russe ne pourra renoncer, ou même, à défaut d'autre sujet de conversation, en racontant l'histoire éternelle du chef de la police à qui l'on vient dire qu'on a coupé la queue au cheval du monument de Falconet[1], – bref, même à l'heure où toute chose cherche à se distraire, – Akaki Akakiévitch ne s'adonnait à aucune distraction. Personne ne pouvait dire qu'il l'avait jamais vu à une soirée. Il écrivait tout son soûl et se mettait au lit, souriant à l'avance à l'idée du lendemain : que lui enverrait le bon Dieu à recopier ? Ainsi passait la vie paisible d'un homme qui, doué de son salaire de quatre cents roubles, savait être content de son sort, une vie qui, sans doute, serait arrivée jusqu'à la vieillesse la plus insigne sans différentes calamités qui sont semées sur le chemin de la vie non seulement des conseillers titulaires, mais des conseillers secrets, actuels, surnuméraires et autres, et même sur celui de ceux qui ne conseillent personne, et qui ne prennent de conseils de personne.

Il est à Pétersbourg un ennemi puissant de ceux qui touchent plus ou moins quatre cents roubles de salaire annuel. Cet ennemi n'est autre que notre gel nordique, quoiqu'on dise qu'il serait très vivifiant pour la santé. Entre huit et neuf heures du matin, à l'heure précise où les rues se recouvrent de gens qui

1. Le monument de Falconet est la statue équestre de Pierre le Grand, l'emblème de la ville de Pétersbourg.

se rendent à leur administration, il commence à donner de ces chiquenaudes si vives et si piquantes sur tous les nez que les pauvres fonctionnaires ne savent résolument plus où les fourrer. A ce moment-là, quand même ceux qui occupent des fonctions élevées ont mal au front et sentent des larmes leur monter aux yeux, les pauvres conseillers titulaires se retrouvent parfois sans défense. Tout leur salut est de parcourir, aussi vite que possible, couverts de leur petit manteau léger, cinq ou six rues, puis de sauter d'un pied sur l'autre dans le vestibule le temps que dégèlent toutes les capacités et les dons pour le service que le trajet a engourdi. Akaki Akakiévitch, depuis un certain temps, avait commencé à sentir que ça lui brûlait particulièrement le dos et l'épaule, même s'il s'efforçait de parcourir au plus vite l'espace réglementaire. Il finit par se demander si son manteau n'avait pas quelque péché. Il l'inspecta et découvrit qu'en deux ou trois endroits, et précisément dans le dos et sur les épaules, il était devenu comme de la gaze ; le tissu était tellement usé qu'il était transparent, et la doublure s'était toute délitée. Il faut savoir que le manteau d'Akaki Akakiévitch servait d'objet de moquerie aux fonctionnaires ; on lui avait même enlevé le noble nom de manteau pour le qualifier de capote. Et c'est vrai qu'il avait une espèce d'allure bizarre : le col diminuait d'année en année, car il servait à rapiécer toutes les autres parties. Ce rapiéçage ne sentait pas l'art du tailleur, ce pourquoi il paraissait, de fait, maladroit et fort laid. Voyant ce qu'il en était, Akaki Akakiévitch conclut qu'il fallait apporter le manteau à Pétrovitch, au tailleur qui habitait, Dieu sait où, au cinquième, par l'escalier de service, et qui, quoiqu'il fût borgne et vérolé sur toute la figure, s'occupait avec un franc succès du raccommodage des fracs et des pantalons des fonctionnaires comme de tout un chacun, – évidemment quand il n'avait pas bu, ou qu'il ne nourrissait pas dans sa tête tel dessein ou tel autre. Ce tailleur, bien sûr, nous ne devrions pas lui consacrer autant de temps, mais il est d'usage que, dans une nouvelle, chaque personnage soit parfaitement défini, et, donc, bon, content ou pas content, allez, servez-nous Pétrovitch. Au début, il s'appelait juste Grigori et il avait été le serf de je ne sais quel maître ; il s'appelait Pétrovitch depuis qu'il avait été affranchi et s'était mis à boire pas mal, surtout les jours de fête, d'abord les grandes, puis, sans distinction, toutes les fêtes d'église notées par une petite croix sur le calendrier. De ce point de vue là, il était resté fidèle aux coutumes de ses aïeux et, se disputant avec sa femme, il la traitait de femme mondaine et d'Allemande. Puisque nous avons évoqué cette épouse, il faut aussi que nous disions deux mots sur elle ; malheureusement, sur elle, on ne savait pas grand-chose, à part juste ce fait que Pétrovitch avait une épouse, et même une épouse qui portait la coiffe et pas le foulard ; mais il semble qu'elle ne pouvait guère se flatter de sa beauté ; du moins, quand ils la rencontraient, il n'y avait que les soldats de la Garde qui lançaient des regards sous sa coiffe, en fronçant la moustache et en émettant une espèce de voix particulière.

211

Grimpant l'escalier qui menait chez Pétrovitch, un escalier qui, il faut lui rendre cette justice, était entièrement souillé d'eau, de détritus et pénétré de cette odeur de spiritueux qui vous mange les yeux et, comme on sait, est une constante de tous les escaliers de service des immeubles de Pétersbourg, – en grimpant l'escalier, donc, Akaki Akakiévitch se demandait déjà quel prix pourrait bien exiger Pétrovitch, et, mentalement, il avait décidé de ne pas donner plus de deux roubles. La porte était ouverte parce que la patronne, préparant Dieu sait quel poisson, avait tellement enfumé la cuisine qu'on ne voyait même plus les cancrelats. Akaki Akakiévitch traversa la cuisine, sans être remarqué par la patronne elle-même, et entra finalement dans la chambre où il découvrit Pétrovitch, assis sur une large table de bois brut – assis, comme on dit, en tailleur, ainsi qu'un pacha turc. Ses pieds, selon la coutume des tailleurs qui travaillent, étaient tout nus. Et ce qui se jeta d'abord aux yeux, ce fut le gros orteil, très bien connu d'Akaki Akakiévitch, avec une sorte d'ongle difforme, gros et dur comme la carapace d'une tortue. Sur le cou de Pétrovitch, on voyait suspendu un écheveau de soie et de fils, et, sur ses genoux, une espèce de loque. Depuis déjà deux-trois minutes, il essayait d'enfiler un fil dans le chas d'une aiguille, sans y arriver, et c'est pourquoi il était très en colère tant contre l'obscurité que contre le fil, et grognait à mi-voix : "Il veut pas, le vandale ; tu m'as bouffé, tiens, espèce de vieux démon !" Akaki Akakiévitch se sentit gêné de s'être présenté au moment de la colère de Pétrovitch ; il aimait passer des commandes à Pétrovitch quand ce dernier avait du vent dans les voiles, ou, comme le disait sa femme, "il est bourré, le diable borgne". Dans cet état, Pétrovitch cédait généralement et acceptait, et s'inclinait chaque fois en remerciant. Ensuite, certes, sa femme se présentait, en se plaignant, n'est-ce pas, que son mari était soûl, et c'est pourquoi il avait accepté pour trop peu ; mais, là, on ajoutait dix kopecks, et le tour était joué. Akaki Akakiévitch avait compris cela et voulait déjà, comme on dit, sonner la retraite, mais l'affaire était engagée. Pétrovitch plissa très fixement sur lui son œil unique, et Akaki Akakiévitch s'entendit lui dire :

— Bonjour, Pétrovitch !

— Bien le bonjour, monsieur, dit Pétrovitch, lorgnant de son œil unique les mains d'Akaki Akakiévitch, pour apercevoir quel genre de proie il pouvait lui apporter.

— Je viens, ou quoi, Pétrovitch, pour te…

Il faut savoir qu'Akaki Akakiévitch s'exprimait surtout par des prépositions et des adverbes, et, comment dire, ce genre de particules qui n'ont résolument aucun sens en elles-mêmes. Si l'affaire était compliquée, il avait même l'habitude de laisser complètement sa phrase en suspens, de sorte que, fort souvent, il commençait par : "Ça, c'est, enfin, complètement, ou quoi…" et, après, il n'y avait plus rien du tout, et, lui, il l'oubliait, pensant qu'il avait déjà tout dit.

— Qu'est-ce que c'est ? dit Pétrovitch, et il fit une revue de détail, en même temps, de tout son uniforme, depuis le col jusqu'aux manches et jusqu'au dos, en passant par les basques et par les boutonnières, – toutes choses qu'il connaissait fort bien, puisqu'elles étaient de sa fabrication. Telle est la coutume des tailleurs : c'est ce qu'ils font en premier quand ils vous voient.

— Eh bien, je te, Pétrovitch… le manteau, ou quoi, le tissu… tu vois, partout ailleurs, il est tout à fait solide, juste un petit peu de poussière, et, vieux, on pourrait croire, mais neuf, juste, là, à un endroit, un petit peu, ou quoi… sur le dos, et encore un petit peu sur l'épaule, il s'est usé, un peu, et puis, sur cette épaule, là, un petit peu – tu vois, et puis c'est tout… Rien comme travail…

Pétrovitch prit la capote, la disposa d'abord sur la table, l'examina longuement, hocha la tête, tendit le bras vers le rebord de la fenêtre pour saisir une tabatière ronde avec le portrait d'un général, mais de quel général, personne ne pouvait le dire, parce que l'endroit où se trouvait le visage avait été percé par un doigt et recollé à l'aide d'un petit papier plié en quatre. Après une prise de tabac, Pétrovitch ouvrit grand la capote, les bras écartés, la regarda face au jour et hocha la tête à nouveau. Ensuite, il retourna le revers, hocha la tête encore, rouvrit le couvercle avec le général, et, après s'être bourré le nez de tabac, referma la tabatière, la cacha et dit enfin :

— Non, pas moyen de réparer : la mise est mal en point !

À ces mots, Akaki Akakiévitch sentit son cœur se serrer.

— Pourquoi ça, pas moyen, Pétrovitch ? dit-il (on aurait cru la voix suppliante d'un enfant), c'est juste un peu aux épaules que c'est un peu usé, tu as bien des petits bouts, enfin...

— Les petits bouts, on les trouve, dit Pétrovitch, mais pas moyen de coudre dedans ; le machin est complètement pourri, tu mets l'aiguille, ça se débine dans tous les coins.

— Mais, si ça se débine, toi, tout de suite, une petite pièce.

— Y a nulle part où la fixer, la petite pièce, elle aura plus de support nulle part, c'est trop usé. Ça tient juste parce que c'est du drap, mais, un souffle de vent et ça s'envole.

— Bah, toi, renforce-le. Mais comment ça, ou quoi !

— Non, dit Pétrovitch d'un ton ferme, y a rien à faire du tout. Le machin est mort. Vous feriez mieux, quand le froid de l'hiver viendra, de vous mettre des bandes molletières, parce que, les bas, ça réchauffe pas. C'est les Allemands qu'ont trouvé ça, pour se faire de l'argent (Pétrovitch aimait, à l'occasion, envoyer une pique aux Allemands) ; mais le manteau, c'est clair, il faudra vous en faire un neuf.

A ce mot de "neuf", Akaki Akakiévitch sentit comme un voile devant les yeux, et tout ce qui se trouvait dans la pièce se mit à se mélanger. Il ne voyait clairement que le général au visage collé par le bout de papier sur le couvercle de la tabatière de Pétrovitch.

— Comment ça, un neuf ? dit-il, comme s'il était toujours dans son rêve, mais je n'ai pas d'argent pour ça.

— Oui, un neuf, dit Pétrovitch avec un calme de barbare.

— Mais s'il en fallait un neuf, combien ou quoi…

— C'est-à-dire, combien ça va chercher ?

— Oui.

— Bah, cent cinquante et quelque, il faudra mettre, dit Pétrovitch, et il fit une moue grave. Il adorait les effets puissants, il adorait foudroyer, et puis regarder, de biais, la mine qu'on ferait après ce qu'il venait de dire.

— Cent cinquante roubles un manteau ! cria Akaki Akakiévitch, – il poussa un cri, et c'était peut-être la première fois de sa vie qu'il criait, parce qu'il se distinguait par sa voix douce.

— Oui, répondit Pétrovitch, et encore, ça dépend du manteau. Vous mettez un col de martre avec un capuchon doublé de soie, ça monterait dans les deux cents.

— Pétrovitch, s'il te plaît, répondit Akaki Akakiévitch d'une voix suppliante, sans entendre, ou en s'efforçant de ne pas entendre les paroles qu'avait dites Pétrovitch avec tous leurs effets, arrange un petit peu, qu'il me serve encore, quoi, un petit peu…

— Mais non, c'est du travail pour rien et des dépenses dans le vide, dit Pétrovitch, et, après ces paroles, Akaki Akakiévitch ressortit complètement anéanti.

Quant à Pétrovitch, il demeura encore longtemps dressé, affichant sa moue grave, sans reprendre le travail, content d'avoir su défendre son honneur et de ne pas avoir trahi l'art de tailleur.

216

Quand il ressortit sur le trottoir, Akaki Akakié-vitch était comme dans un rêve. "Un truc, alors, quoi, ça, se disait-il, je n'y pensais même pas, que ça donne… puis, après un certain silence, il ajouta : Ça alors ! c'est ça que ça donne, enfin, et moi, ou quoi, si j'avais pu penser que ça donnerait ça." Ensuite, il y eut à nouveau un long silence, après lequel il murmura : "Alors, ça, donc ! une surprise comme si c'était, alors, oui… pour une surprise… en voilà une circonstance !" A ces mots, au lieu de rentrer chez lui, il se dirigea dans la direction opposée, sans même le soupçonner. En chemin, un ramoneur le frôla avec son flanc pas propre et lui noircit toute l'épaule. Une pleine plâtrée de chaux lui tomba dessus du haut d'un immeuble en construction. Il ne remarqua rien de tout cela, et c'est plus tard qu'il reprit un peu ses esprits, quand il tomba sur un gué-ritier qui, sa hallebarde posée auprès de lui, faisait tomber du tabac de sa corne en la secouant sur son poing noueux, et encore, parce que le hallebardier lui dit : "Qu'est-ce t'as à me tomber sur la hure, ça te suffit pas du trottoir, non ?" Cela l'obligea à regarder autour de lui et à revenir sur ses pas. C'est là seule-ment qu'il commença à rassembler ses pensées et qu'il se fit une vision claire et indiscutable de sa situation, il se mit à se parler non plus par bribes, mais d'une façon raisonnable et vraie, comme avec un ami de bon conseil, avec lequel on peut parler de la chose la plus sérieuse, la plus intime et la plus chère. "Non, se dit Akaki Akakiévitch, en ce mo-ment, on ne peut pas lui parler, à Pétrovitch ; en ce moment, il est, enfin… sa femme, faut croire, qui l'a battu. Je ferai mieux de passer le voir dimanche matin : après le samedi, il va cligner de l'œil, il sera entre deux vins, il faudra qu'il se passe sa gueule de bois, et sa femme ne lui donnera pas un sou, moi, à ce moment-là, dix kopecks, dans la pogne, il sera plus accommodant, et, là, le manteau, ou quoi…" Voilà ce que s'était dit Akaki Akakiévitch, il reprit courage et attendit le dimanche suivant, et, voyant de loin que la femme de Pétrovitch était sortie faire une course, il se précipita chez lui. Pétrovitch, de fait, après le samedi, louchait très fortement, se tenait la tête penchée et semblait très ensommeillé ; mais, malgré tout, quand il comprit de quoi il en retournait, ce fut comme si le diable le secouait. "Pas moyen, dit-il, vous devez vous en commander un nouveau." C'est alors qu'Akaki Akakiévitch lui fourra ses dix kopecks. "Je vous remercie, monsieur, je vais me refaire une santé à la bonne vôtre, mais, pour ce qui est du manteau, ne vous inquiétez pas, il vaut juste plus rien du tout. Je vous ferai un manteau, mais d'un chic, ça, non, j'y mettrai toute ma peine."

Akaki Akakiévitch voulut encore faire allusion à une réparation, mais Pétrovitch l'interrompit et dit : "Le nouveau manteau, je vous le ferai sans faute, ça, vous pouvez me faire confiance, j'épargnerai pas ma sueur. On pourra même vous le faire à la mode : le col, il s'agrafera sur pattes d'argent *sous l'appliqué**."

C'est là qu'Akaki Akakiévitch vit qu'il n'y avait pas moyen de moyenner sans un manteau neuf, et il se sentit découragé complètement. C'est vrai, ça, comment faire, comment, sur quel argent ? Certes, on pouvait un peu compter sur une prime future, rapport à la fête, mais cet argent était déjà prévu et avait sa destination d'avance. Il fallait se payer un nouveau pantalon, régler une vieille dette au cordonnier, qui lui avait remonté deux vieilles bottes, et il fallait aussi commander à la lingère trois chemises et deux ou trois articles d'habillage qu'il est malséant de nommer dans une page publiée, – bref, tout l'argent devait être dépensé ; et quand bien même le directeur aurait été si bon qu'au lieu de quarante roubles de prime, il en aurait donné quarante-cinq, il ne serait resté malgré tout que des clopinettes, qui, dans un capital de manteau, n'auraient représenté qu'une goutte dans la mer. Même si, bien sûr, il savait que Pétrovitch avait la lubie de fixer les prix au hasard, juste comme ça, pour que sa femme ne puisse pas s'empêcher de s'écrier : "Mais tu es malade, espèce d'idiot ! Un jour, tu te mets à travailler pour rien, et, maintenant, le diable te pique de prendre une somme que tu ne vaux pas toi-même." Il avait beau savoir, bien sûr, que Pétrovitch accepterait aussi de travailler pour quatre-vingts roubles ; et néanmoins, où donc les prendre, ces quatre-vingts roubles ? La moitié, encore, il aurait pu la trouver ; peut-être même un peu plus : mais où prendre la moitié manquante ?… Mais, avant, le lecteur doit savoir d'où venait la première moitié. Akaki Akakiévitch avait l'habitude, sur chaque rouble dépensé, de mettre un sou dans une petite boîte, fermée à clé, avec un trou sur le couvercle, pour y jeter les sous dedans. Tous les six mois, il passait en revue la somme de cuivre qui s'y était accumulée et la remplaçait par de petites pièces en argent. Il faisait cela depuis des temps immémoriaux, et, de cette façon, au bout de nombreuses années, la somme accumulée s'avéra dépasser les quarante roubles. Et donc, la moitié était là : mais où donc prendre la deuxième moitié ? Où prendre les autres quarante roubles ? Akaki Akakiévitch réfléchit, réfléchit et conclut qu'il faudrait diminuer les dépenses quotidiennes, ne serait-ce, au moins, pendant l'année à venir : renoncer au thé du soir, ne pas allumer la bougie le soir, et, s'il fallait finir un travail, aller chez la logeuse, et travailler à sa bougie à elle ; en marchant dans la rue, marcher le plus légèrement, le plus prudemment possible sur les pierres et les dalles, pour ainsi dire sur la pointe des pieds, afin, de cette façon, de ne pas user trop vite les semelles ; donner le moins souvent possible de linge à laver à la lingère, et, pour que ça ne s'use pas, à chaque fois qu'on rentre à la maison, enlever ses habits et rester juste en robe de chambre de cotonnade, très ancienne et épargnée même par l'usure du temps. Il faut dire la vérité, au début, il lui fut difficile de s'habituer à de telles restrictions, mais après, bon, il s'y habitua, et les choses avancèrent ; même, il s'habitua parfaitement à jeûner tous les soirs ; en revanche, il se nourrissait spirituellement, portant dans ses pensées son idée éternelle d'un manteau neuf. Depuis ce moment-là, c'était comme si son être lui-même était devenu plus plein, comme s'il s'était marié, comme si une espèce d'autre être humain était présent auprès de lui, comme s'il n'était pas seul, comme si une compagne de vie bien-aimée avait accepté de marcher avec lui sur le chemin de la vie, – et cette compagne n'était autre que le manteau à doublure ouatinée, solide et inusable. Il était devenu comme plus animé, plus ferme, même, de caractère, comme un homme qui viendrait de se trouver et de se fixer un but. Le doute lui-même, l'indécision avaient disparu de son visage – bref, tous ses traits hésitants et flottants. La flamme surgissait parfois dans son regard, des idées audacieuses, voire téméraires, passaient quelquefois dans sa tête : et si, de fait, on mettait de la martre au col ? Les réflexions sur ce sujet faillirent le rendre distrait. Une fois, en recopiant un papier, il faillit même faire une erreur, au point qu'il cria "ouh !", presque tout fort, et se signa. Tous les mois, il rendait au moins une visite à Pétrovitch, pour parler du manteau, où acheter le mieux le tissu, et de quelle couleur, et à quel prix, et quoiqu'un peu soucieux, il revenait chez lui toujours content, en se demandant quand donc arriverait le moment où le tissu serait acheté et quand le manteau serait fait. Contre toute attente, le directeur fixa à Akaki Akakiévitch non pas quarante ou quarante-cinq roubles, mais carrément soixante ; n'avait-il pas pressenti qu'Akaki Akakiévitch avait besoin d'un manteau, ou cela se passa-t-il juste comme ça, le fait est qu'il se retrouvait avec vingt roubles supplémentaires. Cette circonstance accéléra le cours des choses. Encore deux ou trois mois de jeûne léger – et Akaki Akakiévitch se retrouva à la tête d'à peu près quatre-vingts roubles. Son cœur, généralement en repos, se mit à battre. Dès le premier jour, il partit avec Pétrovitch faire les achats. On acheta du tissu très bien – et ce n'est pas étonnant, parce qu'on y avait réfléchi depuis six mois, et il ne s'était pas passé de mois où l'on n'ait pas fait un détour par les boutiques pour se faire une idée du prix. Pour la doublure, on fit le choix d'un calicot, mais d'un calicot si fiable et si solide qu'il était, selon ce que disait Pétrovitch, encore mieux que la soie, et ça faisait plus chic et plus lustré. On n'acheta pas de la martre, parce que c'était, vraiment, très cher ; mais, à la place, on choisit du chat, le meilleur chat qui se trouva dans la boutique, un chat que, de loin, on pouvait toujours prendre pour de la martre. Pétrovitch ne mit que deux semaines pour faire le manteau, parce qu'il y avait beaucoup d'agrafes, sans quoi il aurait été prêt même avant. Pour son travail, Pétrovitch ne prit que douze roubles – c'était vraiment le minimum : tout était résolument cousu sur soie, cousu à point arrière, et sur chaque couture, Pétrovitch était repassé avec ses dents, en y marquant les figures les plus diverses. Ce fut… il est difficile de dire quel jour ce fut précisément, mais ce fut sans doute le jour le plus solennel de la vie d'Akaki Akakiévitch, quand Pétrovitch lui apporta enfin le manteau. Il l'apporta un matin, juste avant le moment où il fallait sortir pour se rendre au bureau. Et jamais le manteau n'aurait pu venir plus à propos, parce que les gelées assez sérieuses commençaient déjà, et, semblait-il, menaçaient de se renforcer encore.

222

Pétrovitch apparut avec le manteau, comme il sied à un bon tailleur. Son visage exprimait une gravité qu'Akaki Akakiévitch ne lui avait encore jamais vue. Il sentait pleinement, semblait-il, qu'il avait fait une grande chose et qu'il venait de montrer en lui-même cet abîme qui sépare les tailleurs qui ne font que des pièces ou des retouches et ceux qui taillent du neuf. Il apportait le manteau enveloppé dans un mouchoir, un mouchoir qui sortait juste de chez la lingère, et c'est seulement ensuite qu'il le plia et le mit dans la poche en vue de l'utiliser. Il sortit le manteau, le regarda avec une grande fierté, le jeta très habilement sur les épaules d'Akaki Akakiévitch ; puis il le tira et le tendit, du bras, vers le bas ; ensuite, il en drapa Akaki Akakiévitch un peu à la hussarde. Akaki Akakiévitch, homme d'âge mûr, voulait l'essayer avec les manches ; Pétrovitch l'aida à enfiler les manches – et, avec les manches aussi, c'était très bien. Bref, il s'avérait que le manteau lui allait parfaitement. Pétrovitch ne manqua pas l'occasion de dire que c'était seulement parce qu'il travaillait sans enseigne, dans une petite rue avec entrée par l'escalier de service, et qu'il connaissait Akaki Akakiévitch depuis longtemps, qu'il l'avait fait si bon marché ; mais, sur la Perspective Nevski, rien que pour le travail, on lui aurait pris soixante-quinze roubles. Akaki Akakiévitch ne voulait pas discuter de cela avec Pétrovitch, et avait peur des fortes sommes par lesquelles Pétrovitch aimait jeter de la poudre aux yeux. Il le paya, le remercia et sortit tout de suite, vêtu de son nouveau manteau, pour se rendre au bureau. Pétrovitch sortit à sa suite, et, sur le trottoir, il regarda encore longtemps s'éloigner le manteau, puis il fit un écart tout exprès pour le rattraper au détour d'une ruelle et revenir sur la rue afin de regarder encore une fois son manteau de l'autre côté, c'est-à-dire de face. Akaki Akakiévitch marchait, lui, dans l'état le plus festif de toutes ses sensations. Il sentait à chaque instant de chaque minute qu'il portait sur les épaules un manteau neuf, et même, plusieurs fois, il poussa une sorte de grognement de plaisir intérieur à cette idée. De fait, cela faisait deux profits : d'abord, c'était chaud, et, ensuite, c'était bien. La route, il ne la remarqua pas du tout et se retrouva soudain dans le bureau ; chez le portier, il se débarrassa de son manteau d'un coup d'épaules, le regarda sous tous les angles et le confia à la garde particulière du suisse. Par une espèce de miracle, à l'instant même, tout le monde au bureau apprit qu'Akaki Akakiévitch avait un manteau neuf, et que la capote n'existait plus. A la même seconde, on se précipita chez le suisse pour regarder le manteau neuf d'Akaki Akakiévitch. On le félicita, on le fêta, si bien que, lui, au début, il répondit par des sourires, mais qu'à la fin, il se sentit pris de scrupules. Quand tous les autres, l'assaillant, lui dirent qu'il fallait arroser le manteau neuf et que, au moins, il devait tous les inviter pour une soirée, Akaki Akakiévitch fut complètement perdu, ne savait plus que faire, que répondre et comment se sortir d'embarras. Quelques minutes plus tard, rouge comme une tomate, il essayait de les assurer, de l'air le plus naïf, que ce

224

n'était pas du tout un manteau neuf, que c'était juste comme ça, un vieux manteau. Au bout du compte, un fonctionnaire, et même, je crois, un sous-chef de bureau, sans doute pour montrer qu'il n'était pas fier pour deux sous, et qu'il entretenait même des rapports avec des subordonnés, dit : "Bon, c'est moi qui donne une soirée à la place d'Akaki Akakiévitch, et je vous invite aujourd'hui même à prendre un thé ; et puis, comme par hasard, aujourd'hui, c'est ma fête." Les fonctionnaires, on l'imagine, félicitèrent à l'instant le sous-chef de bureau et acceptèrent avec joie l'invitation. Akaki Akakiévitch voulut refuser mais tout le monde lui répliqua que c'était inconvenant, que c'était une honte, un point c'est tout, et il se trouva dans l'impossibilité de refuser. Du reste, par la suite, cela lui fit plaisir quand il pensa que cela lui donnait l'occasion d'utiliser son manteau neuf aussi le soir. Toute cette journée fut pour Akaki Akakiévitch comme la plus grande et la plus solennelle des fêtes. Il rentra chez lui dans une humeur des plus heureuses, ôta son manteau d'un coup d'épaules et le suspendit avec soin au mur, non sans avoir admiré tout son soûl le drap et la doublure, après quoi, exprès, il ressortit, pour les comparer, sa vieille capote, usée jusqu'à la corde. Il la regarda et, de lui-même, il éclata de rire ; quelle différence profonde ! Et longtemps encore après, pendant son repas, il souriait aussitôt qu'il pensait à l'état dans lequel était arrivée sa capote. Il mangea joyeusement, et, après le repas, n'écrivit rien, aucun papier, il fit juste, comme ça, le sybarite, étendu sur son lit, le temps qu'il fasse nuit. Ensuite, sans perdre de temps, il s'habilla, mit son manteau sur ses épaules et sortit dans la rue. Nous sommes malheureusement incapable de dire quelle était l'adresse exacte du fonctionnaire ; la mémoire commence à nous jouer de sérieux tours, et tout ce qu'il y a à Pétersbourg, toutes les rues, tous les immeubles se sont mêlés et mélangés dans notre tête, de sorte qu'il est pour le moins compliqué d'en ressortir quoi que ce soit dans un ordre correct. Une chose est sûre, toujours, c'est que le fonctionnaire habitait dans la meilleure partie de la ville, – et donc, pas tout près de chez Akaki Akakiévitch. Au début, il fallait qu'Akaki Akakiévitch passât par telles ou telles rues désertes, maigrement éclairées, mais, à mesure qu'il approcha de l'appartement du fonctionnaire, les rues devenaient plus vivantes, plus peuplées et plus fortement éclairées. Les piétons parurent plus souvent, il commença même à rencontrer des dames, bien habillées, et des messieurs avec cols de castor, il croisait de moins en moins de cochers barbus avec leurs vieux traîneaux de bois à croisillons ornés de petits clous dorés – au contraire, c'étaient surtout des phaétons, aux chapeaux de velours framboise, aux traîneaux vernis, aux couvertures en peaux d'ours, et de riches landaus aux sièges ouvragés qui filaient à travers la rue en faisant crisser leurs roues sur la neige. Akaki Akakiévitch regardait tout cela comme si c'était une nouveauté. Il y avait déjà plusieurs années qu'il n'était plus sorti le soir. Il s'arrêta avec curiosité devant la vitrine éclairée d'un magasin pour regarder un tableau qui

représentait une jolie femme, laquelle ôtait son soulier, dénudant, de cette façon, tout son pied qui était
loin d'être laid, tandis que, dans son dos, derrière la
porte de la pièce voisine, on voyait la tête d'un
homme doué de favoris et portant royale juste sous
la lèvre. Akaki Akakiévitch hocha un peu la tête
et ricana, puis il reprit sa route. Pourquoi avait-il
ricané, était-ce parce qu'il s'était vu confronté à une
chose qu'il ne connaissait pas du tout mais dont chacun garde quand même comme une espèce d'instinct,
ou bien s'était-il dit, comme beaucoup de fonctionnaires, la chose suivante : "Ah, ces Français ! quand ils
se mettent ça en tête, ou quoi, tout de suite…" Ou peut-
être qu'il ne le pensa pas – parce qu'il n'est pas possible de s'introduire dans l'âme de quelqu'un et de
lire tout ce qu'il pense. Il atteignit enfin l'immeuble
où logeait le sous-chef de bureau. Le sous-chef de
bureau vivait sur un grand pied : une lanterne éclai-
rait l'escalier, l'appartement était au premier étage.
Entrant dans le vestibule, Akaki Akakiévitch aperçut
sur le sol des rangées de caoutchoucs. Parmi eux, au
milieu de la pièce, se dressait un samovar, bruissant
et émettant des nuages de vapeur. Les murs étaient
couverts de manteaux et de capes, parmi lesquels il
y en avait même avec cols de castor ou revers de
velours. Derrière la paroi, on entendait du bruit et
des conversations, qui, brusquement, devinrent clairs
et sonores quand la porte s'ouvrit et qu'il vit entrer
un domestique portant un plateau encombré de
verres vides, d'un pot de crème et d'une corbeille de
gâteaux secs. On voyait que les fonctionnaires

s'étaient rassemblés depuis déjà longtemps et avaient déjà bu leur premier verre de thé. Akaki Akakiévitch suspendit son manteau, entra dans la pièce et vit jaillir devant lui en même temps les bougies, les fonctionnaires, les pipes, les tables pour les cartes, et son oreille fut frappée par le bruit indistinct des conversations rapides, levées de tous côtés, en même qu'on déplaçait des chaises. Il s'arrêta fort maladroitement au milieu de la pièce, cherchant et essayant de trouver ce qu'il pourrait bien faire. Mais on l'avait déjà remarqué, on l'accueillit par des grands cris, et tout le monde ressortit tout de suite dans le vestibule pour admirer son manteau. Akaki Akakiévitch commença certes par rougir et se troubler, mais, en homme au cœur pur qu'il était, il ne pouvait pas ne pas être content, voyant que tout le monde lui faisait des compliments pour son manteau. Ensuite, évidemment, tout le monde l'abandonna, et lui et son manteau, pour se tourner, comme c'est la coutume, vers les tables destinées au whist. Tout cela : le bruit, les conversations, la foule des gens, – tout cela était comme extraordinaire pour Akaki Akakiévitch. Il ne savait tout simplement pas comment se tenir, où mettre ses mains, ses pieds, toute sa silhouette ; il finit par s'asseoir auprès des joueurs, regarda les cartes, lança des regards dans les yeux de tel ou tel, et, après quelque temps, commença à bâiller, à sentir qu'il s'ennuyait, d'autant que c'était déjà l'heure où, d'habitude, il se mettait au lit. Il voulut prendre congé du maître de maison, mais on lui interdit de partir, disant qu'il fallait absolument arroser le manteau avec une coupe de champagne. Une heure plus tard, on servit un dîner fait d'une salade composée, de viande de veau froide, de pâté, de petits gâteaux achetés chez le pâtissier, et de champagne. Akaki Akakiévitch fut obligé de boire deux coupes après lesquelles il sentit que la pièce était devenue plus gaie, mais il ne pouvait du tout oublier qu'il était déjà minuit et il était temps, depuis longtemps, de rentrer à la maison. Pour que le maître de maison n'ait pas l'idée, d'une façon ou d'une autre, de le retenir encore, il sortit doucement de la pièce, chercha dans le vestibule son manteau, qu'il retrouva, à son grand regret, par terre, l'épousseta, le débarrassa de toutes les poussières possibles, se le mit sur les épaules et descendit l'escalier jusqu'à la rue. Dans la rue, il faisait encore clair. Quelques petites boutiques, ces clubs inévitables pour les domestiques et Dieu sait qui, étaient ouvertes, d'autres, fermées, jetaient toujours par la fente de la porte un long rai de lumière qui signifiait qu'elles n'étaient pas désertes, et, que, visiblement, des domestiques, femmes et hommes, terminaient là des conversations et des entretiens, laissant leurs maîtres dans une perplexité totale quant à l'endroit où ils pouvaient bien être. Akaki Akakiévitch avançait plein d'une humeur badine, il voulut même courir, d'un coup, Dieu seul savait pourquoi, après une dame qui, tel un éclair, passa devant lui et dont toutes les parties du corps étaient animées d'un mouvement extraordinaire. Et néanmoins, il s'arrêta tout de suite et reprit son chemin tout doux, surpris de cette fougue qui lui était venue sans prévenir. Très vite, s'étendirent devant lui ces rues désertes qui, même en plein jour, ne sont pas gaies, et d'autant moins le soir. A présent, elles étaient devenues encore plus vides et plus solitaires : les lanternes furent de plus en plus rares – on y mettait, visiblement, de moins en moins d'huile ; puis ce furent des maisons en bois, des palissades ; pas âme qui vive nulle part ; seule luisait la neige dans les rues, et les petites bicoques endormies aux volets fermés faisaient des masses noires et tristes. Il s'approcha de cet endroit où la rue s'interrompait devant une place interminable avec, de l'autre côté, des maisons à peine visibles, et cette place avait l'air d'un désert effrayant.

Au loin, Dieu savait où, une petite flamme tremblait dans une guérite qui semblaient se dresser au bout du monde. Ici, la gaîté d'Akaki Akakiévitch diminua comme très sensiblement. Il pénétra sur la place non sans une espèce de peur involontaire, à croire que son cœur pressentait là quelque chose de mauvais. Il regarda derrière lui et tout autour : c'était comme une mer autour de lui. "Non, mieux vaut ne pas regarder", se dit-il, et il marcha, les yeux fermés, et quand il les rouvrit, pour savoir si la fin de la place était proche, il découvrit soudain qu'il y avait devant lui, juste, quasiment, sous son nez, des espèces de types moustachus, mais qui, précisément, il était incapable de les distinguer. "Mais, le manteau, il est à moi !", dit l'un d'entre eux d'une voix de tonnerre, en le saisissant par le col. Akaki Akakiévitch voulut crier "au secours !" quand un autre lui mit juste sur la bouche un poing gros comme une tête de fonctionnaire, et ajouta : "Essaie de crier, pour voir !" Akaki Akakiévitch sentit seulement qu'on lui enlevait son manteau, on lui donna un coup de genou et il tomba à la renverse sur la neige, et ne sentit plus rien du tout. Quelques minutes plus tard, il reprit conscience, se releva, et il n'y avait plus personne. Il sentit que l'espace était froid, et que le manteau n'était plus là, il se mit à crier, mais sa voix, semblait-il, n'avait aucune intention d'arriver aux limites de la place. Désespéré, continuant de crier, il s'élança à travers toute la place directement vers la guérite, près de laquelle il y avait un guéritier, qui, appuyé sur sa hallebarde, le regardait, semblait-il, d'un air plein de curiosité, cherchant à savoir pourquoi diable il y avait un homme qui courait vers lui de si loin et qui criait. Akaki Akakiévitch, accourant vers lui, commença à crier d'une voix haletante qu'il dormait, qu'il ne surveillait rien, qu'il ne voyait pas qu'on venait de détrousser un homme. Le guéritier répondit qu'il n'avait rien vu du tout, qu'il avait vu, de fait, qu'il y avait deux hommes qui l'avaient arrêté au milieu de la place, mais il avait pensé que c'étaient des amis à lui ; mais, bon, au lieu de jurer pour rien comme ça, qu'il aille demain voir le commissaire de quartier, et, le commissaire de quartier, il retrouverait celui avait pris le manteau. Akaki Akakiévitch accourut chez lui dans un désordre total : les cheveux qu'il possédait encore en faible quantité sur les tempes et la nuque étaient complètement hirsutes ;

son côté et sa poitrine, et tout le pantalon étaient couverts de neige. La vieille, sa logeuse, entendant ses coups terribles contre sa porte, bondit en toute hâte de son lit et, chaussée d'un seul chausson, courut ouvrir la porte, appuyant, par pudeur, sa main sur sa chemise de nuit ; mais, quand elle ouvrit, elle fit un pas en arrière, quand elle découvrit l'état dans lequel se trouvait Akaki Akakiévitch. Quand il lui raconta ce dont il s'agissait, elle leva les bras au ciel et dit qu'il fallait aller directement chez le commissaire de district, que celui de quartier ne manquerait pas de l'embobiner, qu'il promettrait et qu'il ne ferait rien ; qu'il fallait mieux aller directement chez le commissaire de district, que, d'ailleurs, elle connaissait, parce qu'Anna, sa Finnoise, qui avait travaillé comme cuisinière chez elle, était à présent nourrice chez lui, qu'elle le voyait souvent quand il passait devant chez elle, et que, tous les dimanches, aussi, il allait à l'église, il faisait ses prières, et qu'il regardait tout le monde avec un air content, et, donc, ce devait être un cœur d'or. Entendant un tel jugement, Akaki Akakiévitch, plein de tristesse, regagna sa chambre et comment il y passa la nuit, je le laisse à imaginer à ceux qui sont ne serait-ce qu'un peu capables de se mettre à la place d'un autre. Le matin, tôt, il se rendit chez le commissaire de district ; on lui dit qu'il dormait ; il revint à dix heures – on lui dit qu'il dormait ; il revint à onze heures – on lui dit qu'il n'était pas chez lui, le commissaire ; il revint à l'heure de midi – mais les secrétaires refusaient de le laisser entrer et voulaient absolument savoir pourquoi il cherchait à voir, quelle était l'affaire qui l'amenait et ce qui s'était passé. Si bien qu'Akaki Akakiévitch, une fois dans sa vie, voulut montrer sa force de caractère, et déclara d'un ton ferme qu'il avait besoin de voir le commissaire en personne, qu'ils n'avaient pas le droit, eux, de ne pas le laisser entrer, qu'il venait du département, pour une affaire officielle, et que, quand il porterait plainte contre eux, là, tiens, ils allaient voir. A cela, les secrétaires n'osèrent rien répondre, et l'un d'entre eux sortit appeler le commissaire. Le commissaire reçut d'une façon comme extrêmement étrange le récit sur le vol du manteau. Au lieu de faire attention au point principal, il se mit à interroger Akaki Akakiévitch : mais pourquoi donc est-ce qu'il rentrait si tard, et n'avait-il pas fait un détour par une maison de mauvais aloi, au point qu'Akaki Akakiévitch se troubla complètement et ressortit de chez lui sans savoir s'il allait prendre ou non cette affaire du manteau en considération. Pendant toute cette journée, il n'était pas allé au bureau (la seule fois de sa vie). Le lendemain, il apparut, blême, vêtu de sa vieille capote, qui avait l'air encore plus déplorable. Le récit du vol de son manteau, même s'il se trouva quelques fonctionnaires qui, même là, ne perdirent pas une occasion de rire un peu d'Akaki Akakiévitch, toucha la majeure partie du personnel. On voulut faire une quête pour lui, mais on ne rassembla qu'une somme insignifiante, parce que les fonctionnaires, déjà sans ça, avaient fait de grandes dépenses, en se cotisant pour le portrait du directeur, et pour un livre, sur proposition du chef de bureau, lequel était ami de l'auteur – et donc, la somme était la plus infime. Mais l'un de ses collègues, mû par la compassion, se décida au moins à aider Akaki Akakiévitch par un bon conseil et lui dit qu'il ne fallait pas qu'il aille voir le commissaire de district, parce que, même s'il pouvait arriver que le commissaire de district, cherchant à obtenir les bonnes grâces de ses supérieurs, retrouve, d'une façon ou d'une autre, le manteau, de toute façon, le manteau resterait à la police s'il ne présentait pas des preuves formelles que ce manteau lui appartenait bien à lui ; le mieux, c'était de s'adresser à un certain *monsieur important*, et que ce *monsieur important*, après avoir pris ses renseignements et ses conseils auprès de qui de droit, pouvait mettre son affaire sur une bonne voie. Content ou pas content, Akaki Akakiévitch se résolut à aller trouver *le monsieur important*. Qui était précisément ce *monsieur important*, et en quoi consistait sa fonction, cela, jusqu'au jour d'aujourd'hui, nous n'avons pas réussi à savoir. Il faut savoir que *le monsieur important* n'était devenu un monsieur important que tout récemment, et que, jusqu'alors, il n'avait rien eu d'important. Du reste, sa place, même à présent, n'était considérée pas comme importante si on la comparait à d'autres, bien plus importantes qu'elle. Mais on trouvera toujours un cercle de gens pour lesquels ce qui n'est pas important aux yeux des autres est déjà très important. Du reste, ce monsieur s'efforçait d'accroître son importance par toutes sortes de moyens, à savoir qu'il obligeait les fonctionnaires subalternes à l'accueillir

234

déjà dans l'escalier quand il se présentait au bureau ; personne ne devait avoir l'audace de se présenter directement à lui, tout devait suivre l'ordre le plus strict : l'assesseur de collège devait faire un rapport au secrétaire de province, le secrétaire de province au secrétaire titulaire ou à tel autre, et, là, c'est seulement alors que la chose arrivait jusqu'à lui. Eh oui, dans notre sainte Russie, tout le monde est contaminé par l'imitation, tout le monde singe et parodie son chef. Il paraît même qu'il y a un certain conseiller titulaire, après qu'il eut été nommé responsable d'un petit service indépendant, qui s'est tout de suite fait cloisonner une pièce pour lui, la baptisant "salle du siège" et a fait placer devant sa porte je ne sais quels huissiers à cols rouges, galonnés, chargés de la mission d'ouvrir la porte à tous ceux qui entreraient, même si, dans la "salle du siège" on trouvait à peine la place de mettre une table de travail. L'accueil et les coutumes du *monsieur important* étaient empreints de grandeur et de solennité, mais peu diserts. La base essentielle de son système était la sévérité. "Sévérité, sévérité et – sévérité", avait-il coutume de dire, et, au dernier "sévérité", il fixait un regard plein de grandeur sur la personne à qui il le disait. Quoique, du reste, il n'avait aucune raison pour cela, parce que la dizaine de fonctionnaires qui composaient tout le mécanisme exécutif de son service vivaient, même sans cela, dans la terreur requise ; dès qu'ils l'apercevaient au loin, ils laissaient tous ce qu'ils étaient en train de faire, et attendaient, au garde-à-vous, que le chef soit passé à

235

travers la salle. Sa conversation coutumière avec les subalternes se distinguait par la sévérité et ne consistait quasiment qu'en trois phrases : "Comment osez-vous ? Savez-vous à qui vous parlez ? Comprenez-vous qui vous avez devant vous ?" Ceci dit, au fond du cœur, c'est une bonne pâte, gentil avec ses camarades, serviable, mais le rang de général lui avait complètement mis la tête à l'envers. Après avoir reçu son rang de général, il s'était comme embrouillé, s'était comme senti désarçonné et ne savait plus du tout comment se tenir. S'il lui arrivait de se trouver avec des égaux, il était un homme comme il faut, un homme tout à fait honnête, et même, de bien des points de vue, loin d'être stupide ; mais sitôt qu'il se trouvait dans une société où les gens avaient ne serait-ce qu'un seul rang de moins que lui, là, il perdait simplement toutes les limites : il se taisait, et sa situation éveillait la pitié, d'autant plus qu'il le sentait lui-même, qu'il aurait pu passer son temps incomparablement mieux. On voyait passer dans ses yeux le désir de se joindre à une conversation qui pouvait être intéressante, mais il était arrêté par cette pensée : est-ce que ça ne serait pas trop, de son côté, est-ce que ça ne serait pas familier, et, ce faisant, ne mettait-il pas en danger son importance ? Et, à la suite de ce genre de raisonnements, il restait éternellement dans le même état de silence, se contentant de prononcer de loin en loin que des espèces de monosyllabes et en se gagnant ainsi le titre d'homme le plus ennuyeux du monde. Et c'est donc chez ce *monsieur important* que se présenta notre Akaki

Akakiévitch, et il se présenta à l'heure la plus défavorable, tout à fait à mauvais escient pour lui-même, quoiqu'à très bon escient pour le monsieur important. Le monsieur important se trouvait dans son bureau et menait une conversation des plus joyeuses avec un vieil ami, un camarade d'enfance, qui venait de rentrer tout récemment, et qu'il n'avait pas revu depuis de nombreuses années. C'est là qu'on vint lui annoncer qu'un certain Savatkine voulait le voir. Il demandait d'une voix brusque : "Qui ?" Il lui fut répondu : "Un fonctionnaire."– "Ah ! il peut attendre, ce n'est pas l'heure", dit le monsieur important. Ici, il faut dire que le monsieur important venait de dire un gros mensonge : c'était tout à fait l'heure, et il y avait longtemps que, son camarade et lui, ils avaient parlé de tout, ils continuaient juste leur entretien en le ponctuant à présent de longs silences, en se tapotant, de loin en loin, légèrement, la cuisse et en disant : "Eh oui, Ivan Abramovitch !" – "Eh oui, Stépan Varlamovitch !" Mais, malgré cela, il fit attendre le fonctionnaire, pour montrer à son ami, un homme qui avait quitté la fonction depuis longtemps et s'était encroûté dans son village, combien de temps les fonctionnaires pouvaient rester attendre dans son vestibule. Enfin, après avoir parlé, ou, pour mieux dire, gardé le silence tout son soûl, et fumé un cigare dans un fauteuil des plus confortables, à dossier rabattable, il fit semblant de se souvenir soudain de lui et dit au secrétaire qui s'était arrêté sur le seuil avec des papiers pour un rapport : "Mais il y a un fonctionnaire qui attend là-bas, je crois bien ; dites-lui d'entrer." Devant l'air humble d'Akaki Akakiévitch et son vieil uniforme usé, il se tourna vers lui et dit : "Vous désirez ?" d'une voix brusque et ferme, qu'il avait répétée tout exprès dans la solitude de sa chambre, devant la glace, encore une semaine avant de recevoir la place qu'il occupait et le rang de général. Akaki Akakiévitch, qui avait déjà ressenti, en temps et en heure, la crainte réglementaire, s'était un peu troublé, et, comme il pouvait, autant que le lui permettait la liberté de sa langue, en ajoutant plus souvent encore que d'habitude la particule "ou quoi", expliqua que le manteau, n'est-ce pas, il était tout neuf, et qu'il avait été volé, lui, d'une façon totalement inhumaine, et qu'il s'adressait à lui pour qu'il fasse, lui, des démarches, ou quoi, auprès de M. le chef suprême de la police, ou auprès de qui d'autre, et qu'il retrouve le manteau. Le général, allez savoir pourquoi, trouva cette façon de faire familière.

— Pardon, mon bon monsieur, répondit-il de sa voix brusque, vous ne connaissez pas l'ordre établi ? où donc vous trouvez-vous ? vous ne savez pas comment les choses se passent ? D'abord, vous deviez faire une requête au secrétariat : elle serait passée au chef de bureau, puis au chef de service, puis elle aurait été transmise à mon secrétaire, et, c'est mon secrétaire qui me l'aurait présentée…

— Mais, Votre Excellence, dit Akaki Akakiévitch, essayant de rassembler toute la petite poignée de présence d'esprit et de courage qui lui restait, et sentant en même temps qu'il suait d'une façon terrifiante, si j'ai pris sur moi de déranger Votre Excellence, c'est que, ou quoi, les secrétaires... on peut pas trop leur faire confiance...

— Comment, comment, comment ? reprit le monsieur important. Où êtes-vous allé pêcher cet esprit-là ? D'où vous viennent-elles, vos idées ? quelle est cette mutinerie qui se répand parmi les jeunes gens contre les chefs et tous les supérieurs !

La notabilité n'avait visiblement pas remarqué qu'Akaki Akakiévitch avait déjà plus de la cinquantaine. Et donc, s'il pouvait être traité de jeune homme, c'était simplement par rapport à quelqu'un qui avait déjà plus de soixante-dix ans.

— Vous le savez, à qui vous parlez ? vous le comprenez, qui vous avez devant vous ? vous le comprenez, ça, ou vous ne le comprenez pas ? je vous demande.

Là, il tapa du pied, haussant la voix jusqu'à une note si puissante qu'Akaki Akakiévitch ne fut pas le seul à prendre peur. Akaki Akakiévitch resta figé, il chancela, se mit à trembler de tous ses membres et fut incapable de rester debout : si des huissiers n'étaient pas accourus pour le soutenir, il se serait étalé sur le plancher ; on l'évacua quasiment inanimé. Et le monsieur important, heureux que son effet eût dépassé toutes ses espérances, et totalement tranquillisé à l'idée que sa parole avait même le pouvoir de faire s'évanouir un homme, lorgna vers son ami pour savoir comment il avait pris la chose, et ce n'est pas sans agrément qu'il vit que cet ami se

239

trouvait lui aussi dans un état des plus indéfinis et commençait, lui aussi, de son côté, à ressentir de la frayeur.

Comment il redescendit l'escalier, comment il se retrouva dans la rue, Akaki Akakiévitch fut totalement incapable de s'en souvenir. Il ne sentait plus ni ses bras ni ses jambes. Jamais de sa vie il ne s'était fait passer un tel savon par un général, et, qui plus est, un général qui n'était pas le sien. Il marchait dans la tempête qui sifflait par les rues, la bouche ouverte, en trébuchant sur le trottoir ; le vent, selon la coutume pétersbourgeoise, soufflait sur lui des quatre points cardinaux, depuis toutes les ruelles. En un clin d'œil, il se retrouva avec une angine, et, quand il arriva chez lui, il n'avait plus la force de prononcer un mot ; il était entièrement enflé, et se coucha. Voilà quelles suites peut avoir un savon ! Le lendemain, il avait une forte fièvre. Grâce à l'aide magnanime du climat de Pétersbourg, la maladie progressa plus vite qu'on ne pouvait l'imaginer, et quand le docteur arriva, il lui palpa le pouls et ne trouva rien d'autre à lui prescrire qu'un cataplasme, et juste pour que le malade ne reste pas privé du secours bienfaisant de la médecine ; ceci dit, il ne manqua pas d'ajouter que, d'ici trente-six heures, ce serait le kaputt inévitable. Après quoi il s'adressa à la logeuse et dit : "Ma bonne, ne perdez pas votre temps, commandez-lui tout de suite un cercueil de sapin, parce que, pour un cercueil en chêne, il n'aura pas de quoi." Akaki Akakiévitch entendit-il ces paroles fatales, et, s'il les entendit, lui firent-elles un effet foudroyant, regretta-t-il sa vie de peines, – tout cela, nous n'en savons rien, parce qu'à ce moment-là, il était plongé dans le délire et dans la fièvre. Des phénomènes tous plus étranges les uns que les autres ne cessaient de lui apparaître : tantôt il voyait Pétrovitch et lui commandait un manteau avec des chausse-trapes pour les voleurs, lesquels voleurs lui apparaissaient sans cesse sous le lit, et il n'arrêta pas d'appeler la logeuse, pour qu'elle lui en retire un voleur, et même, une fois, de sous ses draps, soit il demandait ce que faisait suspendue là sa vieille capote, puisqu'il avait un manteau neuf ; tantôt il avait l'impression qu'il se tenait devant le général, subissant son savon réglementaire, et répétant : "Pardonnez-moi, Votre Excellence !", – tantôt, enfin, il en arrivait à lancer des blasphèmes, en prononçant les paroles les plus terrifiantes, au point que la vieille logeuse se signait, n'ayant jamais de sa vie entendu dire des choses pareilles, et ce, d'autant plus que ces paroles suivaient immédiatement les mots "Votre Excellence". Ensuite, il dit des choses complètement absurdes, au point qu'il n'y avait pas moyen de les comprendre, on pouvait seulement voir que ses pensées et ses paroles désordonnées tournaient autour du même et unique manteau. Finalement, le malheureux Akaki Akakiévitch rendit l'âme. On ne mit les scellés ni sur sa chambre ni sur ses objets, parce que, d'abord, il n'y avait pas d'héritiers, et, ensuite, il restait un très faible héritage, à savoir : un paquet de plumes d'oie, une main de papier-ministre blanc, trois paires de chaussettes, deux-trois boutons qui s'étaient détachés du pantalon, et la capote que le lecteur connaît déjà. Dieu sait à qui tout cela revint ; cela, je l'avoue, même le narrateur de la présente nouvelle ne s'y est pas intéressé. Akaki Akakiévitch fut emporté et mis en terre. Et Pétersbourg resta sans Akaki Akakiévitch, comme s'il n'y avait même jamais existé. Ainsi disparut et s'effaça un être dont personne ne prenait la défense, auquel personne ne tenait, auquel personne ne s'intéressait, qui n'avait pas même attiré l'attention d'un naturaliste qui ne rate jamais l'occasion de piquer sur une épingle une mouche banale pour l'observer au microscope ; un être qui, au bureau, supportait humblement les moqueries, et qui était descendu au tombeau sans la moindre affaire extraordinaire, mais pour lequel, malgré tout, ne fût-ce qu'à la toute fin de son existence, un hôte de lumière avait jailli sous la forme d'un manteau, qui avait ranimé un instant sa pauvre vie, et sur lequel, ensuite, avait fondu un malheur tout aussi insupportable que celui qui peut fondre sur les rois et les maîtres du monde… Quelques jours après sa mort, il lui fut envoyé à domicile un huissier du département, avec ordre de se présenter sans délai ; le chef, n'est-ce pas, lui en intimait l'ordre ; mais l'huissier dut revenir bredouille, pour répondre qu'il ne pouvait plus venir et, à la réponse "pourquoi ?", il s'exprima avec ces mots : "Bah, comme ça, parce qu'il est mort, ça va faire quatre jours qu'on l'a enterré." C'est ainsi qu'on apprit au département la mort d'Akaki Akakiévitch, et, dès le lendemain, on vit à sa place un nouveau fonctionnaire, beaucoup plus haut de taille et qui ne traçait plus les lettres aussi droites que lui, mais beaucoup plus penchées et inclinées.

Pourtant, qui aurait pu imaginer que ce n'est pas encore tout sur Akaki Akakiévitch, qu'il lui fut échu de vivre bruyamment encore quelques jours après sa mort, comme en dédommagement d'une vie que personne n'avait remarquée. Mais c'est ce qui arriva et notre pauvre histoire, d'une façon surprenante, aura une fin fantastique. Des bruits coururent soudain à Pétersbourg, selon lesquels, au pont Kalinkine et bien au-delà, la nuit, on avait vu apparaître un mort en uniforme de fonctionnaire qui cherchait un manteau volé et qui, sous le prétexte de ce manteau volé, arrachait de toutes les épaules, sans distinguer les rangs et les titres, tous les manteaux : les manteaux en peau de chat, de castor, ouatinés, en raton, en renard ou en ours, – bref, tous les genres de fourrures et de peaux que l'homme peut avoir inventés pour recouvrir la sienne. Un des fonctionnaires du département avait vu le mort de ses propres yeux et avait tout de suite reconnu Akaki Akakiévitch ; mais cela lui inspira une telle peur qu'il se mit à courir à toutes jambes, ce pourquoi il fut incapable de bien distinguer, il vit seulement que, l'autre, de loin, le menaçait du doigt. De tous côtés, on vit affluer des plaintes comme quoi les dos et les épaules, passe encore si c'était seulement ceux des conseillers titulaires, mais même ceux des conseillers secrets, se voyaient exposés à un rhume généralisé pour cause d'arrachages nocturnes de manteaux. La police reçut l'ordre d'arrêter le mort coûte que coûte, mort ou vif, et de le châtier, à titre d'exemple, de la façon la plus impitoyable, et elle faillit même réussir. Je veux dire qu'un guéritier de je ne sais plus quel quartier, ruelle Kiriouchkine, avait presque déjà attrapé le mort par le colback en flagrant délit de tentative d'arrachage d'un manteau de ratine sur le dos d'un musicien à la retraite qui, dans son temps, avait sifflé dans une flûte. Il l'avait donc attrapé par le colback et appela à grands cris deux de ses camarades, à qui il confia le soin de le retenir, tandis que, lui-même, un instant, il cherchait à sortir de sa botte sa blague à tabac et rafraîchir ainsi son nez qu'il avait eu six fois gelé dans le service ; mais le tabac, visiblement, était d'un genre que même un mort ne pouvait supporter. A peine le guéritier, se bouchant du pouce la narine droite, en inspira-t-il par la gauche une demi-pincée, le mort toussa si puissamment qu'il aveugla par ses postillons les yeux des trois pandores. Le temps de se frotter les yeux avec les poings, le mort s'était évaporé, et ils ne savaient même plus si c'était lui qu'ils avaient arrêté. Depuis ce jour-là, les guéritiers eurent une telle peur des morts qu'ils avaient même peur de saisir les vivants, et se contentaient de crier de loin : "Eh, toi, passe ton chemin !" – et le mort-fonctionnaire apparut même au-delà du pont Kalinkine, semant une peur considérable parmi les gens modestes. Or nous avons complètement oublié notre *monsieur important* qui, par le fait, était presque la cause de la direction fantastique de cette histoire, du reste, complètement véridique.

Avant toute chose, le devoir de justice exige que nous disions que *ce monsieur important*, au départ du pauvre Akaki Akakiévitch qui s'était fait passer un tel savon, avait ressenti quelque chose comme du remords. La compassion ne lui était pas étrangère : son cœur était accessible à beaucoup de bons sentiments, même si son rang, plus que souvent, les empêchait de se découvrir. Sitôt que son ami fut ressorti de son bureau, il alla jusqu'à penser au malheureux Akaki Akakiévitch. Depuis ce moment-là, c'est même tous les jours que lui apparaissait le malheureux Akaki Akakiévitch qui n'avait pas supporté son savon réglementaire. Cette pensée en vint à l'inquiéter si fort qu'une semaine plus tard, il décida de lui envoyer un fonctionnaire pour voir comment il se portait et s'il n'y avait vraiment pas moyen de l'aider ; et quand il lui fut rapporté qu'Akaki Akakiévitch était mort en deux jours d'une fièvre chaude, il en resta tellement saisi qu'il entendit les reproches de sa conscience et que, pendant toute une journée, il ne se sentit pas dans son assiette. Cherchant à se distraire d'une façon ou d'une autre et oublier cette impression désagréable, il voulut passer la soirée chez l'un de ses amis, chez lequel il trouva une grande société, et, mieux encore, tous des gens du même rang, de sorte qu'il n'avait plus aucune raison de se montrer guindé. Cette circonstance eut un effet étonnant sur son état d'esprit. Il s'ouvrit, devint agréable dans la conversation, aimable – bref, il passa une très agréable soirée. Pendant le dîner, il but deux coupes de champagne – une méthode, comme on sait, excellente pour vous tourner vers des méditations joyeuses. Le champagne disposa son humeur à toutes sortes d'excentricités, et, plus précisément, il décida de ne pas encore rentrer chez lui, mais de passer chez une dame qu'il connaissait, Carolina Ivanovna, une dame, je crois, d'origine allemande, envers laquelle il se sentait des dispositions purement amicales. Il faut dire que notre monsieur important était un homme déjà d'un certain âge, un bon mari et un père de famille tout à fait honorable. Deux fils, dont l'un était déjà dans le service, et une charmante fille de seize ans, qui avait un nez un peu recourbé, mais très joli, venaient tous les jours lui baiser la main en ajoutant : *"Bonjour, papa*."* Son épouse, femme encore pleine de fraîcheur et même tout sauf laide, lui donnait d'abord sa main à baiser et ensuite, la retournant, lui baisait la sienne. Mais le monsieur important, tout à fait satisfait, du reste, du cours de ses tendresses familiales et domestiques, avait trouvé bienséant d'entretenir, pour des rapports amicaux, une amie à l'autre bout de la ville. Cette amie n'était ni mieux ni plus jeune que son épouse ; mais ce genre d'énigmes se rencontre sur terre, et ce n'est pas à nous de les juger. Et donc, le monsieur important descendit l'escalier, s'installa dans son traîneau et dit au cocher : "Chez Carolina Ivanovna", et, lui-même, emmitouflé, tout à fait somptueusement, dans un manteau très chaud, il restait dans état agréable qui est le meilleur qui puisse se trouver pour un Russe, c'est-à-dire quand on ne pense à rien, et que, pourtant, des pensées nous viennent toutes seules, plus agréables les unes que les autres, sans qu'on se donne même la peine de les poursuivre ou de les rechercher. Plein de plaisir, il se souvint légèrement de tous les moments joyeux de la soirée qu'il venait de passer, de tous les bons mots qui avaient fait rire ce cercle restreint ; il en répéta même un grand nombre à mi-voix et trouva qu'ils restaient aussi drôles, et c'est pourquoi il n'est pas étonnant que, lui-même, il avait ri de bon cœur. Il était, de loin en loin, gêné, pourtant, par un vent qui soufflait en bourrasque, et qui, jaillissant soudain on ne savait trop d'où et pour Dieu sait quelle raison, lui fouettait le visage en lui jetant de gros flocons de neige et en faisant claquer son col comme une voile de navire, ou bien, soudain, avec une force surnaturelle, lui en jetant sur le haut du crâne, ce qui lui faisait des soucis perpétuels pour s'en débarrasser. Soudain, le monsieur important sentit qu'il y avait quelqu'un qui, et non sans une certaine force, l'avait saisi par le collet. Il se retourna et remarqua un homme de petite taille, vêtu d'un vieil uniforme, et ce n'est pas sans épouvante qu'il reconnut en lui Akaki Akakiévitch. Le visage du fonctionnaire était pâle comme la neige, et il avait l'air complètement mort. Mais l'épouvante du monsieur important passa toutes les limites quand il s'aperçut que la bouche du mort se tordait et qu'émettant une terrible odeur de sépulcre, le mort prononça le discours suivant : "Ah ! te voilà enfin ! enfin, je t'ai attrapé par le colback ou quoi ! c'est ton manteau qu'il me fallait ! tu n'as pas essayé de m'aider, et en plus tu m'as passé un savon, – maintenant,

donne-moi le tien !" Le pauvre *monsieur important*
faillit mourir. Il avait beau être plein de caractère
dans son service, et, en général, devant ses subalternes, et même, rien qu'à voir son air mâle et sa
figure, chacun disait : "Hou là, quel caractère !",
mais, dans la circonstance, pareil à de nombreux
autres doués d'un maintien de grenadier, il sentit une
telle peur que ce n'est pas sans une certaine raison
qu'il se mit à craindre une crise cardiaque. C'est de
lui-même qu'il jeta son manteau de sur ses épaules,
en criant au cocher, d'une voix qu'il ne se connaissait pas : "A la maison, au triple galop !" Le cocher,
entendant une voix qu'on n'entend d'habitude que
dans les minutes décisives et qui, dans ces cas-là,
peut être accompagnée par certains gestes d'une
portée encore plus frappante, cacha, à toutes fins
utiles, sa tête dans son col, agita son fouet et partit
comme une flèche. En à peine plus de six minutes,
le monsieur important était rentré. Pâle, terrorisé et
sans manteau, au lieu de se présenter chez Carolina
Ivanovna, il arriva chez lui, se traîna, Dieu sait
comme, dans sa chambre, et fit une nuit passable-
ment désordonnée, au point que, le matin suivant, en
prenant le thé, sa fille lui dit directement : "Tu es
tout pâle, aujourd'hui, papa." Mais papa se taisait, et
ne dit pas un mot à quiconque de ce qui lui était
advenu, ni de l'endroit où il s'était trouvé ni de celui
où il avait voulu se rendre. Cette aventure lui fit une
impression profonde. Il en vint même à dire plus
rarement à ses subordonnés : "Comment osez-vous,
comprenez-vous qui vous avez devant vous ?" ; et,

s'il le disait quand même, ce n'était pas avant d'avoir écouté ce que l'autre avait à dire. Mais le plus remarquable est que, depuis ce moment-là, les apparitions du mort-fonctionnaire ne se reproduisirent plus ; il faut croire, le manteau du général lui allait parfaitement ; du moins n'entendit-on plus parler de nouveaux cas d'arrachages de manteaux. Du reste, bien des personnes zélées et bien intentionnées refusèrent de se calmer et dirent encore que dans les quartiers éloignés de la ville, le mort-fonctionnaire apparaissait toujours. Et, de fait, un guéritier de la Kolomna vit de ses propres yeux un fantôme apparaître devant un certain immeuble ; mais, étant de nature débile, au point qu'un jour un banal porcelet adulte, qui avait jailli d'une maison privée, l'avait renversé sur le dos, au plus grand rire des cochers qui se tenaient là et dont il demanda, pour s'être ainsi moqués de lui, un sou de tabac par tête de pipe, – et donc, étant débile, il n'osa pas l'appréhender et se contenta de le suivre dans le noir jusqu'au moment où le fantôme se retourna soudain et, s'arrêtant, lui demanda : "Tu veux quoi ?" – en lui montrant un poing qu'on ne pouvait trouver chez aucun être vivant. Le guéritier répondit "Rien du tout", – et battit en retraite. Le fantôme, pourtant, était beaucoup plus grand, portait des moustaches gigantesques et, dirigeant ses pas, semble-t-il, en direction du pont Oboukhov, il disparut dans le noir de la nuit.

LA CALÈCHE

La bourgade de B. se sentit fort ragaillardie quand le régiment de cavalerie *** la choisit comme cantonnement. Le fait est que, jusqu'alors, on s'y ennuyait ferme. Vous le traversiez et vous lanciez un regard sur les petites maisons basses en pisé qui regardent la rue d'un air si incroyablement morose que… il est impossible d'exprimer ce qui se passe dans votre cœur : une de ces mélancolies, comme quand vous avez perdu aux cartes ou quand vous avez lancé, au plus mauvais moment, une bourde, – bref : c'est moche. Le crépi est parti avec les pluies et les murs, au lieu d'être blancs, sont devenus pis : les toits sont généralement couverts d'ajoncs, comme cela se fait dans nos villes du Sud ; les petits jardins, pour faire plus propre, le bourgmestre a depuis longtemps donné l'ordre de les raser. Dans les rues, on ne croise pas un chat, juste un coq qui traverse une chaussée molle comme un coussin sous l'effet du demi-pied de poussière qui la recouvre et qui, à la moindre pluie, se transforme en gadoue, et alors les rues de la bourgade de B. se voient remplies de ces gras animaux que le bourgmestre du lieu a baptisés "les Français". Sortant leur tête grave de leurs baignoires, ils lèvent de tels grognements que le voyageur n'a plus qu'à presser le pas de son cheval. Du reste, des voyageurs, on aurait du mal à en trouver dans la bourgade de B. De loin en loin, de très loin en très loin, un propriétaire terrien, maître de onze paysans, vêtu d'une redingote de nankin, tambourine sur la chaussée dans une espèce d'hybride entre la britchka et la charrette, à peine visible derrière des empilement de sacs de farine, fouettant une jument baie suivie de son petit poulain. Même la place du marché a l'air comme malheureuse : la maison du tailleur donne dessus d'une façon on ne peut plus bête, non par toute la façade, mais de guingois ; en face, depuis quinze ans, on construit un genre de bâtisse en pierre à deux fenêtres ; plus loin, on trouve, livrée à elle-même, une palissade de bois du dernier cri, peinte en gris, couleur poussière, monument qui, à l'instar des autres constructions, fut érigé par le bourgmestre au temps de sa jeunesse, quand il n'avait pas encore l'habitude de dormir tout de suite après le repas et de boire pour la nuit un genre de décoction à base de groseilles à maquereau séchées. Partout ailleurs, ce ne sont pour ainsi dire que des échaliers ; au milieu de la place, des boutiques, minuscules ; on y trouve un chapelet de craquelins, une commère en foulard rouge, un poud de savon, quelques livres d'amandes amères, du petit plomb pour la chasse, des cotonnades et deux commis qui passent leur temps à jouer à la svaïka[1] devant la porte. Mais dès que le régiment de cavalerie

1. Jeu d'adresse traditionnel : il s'agit d'envoyer un anneau de fer sur un gros clou.

s'installa dans la petite ville de B., tout fut bouleversé. Les rues se bariolèrent, s'animèrent – bref,
prirent un air tout différent. Les petites maisons
basses virent passer et repasser devant elles un fier et
fringant officier, son plumet sur la tête, parlant avec
son camarade des chances d'avancement, d'un tabac
remarquable, et prenant même parfois le risque de
miser sur une carte des drojkis qu'on pouvait
qualifier de "drojkis du régiment" du fait que, sans
jamais sortir du régiment, ils parvenaient à servir à
tous : utilisés tel jour par le major, ils réapparaissaient
le lendemain dans l'écurie du lieutenant, et, une semaine plus tard, miracle, c'est à nouveau l'ordon-
nance du major qui les graissait avec du lard. Les
échaliers de bois entre les maisons était entièrement
semés de casquettes de soldats ; on ne manquait jamais d'apercevoir une capote grise sur un portail ; on
rencontrait dans les ruelles des soldats aux moustaches dures comme des brosses. Ces moustaches, on
les voyait partout. Que ce soient des commères qui se
retrouvent au marché, porteuses de cruchons, à tous
les coups, derrière leur dos, on trouvait des moustaches. Sur la grand-place, un soldat à moustaches
ne manquait pas de savonner la barbe d'un bou-
seux, lequel ne pouvait que grogner, en roulant de
grands yeux vers le ciel. Les officiers avaient ranimé une société qui n'était composée jusqu'alors que
du juge, lequel habitait dans la même maison qu'une
certaine diaconesse, et du bourgmestre, un homme
réfléchi, mais qui dormait, réellement, du matin jusqu'à l'aube : du déjeuner jusqu'au dîner, et du dîner

au déjeuner. La société devint plus populeuse et passionnante encore quand on transféra dans la bourgade l'état-major du général de brigade. Les propriétaires fonciers du coin, dont personne jusqu'alors n'avait même soupçonné l'existence, se mirent à visiter plus fréquemment la capitale du district, pour rencontrer MM. les officiers, et, parfois, faire un petit pharaon, jeu dont leur tête, emplie par les soucis des semailles, des courses confiées par leur épouse et des lièvres, n'avait qu'une idée on ne peut plus brumeuse. Je regrette beaucoup d'avoir oublié à quelle occasion il arriva au général de brigade de donner un grand repas ; les préparatifs qu'il demanda furent énormes : le fracas du couteau des cuisiniers dans la cuisine du général s'entendait dès les faubourgs de la ville. Tout le marché, dans sa totalité, fut réquisitionné pour le repas, au point que le juge et la diaconesse furent réduits à ne manger que des galettes de sarrazin et du kissel[1] à l'amidon. La petite cour de l'appartement du général fut tout entière envahie par les drojkis et les calèches. La société était masculine : les officiers et quelques propriétaires fonciers. Parmi ces propriétaires, le plus remarquable était Pythagore Pythagorovitch Tchertokoutski, l'un des aristocrates principaux du district de B., qui faisait le plus de bruit aux élections et s'y rendait toujours dans un équipage de dandy. Il avait servi dans un régiment de cavalerie et avait été au

1. Espèce de gelée de fruits que l'on donne traditionnellement aux enfants.

nombre des officiers les plus importants et les plus en vue. Du moins l'avait-on vu dans de nombreux bals et dans les assemblées, partout où le régiment avait pu bivouaquer ; du reste, de cela, il faudrait s'enquérir auprès des demoiselles des province de Tambov et de Simbirsk. On peut très bien imaginer qu'il eût continué de développer une gloire très flatteuse jusque dans d'autres provinces s'il n'avait pas démissionné à l'occasion de ce qu'on appelle généralement une histoire déplaisante : est-ce lui qui, dans le temps passé, avait donné une gifle, ou lui qui l'avait reçue, cela, je ne m'en souviens plus exactement, mais le fait est qu'on lui avait demandé de donner sa démission. Cela dit, il n'y avait pas le moins du monde perdu en importance ; il portait un frac à taille haute, à la manière d'un uniforme, gardait des éperons à ses bottes et des moustaches sous le nez, parce que, sans cela, les nobles auraient pu penser qu'il avait servi dans l'infanterie qu'il qualifiait avec mépris tantôt de piétaille et tantôt même de savaterie. Il se montrait à toutes les foires populeuses où les entrailles de la Russie, composées de nounous, d'enfants, de filles et de propriétaires bedonnants, accourent se distraire en britchkas, tarataïs, tarantas et autres véhicules qu'on n'a jamais imaginés même dans les songes. Il flairait du nez où était cantonné un régiment de cavalerie, et, parfois, se présentait pour rendre visite à MM. les officiers. Devant eux, d'un geste fort agile, il sautait de sa petite calèche légère ou de ses drojkis, et faisait connaissance très vite. Aux dernières élections, il avait offert aux nobles un repas splendide pendant lequel il avait déclaré que, s'il était élu président de la noblesse, il mettrait tous les nobles sur le pied le plus haut. En général, il se conduisait en "barine", comme on dit dans les districts et les provinces, avait épousé une demoiselle assez jolie, avait pris avec elle deux cents âmes de dot et quelques milliers de roubles de capital. Ce capital avait été tout de suite utilisé pour six chevaux, il faut le dire, excellents, des serrures dorées sur les portes, un singe domestique pour la maison et un maître d'hôtel français. Les deux cents âmes, ajoutées aux deux cents qu'il possédait lui-même, avaient été mises en gage pour je ne sais quelles combinaisons commerciales. Bref, c'était un propriétaire comme on les aime… Un propriétaire modèle. En dehors de lui, il y avait au repas du général quelques autres propriétaires, mais ils ne méritent pas qu'on parle d'eux. Les autres étaient tous des militaires du régiment, et deux officiers supérieurs, un colonel et un major assez gros. Le général lui-même était massif et lourd, même si c'était un très bon chef, à ce que disaient les officiers. Il parlait d'une voix de basse puissante et imposante. Le repas était hors du commun : esturgeon, bélouga, sterlets, outardes, asperges, cailles, perdrix et champignons démontraient que le cuisinier, depuis déjà la veille, ne s'était pas arrêté une seule seconde, et quatre soldats armés de couteaux avaient travaillé toute à la nuit à l'aider avec ses "fricassées" et ses "gelées". Une masse de bouteilles, des longues avec du laffite, des grassouillettes avec du madère, une splendide journée d'été, des fenêtres grandes ouvertes, des assiettes de glace sur la table, le dernier bouton ouvert chez MM. les officiers, les plastrons froissés des porteurs de beaux fracs, le feu croisé des conversations dominées par la voix du général et arrosées de champagne, – tout était en harmonie. Le repas achevé, on se leva, avec une douce lourdeur de l'estomac et, allumant les pipes et les chibouques, longues et courtes, on sortit sur le perron, une tasse de café à la main.

Le général, le colonel et même le major avaient des uniformes tout à fait déboutonnés, au point qu'on apercevait même leurs nobles bretelles faites d'une espèce de soie, mais MM. les officiers, gardant le respect qui était dû, restaient, eux, boutonnés, sauf trois boutons du haut.

— Mais on peut la regarder, dit le général. Je t'en prie, mon bon, ajouta-t-il, s'adressant à son aide de camp, un jeune homme assez agile et d'allure agréable, fais amener la jument pie ! Vous verrez vous-même. – Ici, le général tira une bouffée de sa pipe. – Elle n'est même pas encore lustrée comme il faut : maudite bourgade, il n'y a même pas d'écurie convenable. Un cheval, pouf, pouf, très convenable !

— Et vous daignez l'avoir, Votre Excellence, pouf, pouf, depuis longtemps ? dit Tchertokoutski.

— Pouf, pouf, pouf, euh… pouf, pas si longtemps que ça. Ça fait juste deux ans que je l'ai prise au haras.

— Et vous l'avez reçue débourrée, ou c'est ici que vous avez daigné la débourrer ?

— Pouf, pouf, pou, pou, pou… ou… ou…f, ici, dit le général, après quoi il disparut dans la fumée.

Pendant ce temps, un soldat jaillit de l'écurie, on entendit un fracas de sabots et un autre apparut enfin, en sarrau blanc, avec d'énormes moustaches noires, menant par la bride un cheval frissonnant et craintif, qui, remontant soudain la tête, faillit faire voler en l'air, en même temps que ses moustaches, le soldat qui s'était accroupi. "Oh, oh, Agraféna Ivanovna", disait-il, l'amenant devant le perron.

La jument s'appelait Agraféna Ivanovna ; forte et sauvage comme une beauté du Sud, elle frappa du sabot le perron de bois et s'arrêta soudain.

Le général, baissant sa pipe, se mit à regarder Agraféna Ivanovna d'un air content. Le colonel lui-même, descendant du perron, prit Agraféna Ivanovna par les naseaux. Le major lui-même tapota la jambe d'Agraféna Ivanovna, et les autres claquèrent la langue.

Tchertokoutski descendit du perron et considéra la croupe du cheval. Le soldat, au garde-à-vous, la bride serrée, regardait les visiteurs droit dans les yeux, comme s'il voulait leur sauter à la gorge.

— Elle est très, très bien ! dit Tchertokoutski, un cheval d'une grande classe ! Mais, permettez, Votre Excellence, comment sont ses allures ?

— Son pas est excellent ; sauf que... le diable s'en mêle... cet idiot d'infirmier lui a donné des pilules, je ne sais quoi, ça fait deux jours qu'elle éternue.

— Elle est très, très bien. Mais avez-vous, Votre Excellence, un équipage qui en soit digne ?

— Un équipage ?... Mais c'est un cheval de selle.

— Je le sais ; mais je vous ai posé cette question, Votre Excellence, pour savoir si vous aviez, pour vos autres chevaux, un équipage qui en soit digne.

— Ma foi, des équipages, je n'en ai pas trop. Pour tout vous avouer, il y a longtemps que j'ai envie de m'acheter une de ces calèches comme on fait aujourd'hui. J'ai écrit à mon frère, qui se trouve à Pétersbourg en ce moment, mais je ne sais pas s'il va m'en envoyer une.

— J'ai l'impression, Votre Excellence, remarqua le colonel, que les meilleures calèches, ce sont les viennoises.

— Vous avez raison de penser ça, pouf, pouf, pouf.

— Je dispose, Votre Excellence, d'une calèche extraordinaire, un véritable travail viennois.

— Laquelle ? Celle dans laquelle vous êtes arrivé ?

— Oh non. Ça, ce n'est rien, c'est celle de tous les jours, juste pour mes déplacements, mais, l'autre… c'est étonnant, elle est légère comme une plume ; et quand vous vous installez dedans, c'est comme, si vous me permettez de vous le dire, Votre Excellence, votre nounou qui vous bercerait dans votre berceau.

— Elle est confortable, donc ?

— Très, très confortable ; des coussins, des suspensions – on dirait un keepsake.

— C'est bien.

— Et comme elle est spacieuse ! c'est-à-dire, Votre Excellence, je n'en ai jamais vu de pareilles. Quand j'étais à l'armée, dans mes malles, j'avais la place pour dix bouteilles de rhum et vingt livres de tabac ; en plus, je gardais avec moi six uniformes, du linge et deux chibouques, Votre Excellence, et d'une longueur, si je puis me permettre, Votre Excellence, comme un ténia, et, dans les poches, on pourrait mettre un bœuf.

— C'est bien.

— Je l'avais payée quatre mille roubles, Votre Excellence.

— Vu le prix, elle doit être bien ; et vous l'avez achetée ?

— Non, Votre Excellence ; je l'ai eue par hasard. C'est un ami qui l'a achetée, un homme rare, un camarade d'enfance, avec lequel vous vous seriez entendu parfaitement ; lui et moi, nous partagions tout. Je la lui ai gagnée aux cartes. Vous ne voudriez pas, Votre Excellence, me faire l'honneur de bien vouloir venir déjeuner chez moi demain, vous en profiteriez pour regarder la calèche.

— Je ne sais que vous dire. Tout seul, je ne sais pas… Ou si vous me permettez de venir avec MM. les officiers ?

— Mais je serais très honoré d'inviter MM. les officiers. Messieurs, ce serait un grand honneur pour moi d'avoir le plaisir de vous voir chez moi !

Le colonel, le major et d'autres officiers le remercièrent par un signe de tête révérend.

— Ce que je pense, Votre Excellence, c'est que, tant qu'à faire d'acheter quelque chose, il faut que ce soit bien, si c'est de mauvaise qualité, ce n'est pas la peine. Tenez, demain, si vous me faites l'honneur, je vous montrerai un certain nombre d'articles que je me suis achetés pour les travaux agricoles.

Le général le regarda et lança de sa bouche un nuage de fumée.

Tchertokoutski était très content d'avoir invité chez lui MM. les officiers ; d'avance, il se commandait mentalement les pâtés et les sauces, lançait des regards joyeux sur MM. les officiers qui, de leur côté, également, avaient comme doublé leur bonne disposition à son égard, ce qu'on voyait dans leurs yeux et les mouvements qu'ils faisaient, comme des inclinaisons de la tête. Tchertokoutski prenait devant eux un air plus désinvolte : expression d'une voix chargée de contentement.

— Et puis, Votre Excellence, vous ferez connaissance de la maîtresse de maison.

— Ce sera un plaisir, dit le général en lissant ses moustaches.

Tchertokoutski, sur ce, voulut repartir chez lui séance tenante, pour avoir le temps de tout préparer pour la réception des invités au repas du lendemain ; il avait déjà pris son chapeau, mais, très étrangement, le fait est qu'il s'attarda un peu. Entre-temps, dans la salle, on avait déjà disposé les tables de jeu. Bientôt, toute la société se partagea en quatre parties de whist dans les différents coins des appartements du général.

On apporta des bougies. Tchertokoutski resta longtemps sans savoir quoi faire, s'il devait, oui ou non, participer au whist. Mais quand MM. les officiers se mirent à l'inviter, il lui parut très contraire aux règles de la société de refuser. Il s'installa. Insensiblement, un verre de punch se retrouva devant lui, verre que, s'entroubliant, il vida d'un seul coup. Après avoir joué deux robres, Tchertokoutski se retrouva à nouveau avec un verre de punch, qu'il but encore, s'entroubliant une nouvelle fois, mais non sans dire auparavant : "Messieurs, il faut vraiment que je rentre, vraiment, c'est l'heure." Pourtant, il se rassit encore, et fit une deuxième partie. Les conversations dans les différents coins de la pièce prirent une tournure totalement privée. Ceux qui jouaient au whist étaient assez silencieux ; mais ceux qui ne jouaient pas, assis sur les divans, le long des murs, menaient leur conversation. Dans un coin, un chef de bataillon en second, un coussin sous le flanc, la pipe au bec, racontait d'un ton aussi libre que badin ses aventures amoureuses et finit par s'emparer entièrement de l'attention du petit cercle qui s'était formé autour de lui. Un propriétaire, d'un embonpoint remarquable, aux bras si courts qu'ils faisaient quelque peu penser à deux tubercules de pommes de terre, écoutait d'une mine extraordinairement doucereuse, se contentant, juste, de loin en loin, de tendre son petit bras derrière son large dos pour en sortir une tabatière. Dans un autre coin, un débat assez chaud s'était élevé au sujet des exercices d'escadron, et Tchertokoutski, qui, à ce moment-là, avait déjà jeté deux fois de suite un valet à la place d'une dame, se mêla soudain à cette conversation qui ne le concernait pas en criant de son coin à lui : "En quelle année ?" ou "De quel régiment ?" – sans remarquer que, parfois, sa question tombait comme un cheveu sur la soupe. Finalement, quelques minutes avant le

264

dîner, le whist s'arrêta mais continua encore en paroles, et semblait-il, les têtes étaient encore pleines de whist. Tchertokoutski se souvenait parfaitement qu'il avait beaucoup gagné, mais ses mains ne ramassèrent pas un kopeck, et, en se levant de table, il resta longuement dans la situation d'un homme qui cherche son mouchoir et ne le trouve pas. Le dîner fut servi. Il va de soi que le vin ne manqua guère et que Tchertokoutski, presque involontairement, devait parfois remplir son propre verre, parce qu'à sa gauche et à sa droite, il y avait des bouteilles.

A table, la conversation fut des plus longues mais il faut dire aussi qu'elle fut étrange. Un propriétaire, qui avait encore fait la campagne de 1812, raconta une bataille qui n'avait jamais eu lieu, puis, on ne sait absolument pas pour quelle raison, il prit un bouchon de flacon et le planta dans le gâteau. Bref, au moment de repartir, il était déjà trois heures du matin, et les cochers durent prendre certaines personnes dans leurs bras, comme des paquets d'un magasin, et Tchertokoutski, malgré tout son sang bleu, en s'installant dans sa calèche, saluait tellement bas et avec un tel élan qu'en revenant chez lui, il avait ramené dans ses moustaches deux chardons.

Chez lui, tout dormait profondément ; le cocher eut toutes les peines du monde à trouver un valet de chambre, lequel raccompagna son maître au salon, le confia à une bonne, grâce à laquelle Tchertokoutski, cahin-caha, parvint jusqu'à sa chambre à coucher et s'étendit auprès de sa jeune et belle moitié, allongée, elle, de la façon la plus charmante, dans une chemise de nuit blanche comme neige. Le mouvement provoqué par son époux quand il tomba dans le lit la réveilla. Elle s'étendit, leva les cils, et, après avoir trois fois très vite cligné des yeux, elle les ouvrit avec un sourire à demi fâché ; mais, voyant, que, cette fois-ci, son mari refusait absolument de lui offrir la moindre caresse, elle se retourna, pleine de dépit, de l'autre côté, et, sa main posée sous sa joue fraîche, se rendormit tout de suite après lui.

Il était déjà une heure qu'à la campagne on n'appelle pas "tôt" quand la jeune maîtresse de maison se réveilla auprès de son époux ronflant. Se souvenant qu'il était rentré la veille à quatre heures du matin, elle se garda de le réveiller et, chaussée de ces petits chaussons de nuit que son époux lui avait commandés de Pétersbourg, vêtue d'un petit peignoir blanc qui la drapait comme de l'eau d'une cascade, elle sortit dans son boudoir, se lava d'une eau aussi fraîche qu'elle-même et s'approcha de sa table de toilette. Elle se lança deux coups d'œil et vit que, ce jour-là, elle était loin d'être laide. Cette circonstance visiblement insignifiante fut sans doute la raison pour laquelle elle resta devant sa glace deux heures supplémentaires. Finalement, elle s'habilla d'une manière fort charmante et sortit se rafraîchir au jardin. Comme par un fait exprès, il faisait alors un temps exquis, un temps dont ne peut se flatter qu'une journée d'été méridionale. Le soleil, parvenu au zénith, brûlait de toute la force de ses feux, mais, sous les allées épaisses et sombres, il faisait doux pour se promener, et les fleurs, réchauffées par le soleil, triplaient leurs aromates. La jolie maîtresse de maison oublia qu'il était déjà midi et que son époux dormait toujours. Son oreille percevait déjà le ronflement post-prandial de deux cochers et d'un valet de pied dormant dans l'écurie qui se trouvait dans le jardin. Mais elle, elle était toujours sous l'ombrage de l'allée épaisse d'où se découvrait une vue sur la grand-route et contemplait distraitement son désert inhabité quand, soudain, de la poussière qui se levait au loin attira son attention. A y regarder plus, elle aperçut très vite un certain nombre d'équipages. Au début, ce fut une petite calèche légère, ouverte et à deux places ; elle contenait le général, avec ses grosses épaulettes qui brillaient au soleil, avec, auprès de lui, le colonel. Cette calèche était suivie d'une autre, à quatre places ; dedans, il y avait un major, l'aide de camp du général et deux autres officiers ; derrière la calèche, on voyait les drojkis du régiment, que tout le monde connaissait, menés cette fois-ci par le gros major ; derrière les drojkis, un "bon voyage" à quatre places, qui transportait quatre officiers, et un cinquième... sur les genoux... derrière le "bon voyage", venaient trois officiers, montant de magnifiques chevaux bais pommelés.

"Tout ça irait chez nous ? se demanda la maîtresse de maison. Ah mon Dieu ! mais oui, ils tournent sur le pont !" Elle poussa un cri, leva les bras au ciel et courut, à travers les parterres de fleurs directement dans la chambre à coucher de son mari. Celui-ci dormait d'un sommeil de mort.

— Lève-toi, lève-toi ! lève-toi vite ! criait-elle, lui secouant le bras.

— Hein ? fit Tchertokoutski en s'étirant, sans ouvrir les yeux.

— Lève-toi, mon bichounet ! tu m'entends ? des invités !

— Des invités, quels invités ? Et, à ces mots, il émit ce petit meuglement qu'émet le jeune veau quand il cherche le pis de sa maman. – Hmm…, grognait-il, tends-moi ton cou, mon minounet ! que je te fasse un bisou.

— Mon mignon, lève-toi, au nom du ciel, et vite. Le général avec ses officiers ! Ah, mon Dieu, tu as du chardon dans la moustache.

— Le général ? Hein, alors, il arrive déjà ? Mais pourquoi, nom d'un chien, personne ne m'a réveillé ? Et le repas, le repas, est-ce que tout est prêt comme il faut ?

— Quel repas ?

— Comment, je n'ai rien commandé ?

— Toi ? tu es rentré à quatre heures de matin et, j'ai eu beau te poser des questions, toi, tu ne m'as rien dit. Mais c'est pour ça, mon bichounet, que je t'ai laissé dormir, je t'ai plaint : tu n'as pas dormi du tout. – Ces derniers mots furent prononcés d'une voix languide et suppliante.

Tchertokoutski, les yeux écarquillés, resta un instant dans son lit comme frappé par la foudre. Il finit par bondir de son lit, en chemise, oubliant que, cela, c'était d'une indécence parfaite.

— Ah, je suis un âne ! dit-il, se frappant le front. Je les ai invités à déjeuner. Que faire ? ils sont loin ?

— Je ne sais pas… ils doivent déjà être là.

— Ma chérinette… cache-toi !… Eh, quelqu'un ! toi, la fille ! mais entre, qu'est-ce qui te fait peur, idiote ? Il y a des officiers qui arrivent. Dis-leur que Monsieur n'est pas là, et qu'il ne reviendra pas, qu'il est parti depuis le matin, tu entends ? Et fais-le dire à tous les domestiques, cours vite !

À ces mots, il saisit à la hâte sa robe de chambre et courut se cacher dans le hangar aux voitures, supposant que, là, il serait totalement à l'abri. Mais quand il se fut caché dans un angle du hangar, il comprit que, là aussi, il pouvait être vu. "Ah non, ça, ce sera mieux", se dit-il dans un éclair, et, rejetant le marchepied d'une calèche qui se trouvait là, il bondit à l'intérieur, ferma les portières derrière lui, se cacha sous le tableau et la couverture de cuir, pour plus de sûreté, et ne fit plus aucun bruit, plié en deux dans sa robe de chambre.

Pendant ce temps, les équipages étaient arrivés devant le perron.

Le général sortit et s'ébroua, suivi par le colonel, qui arrangea d'un geste le plumet de son bicorne. Puis ce fut le major qui sauta à bas des drojkis, son sabre sous le bras. Puis on vit sauter hors du "bon voyage" de petits lieutenants maigres et l'aspirant assis sur les genoux, puis tous les officiers, si beaux sur leurs chevaux, mirent pied à terre.

— Monsieur n'est pas là, dit un laquais, sortant à leur rencontre.

— Comment, pas là ? mais, pourtant, il sera là pour déjeuner ?

— Non, monsieur. Monsieur est parti tôt ce matin. Monsieur ne reviendra que demain vers cette heure-là.

— Ça alors ! dit le général. Mais comment ?…

— J'avoue que c'est quelque chose, dit le colonel en riant.

— Mais non, mais, comment faire ? dit le général, mécontent. Pff… Diable… S'il ne pouvait pas recevoir, pourquoi nous inviter ?

— Ce que je ne comprends pas, Votre Excellence, c'est comment on peut faire ça, dit un jeune officier.

— Quoi ? dit le général, qui avait l'habitude de prononcer toujours ce pronom interrogatif quand il parlait à un officier subalterne.

— Je disais, Votre Excellence, comment on peut agir de cette façon.

— Je pense bien… Bon, s'il t'arrive quelque chose, ou quoi, préviens-nous, au moins, ou ce n'est pas la peine de nous inviter.

— Ma foi, Votre Excellence, rien à faire, on rentre ! dit le colonel.

— Evidemment, pas d'autre moyen. Remarquez, la calèche, on peut la regarder sans lui. Eh, toi, là-bas, approche !

— Monsieur désire ?

— Tu es palefrenier ?

— Palefrenier, Votre Excellence.

— Montre-nous la nouvelle calèche que ton maître vient d'acquérir.

— Si vous voulez me suivre dans le hangar !

Le général partit avec les officiers vers le hangar.

— Si ces messieurs veulent bien, je la sors un petit peu, c'est un peu sombre dedans.

— Ça va, ça va, c'est bien !

Le général et les officiers firent le tour de la calèche, examinant attentivement les roues et les suspensions.

— Bah, je ne vois pas ce qu'il y a de particulier, dit le général, une calèche des plus ordinaires.

— Des plus banales, dit le colonel, il n'y a absolument rien de bien.

— Il me semble, Votre Excellence, qu'elle ne vaut pas du tout quatre mille roubles, dit un jeune officier.

— Quoi ?

— Je dis, Votre Excellence, qu'il me semble qu'elle ne vaut pas quatre mille roubles.

— Quatre mille ! Elle n'en vaut pas deux mille. C'est juste rien du tout. Ou alors, à l'intérieur, peut-être, quelque chose d'exceptionnel... Dis donc, l'ami, relève le tablier...

Et Tchertokoutski, dans sa robe de chambre et plié en deux d'une manière incroyable, parut aux yeux des officiers.

— Ah, c'est là que vous êtes ! dit le général, stupéfait.

Sur ce, le général claqua la portière, recouvrit à nouveau Tchertokoutski de son tablier et repartit avec MM. les officiers.

LES CARNETS D'UN FOU

Ce jour d'aujourd'hui, il est arrivé un événement extraordinaire. Le matin, je me suis levé assez tard et quand Mavra m'a m'apporté mes bottes astiquées, j'ai demandé l'heure qu'il était. Entendant qu'il avait sonné dix heures depuis longtemps, je me suis vite empressé de m'habiller. Je l'avoue, j'aurais préféré ne pas aller du tout au ministère, sachant d'avance la mine revêche qu'allait me faire mon chef de bureau. Cela fait déjà longtemps qu'il me dit : "Qu'est-ce que c'est que cette salade, mon vieux, que tu as toujours dans la tête ? Tantôt tu cours comme un échaudé, tu embrouilles tellement tout que Satan lui-même ne s'y retrouverait pas, tu mets une minuscule dans le titre, tu ne notes ni le jour ni le mois." Echassier, va ! Il est jaloux, je parie, que ma place, à moi, elle soit dans le bureau du directeur et que je taille les plumes de Son Excellence. Bref, je ne serais pas allé au ministère, n'était l'espoir de voir le caissier et de lui demander, sait-on jamais, à ce youpin, ne serait-ce qu'une petite avance sur mon salaire. Ça encore, c'est une créature ! Qu'il vous fasse une avance d'un mois ? – Seigneur mon Dieu, mais le

275

Jugement dernier aura sonné avant. Tu peux le sup-
plier, faire des pieds et des mains, tu pourrais être
dans une sur-misère – il dira non, le diable gris.
Alors que, chez lui, sa propre cuisinière lui distribue
des gifles. Ça, le monde entier est au courant. Je ne
comprends pas le bénéfice qu'il y a à travailler au
ministère. Aucun moyen de joindre les deux bouts.
Dans les directions provinciales, en revanche, à la
chambre civile ou à la chambre des finances, c'est
tout à fait autre chose : il y en a, là-bas, ils se font
leur petit trou, et ils grattent. Un petit frac, mais sale
comme tout, une tronche qu'on en a envie de cracher, et n'empêche, regardez la datcha qu'il se loue !
Pas la peine de lui porter une petite tasse en porcelaine dorée : "Ça, il dit, c'est un cadeau de carabin" ;
non, lui, il faut une paire de coursiers, ou des drojkis,
ou du castor, dans les trois cents roubles. A le voir,
comme ça, tout doux, et il vous parle mais délicatement : "Vous n'auriez pas un petit canif pour ma
petite plume ?", et, ensuite, il vous étrille tellement
que, le solliciteur, il lui laisse juste sa chemise. C'est
vrai, nous, en contrepartie, notre service, il est noble,
la propreté qu'il y a dedans, jamais vous ne verrez ça
dans une direction provinciale ; les tables en acajou,
et, de la part des chefs, le vouvoiement. Oui, je le
confesse, sans cette noblesse dans le service, il y a
beau temps que j'aurais quitté le ministère.

   J'ai mis ma vieille capote et j'ai pris le parapluie,
parce que, le crachin qu'il faisait, c'était à verse.
Dans les rues, pas un chat : rien que des bonnes femmes, qui se couvraient avec les pans de leurs habits,

276

et puis des marchands russes, sous leur parapluie, et puis des estafettes qui me tombaient sous les yeux. De la noblesse, je suis juste tombé sur un collègue, un fonctionnaire. Je l'ai vu à un carrefour. Dès que je l'ai vu, tout de suite, je me suis dit : "Ehé ! non, mon petit gars, ce n'est pas au ministère que tu vas, c'est l'autre, là-bas, que tu poursuis, celle qui court, là, devant, et tu lorgnes ses gambettes." C'est un zèbre, notre collègue fonctionnaire ! Je vous jure, il damerait le pion à tous les officiers ; il y a une qui passe, avec son petit chapeau, lui, tout de suite, il harponne. Je me disais tout cela quand j'ai vu un carrosse qui s'arrêtait face au magasin devant lequel j'étais en train de passer. Je l'ai tout de suite reconnu : c'était le carrosse de notre directeur. "Mais il n'a rien à faire dans ce magasin, me suis-je dit, ça doit être sa fille." Je me suis plaqué contre le mur. Le laquais a ouvert le portillon, et, elle, comme un petit oiseau, elle a jailli hors du carrosse. Elle a lancé un regard, à droite et puis à gauche, juste un éclair, ses sourcils et ses yeux… Seigneur mon Dieu ! j'étais perdu, perdu complètement. Et pourquoi elle sort, comme ça, avec cette pluie ? Allez soutenir, après ça, que les femmes n'ont pas la passion des chiffons ! Elle ne m'a pas reconnu, et moi-même, je m'étais tout spécialement caché le plus possible, parce que ma capote était quand même très sale et, en plus, d'une coupe démodée. Maintenant, les manteaux, on les porte à col long, et, moi, j'avais deux cols très courts, l'un sur l'autre ; et le drap non plus il n'est pas du tout délustré. Sa petit chienne, qui n'avait pas eu le temps de bondir par la porte du magasin, était restée dans la rue. Je connais cette petite chienne. Elle s'appelle Medji. Je n'étais pas là depuis une minute, quand, brusquement, j'entends une toute petite voix : "Bonjour, Medji !" Ça alors ! qui est-ce qui dit ça ? Je regarde autour de moi, et je vois, sous un parapluie, deux dames qui marchaient : une petite vieille et une autre toute jeunette ; mais elles avaient déjà passé, quand, à nouveau, j'entends, tout à côté de moi : "Ce n'est pas bien, Medji !" Diable alors ! je vois que Medji est en train de se renifler avec le petit chien qui suivait les dames. "Ehé ! je me dis, non mais, je ne serais pas soûl ? Mais ça m'arrive tous les trente-six du mois." – "Non, Fidèle, tu as tort de penser ça, – je l'ai vu moi-même, c'était Medji qui le disait, – j'ai été ouaf, ouaf ! j'ai été ouaf, ouaf, ouaf ! très malade." N'empêche, la petite chienne !… Je l'avoue, ça m'a beaucoup étonné, de l'entendre parler une langue humaine. Mais, après, une fois que j'ai bien eu retourné tout ça dans ma tête, ça a cessé de m'étonner. C'est vrai, on a déjà vu beaucoup d'exemples pareils dans le monde. Il paraît qu'en Angleterre on a vu sortir de l'eau un poisson, et il a dit deux mots dans une espèce de langue tellement étrange que les savants essaient de la définir depuis déjà trois ans et qu'ils n'ont toujours rien découvert. J'ai aussi lu dans les journaux qu'il y a deux vaches qui sont entrées dans une boutique pour s'acheter une livre de thé. Mais, je l'avoue, ce qui m'a étonné beaucoup plus, c'est que Medji a dit : "Je t'ai écrit, Fidèle ; je parie que Polkan n'a pas porté ma lettre !" Mais qu'on me prive de salaire ! Jamais encore de la vie je n'avais entendu dire qu'un chien fût capable d'écrire. Pour écrire correctement, il faut être noble. Bon, bien sûr, il y a certains commis de marchands, et même, de loin en loin, des serfs, qui écrivent parfois ; mais, eux, leur écriture est surtout mécanique ; pas de virgules, pas de points, pas de style.

Ça m'a étonné. Je l'avoue, depuis quelque temps, il m'arrive de voir et d'entendre de ces choses que je n'avais encore jamais ni vues ni entendues. "Tiens, je vais la suivre, je me suis dit, cette petite chienne, et je saurai ce qu'elle pense dans sa tête."

J'ai ouvert mon parapluie et je suis parti derrière les deux dames. Elles ont traversé la rue Gorokhovaïa, elles ont tourné rue Méchtchanskaïa, puis rue Stoliarnaïa, puis enfin vers le pont Kokochkine et se sont arrêtées devant un grand immeuble. "Cet immeuble, je le connais, me suis-je dit. C'est l'immeuble de Zverkov." Ça, c'est un engin ! Tous ces gens qui peuvent y habiter : toutes ces cuisinières, tous ces provinciaux ! et nos collègues, les fonctionnaires – comme des chiens, littéralement les uns sur les autres. J'ai un ami qui y habite, il joue très bien de la trompette. Les dames sont montées jusqu'au quatrième. "Bon, je me suis dit, aujourd'hui, je n'y vais pas, mais je note l'endroit et, à la première occasion, je ne manquerai pas d'en profiter."

4 octobre.

C'est aujourd'hui mercredi et c'est pourquoi je me suis rendu chez notre chef, dans son bureau. Je suis arrivé exprès en avance, je me suis installé, et je lui ai taillé toutes ses plumes. Notre directeur doit être un homme très intelligent. Tout son bureau est meublé de bibliothèques pleines de livres. J'ai lu le titre de certains : rien que de l'instruction, mais une instruction pareille, nous autres, nous, on n'y a pas accès : c'est tout soit du français, soit de l'allemand. Et quand on regarde son visage : hou, cette gravité qui luit dans son regard ! Jamais encore je ne l'ai entendu dire une parole inutile. Parfois, seulement, on lui tend des papiers, il demande : "Quel temps fait-il dehors ?" – "Humide, Votre Excellence !" Non, nous autres, lui, on ne lui arrive pas à la cheville ! Un homme d'Etat. Je remarque, n'empêche, qu'il m'aime tout particulièrement. Si sa fille, aussi… eh, canaillerie !… Rien, rien, silence ! J'ai lu *L'Abeille*. Qu'ils sont bêtes, ces Français ! Non mais, qu'est-ce qu'ils veulent ? Je les prendrais tous, je vous jure, je leur mettrais une fessée ! J'y ai lu aussi la très agréable peinture d'un bal, décrit par un propriétaire de Koursk. Les propriétaires de Koursk écrivent bien. Après, j'ai remarqué qu'il était déjà midi et demi passé et que, notre chef, il était toujours dans sa chambre à coucher. La porte s'est ouverte, je pensais que c'était le directeur, j'ai bondi de ma chaise avec les papiers ; mais c'était elle, elle en personne ! Saints du paradis, comme elle était habillée ! sa robe

280

qu'elle avait, elle était blanche, on aurait dit un cygne ! zut alors, et cette richesse ! et quand elle m'a regardé : le soleil, je vous jure, le soleil ! Elle m'a salué et elle a dit : "Vous n'avez pas vu Papa ?" Ah la la ! cette voix ! Un canari, je vous jure, un canari ! "Votre Excellence, ai-je voulu lui répondre, épargnez-moi le châtiment, ou alors, si vous voulez me châtier, châtiez-moi vous-même de votre douce petite main de générale." Mais, que le diable me prenne, ma langue s'est emmêlée, et j'ai juste répondu : "Non, madame, pas du tout". Elle m'a regardé un peu, elle a regardé les livres et elle a laissé tomber son mouchoir. Je me suis précipité à toutes jambes, j'ai glissé sur ce maudit parquet, et j'ai failli me décoller le nez, mais je me suis retenu et j'ai ramassé le mouchoir. Saints apôtres, quel mouchoir ! mais tellement fin, en batiste – de l'ambre, de l'ambre complètement ! Il embaumait, oui, le généralat. Elle m'a remercié, avec juste une espèce de sourire, si bien que ses petites lèvres de sucre n'ont presque pas bougé, et, après cela, elle est ressortie. Je suis resté une heure de plus, quand, soudain, le laquais est entré et m'a dit : "Vous pouvez rentrez chez vous, Axenti Ivanovitch, Monsieur est déjà sorti." Je ne le supporte pas, ce cercle des laquais : toujours affalés dans l'entrée, ils ne se donneront même pas la peine de faire un signe de tête. Et plus encore : un jour, une de ces canailles s'est mis dans l'idée, sans bouger de sa place, de m'offrir, non mais, de son tabac. Mais sais-tu, stupide esclave, que je suis fonctionnaire, je suis de naissance noble. Mais bon, j'ai repris mon chapeau, j'ai remis moi-même mon manteau, parce que jamais ces messieurs-là ne vous le tendent, et je suis sorti. Chez moi, j'ai passé la majeure partie de mon temps allongé dans mon lit. Ensuite, j'ai recopié des vers très jolis : "Une heure sans mon amie, Me dure autant qu'une année ; si je dois haïr ma vie ; pourquoi vivre ? ai-je clamé." Une composition de Pouchkine, certainement. Le soir, emmitouflé dans mon manteau, je suis allé jusqu'au perron de Son Excellence et j'ai guetté longtemps, voir si elle ne reprendrait pas le carrosse, la revoir juste encore une petite fois – mais non, elle n'est pas ressortie.

6 novembre.

Le chef de section m'a mis en rage. Quand je suis entré au bureau, il m'a appelé chez lui et il a commencé à me dire, comme ça : "Non mais, dis-moi, s'il te plaît, qu'est-ce que tu fais ?" – "Comment qu'est-ce que je fais ? Je ne fais rien", lui ai-je répondu. "Mais réfléchis un petit peu ! ça te fait déjà quarante ans passés – il serait temps d'avoir un peu de plomb dans la cervelle. Qu'est-ce que tu t'imagines ? Tu penses que je ne suis pas au courant de tes lubies ? Mais tu fais la cour à la fille du directeur ! Mais regarde-toi, réfléchis seulement, qu'est-ce que tu es ? tu es juste zéro, un point c'est tout. Tu n'as même pas un sou vaillant. Et regarde-toi ne serait-ce que dans un miroir, comment peux-tu ne serait-ce qu'y penser ?" Que le diable me prenne, lui, sa figure, elle ressemble un peu à une fiole

282

d'apothicaire, et, sur la tête, il a une touffe de cheveux, coiffée en toupet, il la fait tenir en l'air, il lui met
un genre de pommade à la rose et il se dit qu'il n'y a
que lui qui a le droit de tout. Je comprends, je comprends, pourquoi il m'en veut. il est jaloux ; il a vu,
peut-être, les marques toutes particulières de bénévolence qui me sont octroyées. Mais je m'en fiche, de
lui ! Tu parles d'une grosse légume, un conseiller surnuméraire ! il se suspend une chaînette en or à sa
montre, il se commande des bottes à trente roubles
– mais que le diable l'emporte ! Est-ce que mon père,
il était, je ne sais pas, roturier, un tailleur ou un sous-
officier ? Je suis noble. Non mais, moi aussi, je peux
monter en grade. Je n'ai encore que quarante-deux
ans, c'est l'âge auquel la vraie carrière ne fait juste
encore que commencer. Attends un peu, mon vieux !
Moi aussi, je deviendrai colonel et peut-être, avec
l'aide de Dieu, même un peu plus. Moi aussi je vais
me faire une réputation, et même, si ça se trouve, une
meilleure que la tienne. Pourquoi tu te mets dans la
tête qu'en dehors de toi, il n'y a personne de bien sur
la terre ? Donne-moi, tiens, un frac de chez Routch,
de la dernière mode, et, si je mets une cravate comme
toi – tu ne m'arriveras pas à la cheville. Le manque de
ressources – le voilà, le malheur.

8 novembre.

Je suis allé au théâtre. On donnait *Filatka*, le nigaud
russe. Beaucoup ri. Il y avait aussi un vaudeville,

avec des vers très amusants sur les avoués, surtout sur un registrateur de collège, écrits très librement, au point que ça m'a surpris que la censure l'ait laissé passer, et, à propos des marchands, on dit tout net qu'ils grugent le peuple, et que leurs fistons se débauchent et veulent se faire une place dans la noblesse. Un autre couplet, aussi, très amusant, sur les journalistes ; qu'ils aiment toujours critiquer, et l'auteur demande la protection du public. Ce sont des pièces très amusantes que les auteurs écrivent à l'époque où nous sommes. J'aime fréquenter le théâtre. Sitôt que j'ai un sou en poche, je n'arrive pas à me retenir, j'y vais. Mais de nos collègues à nous, les fonctionnaires, il y en a, c'est des vrais cochons : ils refuseront d'y mettre le pied, les rustres, au théâtre ; ou alors, il leur faut un billet gratis. Une actrice a très bien chanté. J'ai repensé à l'autre… eh, canaillerie !… rien, rien… silence.

9 novembre.

Me suis rendu au bureau à huit heures. Le chef de section m'a fait un air comme s'il n'avait pas remarqué du tout que j'étais là. Moi aussi, de mon côté – comme s'il n'y avait rien eu entre nous. Examiné et vérifié les papiers. Sorti à quatre heures. Passé devant l'appartement du directeur, mais on ne voyait personne. Après le repas, resté surtout allongé sur mon lit.

Resté aujourd'hui dans le cabinet de notre directeur,
je lui ai taillé, pour lui, vingt-trois plumes et, pour
elle, aïe ! aïe !… pour Son Excellence à Elle, quatre
plumes. Il adore qu'il y ait beaucoup de plumes sur
son bureau. Ouh ! ça doit être une tête ! Il ne dit
jamais rien, mais, dans sa tête, je parie, il réfléchit.
J'aimerais savoir à quoi il pense le plus ; ce que
c'est, ce qui se trame dans sa tête. J'aimerais la voir
de plus près, la vie de ces grands, toutes ces équivoques et ces machins de cour – comment ils sont,
ce qu'ils font dans leur milieu, – voilà ce que j'aimerais savoir ! J'avais pensé plusieurs fois entamer une
conversation avec Son Excellence, seulement, que le
diable m'emporte, la langue refuse absolument
d'obéir : on dit seulement s'il fait chaud ou s'il fait
froid, et on n'arrive résolument à rien dire d'autre.
J'aimerais pouvoir jeter un coup d'œil dans le salon,
dont la porte est parfois ouverte, avec, derrière le
salon, encore une autre pièce. Ah ! la richesse de cet
ameublement ! Ces miroirs, ces porcelaines ! J'aimerais pouvoir juste jeter un œil, là-bas, dans l'autre
moitié, celle de Son Excellence à Elle, – voilà où je
voudrais aller ! dans le boudoir : avec toutes ces
boîtes, là-bas, ces petites fioles, et les fleurs, comme
ça, ça fait même peur rien que de leur respirer dessus ;
ses habits en désordre qui sont jetés là, ils ressemblent plus à de l'air qu'à des habits. J'aimerais juste
jeter un coup d'œil dans la chambre à coucher… là-
bas, je me dis, c'est des merveilles, là-bas, je me dis,

c'est un paradis comme il n'y en a même pas au ciel. Regarder le petit banc sur lequel elle repose, au moment de son lever, son petit pied mignon, comme on enfile, sur ce petit pied mignon, un mignon petit bas tout blanc... aïe ! aïe ! aïe ! rien, rien... silence.

Aujourd'hui, n'empêche, ça m'a fait comme une illumination ; je me suis souvenu de la conversation de ces deux petites chiennes que j'avais entendue sur le Nevski. "Bon, me suis-je dit, maintenant, je vais tout savoir. Il faut intercepter cette correspondance que ces sales petites chiennes ont entretenue. Là, je parie, j'apprendrai certaines choses." Je l'avoue, j'ai même appelé Medji, une fois, et je lui ai dit : "Ecoute, Medji, voilà, nous sommes seuls, toi et moi, en ce moment ; et, si tu veux, je ferme la porte, et personne ne verra – raconte-moi tout ce que tu sais sur Mademoiselle, comment elle est, et tout ? Je te le jure, je ne dirai rien à personne." Mais cette petite peste de chien a juste serré la queue entre ses pattes, s'est mise en boule et est ressortie sans faire de bruit, comme si elle n'avait rien entendu. Depuis longtemps, j'avais le pressentiment que le chien est infiniment plus intelligent que l'homme ; je suis même persuadé qu'il sait parler, mais qu'il y a en lui, je ne sais pas, une espèce d'entêtement. C'est un politicien hors pair : il remarque tout, les moindres pas de l'homme. Non, coûte que coûte, je me rends dès demain dans l'immeuble de Zverkov, j'interroge Fidèle, et, si j'y arrive, je saisis toutes les lettres que Medji lui a écrites.

A deux heures de l'après-midi, parti pour voir Fidèle sans faute et pour l'interroger. Je ne supporte pas le chou dont l'odeur vous accable depuis toutes les boutiques de la rue Méchtchanskaïa ; et puis, de chaque porte cochère, c'est un tel enfer qui vous parvient que je me suis bouché le nez, et j'ai couru à toutes jambes. Et ces coquins d'artisans vous envoient tellement de suie et de fumée depuis leurs ateliers qu'il est résolument impossible pour un homme de bonne naissance de se promener par là. Quand je suis arrivé au cinquième et que j'ai tiré la clochette, une jeune fille s'est présentée, pas trop laide, avec des petites taches de rousseur. Je l'ai reconnue. C'était celle qui avait accompagné la petite vieille. Elle a un peu rougi, et, moi, j'ai compris tout de suite : toi, ma petite fille, tu te cherches un fiancé. "Que désirez-vous ?", a-t-elle dit. "Il faut que je parle à votre petite chienne." La fille était stupide ! J'ai tout de suite vu qu'elle était stupide ! A ce moment-là, le cabot est arrivé en aboyant ; j'ai voulu m'en saisir, mais, la sale bête, elle a failli me prendre le nez entre ses dents. J'ai vu, n'empêche, sa corbeille dans un coin. Eh, voilà ce dont j'avais besoin ! Je m'en suis approché, j'ai retourné la paille dans la corbeille en bois, et, à mon plaisir le plus extraordinaire, j'en ai sorti une liasse légère de petits papiers. Ce sale cabot, quand il l'a vu, a commencé par me mordre le mollet, et puis, quand il a flairé que j'avais pris les papiers, il s'est mis à japper et à me faire des

287

mamours, mais j'ai répondu : "Non, ma chérie, adieu !" — et j'ai couru. Je pense que la fille m'a pris pour un fou, parce qu'elle a eu peur plus que je ne saurais dire. Rentré à la maison, je voulais tout de suite me mettre au travail et déchiffrer ces lettres, parce qu'à la bougie, je n'y vois pas très bien. Mais Mavra s'est mise en tête de laver le plancher. Ces imbéciles de Finnoises se mettent toujours dans l'idée d'être propres au mauvais moment. Et c'est pourquoi je suis sorti faire un tour et réfléchir à toute cette aventure. C'était maintenant, enfin, que j'allais savoir toute l'affaire, les intentions, tous les ressorts, et j'allais enfin avoir ce que je voulais. Ces lettres allaient tout me découvrir. Les chiens sont tout sauf stupides, et c'est pourquoi, sans doute, tout devrait y être : le portrait et tous les actes du grand homme. Il devrait aussi y avoir quelque chose sur celle qui... rien, silence ! Au soir, je suis rentré à la maison. Surtout resté couché sur le lit.

13 novembre.

Bon, voyons voir : la lettre est assez lisible. Pourtant, dans l'écriture, il y a comme vraiment quelque chose de canin. Lisons :

Chère Fidèle, je n'arrive vraiment pas à m'habituer à ton nom petit-bourgeois. Comme s'ils ne pouvaient pas t'en donner un plus distingué ! Fidèle, Rose — quelle vulgarité de ton ! mais laissons tout

288

cela. Je suis très heureuse que nous ayons eu cette idée de nous écrire.

La lettre est écrite très correctement. La ponctuation, et même les accents sont partout à leur place. Et même notre chef de bureau n'est pas capable d'écrire aussi bien, même s'il raconte que, je ne sais plus où, il a fait des études à l'université. Voyons plus loin :

Je crois que partager ses pensées, ses sentiments et ses impressions avec autrui est un des plus grands bonheurs qui soient sur cette terre.

Hum ! cette pensée est reprise d'une œuvre traduite de l'allemand. Je ne me souviens plus du titre.

Je dis cela d'expérience, quoique je n'aie pas couru le monde au-delà de la porte de notre maison. Ma vie ne se passe-t-elle pas dans les plaisirs ? Ma maîtresse, que Papa appelle Sophie, m'aime à la folie.

Aïe, aïe !… rien, rien. Silence !

Papa aussi me caresse souvent. Je bois du thé et du café à la crème. Ah, ma chère, je dois te dire que je ne vois pas du tout où est le plaisir des grands os rongés que notre Polkan dévore à la cuisine. Les seuls qui aient un tant soit peu de goût, ce sont les os du gibier, et encore, quand personne n'en a encore sucé la moelle. Ce qui est très bien, c'est de mélanger plusieurs sauces ensemble, pourvu que ce soit sans câpres et sans verdure ; mais je ne connais rien de pire que cette habitude de donner aux chiens des boules de mie de pain. Un monsieur assis à la table, qui a tenu Dieu sait quoi dans ses mains, se met à triturer du pain entre le bout de ses doigts, puis il t'appelle et il te fourre sa petite boule entre les dents. Refuser paraît comme impoli, et donc, on mange ; avec dégoût, mais on mange…

C'est le diable sait quoi ! Quelles bêtises ! Comme s'il n'y avait pas d'autres sujets à écrire. Regardons la page suivante. Peut-être que ça sera plus sérieux.

Je suis toute prête à te faire part des événements qui se produisent chez nous. Je t'ai déjà parlé du monsieur le plus important que Sophie appelle "Papa". C'est un monsieur très étrange.

Ah, enfin ! Oui, je savais : ils ont un regard politique sur tous les sujets. Regardons ce qu'elle dit de Papa.

… un monsieur très étrange. La plupart du temps, il se tait. Il parle très rarement : mais, la semaine dernière, il n'arrêtait pas de se dire à lui-même : "Je l'aurai ou je ne l'aurai pas ?" Il prend un papier dans la main, il en plie un deuxième, vide, et il dit : "Je l'aurai ou je ne l'aurai pas ?" Une fois, il s'est

aussi adressé à moi : *"Qu'en penses-tu, Medji ? je l'aurai ou je ne l'aurai pas ?"* Moi, je n'y comprenais rien, je lui ai reniflé son soulier et je suis repartie. Ensuite, ma chère, une semaine plus tard, Papa est rentré très content. Pendant toute la matinée, des messieurs en uniforme sont venus le voir et l'ont félicité. A table, il était heureux comme je ne l'avais encore jamais vu l'être, il lançait des histoires drôles, et, après le repas, il m'a soulevée jusqu'à son cou et m'a demandé : *"Tiens, regarde, Medji, qu'est-ce que c'est, ça ?"* J'ai vu une espèce de ruban. Je l'ai reniflé, je ne lui ai pas trouvé le moindre arôme ; je l'ai essayé d'un coup de langue, c'était un peu salé.*

Hum ! ce petit chien, j'ai l'impression, il exagère un peu… il devrait craindre le fouet ! Ah ! alors, c'est un vaniteux ! Il faut prendre ça en compte.

Adieu, ma chère, je cours, etc. Je termine ma lettre demain. Eh bien, bonjour ! Me revoici avec toi. Aujourd'hui, ma maîtresse Sophie…

Ah ! bon, regardons ce qu'il y a avec Sophie. Eh, canaillerie !… Rien, rien… continuons.

… ma maîtresse Sophie était dans une agitation terrible. Elle se préparait pour un bal, et je me réjouis d'avoir le temps, en son absence, de t'écrire. Ma Sophie est toujours extraordinairement heureuse d'aller au bal, même si pendant qu'on l'habille, elle se met presque toujours en colère. Sophie revient du bal

à la maison à six heures du matin, et je remarque presque toujours, à son petit air pâle et maigre, que, la pauvre enfant, on ne lui a pas donné à manger. Je t'avoue que, moi, je serais incapable de vivre de cette façon. Si l'on ne me donnait pas de sauce avec des gélinottes ou des ailes de poulet, eh bien… je ne sais pas ce que je deviendrais. Ce qui est bien aussi, c'est la sauce dans de la semoule. Alors que les carottes, ou le navet, ou les artichauts, ça ne sera jamais bon…

Le style est vraiment inégal. On voit tout de suite que ce n'est pas un humain qui écrit. Ça commence comme il faut, et ça se termine sur des chienneries. Bon, regardons un peu une autre lettre. Ça m'a l'air un peu long. Hum ! il n'y a même pas de date.

Ah ! ma chère ! comme est sensible l'approche du printemps. J'ai le cœur qui bat, c'est comme s'il était plein d'une espèce d'attente. J'ai un bruit continu dans les oreilles, au point que, très souvent, je reste la patte dressée, pendant plusieurs minutes, à guetter à la porte. Je peux te révéler que j'ai beaucoup de courtisans. Souvent, assise sur le rebord de la fenêtre, je les observe. Ah, si tu voyais les monstres qu'il peut y avoir parmi eux. Il y a un gros balourd, un chien des rues, d'une bêtise terrible, sa figure exprime la bêtise, il déambule dans la rue et s'imagine qu'il est une personne très importante, il pense que tout le monde a la même opinion sur lui. Pas du tout. Moi, je n'ai pas même pas fait attention à lui, j'ai fait comme si je ne le voyais pas. Mais ce dogue effrayant qui s'arrête

sous ma fenêtre ! S'il se mettait sur ses pattes de der-
rière, ce qu'il est incapable de faire, visiblement, le
butor, – il dépasserait de toute une tête le Papa de ma
Sophie, qui est quand même assez grand et assez
gros. Cet imbécile doit être d'une insolence affreuse.
Je lui ai un peu grogné dessus, mais, lui, il s'en fiche.
Il aurait pu au moins faire une moue ! Il sort la
langue, les oreilles pendantes et il regarde ma fenêtre
– quel moujik ! Mais penses-tu réellement, ma chère,
que mon cœur reste indifférent à toutes les sollicita-
tions, – ah non… Si tu voyais le galant qui grimpe par-
dessus la palissade voisine et qui s'appelle Trésor. Ah,
ma chère, *si tu voyais sa petite gueule !…*

Ah, mais, au diable !… C'est n'importe quoi !…
Et comment peut-on remplir des lettres de bêtises
pareilles ! Moi, donnez-moi de l'humain ! C'est de
l'humain que je veux voir ; j'exige une nourriture
– qui nourrisse mon âme et qui la réjouisse ; et, au
lieu de cela, des vétilles pareilles… passons quelques pages, voir si ça s'améliore :

… Sophie était à sa table et cousait je ne sais quoi.
Moi, je regardais par la fenêtre, parce que j'aime
observer les passants. Soudain, un domestique qui
entre et dit : "Téplov !" – Fais entrer, s'écrie Sophie
et elle se précipite pour me couvrir de baisers…
– Ah, Medji, Medji ! Si tu savais qui c'est ; un beau
brun, page de la Cour, et de ces yeux ! noirs et clairs,
comme du feu", – et Sophie a couru vers sa chambre.
Une minute plus tard, entre un jeune page de la Cour,

avec des favoris noirs, il s'approche de la glace,
arrange ses cheveux et fais courir ses yeux dans toute
la pièce. Moi, je grogne un peu et je me rassieds à ma
place. Sophie est ressortie très vite et s'est inclinée
joyeusement devant lui pendant qu'il raclait le plancher : moi, tranquillement, comme si de rien n'était, je
continuais à regarder par la fenêtre : n'empêche, j'ai
incliné un peu la tête et j'essayais d'entendre tout ce
qu'ils disaient. Ah, ma chère*, ces bêtises dont ils ont
pu parler ! ils disaient qu'une dame, pendant les
danses, au lieu d'une figure en avait fait une autre ;
après, qu'il y avait un nommé Bobov qui ressemblait
beaucoup, avec son jabot, à une cigogne, et qu'il avait
failli tomber ; qu'une certaine Lidina imaginait qu'elle
avait les yeux bleus, alors qu'ils étaient verts, – etc.
"Comment peut-on comparer, me suis-je dit, ce page
de Cour et Trésor ?" Mon Dieu ! Quelle différence !
D'abord, le page de la Cour a un visage parfaitement
lisse, avec, autour, des favoris, comme s'il s'était atta-
ché un mouchoir noir autour du visage ; Trésor, lui, a
une petite gueule toute fine, et, juste sur le front, une
petite tache blanche de calvitie. Et on ne peut pas non
plus comparer le tour de taille de Trésor et celui du
page de la Cour. Et les yeux, les manières, les manières, tout est complètement différent ! Oh, c'est une
telle différence ! Je ne sais pas, ma chère, ce qu'elle a
trouvé dans son Téplov. D'où vient qu'elle soit folle de
lui ?

   Moi aussi, j'ai l'impression qu'il y a quelque
chose qui cloche. Ce n'est pas possible qu'elle ait pu

tomber sous le charme d'un page de la Cour. Voyons plus loin :

Il me semble que si ce page de la Cour peut plaire, alors, bientôt, ce sera pareil pour ce fonctionnaire qui est dans le bureau de Papa. Ah, ma chère, si tu savais quel monstre ce peut être. On dirait une tortue dans un sac…

Mais qui est-ce, ce fonctionnaire ?…

Il a un nom de famille des plus étranges. Il reste toujours là à tailler des plumes. Ses cheveux sur la tête ressemblent beaucoup à du foin. Papa l'utilise parfois comme domestique.

J'ai l'impression que c'est de moi que parle cette sale bestiole. Moi, j'ai des cheveux comme du foin ?

Sophie n'arrive jamais à se retenir de rire quand elle le regarde.

Tu mens, petit chien maudit ! Quelle langue de vipère ! Comme si je ne savais pas que c'est une histoire de jalousie. Comme si je ne savais pas qui il y a derrière ces micmacs. Ce sont les micmacs du chef de bureau. Parce que c'est lui qui m'a juré une haine inexpugnable – et il me nuit, et il me nuit, il me nuit à chaque pas. Regardons, n'empêche, encore une autre lettre. Peut-être que la chose apparaîtra d'elle-même.

Ma chère *Fidèle*, excuse-moi si je suis restée si longtemps sans t'écrire. J'étais dans une extase complète. Cet écrivain qui a dit que l'amour est une seconde vie a entièrement raison. D'autant plus que, chez nous, il y a aussi de grands changements. Le page de la Cour, maintenant, il vient tous les jours. Sophie est folle de lui. Papa est très content. J'ai même entendu notre Grigori, celui qui balaie les parquets et qui parle presque toujours tout seul, dire que le mariage est pour bientôt : parce que Papa veut absolument donner sa fille soit à un général soit à un page de la Cour, soit à un colonel d'active...

Le diable m'emporte ! je n'ai pas la force de lire davantage... Toujours le page de la Cour ou le général. Le page de la Cour ou le général, ils ont toujours ce qu'il y a de mieux au monde. On se trouve une pauvre richesse, on tend la main pour la toucher – et un page de la Cour ou un général viennent te l'arracher. Le diable me prenne ! Moi aussi, j'aimerais me faire général : pas pour faire un mariage, etc., non, j'aimerais être général seulement pour voir toutes ces manières qu'ils vont faire et tous les chichis de cour et toutes les équivoques, et puis, après, leur dire que je le leur crache dessus, à tous les deux. Le diable me prenne ! C'est rageant ! J'ai déchiré en mille morceaux les lettres de ce petit chien imbécile.

Ce n'est pas possible. Mensonges ! Le mariage n'aura pas lieu ! Et alors, s'il est page de la Cour ? Ce n'est rien d'autre qu'un titre : ce n'est pas une chose qu'on voit, qu'on peut toucher. Qu'il soit page de la Cour, ça ne lui ajoutera pas un troisième œil sur le front. Son nez, il n'est pas en or, il est exactement comme le mien, comme celui de tout le monde ; il lui sert à humer, pas à manger ; il éternue, il ne tousse pas. Voilà longtemps, déjà, que je voulais comprendre d'où viennent ces différences. Pourquoi suis-je conseiller titulaire, et en quel honneur suis-je conseiller titulaire ? Si ça se trouve, je suis un comte ou un général, mais j'ai juste l'air d'être un conseiller titulaire ? Si ça se trouve, je ne sais pas moi-même qui je suis. Il y a tant d'exemples dans l'histoire : quelqu'un de tout simple, je ne dis même pas un petit noble, non, un vulgaire bourgeois, ou même un paysan, – et, d'un seul coup, on découvre que c'est un grand notable, ou même parfois un souverain. Si même un moujik peut devenir quelque chose de semblable, alors, un noble, qu'est-ce qu'il peut devenir ? Soudain, par exemple, je me présente en uniforme de général : j'ai une épaulette sur l'épaule droite, et une épaulette sur l'épaule gauche et, par-dessus l'épaule, un ruban bleu clair – et quoi ? quelle chanson elle nous chantera, à ce moment-là, notre beauté ? et que dira Papa en personne, notre directeur ? Oh, c'est un grand vaniteux ! c'est un maçon, à coup sûr, c'est un maçon, même s'il joue les ce que je pense, mais je l'ai remarqué tout de suite, que c'était un maçon : quand il tend la main, il ne tend que deux doigts. Mais, moi, est-ce que je ne peux pas, là, maintenant, à la minute, être nommé gouverneur général ou grand intendant, ou je ne sais quoi d'autre ? J'aimerais bien savoir d'où vient que je suis conseiller titulaire ? Pourquoi, précisément, conseiller titulaire ?

5 décembre.

Je suis resté toute la matinée à lire les journaux. Il se passe des choses étranges en Espagne. Je ne suis même pas arrivé à les débrouiller vraiment. On écrit que le trône est aboli et que les élites ont des problèmes pour élire l'héritier et que cela donne des troubles. Cela me paraît extrêmement étrange. Comment est-il possible que le trône soit aboli ? On dit que c'est une doña qui doit monter sur le trône. Une doña ne peut pas monter sur le trône. Il n'y a pas moyen qu'elle puisse. Sur le trône, il doit y avoir un roi. Mais il paraît qu'il n'y a pas de roi, – ce n'est pas possible qu'il n'y ait pas de roi. Un royaume ne peut pas être sans roi. Le roi existe mais il se trouve quelque part dans l'inconnu. Si ça se trouve, il est sur place, mais, pour des raisons de famille ou je ne sais quoi, ou bien des craintes du côté des puissances avoisinantes, je veux dire : la France et les autres terres l'obligent à se cacher, ou bien il y a certaines autres raisons.

J'étais déjà complètement prêt pour aller au bureau, mais diverses raisons et réflexions m'ont retenu. Les affaires d'Espagne n'arrivaient pas du tout à me sortir de la tête. Comment est-ce possible qu'une doña devienne reine ? On ne le permettra pas. Et d'abord, c'est l'Angleterre qui ne le permettra pas. Et en plus les affaires politiques de toute l'Europe : l'empereur d'Autriche, notre souverain à nous… J'avoue que ces événements m'ont tellement accablé et bouleversé que j'ai été résolument incapable de faire quoi que ce soit de toute la journée. Mavra m'a fait remarquer que j'ai été extrêmement distrait à table. Et c'est vrai, je crois que, dans ma distraction, j'ai fait tomber deux assiettes, lesquelles se sont cassées tout de suite. Après manger, je suis allé sous les montagnes[1]. Je n'ai rien pu y trouver d'instructif. J'ai surtout passé mon temps allongé sur le lit, à réfléchir aux affaires d'Espagne.

An 2000. 43ᵉ jour d'avril.

Le jour d'aujourd'hui est un jour d'une solennité extrême ! Il y a un roi en Espagne. Il a été retrouvé. Ce roi, c'est moi. Ce n'est qu'aujourd'hui que je l'ai

1. Il s'agit de montagnes de glace, agencées pour la luge et le patin, qui se trouvaient à Pétersbourg, chaque hiver, près de l'Amirauté.

su. Je l'avoue, ça m'a illuminé comme un éclair. Je ne comprends pas comment je pouvais penser et imaginer que j'étais un conseiller titulaire. Comment une idée aussi farfelue a-t-elle pu me venir en tête ? Encore heureux que personne ne m'ait enfermé à l'asile, ce jour-là. Maintenant, tout est ouvert devant moi. Maintenant, je vois tout comme dans le creux de ma main. Et avant, je ne comprends pas, tout était devant moi dans une espèce de brouillard. Et tout ça, ça vient du fait, je me dis, que les gens s'imaginent que, soi-disant, le cerveau se situe dans la tête ; c'est absolument faux : c'est le vent qui l'apporte depuis la mer Caspienne. J'ai commencé par déclarer à Mavra qui j'étais. Quand elle a entendu que c'était le roi d'Espagne qui se tenait devant elle, elle a levé les bras au ciel et a failli mourir de peur. Elle est bête, elle n'avait encore jamais vu de roi d'Espagne. Et pourtant, j'ai essayé de la rassurer, et, avec des paroles miséricordieuses, j'essayais de l'assurer de ma bénévolence, comme quoi je ne lui en voulais pas du tout si, de temps en temps, elle m'astiquait mes bottes très mal. C'est du vil peuple, n'est-ce pas. On ne peut pas leur parler de grands sujets. Elle a dû avoir peur parce qu'elle est persuadée que les rois en Espagne ressemblent tous à Philippe II. Je lui ai expliqué qu'entre Philippe II et moi, il n'y avait aucun rapport, et que je n'avais pas un seul capucin... Je ne suis pas allé au bureau... Qu'il aille au diable ! Non, les amis, maintenant, je ne tomberai plus dans le panneau ; je ne les recopierai plus, vos sales papiers !

300

Aujourd'hui, j'ai reçu la visite de notre huissier pour
que je me rende au bureau, du fait qu'il y a déjà plus
de trois semaines que je n'occupe plus ma fonction.
Pour plaisanter, je me suis rendu au bureau. Le chef
de bureau pensait que je m'inclinerais devant lui et
que je chercherais à m'excuser, mais j'ai posé sur lui
un regard indifférent, sans trop de colère, sans trop
de bénévolence, et je me suis assis à ma place,
comme si je ne remarquais personne. Je regardais
toute cette canaille du département et je me disais :
"Et s'ils le savaient, qui ils ont parmi eux... Mon
Dieu, ce cirque qu'ils auraient fait, même le chef de
bureau se serait mis à me faire des courbettes jusqu'à terre, comme il le fait maintenant devant le directeur." On a mis des papiers devant moi, pour que
j'en fasse des comptes rendus. Je n'ai même pas
bougé le petit doigt. Au bout de quelques minutes,
tout s'est mis à s'agiter. On disait que c'était le
directeur qui arrivait. Plein de fonctionnaires se sont
précipités, en se bousculant, juste pour se montrer. Je
n'ai pas bougé. Quand il a traversé tout notre service, ils ont tous boutonné tous les boutons de leur
frac ; moi – rien ! Et alors, un directeur ? que je me
lève devant lui ? – jamais ! C'est un directeur, lui ?
Ce n'est pas un directeur, c'est un bouchon. Un bouchon ordinaire, un bouchon simple, rien d'autre. De
ceux qui servent à boucher les bouteilles. Ce qui m'a
fait le plus rire, c'est quand on m'a mis des papiers

sous le nez pour que je les signe. Ils pensaient que j'allais écrire, dans un petit coin de la feuille, chef de bureau untel. Tu parles ! moi, à l'endroit le plus en vue, là où le directeur du département appose sa signature, j'ai tracé : "Ferdinand VIII". Il fallait voir le silence de vénération qui s'est instauré ; mais je me suis contenté de faire un geste de la main, et de dire : "Pas besoin de signes de révérence !" et je suis sorti. De là, je me suis rendu directement à l'appartement privé du directeur. Il n'était pas chez lui. Le domestique a essayé de m'interdire l'entrée, mais ce que je lui ai dit, il en est resté les bras ballants. Je me suis introduit directement dans le boudoir. Elle était assise à son miroir, elle a bondi et a reculé devant moi. Mais je ne lui ai pas dit que j'étais le roi d'Espagne. J'ai dit seulement que le bonheur qui l'attendait était tel qu'elle ne pouvait même pas se l'imaginer, et que, malgré ce que tramaient les ennemis, nous vivrions ensemble. Je n'ai rien voulu lui dire d'autre et je suis sorti. Oh, quel être perfide, la femme ! C'est seulement maintenant que j'ai compris ce que c'était, la femme. Jusqu'à présent, personne n'a jamais su de qui elle était amoureuse : c'est moi le premier qui l'ai découvert. La femme est amoureuse du diable. Oui, sérieusement. Les physiciens disent des bêtises, comme quoi elle est ceci, cela, – elle aime seulement le diable. Tenez, regardez-la, quand elle dirige son lorgnon du haut de sa loge de la première baignoire. Vous pensez qu'elle regarde ce gros bonhomme étoilé ? Pas du tout, elle regarde le diable, qui est caché derrière son dos. Tenez, il s'est

302

caché à l'intérieur de son frac. Tenez, il lui fait signe du doigt, de l'intérieur ! Et elle l'épousera. Elle l'épousera. Et eux tous, là, tous ces hauts fonctionnaires, leurs pères, tous ceux qui font des pieds et des mains et rampent vers la cour et qui disent qu'ils sont des patriotes, et patati et patata : des rentes, des rentes, c'est ça qu'ils veulent, ces patriotes ! Ils vendraient tous leur mère, leur père, leur Dieu, pour de l'argent, ces vaniteux, ces judas ! Tous, c'est des vaniteux, et ils sont vaniteux parce que, sous leur langue, il y a une petite fiole, avec, dedans, un petit vermisseau grand comme une petite tête d'épingle, et, tout ça, c'est fait par un certain barbier qui habite rue Gorokhovaïa. Je ne me souviens pas de son nom ; mais on sait à coup sûr que, de mèche avec une sage-femme, il veut répandre dans le monde entier la foi mahométane, et c'est la raison pour laquelle en France, à ce qu'on dit, la majeure partie du peuple professe déjà la foi mahométane.

Aucune date. Le jour n'a pas eu de date.

Je me suis promené incognito sur la Perspective Nevski. Sa Majesté l'Empereur est venu à passer. Toute la ville s'est découverte, et moi pareil ; je n'ai pas du tout montré que j'étais le roi d'Espagne. J'ai trouvé malséant de me révéler là, devant tout le monde ; parce que, ce qu'il faut d'abord, c'est se présenter devant la cour. La seule chose qui m'arrêtait,

303

c'était que, jusqu'à présent, je n'avais pas de costume de roi. Si je pouvais trouver ne serait-ce qu'une cape. Je voulais en commander une à un tailleur, mais ce sont de vrais ânes, et, en plus, ils négligent complètement leur travail, ils sont des affairistes et la plupart d'entre eux cassent des cailloux sur les chaussées. J'ai décidé de me faire une cape dans mon nouvel uniforme, que je n'avais mis que deux fois en tout et pour tout. Mais pour que ces salopards ne puissent pas me la gâcher, j'ai décidé de la faire moi-même, en m'enfermant à clé, pour que personne ne voie. L'uniforme, je l'ai entièrement découpé aux ciseaux, parce que la coupe doit être totalement différente.

J'ai oublié la date.
Il n'y avait pas de mois non plus.
C'était le diable sait quoi.

La cape est entièrement prête et achevée. Mavra a poussé un cri quand je m'en suis revêtu. Mais je n'ose toujours pas me présenter à la Cour. Il n'y a toujours pas de députation d'Espagne. Sans députés, ça ne se fait pas. Ma dignité ne sera d'aucun poids. Je les attends d'une heure à l'autre.

Le 1er.

Je suis extrêmement surpris de la lenteur des députés. Quelles causes auraient pu les arrêter ? Ce serait donc la France ? Oui, c'est la puissance la plus ouvertement hostile. Je suis allé demander à la poste si les députés d'Espagne n'étaient pas arrivés. Mais l'employé des postes est d'une bêtise crasse : il me dit, non, il n'y a pas de députés espagnols dans le coin, mais si vous voulez écrire en Espagne, on reçoit les lettres au tarif habituel. Le diable m'emporte ! une lettre ? Quelle sottise, une lettre. Ce sont les apothicaires qui écrivent des lettres…

Madrid, 30 fébruaire.

Et donc, me voici en Espagne, et cela est arrivé si vite que je n'arrive pas à m'en remettre. Ce matin, j'ai eu la visite des députés espagnols, et je me suis installé avec eux dans un carrosse. La vitesse extraordinaire m'a paru étrange. Nous galopions si vite qu'en moins d'une demi-heure nous avions atteint les frontières de l'Espagne. Remarquez, à présent, à travers toute l'Europe, il y a ces chemins de fer, et les bateaux à vapeur sont extrêmement rapides. C'est une terre étrange, cette Espagne : quand nous sommes entrés dans la première pièce, j'ai vu une multitude de gens qui avaient la tête rasée. Mais j'ai pourtant deviné que ce devait être des grands ou des soldats, raison pour laquelle on leur rase la tête. J'ai trouvé extrêmement étrange la conduite du chancelier royal qui me conduisait en me tenant le bras : il m'a poussé dans une petite pièce et m'a dit : "Reste là, et si tu dis encore que tu es le roi Ferdinand, je t'en ferai passer l'envie." Mais, moi, sachant qu'il ne voulait rien d'autre que m'induire en tentation, j'ai répondu par la négative, – ce pour quoi le chancelier m'a donné deux coups de bâton sur le dos, et ça m'a fait si mal que j'ai failli crier, mais je me suis retenu, parce que je me suis souvenu que c'était une coutume des chevaliers quand on entre dans une nouvelle dignité, parce que les coutumes des chevaliers règnent en Espagne même aujourd'hui encore. Resté seul, j'ai décidé de me lancer dans les affaires de l'Etat. J'ai découvert que la Chine et l'Espagne sont une seule et même terre, c'est juste par ignorance qu'on les considère comme deux Etats distincts. Je vous conseille d'écrire tout exprès Espagne sur une feuille de papier, et ça donnera Chine. Mais j'ai été pourtant très chagriné par l'événement qui aura lieu demain. Demain, à sept heures, nous serons témoins d'un phénomène étrange : la terre va s'asseoir sur la lune. C'est ce qu'écrit le célèbre chimiste anglais Wellington. Je l'avoue, j'ai eu le cœur plein d'une grande inquiétude quand j'ai imaginé l'incroyable tendresse et la fragilité de la lune. La lune, n'est-ce pas, est d'habitude fabriquée à Hambourg ; et fabriquée très mal. Je m'étonne que l'Angleterre n'y prête encore aucune attention. Elle est fabriquée par un tonnelier boiteux et on voit que l'imbécile n'a aucune idée de la lune. Il a tendu un câble de résine avec une mesure d'huile à bois ; de là vient la puanteur terrible qui règne sur la terre, et qu'il faut se boucher le nez. Et de là vient aussi que la lune elle-même est une sphère si tendre que les gens ne peuvent absolument

306

pas y vivre, et qu'il n'y a en ce moment que les nez qui y vivent. Et c'est pour cela que, nous-mêmes, nous ne voyons pas nos propres nez, du fait qu'ils se trouvent à l'intérieur de la lune. Et quand j'ai réalisé que la terre est une essence lourde et que, en s'asseyant, elle pouvait moudre en farine ces nez qui sont les nôtres, j'ai été saisi d'une telle inquiétude que, remettant mes bas et mes savates, je me suis précipité dans la salle du conseil, pour donner ordre à la police de ne pas laisser la terre s'asseoir sur la lune. Les grands à la tête rasée dont j'ai trouvé dans la salle du conseil une grande multitude étaient des gens très intelligents, et quand j'ai dit : "Messieurs, sauvons la lune, parce que la terre veut s'asseoir dessus", – ils se sont tous, à la minute, précipités pour obéir à mon ordre royal, et beaucoup ont grimpé aux murs, dans le but d'atteindre la lune ; mais c'est alors qu'est entré le grand chancelier. A sa vue, tout le monde s'est enfui. Moi, en tant que roi, je suis resté seul. Mais le chancelier, à mon étonnement, m'a donné un coup de bâton et m'a chassé dans ma chambre. Quel pouvoir en Espagne que celui des coutumes nationales !

Janvier de la même année, lequel advint après février.

Je n'arrive toujours pas à comprendre ce que c'est que cette terre d'Espagne. Les coutumes nationales et les étiquettes de la cour sont absolument extraordinaires. Je

307

ne comprends pas, je ne comprends pas, résolument, non, je n'y comprends rien du tout. Aujourd'hui, on m'a rasé la tête, même si je criais de toutes mes forces que je ne voulais pas me faire moine. Mais je n'arrive même plus à me souvenir de ce qui m'est arrivé quand il ont commencé à me verser des gouttes d'eau froide sur la tête. Jamais je n'avais senti un enfer pareil. J'étais prêt à tomber dans la furie, au point qu'on a eu du mal à me contenir. Je ne comprends pas du tout le sens de cette coutume étrange. Coutume stupide, absurde ! La frivolité des rois qui ne l'ont toujours pas abolie m'est inconcevable. Selon toute vraisemblance, je devine : peut-être que je me suis retrouvé entre les mains de l'inquisition, et celui que j'ai pris pour le grand chancelier est peut-être le grand inquisiteur lui-même. Seulement, je n'arrive pas à comprendre comment un roi peut se trouver soumis à l'inquisition. Certes, c'est peut-être un coup de la France, et surtout de Polignac. Oh, quelle canaille, ce Polignac ! Il s'est juré de me nuire jusqu'à la mort. Et il me persécute, et il me persécute ; mais je le sais, mon ami, que c'est l'Anglais qui te mène. L'Anglais est un grand politicien. Il fouine partout. Ça, le monde entier le sait, quand l'Angleterre prise, la France éternue.

25.

Aujourd'hui, le grand inquisiteur est entré dans ma chambre, mais moi, j'avais entendu ses pas de loin, je m'étais caché sous la chaise. Il a vu que je n'étais pas là, il a commencé à m'appeler. Au début, il a crié : "Poprichtchine !" – Moi, pas un mot. Ensuite : "Aksenti Ivanovitch ! conseiller titulaire ! gentilhomme !" Je me tais toujours. "Ferdinand VIII, roi d'Espagne !" J'ai voulu sortir la tête, mais, après, je me suis dit : "Non, mon vieux, tu ne m'auras pas ! on te connaît : tu vas recommencer à me verser de l'eau froide sur la tête." Pourtant, il m'a aperçu et il m'a chassé à coups de bâton de sous la chaise. Il fait drôlement mal, ce maudit bâton. Ceci dit, j'ai été récompensé par la découverte que j'ai faite aujourd'hui : j'ai appris que tous les coqs ont une Espagne et qu'ils l'ont sous les plumes. Le grand inquisiteur, pourtant, m'a quitté très en colère et en me menaçant de je ne sais quel châtiment. Mais j'ai entièrement méprisé sa haine absurde, sachant qu'il agit comme une machine, un instrument de l'Anglais.

34 le simo 349 ɹǝᴉʌʌǝɟ.

Non, je n'ai plus la force d'endurer ça. Mon Dieu ! qu'est-ce qu'ils font donc de moi ! Ils me versent de l'eau froide sur la tête ! Ils ne me comprennent pas, ils ne me voient pas, ils ne m'écoutent pas. Qu'est-ce que je leur ai fait ? Pourquoi est-ce qu'ils me torturent ? Qu'est-ce qu'ils veulent donc de moi, malheureux que je suis ? Qu'est-ce que je peux leur donner ? Je ne possède rien. Je n'ai pas la force, je ne peux pas supporter toutes leurs tortures, j'ai la tête en feu, tout tourne autour de moi. Sauvez-moi ! reprenez-moi ! donnez-moi une troïka de chevaux vifs comme la bourrasque ! Installe-toi, mon cocher, sonnez, mes grelots, tourbillonnez, chevaux, et emportez-moi hors de ce monde ! Plus loin, plus loin, qu'on ne voie plus rien, plus rien. Tenez, le ciel qui tournoie devant moi : une petite étoile brille au loin ; la forêt court avec les arbres sombres et le croissant de lune ; le brouillard gris-bleu s'étale sous mes pieds ; une corde tinte dans le brouillard ; d'un côté, c'est la mer, de l'autre – l'Italie ; voilà qu'on aperçoit des isbas russes. Est-ce que c'est ma maison, ce petit point bleu, au loin ? C'est ma mère assise à la fenêtre ? Maman, sauve ton pauvre fils ! verse une pauvre larme sur sa pauvre tête malade ! regarde comme ils le torturent ! serre sur ta poitrine ton pauvre petit orphelin ! il n'a plus nulle part où aller en ce monde ! il est persécuté ! Maman ! prends pitié de ton petit enfant !… Dites, vous savez que, le dey d'Alger, juste en dessous du nez il a une bosse ?

ROME

Fragment

Essaie un peu de regarder un éclair quand, fendant des nuages noirs comme du charbon, il tressaille insupportablement comme tout un déluge de lumière. Tels sont les yeux de l'Albane Annunziata. Tout rappelle en elle les temps de l'Antiquité quand le marbre s'animait et que luisaient les ciseaux des sculpteurs. La résine épaisse des cheveux de la lourde natte est montée en deux anneaux au-dessus de la tête et, en quatre longues boucles, s'est éparpillée sur le cou. Où qu'elle tourne la neige étincelante de son visage – son image tout entière s'imprime dans le cœur. Qu'elle se place de profil – ce profil exhale une noblesse divine et foudroie d'une beauté de lignes qu'aucun pinceau n'est capable de créer. Qu'elle nous tourne la nuque, ses cheveux magnifiques relevés vers le haut montrant l'arrière de son cou étincelant et ses épaules d'une beauté jamais vue sur la terre, – là encore, elle est miraculeuse ! Mais le plus grand miracle, c'est quand elle vous regarde directement les yeux dans les yeux, vous pénétrant le cœur de glace et vous laissant figé. Sa voix sonore tinte comme de l'airain. Pas une souple panthère ne peut se comparer à elle pour la vitesse, la force ou la fierté des mouvements. Tout en elle est le sommet de la création, des épaules jusqu'au pied antique et palpitant, jusqu'au dernier orteil de ce pied. Où qu'elle se dirige – elle apporte avec elle un tableau : qu'elle se presse, le soir, vers la fontaine, son vase de cuivre forgé en équilibre sur la tête, – tout ce qui l'environne est pénétré d'un accord merveilleux ; les lignes magnifiques des montagnes d'Albano s'enfuient au loin encore plus légères, plus bleue encore est la profondeur du ciel de Rome, plus droits s'élancent vers le ciel le cyprès et, belle des belles parmi les arbres du sud, le pin de Rome, qui se dessine plus pur et plus fin dans le ciel avec sa cime en ombrelle qu'on croirait voir flotter dans les airs. Et tout : et la fontaine elle-même où les bourgeoises d'Albano se sont déjà massées sur les marches de marbre, l'une au-dessus de l'autre, conversant d'une voix forte et argentée, le temps que, pour l'une après l'autre, l'eau tombe en arc sonore, adamantin, dans les brocs de cuivre qu'elles lui présentent, et la fontaine elle-même, et la foule – tout, pourrait-on croire, n'est dédié qu'à elle, à montrer plus brillamment encore le triomphe de la beauté, pour qu'on voie bien qu'elle domine tout, comme une reine est suivie par sa cour. Si c'est un jour de fête, quand la sombre allée d'arbres qui mène d'Albano à Castel-Gandolfo est toute pleine d'une foule endimanchée, quand luisent sous sa voûte obscure les dandys *minenti* tout chamarrés de velours, ceintures claires, fleurs dorées sur les chapeaux de feutre, quand les ânes flânent ou

314

s'élancent au galop, les yeux mi-clos, portant picturalement sur leur dos les femmes droites et fortes
d'Albano et de Frascato, qui luisent, au loin, de la
blancheur de leurs coiffes, ou traînant, tout sauf picturalement, d'un pas lourd et trébuchant, un long et
raide Anglais vêtu d'un macintosh imperméable
couleur pois chiche, qui replie ses jambes en angle
droit pour ne pas accrocher le sol, ou bien portant
un artiste en blouse, la boîte à couleurs en bandou-
lière, avec une barbiche étudiée à la Van Dyck, tandis que l'ombre et le soleil courent alternativement
sur le groupe tout entier, – à ce moment-là, comme
pour ce jour de fête, on est beaucoup mieux avec
elle que sans elle. La profondeur de la galerie l'avive
encore, de sa pénombre obscure, tout étincelante,
dans tout son éclat. Le tissu pourpre de son costume
d'Albano flamboie comme une braise touchée par le
soleil. Une fête merveilleuse s'exhale de son visage
vers ceux qui la regardent. Et, quand ils l'ont croisée, s'arrêtent, comme figés, le dandy *minente*, chapeau fleuri, laissant échapper un cri ; et l'Anglais au
macintosh couleur pois chiche, montrant un point
d'interrogation sur son visage fixe ; et le peintre à la
barbiche à la Van Dyck, qui s'arrête, figé, le plus
longtemps, et qui se dit : "Ça, ce sera un modèle
merveilleux pour Diane, ou la fière Junon, les Grâces séduisantes et toutes les femmes jamais repré-
sentées sur une toile", – et qui se dit, téméraire, dans
le même moment : "Quel paradis ce serait, si ce
miracle faisait l'ornement dans mon atelier toujours
empreint d'humilité !"

Mais qui est-il, celui dont le regard s'attache le plus irrésistiblement à elle ? Qui guette ses paroles, ses mouvements, le mouvement des pensées sur son visage ? Un jeune homme de vingt-cinq ans, un prince romain, héritier d'une grande famille qui avait fait jadis l'honneur, la fierté et le déshonneur du Moyen Age, et qui, à présent achève de briller, solitaire, dans son superbe palais orné des fresques du Gerchin et de Caraccio, avec une galerie de tableaux aux couleurs noircies, aux draperies déla-vées, aux tables en lazulites et au *maestro di casa* dont les cheveux sont blancs comme le lin. C'est lui que viennent de retrouver les rues de Rome, avec ses yeux noirs qui lancent leurs feux de sous la cape jetée en travers de l'épaule, son nez à la ligne antique, la blancheur d'albâtre du front et cette boucle soyeuse et aérienne qui joue dessus. Il est revenu à Rome après quinze ans d'absence, il y est revenu en jeune homme plein de fierté, lui qui l'avait quittée naguère encore petit garçon.

Mais le lecteur doit absolument savoir comment tout cela est arrivé, et voilà pourquoi nous devons parcourir à la hâte l'histoire de sa vie, encore jeune, mais déjà riche en nombreuses sensations puis-santes. Sa toute première enfance s'était passée à Rome ; il avait été élevé comme le font toujours les notables romains au déclin de leurs jours. Son pré-cepteur, son gouverneur, son menin, et tout ce qu'on voudra était chez lui un abbé, classique, sévère, ad-mirateur des lettres de Pietro Bembo, des œuvres de Giovanni Della Casa et de cinq ou six chants de

Dante qu'il ne lisait jamais sans de puissantes exclamations comme : *"Dio, che cosa divina !"* – puis, deux vers plus loin : *"Diavolo, che divina cosa !"*, ce qui représentait pour ainsi dire la totalité de ses jugements et de ses critiques artistiques et laissait tout le reste de sa conversation à des sujets comme les brocolis et les artichauts, son sujet de prédilection, car il savait pertinemment à quelle époque la viande de veau est la meilleure, à quel moment il faut commencer à manger du chevreau, et adorait bavarder sur ces sujets dans la rue quand il croisait son compère, un autre abbé qui enserrait d'une façon fort habile ses gras mollets dans des bas de soie noire, non sans avoir enfilé par-dessous des bas de laine, il se purgeait régulièrement, une fois par mois, au médicament dit *olio di ricino* pris dans une tasse de café et s'engraissait de jour en jour, comme s'engraissent les abbés. Il est naturel que le jeune prince n'eût pas appris grand-chose sous de tels auspices. Il sut seulement que le latin était le père de la langue italienne, que les monsignor sont de trois sortes – les uns en bas noirs, les autres en bas violets et que les troisièmes sont presque pareils que les cardinaux ; il connut quelques lettres de Pietro Bembo aux cardinaux de son temps, surtout des lettres de félicitations ; il connut fort bien la rue *Corso*, le long de laquelle il se promenait avec l'abbé, et la villa Borghèse, et deux ou trois boutiques devant lesquelles l'abbé s'arrêtait pour acheter du papier, des plumes et du tabac à priser, et l'apothicaire chez lequel il prenait son *olio di ricino*. Voilà tout ce qui faisait l'horizon des connaissances du

317

jeune élève. Sur les autres terres et les autres Etats, l'abbé avait fait de vagues allusions dans les termes les plus flous : comme quoi il existait un pays de France, pays riche, et les Anglais sont de bons marchands et aiment voyager, et les Allemands sont des ivrognes et il existe au nord une terre barbare, la Moscovie, où règnent des froids si cruels qu'ils peuvent faire éclater le cerveau humain. L'élève n'aurait sans doute rien appris de plus jusqu'à l'âge de vingt ans si le vieux prince n'avait soudain eu la lubie de changer cette vieille méthode d'enseignement et de donner à son fils une instruction européenne, ce qui était sans doute attribuable à l'influence d'une certaine dame française vers laquelle, depuis un certain temps, il n'arrêtait pas de diriger son lorgnon dans tous les théâtres et toutes les fêtes publiques, en cachant son menton dans un énorme jabot blanc et en arrangeant les boucles noires de sa perruque. Le jeune prince fut envoyé à Lucques, à l'université. Là, pendant un séjour de six ans, se déploya la vive nature italienne qui somnolait sous la fastidieuse surveillance de l'abbé. L'adolescent se découvrit une âme, une soif de plaisirs choisis, un don d'observation. L'université italienne, où la science se traînait, cachée sous des images scolastiques rancies, ne pouvait satisfaire la nouvelle jeunesse qui avait déjà entendu parler par bribes des allusions brûlantes qui traversaient les Alpes. L'influence française devenait sensible dans l'Italie du Nord : elle y arrivait en même temps que les modes, les vignettes, les vaude-villes et les œuvres rigides d'une muse française

318

débridée, monstrueuse, enflammée, et parfois non dénuée de talent. Le puissant mouvement politique dans les revues liées à la révolution de Juillet se disait également. On rêvait d'un retour d'une gloire italienne défunte, on regardait avec indignation l'uniforme blanc et haï du soldat autrichien. Mais la nature italienne, qui aime les plaisirs paisibles, ne s'embrasa pas en une insurrection dans laquelle un Français serait tombé sans problème ; tout s'acheva simplement en un désir vague de visiter l'Europe véritable, celle qui s'étendait au-delà des Alpes. Son mouvement et son éclat perpétuels miroitaient et attiraient de loin. Il y avait là du nouveau, le contraire de la frivolité italienne, là-bas avait commencé le XIXe siècle, la vie européenne. L'âme du jeune prince brûlait de s'y lancer, y pressentant les aventures et les lumières, et, chaque fois, un pesant sentiment de tristesse l'envahissait quand il voyait la totale impossibilité de son rêve : il connaissait le despotisme inflexible du vieux prince, qu'il n'avait pas la force de contrecarrer, – quand, brusquement, il reçut de lui une lettre dans laquelle il lui était prescrit de se rendre à Paris, d'y achever ses études à la Sorbonne et de n'attendre à Lucques que l'arrivée de son oncle pour faire le voyage avec lui. Le jeune prince sauta de joie, couvrit de baisers tous ses amis, leur paya un dîner dans une *osteria* des faubourgs et, deux semaines plus tard, il était déjà en route, le cœur prêt à accueillir par une joyeuse chamade tous les objets qu'il rencontrait. Quand ils eurent passé le Simplon, une idée agréable lui parcourut l'esprit : il

319

était de l'autre côté, il était en Europe ! La monstruosité farouche des montagnes suisses, qui s'amas-
saient sans perspective, sans ces lointains légers de
l'Italie, effraya quelque peu son regard accoutumé à
la sérénité sublime de la beauté languissante de la
nature italienne. Mais ce regard s'éclaircit soudain à
la vue des villes européennes, des hôtels lumineux et
magnifiques, du confort offert à tous les voyageurs,
qui se trouvaient comme chez eux. La propreté élégante, l'éclat – tout cela lui était nouveau. Dans les
villes allemandes, il fut un peu stupéfait par la silhouette étrange des Allemands, privée de la ferme
harmonie de la beauté dont l'idée est ancrée dans le
cœur de chaque Italien ; la langue allemande, elle
aussi, frappa désagréablement son oreille musicale.
Mais il était déjà à la frontière française, et son cœur
frissonna. Les sons virevoltants de la langue européenne à la mode, en le caressant, furent comme un
baiser à son oreille. Il saisissait avec un plaisir secret
leurs frissons glissants, qui, déjà en Italie, lui semblaient quelque chose de noble, de purifié de tous
ces élans brusques qui accompagnent les langues
sonores des peuples méridionaux qui ne savent pas
se tenir dans des limites. Cette race particulière de
femmes, légères, virevoltantes, lui fit une impression
plus forte encore. Il fut sidéré par cette créature quasiment aérienne, aux petits petons, à la taille fine et
volatile, au regard plein d'un feu prêt à répondre, et aux
discours légers, comme sous-entendus. Il attendait
avec impatience Paris, il le peuplait de tours, de palais, s'en formait une image et c'est dans un frisson

de tout le cœur qu'il vit enfin les signes proches de la capitale : des affiches collées, des lettres gigantesques, des diligences de plus en plus nombreuses, des omnibus... puis ce fut la ruée des maisons des faubourgs. Et le voilà à Paris, étreint, sans ordre aucun, par son aspect monstrueux, stupéfait par le mouvement, l'éclat des rues, le désordre des toits, la densité des cheminées, les masses accumulées des immeubles sans style, incrustés des bigarrures épaisses des magasins, la laideur des parois dénudées, les masses infinies et bariolées de lettres d'or qui grimpaient aux murs, aux fenêtres, aux toits et même aux cheminées, la transparence claire des étages inférieurs, composés uniquement de grands panneaux de verre. Le voilà, Paris, ce vortex éternel et bouillonnant, cette cascade, lançant des éclairs de nouveautés, d'instruction, de mode, de goût raffiné et de lois mesquines mais puissantes, dont ne peuvent se détacher même ceux qui les critiquent, la grande exposition de tout ce que produit l'artisanat, l'art et le moindre talent caché dans les coins reculés de l'Europe, le frisson et le rêve chéri d'un jeune homme de vingt ans, le bazar et la foire de l'Europe tout entière ! Comme hébété, incapable de reprendre ses esprits, il se mit à marcher dans les rues débordantes de toutes sortes de gens, sillonnées par les voies des omnibus, tantôt frappé par la vue d'un café étincelant d'un luxe inouï et royal, tantôt par les célèbres passages couverts, où il était assourdi par le bruit sourd de ces milliers de pas tonnants d'une foule marchant de concert et composée presque uniquement de jeunes gens, et où l'éclat palpitant des magasins illuminés par une lumière qui tombait à travers un plafond de verre dans la galerie le laissait aveuglé ; tantôt, il s'arrêtait devant des affiches qui, par millions, lui bariolaient et lui mangeaient les yeux, hurlant les vingt-quatre représentations quotidiennes et l'infinité des concerts musicaux de toute sorte ; tantôt, pour finir, complètement perdu quand toute cette masse magique s'enflamma au soir sous l'éclairage magique du gaz – tous les immeubles, soudain, devenaient translucides, luisant puissamment depuis le rez-de-chaussée ; les fenêtres et les vitrines des magasins, semblait-il, avaient totalement disparu, et tout ce qu'il y avait à l'intérieur était resté, là, au milieu de la rue, sans protection, luisant et se reflétant dans la profondeur, de miroir en miroir. *"Ma quest' è una cosa divina !"*, répétait le vivant Italien.

Et sa vie prit un cours rapide, comme celui de la vie de nombreux Parisiens et d'une foule de jeunes étrangers qui envahissent Paris. A neuf heures du matin, bondissant de son lit, il se trouvait déjà dans un café somptueux orné de fresques à la mode protégées par une vitre, avec un plafond inondé d'or, feuilletant les longues revues et les journaux, avec un serveur plein de noblesse qui passait parmi les clients, sa magnifique cafetière en argent à la main. Là, il prenait avec un plaisir de sybarite son café à la crème dans une tasse immense, alangui dans un divan élastique et moelleux, et, repensant aux petits cafés bas de plafond de l'Italie, avec leurs *bottegas* graisseux portant des verres mal lavés. Puis il se lançait dans la lecture des colossales feuilles des revues, et, repensant aux petites revues phtisiques de l'Italie, au *Diario di Roma* ou au *Pirato*, et autres du même genre, où l'on publiait des nouvelles politiques innocentes et des anecdotes quasiment sur les Thermopyles et Darius, roi de Perse. Ici, au contraire, on voyait partout une plume bouillonnante. Question sur question, réplique sur réplique – chacun, semblait-il, s'échinait à toutes forces ; un tel vous menaçait d'un changement à court terme et prédisait la ruine de l'Etat. Le mouvement le moins perceptible des chambres et des ministères se développait en mouvement d'une ampleur gigantesque entre des partis obstinés et se répandait en cris presque désespérés dans les revues. L'Italien ressentait même de la peur devant ces pages, pensant que, là, maintenant, une révolution éclaterait, il ressortait comme enivré du cabinet de lecture et seul Paris avec ses rues parvenait à éventer en une minute tout ce poids de sa tête. Son éclat qui virevoltait partout et son mouvement bariolé, après cette lecture pénible, semblait quelque chose comme un massif de fleurs légères grandies sur le fossé d'un gouffre. En une seule seconde, il se transportait tout entier dans la rue, et il devint, comme tous les autres, un badaud de tous les points de vue. Il bâillait devant les vendeuses, claires et légères, qui venaient juste d'entrer dans leur printemps et dont étaient remplis tous les magasins de Paris, et faisaient croire qu'un homme à l'apparence sévère devenait malséant et aurait fait une tâche noire derrière les carreaux d'un seul tenant. Il regardait les mains, fines, aussi séduisantes qu'élégantes, lavées de toutes sortes de savons, luisantes, envelopper les bonbons, alors que les yeux, fixes et pleins de lumière, se rivaient sur les passants et que se dessinait ailleurs une jolie tête blonde à l'inclination picturale, baissant ses longs cils vers les pages d'un roman à la mode, sans voir qu'autour d'elle s'est rassemblée une foule de jeunes gens examinant son joli cou neigeux et le moindre cheveu de sa tête, guettant les palpitations mêmes de sa poitrine provoquées par la lecture. Il bâillait aussi devant une librairie où, telles des araignées, on voyait les taches noires des vignettes sur le papier ivoire, jetées d'un geste large, à la hâte, si bien que, parfois, il n'était même pas possible de distinguer ce qu'elles représentaient et que les lettres étranges semblaient des hiéroglyphes. Il bâillait aussi devant une machine qui, à elle seule, occupait tout un magasin et fonctionnait derrière une plaque de verre, roulant un cylindre énorme qui étendait du chocolat. Il bâillait devant les boutiques face auxquelles s'arrêtaient pendant des heures entières les crocodiles de Paris, mains fourrées dans les poches et bouche grande ouverte, les boutiques où une écrevisse de mer faisait une tache rouge au milieu de la verdure, où trônait une dinde bourrée de truffes avec cette inscription laconique : "300 fr.", et fusaient dans des vases de verre, jouant des reflets d'or de leurs écailles et de leur queue, des poissons rouges et jaunes. Il bâillait aussi dans les larges boulevards qui traversent royalement, de long en large, le Paris populaire, les boulevards où, au milieu de la ville, se dressent des arbres hauts comme des immeubles de cinq étages, où, sur les trottoirs d'asphalte, se précipite une foule d'arrivants et une masse de lions et de tigres élevés dans la capitale, et dont les romans ne donnent pas toujours un portrait juste. Et, après avoir bâillé tout son soûl, il montait jusqu'à un restaurant dont les murs de verre luisaient de gaz depuis déjà longtemps, reflétant des masses infinies de dames et d'hommes qui créaient un brouhaha par leurs conversations autour de petites tables dispersées sur toute la surface de la salle. Après le repas, il courait au théâtre, perplexe seulement devant le choix qui s'offrait à lui : chacun avait sa célébrité, chacun son auteur, son acteur. Partout la nouveauté. Là brille le vaudeville, vivant, frivole, comme le Français lui-même, nouveau de jour en jour, créé tout entier en trois minutes de loisir, vous faisant rire sans réserve du début à la fin par les caprices interminables de la gaîté de l'acteur ; là, c'est un drame brûlant. Et, malgré lui, il compara la scène dramatique italienne, étique et desséchée, où se répétait toujours le même vieux Goldoni que tout le monde connaissait par cœur ou des petites comédies nouvelles, innocentes et naïves au point qu'un enfant se serait endormi devant ; il compara ce groupe maigre avec cette inondation dramatique vivante, précipitée, où le fer était battu pendant qu'il était chaud, où chacun ne craignait qu'une chose, de voir refroidir sa nouveauté. Après avoir ri tout son soûl, après avoir frissonné, avoir écarquillé les yeux, fatigué, écrasé par ses impressions, il retournait chez lui et se jetait sur son lit, le seul meuble, comme on sait, dont le Français ait besoin dans sa chambre ; son cabinet, son déjeuner et la lumière de ses soirées, il les prend dans les lieux publics. Mais, le prince, cependant, n'avait pas oublié d'ajouter à ce bariolage de bâillements des occupations de l'esprit dont son âme restait avide. Il entreprit d'écouter tous les professeurs célèbres. Le discours vivant, souvent enflammé, les nouveaux points de vue et les aspects mis en valeur par un professeur disert étaient inattendus pour le jeune Italien. Il sentit que le voile qu'il avait devant les yeux commençait à tomber, il sentit apparaître devant lui dans leur lumière réelle des objets qu'il n'avait jamais remarqués et tout ce fouillis de connaissances fortuites qu'il avait acquises et qui, chez la plupart des gens, meurent généralement sans avoir jamais servi à rien, se réveillait, et, examiné d'un autre regard, se confirmait à tout jamais dans sa mémoire. Il ne rata pas non plus l'occasion d'entendre un seul prédicateur célèbre, un seul publiciste, un seul orateur des débats de la Chambre, de tout ce par quoi Paris fait tant de bruit en Europe. Même s'il manquait parfois de moyens, et que le vieux prince lui envoyait un traitement d'étudiant et non de prince, il réussit à trouver le moyen d'aller partout, de trouver un accès à toutes les célébrités que claironnent, se répétant les unes les autres, les gazettes de l'Europe et vit aussi ces écrivains à la mode dont sa jeune âme brûlante, au même titre que les autres, fut sidérée par les œuvres étranges dans lesquelles chacun pensait entendre des cordes

jusqu'alors inouïes, des méandres de passions jusqu'alors inconnus. Bref, la vie de l'Italien prit un tour
ample et divers, s'emplit de tout le gigantesque éclat
de la vie européenne. D'un coup, le même jour, les
bâillements insouciants et l'éveil bouleversé, le frivole travail des yeux et la tension de l'esprit, le vaudeville au théâtre et le prédicateur à l'église, le tourbillon
politique des journaux et des Chambres, les applaudissements dans les auditoriums, le tonnerre d'un
orchestre de conservatoire, l'éclat aérien de la scène
d'un ballet, le fracas de la vie dans la rue – quelle vie
de géant pour un jeune homme de vingt-cinq ans !
Aucun endroit au monde ne vaut Paris : pour rien au
monde il n'aurait voulu changer de vie. Vivre d'une
vie si gaie, si agréable en plein cœur de l'Europe, où,
en marchant, on s'élève plus haut, on sent qu'on appartient à la grande société universelle ! Il eut même
l'idée d'abandonner complètement l'Italie et de s'éta-
blir à Paris pour toujours. L'Italie lui paraissait à présent comme un recoin racorni de l'Europe, où toute
vie, tout mouvement s'étaient figés.

Ainsi filèrent quatre années enflammées de sa vie
– quatre années plus qu'importantes pour un jeune
homme et, à la fin, bien des choses lui apparaissaient
sous un autre jour qu'au début. Il fut déçu par bien
des choses. Ce Paris, qui attirait à lui éternellement
les étrangers, cette passion éternelle des Parisiens,
lui paraissait ô combien différent de ce qu'il avait
cru. Il voyait cette diversité et cette activité de sa vie
disparaître sans fruit, sans traces fertiles dans l'esprit. Dans le mouvement de ce bouillonnement et de

cette activité éternels, il voyait à présent une inactivité étrange, le règne effrayant des paroles à la place des actions. Il voyait que chaque Français, semblait-il, ne travaillait que dans sa tête échauffée ; que cette lecture des immenses feuilles des journaux engloutissait des journées entières et ne laissait pas même une heure pour la vie pratique ; que chaque Français était éduqué par ce tourbillon étrange d'une politique livresque, au mouvement typographique, et qu'étranger au groupe social auquel il appartenait, sans même avoir pris connaissance dans les faits de ses droits et de ses rapports avec les autres, il adhérait déjà à tel ou tel parti, prenant à cœur, avec flamme et fougue tous ses intérêts, se dressant farouchement contre ses adversaires, sans même connaître réellement, ni ses propres intérêts, ni ses adversaires… bref, le mot "politique" finit par dégoûter très fortement notre Italien.

Dans le mouvement du commerce, de l'esprit, partout, en tout, il ne voyait plus qu'un élan et effort acharné à trouver du nouveau. Ils s'échinaient à prendre le pas les uns devant les autres ne fût-ce que pour une seule minute. Le commerçant utilisait tout son capital pour le seul décor de son magasin, afin que l'éclat et la magnificence attirent la foule. La littérature écrite avait recours aux images et au luxe typographique, pour attirer une attention toujours en danger de faiblir. Par l'étrangeté de passions inouïes, la monstruosité des exceptions dans la nature humaine, les romans et les nouvelles s'efforçaient de s'emparer du lecteur. Tout, semblait-il, s'imposait avec insolence, vous envahissait de soi-même, sans appel intérieur, comme une femme des rues qui attrape le chaland, la nuit, sur un trottoir ; tous, les uns devant les autres, ils tendaient le bras le plus loin possible, comme une foule de mendiants qui vous harasse. Dans la science elle-même, dans les conférences enflammées, dont il ne pouvait pas ne pas reconnaître la qualité, il remarquait à présent le désir du bon mot, de se pavaner, de se faire admirer ; partout des épisodes éblouissants, mais nulle part ce cours grandiose, solennel de l'ensemble. Partout des efforts pour mettre en valeur des faits jusqu'alors inaperçus et leur donner une influence capitale, parfois au détriment de l'harmonie de l'ensemble, et seulement dans le but de se conférer l'honneur de la découverte ; enfin, presque partout, une assurance insolente, et nulle part l'humble conscience de son ignorance, et il se rappela les vers par lesquels l'Italien Alfiéri, avec son humeur bilieuse, avait attaqué les Français :

> *Tutto fanno, nulla sanno,*
> *Tutto sanno, nulla fanno ;*
> *Gira volta son Francesi ;*
> *Piu gli pesi, men ti danno.*

Une humeur mélancolique s'empara de lui. En vain essayait-il de se distraire, essayait-il de se lier avec des gens qu'il estimait, la nature italienne ne s'accordait pas avec l'élément français. L'amitié se nouait rapidement, mais il suffisait d'un seul jour pour que le Français se montre tout entier jusqu'à son dernier trait : le lendemain, il n'y avait plus rien à découvrir en lui, il n'y avait plus moyen de plonger une question qui eût sondé son âme plus profondément, l'aiguillon de la pensée ne s'enfonçait pas plus loin ; or, les sentiments de l'Italien étaient trop forts pour trouver une pleine réponse dans une nature légère. Et il finit par découvrir une espèce de vide étrange même dans le cœur de ceux à qui il ne pouvait pas refuser son respect. Et il finit par voir que, malgré tous les traits brillants, les élans généreux, les jaillissements chevaleresques, la nation tout entière était quelque chose de pâle, d'imparfait, n'était que ce vaudeville léger auquel elle avait donné naissance. Nulle idée de pondération sublime ne pouvait y prendre racine. Partout, des allusions à des pensées, mais de pensées – pas une ; partout des demi-passions, mais aucune passion, rien n'est achevé, tout est esquissé, jeté d'une main rapide, toute la nation est une vignette brillante, mais pas le tableau d'un grand maître.

Est-ce la mélancolie qui l'avait pris soudain qui lui donna la possibilité de tout voir de cette façon, ou son intuition juste et fraîche d'Italien, – toujours est-il que Paris, avec tout son éclat et son bruit, lui devint bientôt un désert oppressant, et il en choisissait d'instinct les recoins sourds et les plus éloignés. Il ne fréquentait plus que l'opéra italien, c'est seulement là que son âme semblait se reposer, et les sons de sa langue natale s'épanouissaient devant lui à présent dans toute leur puissance et leur plénitude. Et il repensa plus fréquemment à cette Italie qu'il avait oubliée, et il se mit à y repenser au loin, dans une espèce de lumière appelante ; de jour en jour ses appels devenaient plus sensibles, et il se décida enfin à écrire à son père, afin qu'il lui permette de rentrer à Rome, dès lors qu'il ne voyait plus d'utilité pour lui de rester à Paris. Il ne reçut aucune réponse pendant deux mois, ni même les traites habituelles qu'il devait toucher. Au début, il attendit avec patience, connaissant le caractère fantasque de son père, puis il fut pris par l'inquiétude. Plusieurs fois par semaine, il se rendait chez son banquier et recevait toujours la même réponse, à savoir qu'il n'y avait aucune nouvelle de Rome. Il était près de sombrer dans le désespoir. Il n'avait plus aucun moyen de subvenir à ses besoins, il avait déjà depuis longtemps fait un emprunt à son banquier, et cet argent aussi s'était épuisé depuis longtemps, depuis longtemps il déjeunait, dînait et vivait de petites dettes et d'expédients ; on commençait à le regarder de travers, d'un œil hostile – et pas même un ami ne lui donnait de nouvelles. C'est là qu'il sentit fort sa solitude. Dans son attente inquiète, il errait dans cette ville qui l'ennuyait à mourir. L'été, elle lui était encore plus insupportable : toutes les foules de visiteurs s'étaient éparpillées dans les villes d'eaux, sur toutes les routes, dans tous les hôtels de l'Europe. Le spectre du vide se voyait partout. Les immeubles et les rues de Paris étaient insupportables, ses jardins se morfondaient mortellement entre les maisons écrasées de soleil. Comme sans vie, il s'arrêtait devant la

Seine, sur le pont lourd et massif, sur ses quais étouffants, s'efforçant vainement de penser à autre chose, de voir quelque chose à remarquer ; une angoisse infinie le dévorait et un ver invisible lui rongeait le cœur. Enfin, la destinée le prit en pitié – et, un certain jour, le banquier lui remit une lettre. Elle venait de son oncle qui lui faisait savoir que son père n'était plus de ce monde, et qu'il pouvait rentrer prendre possession de son héritage, lequel exigeait sa présence personnelle, parce qu'il était en grand danger. La lettre contenait une maigre coupure, qui suffisait à peine au voyage et à payer un quart des dettes. Le jeune prince ne voulut pas attendre une minute de plus, il parvint à convaincre son banquier de repousser le délai de remboursement et prit une place dans une malle-poste. Il lui sembla que ce terrible sentiment d'oppression était tombé d'un coup quand Paris disparut à sa vue et qu'il respira l'air frais de la campagne. En deux jours, il était à Marseille, refusa de s'accorder une heure de repos et, le soir même, il prenait le bateau. La Méditerranée lui parut familière : elle baignait les rives de sa patrie, et il se sentit déjà rafraîchi en regardant ses vagues infinies. On aurait du mal à exprimer le sentiment qui l'étreignit à la vue de la première ville italienne, – la magnifique Gênes. C'est dans une double beauté que s'élevèrent devant lui ses clochers bigarrés, ses églises zébrées de marbre noir et blanc et tout son amphithéâtre aux si multiples tours, qui l'enceint brusquement de tout côté quand le bateau parvint à quai. Il n'avait encore jamais vu Gênes. Cette bigarrure joyeuse des maisons, des églises et des palais se découpant sur la finesse d'un air céleste qui luisait d'un bleu inaccessible, était unique. Il descendit à terre et se retrouva soudain dans ces rues obscures, merveilleuses, toutes étroites, dallées, avec, au-dessus, une toute petite bande de ciel bleu. Il fut stupéfait par l'étroitesse entre les maisons, hautes, immenses, l'absence du fracas des équipages, les petites places triangulaires, et, entre elles, comme des couloirs étroits, les méandres des lignes des rues emplies par les boutiques des argentiers et des maîtres doreurs génois. Les pittoresques coiffes en dentelles des femmes, légèrement frissonnantes sous le tiède sirocco, leur démarche ferme, leurs conversations sonores dans les rues ; les portes ouvertes des églises, l'odeur d'encens qui en venait – tout cela exhala sur lui quelque chose de lointain, d'oublié. Il se souvint qu'il y avait déjà de nombreuses années qu'il n'était plus entré dans une église, un lieu qui avait perdu son sens pur et noble dans ces pays intelligents de l'Europe où il avait vécu. Il y entra sans bruit, s'agenouilla en silence au pied des splendides colonnes de marbre et il pria longtemps, sans lui-même savoir pour quoi : il pria parce que l'Italie l'accueillait, qu'il avait retrouvé le désir de prier, qu'il se sentait toute l'âme en fête, – et cette prière, sans doute, était la meilleure prière. Bref, il emporta Gênes avec lui comme une étape magnifique : c'est là qu'il avait reçu le premier baiser de l'Italie. C'est d'une âme aussi pleine de lumière qu'il vit Livourne, la déserte Pise, Florence qu'il ne connaissait que peu. Grandioses lui parurent

333

la lourde coupole à facettes de sa cathédrale, les palais sombres d'une architecture royale et la sévère grandeur de la petite ville. Ensuite, il s'élança à travers les Apennins, toujours porté par cette même humeur lumineuse, et quand, enfin, après une route de six jours, lui apparut dans les lointains limpides, sur l'azur immaculé, la merveilleuse coupole ronde – oh !… que de sensations affluèrent soudain dans sa poitrine ! Il ne savait pas, il ne pouvait pas les traduire ; il admirait chaque colline, chaque hauteur. Et voilà enfin le *Ponte Molle*, les portes de la ville, et voilà qu'il était étreint par cette belle des belles parmi les places, la *Piazza del Popolo*, il vit le *Monte Pincio* et ses terrasses, ses escaliers, ses statues et ses gens qui se promenaient tout en haut. Mon Dieu ! comme son cœur battait ! Le *vetturino* s'élança dans le *Corso*, où, jadis, il avait déambulé avec son abbé, innocent, simple, sachant seulement que le latin est le père de la langue italienne. Voilà qu'il vit réapparaître devant lui des bâtiments qu'il connaissait par cœur : le *Palazzo Ruspoli* avec son café gigantesque, la *Piazza Colonna*, le *Palazzo Sciarra*, le *Palazzo Doria* ; enfin, il tourna dans les ruelles dont les étrangers disent tant de mal, dans ces ruelles qui ne bouillonnent pas, où l'on ne trouvait que de loin en loin la boutique d'un barbier avec des lys dessinés au-dessus des portes, ou celle d'un chapelier, qui faisait sortir hors de ses portes à lui le chapeau à longs bords d'un cardinal, ou celle d'un canneur de chaises, qui les cannait là, dans la rue. L'équipage s'arrêta enfin devant un majestueux palais dans le style de Bramante. Il n'y avait personne dans le vestibule dénudé. Dans l'escalier, il fut accueilli par le *maestro di casa* décrépit parce que le suisse, avec sa canne de fonction, était, comme à son habitude, parti au café où il passait le plus clair de son temps. Le vieillard courut ouvrir les volets, pour éclairer petit à petit les salles antiques et grandioses. Un sentiment de tristesse l'envahit, – un sentiment que comprend tout homme qui rentre chez lui après des années d'absence, quand tout ce qu'il découvre lui paraît encore plus vieux, encore plus vide et que chaque objet qu'il a connu dans son enfance lui parle d'une façon encore plus oppressante, – et plus les souvenirs liés à ces objets étaient joyeux, plus accablante lui semblait la tristesse dont ils lui emplissaient le cœur. Il traversa une longue enfilade de salles, parcourut du regard le cabinet et la chambre où, récemment encore, le vieux maître du palais s'endormait dans son lit à baldaquin frangé sommé de son blason puis ressortait, en robe de chambre et en mules, dans son cabinet pour boire un verre de lait d'ânesse, dans l'intention de prendre du poids ; le boudoir où il se parait avec les efforts raffinés d'une vieille coquette et d'où il se rendait ensuite, en équipage accompagné de ses laquais, à la villa Borghèse, pour diriger son lorgnon vers une Anglaise qui y venait également faire sa promenade. Sur les bureaux et dans les tiroirs, on voyait encore les vestiges des fards, rouges et blancs, et de toutes les pommades dont le vieillard usait pour se rajeunir. Le *maestro di casa* déclara que, deux semaines avant sa mort, il avait pris la ferme décision de se marier et qu'il avait tout spécialement consulté des docteurs étrangers, afin de soutenir *con onore i doveri di marito* ; mais, un certain jour, après avoir fait deux ou trois visites à des cardinaux et un certain prieur, il était rentré chez lui fatigué, s'était assis dans son fauteuil et était mort d'une mort de juste, même si, selon les mots du *maestro di casa*, la mort aurait été plus bienheureuse encore s'il avait eu l'idée, juste deux minutes auparavant, de faire chercher son directeur de conscience, *il padre Benvenuto*. Tout cela, le jeune prince l'écoutait d'une oreille distraite, ses pensées ne le rattachaient à rien. Après s'être reposé de son voyage et de ces impressions étranges, il se plongea dans ses affaires. Il fut stupéfait par leur désordre terrible. Tout, du plus infime jusqu'au plus grand, était dans un état absurde et embrouillé. Quatre procès interminables pour des palais en ruine et des terres à Ferrare et à Naples, des revenus complètement réduits à rien pour trois ans à l'avance, des dettes et une misère noire au milieu du faste – voilà ce qui parut à ses yeux. Le vieux prince était un mélange insondable d'avarice et de somptuosité. Il entretenait une domesticité gigantesque, qui ne touchait aucun salaire, rien à part la livrée, et se contentait des aumônes des étrangers qui venaient visiter le palais. Le prince avait des chasseurs, des valets de bouche, des laquais qui montaient derrière son équipage, des laquais qui n'allaient nulle part et passaient des journées entières au café ou à l'*osteria* les plus proches, à raconter toutes sortes de bêtises. Il congédia séance tenante toute cette racaille, les valets d'écurie et les chasseurs, et ne garda que le vieux *maestro di casa ;* il anéantit presque toute l'écurie, vendant des chevaux qu'on n'utilisait quasiment pas ; il appela des avocats et prit des dispositions concernant ses procès, du moins assez pour, des quatre, n'en composer que deux, et en abandonnant les autres comme inutiles ; il décida de se limiter en tout et de mener sa vie avec une sévère économie. Cela ne lui était pas difficile car il avait déjà eu le temps de s'habituer à se limiter. Il n'eut aucun mal à refuser toute fréquentation des gens de son état, – lequel état, du reste, n'était plus composé que de deux ou trois familles qui finissaient leurs jours, – un état éduqué au hasard sur des échos de l'instruction française, d'un riche banquier qui rassemblait autour de lui un cercle d'étrangers, et de quelques cardinaux inaccessibles, hommes renfermés, durs, passant dans la solitude leurs jours à jouer aux cartes, au *tresette* (un genre de bataille) avec leur chambellan ou leur barbier. Bref, il s'isola complètement, se mit à examiner Rome et devint de ce point de vue pareil à un étranger qui commence par être frappé par son aspect mesquin et terne, par les maisons sales et obscures, et se demande avec stupéfaction, en passant de ruelle en ruelle : où donc est l'immense Rome antique ? – et puis qui la reconnaît, quand, peu à peu, hors de ses petites ruelles étroites, commence à se dresser la Rome antique, là par une arche sombre, là une corniche de marbre comme fichée dans un mur, là, par une colonne de porphyre obscurcie, là par un fronton au milieu d'un nauséabond marché aux poissons, là, par tout un portique devant une église moderne, et, enfin, loin, là où la ville habitée s'achève complètement, apparaissant, immense, parmi les lierres millénaires, les aloès et les plaines découvertes, avec l'incommensurable Colisée, avec les arcs de triomphe, les vestiges des palais infinis de César, les thermes impériaux, les tombeaux disséminés dans les champs ; et, à ce moment-là, l'étranger ne voit plus les rues et les ruelles étroites d'aujourd'hui, il est tout entier englouti dans le monde de l'Antiquité : les images colossales des césars ressurgissent dans sa mémoire ; son oreille est saisie par les cris et les applaudissements de la foule antique...

Mais, lui, il n'était pas comme un étranger qui ne s'adonne uniquement qu'à Tite Live ou à Tacite, qui court sans rien voir de ce qui n'est pas antique, qui voudrait, dans un élan de noble pédantisme, raser toute la ville nouvelle, – non, il trouvait tout également splendide : le monde antique qui vibrait encore sous une architrave obscure, le puissant Moyen Age, qui avait disposé partout les traces des artistes géants et de la magnifique générosité des papes, et, enfin, le nouveau siècle qui s'y accolait, avec la cohue de sa nouvelle population. Il aimait cette merveilleuse union dans un seul tout, ces signes, en même temps, d'une capitale populeuse et d'un désert : le palais, les colonnes, l'herbe, les buissons sauvages courant le long des murs, le marché palpitant au milieu des colosses sombres, silencieux et cachés à leur base, le

cri vivant du poissonnier sous le portique, le limona-
dier avec sa petite boutique aérienne, ornée de verdure, en face du Panthéon. Il aimait l'humilité même
des rues – obscures, sales, l'absence de teintes
jaunes ou claires sur les parois, l'idylle au milieu de
la ville : un troupeau de chèvres qui se repose sur
une chaussée, les cris des gamins et cette espèce de
présence invisible, mais sensible en tout, d'un
silence solennel entourant les humains. Il aimait des
surprises continuelles, ces soudainetés qui vous frap-
pent à Rome. Comme un chasseur qui sort au matin
pour la chasse, comme un antique chevalier, il s'en
allait chercher de jour en jour de nouveaux miracles
et s'arrêtait malgré lui, quand, soudain, au milieu
d'une ruelle insignifiante, se dressait devant lui un
palais empreint d'une grandeur sévère et ténébreuse.
Ses murs lourds, indestructibles, étaient bâtis d'un
sombre travertin, une corniche colossale, magnifi-
quement assemblée, couronnait le sommet, des lin-
teaux de marbre encadraient le portail et les fenêtres
étaient grandioses, chargées de magnifiques ornements architecturaux ; ou bien, d'un coup, soudain,
en même temps qu'une petite place, surgissait une
fontaine picturale qui s'arrosait elle-même et ses
marches de marbres déformées par la mousse ; ou
bien cette rue sale qui s'achevait soudain par un
décor architectural du Bernin, ou par un obélisque
s'envolant vers le ciel, ou par un mur d'église ou de
monastère, qui s'enflammait sous l'éclat du soleil
sur un ciel d'azur sombre, avec des cyprès noirs
comme du charbon. Et plus les rues s'enfonçaient au

loin, plus il trouvait de palais et d'œuvres de Bramante, de Borromini, de San Gallo, de Della Porta, de Vignola, de Buonarotti – et il comprit enfin d'une façon claire que ce n'était que là, qu'en Italie, qu'on sentait la présence de l'architecture et sa grandeur sévère en tant qu'elle est un art en soi. Plus haute encore était sa jouissance quand il se transportait à l'intérieur des églises et des palais, où les arches, les piliers plats et les colonnes rondes de toutes les formes possibles de marbre, mélangés à des corniches de basalte et de lapis-lazuli, au porphyre, à l'or et à des pierres antiques formaient un tout harmonieux, soumis à une pensée réfléchie, et, plus haut que tout cela encore, s'élevaient les immortelles œuvres du pinceau. Elles étaient d'une beauté sublime, ces compositions réfléchies des salles, emplies d'une grandeur royale et d'un faste architectural, qui savait à chaque fois s'incliner avec respect devant la peinture, en ce siècle fécond où l'artiste était un architecte en même temps qu'un peintre, voire un sculpteur. Les œuvres puissantes du pinceau, qu'on ne ferait plus aujourd'hui, s'élevaient devant lui dans leur sombre grandeur sur des murs obscurcis, toujours inaccessibles, insaisissables à l'imitation. Entrant et se plongeant de plus en plus dans leur contemplation, il sentait comme son goût se développait, un goût dont il gardait déjà dans son âme comme un germe. Et comme, devant ce faste grandiose et splendide, lui paraissait bas aujourd'hui le faste du XIXe siècle, un faste mesquin, insignifiant, bon seulement à décorer des magasins, qui n'a mis en avant que les seuls doreurs, les ébénistes, les peintres de papiers peints, les menuisiers et une nuée d'artisans, privant le monde des Raphael, des Titiens, des Michel-Ange, et rabaissant l'art au niveau de l'artisanat. Comme il lui parut vil, ce faste, qui ne frappait que le premier regard et que l'on contemplait ensuite avec indifférence, devant cette pensée grandiose d'orner les murs d'œuvres éternelles de la peinture, devant cette splendide idée du propriétaire du palais de se donner un objet de plaisir éternel aux heures de son repos des affaires et du chaos bruyant de la vie, en venant s'isoler là, dans un coin, dans un sofa antique, loin de tous, les yeux silencieusement fixés et, en même temps qu'avec les yeux, entrant de plus en plus profond avec son âme dans les mystères de la peinture, en mûrissant, d'une façon invisible, dans la beauté des desseins spirituels. Car l'art élève l'homme d'une façon sublime, en donnant une noblesse et une beauté merveilleuses aux mouvements de son âme. Comme lui paraissaient vils à présent, devant cette inébranlable fertilité du faste qui entourait l'homme d'objets qui remuaient et éduquaient son âme, les mesquines compositions de notre époque, que casse et jette d'année en année une mode toujours inquiète, enfant étrange et incompréhensible de ce XIXᵉ siècle devant lequel s'inclinent en silence les sages, et qui détruit et pervertit tout ce qui est colossal, grandiose et sacré. Pris par de semblables réflexions, une pensée lui venait malgré lui : n'est-ce pas là l'origine de cette froideur indifférente qui étreint le siècle présent, le calcul vil et marchand, n'est-ce pas ce qui explique que des sentiments qui n'ont pas encore eu le temps de naître et de se développer soient déjà émoussés ? On a sorti les icônes du temple – et le temple n'est plus un temple ; des chauves-souris et des esprits mauvais y ont fait leur séjour.

Plus il plongeait ses yeux, plus il était frappé par cette fertilité extraordinaire du siècle, et il s'exclamait malgré lui : "Mais quand donc ont-ils eu le temps de faire tout cela !" Cet splendeur de Rome semblait grandir devant lui de jour en jour. Des galeries et des galeries, et ça n'a pas de fin… Et cette église-ci, et puis cette autre renferme un trésor de la peinture. Et là, sur ce mur décrépit, vous êtes saisi par cette fresque qui menace de s'effacer. Là-bas, sur des marbres sublimes, sur des colonnes construites de pierres prises à des temples païens, brille un plafond d'une beauté immarcescible. Tout cela ressemblait à des veines d'or cachées, recouvertes par une terre banale, et que ne connaît que le chercheur d'or. Quelle plénitude il se sentait dans l'âme chaque fois qu'il rentrait chez lui ; comme ce sentiment, empreint d'un silence serein et solennel, était différent de ces impressions inquiètes dont son âme s'emplissait absurdement à Paris quand il rentrait chez lui fatigué, épuisé, rarement capable d'en tirer une leçon quelconque.

A présent, les dehors de Rome, peu avenants, déteints, salis, dont les étrangers disent tant de mal, lui semblaient beaucoup plus en accord avec ces trésors intérieurs. Il lui aurait été désagréable après cela de

sortir dans une rue à la mode aux magasins éblouissants, fière de ses élégances, hommes ou équipages :
il aurait eu là quelque chose de l'ordre de la dissipa-
tion, du sacrilège. Il préférait cet humble silence des
rues, cette expression particulière de la population
romaine, cette ombre du XVIIIe siècle qui passait
encore dans les rues sous la forme d'un abbé noir
coiffé de son tricorne, portant bas noirs et souliers,
soit sous la forme d'un antique carrosse pourpre de
cardinal, essieux, roues, corniches et blasons dorés,
– tout cela, bizarrement, s'accordait avec la gravité
de Rome : cette population vive, jamais pressée, qui
déambulait dans les rues, pittoresque et tranquille, sa
demi-cape ou sa veste jetée en travers de l'épaule,
sans cette expression pesante sur le visage qui frappait tellement dans les blouses bleues et toute la
population de Paris. Ici, même la mendicité paraissait sous une sorte d'aspect plus clair, sans souci,
ignorante des tourments et des larmes, tendant la
main d'une façon insouciante, pittoresque ; les files
picturales des moines qui traversaient les rues en
longues robes blanches ou noires ; le capucin roux et
malpropre qui jaillissait soudain sous le soleil avec
sa teinte de chameau clair ; enfin, cette population
d'artistes venus de tous les coins du monde, qui ont
abandonné ici les loques étroites des habits euro-
péens et apparaissent en parures libres et pittoresques ; leurs barbes nobles, imposantes, prises aux
portraits de Léonard de Vinci ou du Titien, qui ressemblent si peu aux petites barbiches étiques que le
Français se refait et s'arrange plus de cinq fois par

mois. Ici, l'artiste a senti la beauté des cheveux longs laissés libres et leur permet de répandre leurs boucles. Ici, même l'Allemand aux jambes arquées et au tronc d'un seul bloc acquiert une expression de gravité, en laissant flotter sur ses épaules ses boucles dorées et en se drapant dans les plis légers d'une blouse grecque ou d'une parure de velours connue sous le nom de *cinquecento*, que ne réussissent à porter que les artistes à Rome. Les signes d'une tranquillité sévère et du labeur serein s'exprimaient sur tous les visages. Même les conversations et les opinions qu'on entendait dans les rues, dans les cafés, les *osterias*, étaient le contraire absolu ou, du moins, ne ressemblaient en rien à celles des autres villes de l'Europe. On ne parlait pas ici de la baisse des fonds, des débats parlementaires, des affaires de l'Espagne : on entendait parler d'une statue antique qu'on venait de découvrir, des qualités des maîtres anciens, on entendait des discussions et des débats sur l'exposition d'œuvres d'un nouveau peintre, des conversations sur les fêtes populaires et, enfin, des conversations privées dans lesquelles se montrait l'homme, l'homme que les mornes discussions sociales et les opinions politiques qui chassent des visages les expressions du cœur ont chassé de l'Europe.

Souvent, il laissait la ville pour contempler ses environs, et, là, il était frappé par d'autres merveilles encore. Splendides étaient ces champs romains déserts, semés de vestiges de temples antiques, et qui s'étendaient à l'horizon dans une sérénité indicible, brûlant ici d'une masse d'or formée par des

344

fleurs agglomérées, luisant ailleurs du feu des pétales ponceau du coquelicot sauvage. Ils offraient quatre spectacles magnifiques aux quatre coins cardinaux. D'un côté, unis à l'horizon par un seul trait net et profond, les arcs des aqueducs semblaient se dresser dans l'air et comme collés sur la surface d'un ciel d'argent étincelant. De l'autre – des montagnes luisaient au-dessus des champs ; loin de jaillir avec cette violence terrible du Tyrol ou de la Suisse, mais ondulant et se penchant en lignes flottantes et harmonieuses, illuminées par la clarté merveilleuse de l'air, elles étaient prêtes à s'envoler au ciel ; à leur pied s'élançait la longue arcade des aqueducs, comme une longue fondation, et le sommet des montagnes semblait une continuation céleste de cette merveilleuse construction et le ciel, au-dessus, n'était plus argenté, mais de la couleur indicible du lilas au printemps. Du troisième côté – ces champs, eux aussi, étaient couronnés par des montagnes, plus proches et s'élevant plus haut, s'avançant plus puissantes par leurs premiers contreforts et s'éloignant en paliers modérés. La finesse de l'azur les couvre d'une merveilleuse gradation de couleurs ; et, à travers ce voile bleu et céleste, on voyait luire, à peine perceptibles, les maisons et les villas de Frascati, ici, délicatement, finement touchées par le soleil, là s'enfonçant dans les ténèbres claires de la poussière des forêts qu'on devinait au loin. Et quand, soudain, il se retournait derrière lui, alors, le quatrième côté se présentait à sa vue : les champs s'achevaient par la ville elle-même. Avec clarté, avec violence, luisaient

345

les angles et les lignes de maisons, la rondeur des coupoles, les statues de Saint-Jean-de-Latran et la grandiose coupole de Saint-Pierre qui se dressait plus haut, toujours plus haut à mesure qu'on s'en éloignait et finissait par apparaître seule, souverainement, sur toute la ligne de l'horizon, quand toute la ville s'était définitivement effacée. Il aimait encore plus contempler ces champs depuis la terrasse d'une des villas de Frascati ou d'Albano au coucher du soleil. Alors, ils paraissaient comme une mer infinie qui luirait et monterait depuis les sombres balustres de la terrasse ; les pentes et les lignes disparaissaient dans la lumière qui les recouvrait. Au début, ils paraissaient verdâtres, et l'on y distinguait encore çà et là des tombes et des arches, puis c'est un jaune lumineux qui les irradiait, avec toutes les nuances de l'arc en ciel, laissant à peine deviner les vestiges antiques, et, finalement, ils devenaient toujours plus pourpres, toujours plus pourpres, engloutissant en eux jusqu'à la coupole gigantesque et se mêlant en une seule masse couleur framboise, et seul, au loin, le ruban étincelant et doré de la mer les séparait de l'horizon, qui était pourpre comme eux. Jamais nulle part il n'avait vu les champs devenir de la flamme, comme le ciel. Longtemps, empli d'une extase indicible, il demeurait devant ce paysage, et puis il restait là, encore, simplement, sans extase, oubliant tout, quand le soleil aussi finissait par se fondre, quand l'horizon s'éteignait vite et que, plus vite encore, en une seconde, s'éteignaient les plaines obscurcies, que le soir instaurait partout son image

ténébreuse, que, sur les ruines, en fontaines d'étincelles, volaient des mouches phosphorescentes, et
qu'un insecte ailé et pataud, qui vole à toute allure,
mais debout comme un homme, et qu'on appelle "le
diable", lui cognait absurdement les yeux. Alors seulement il sentait que le froid de la nuit méridionale
qui venait de tomber l'avait pénétré tout entier, et il
pressait le pas vers les rues de la ville, pour ne pas
attraper la fièvre du midi.

Ainsi passait sa vie, dans la contemplation de la
nature, des arts et des antiquités. Au milieu de cette
vie, il ressentit plus que jamais le désir de pénétrer
plus profondément dans l'histoire de l'Italie, qu'il ne
connaissait jusqu'à alors que par épisodes, par bribes ; sans elle, lui semblait-il, le présent n'était pas
complet, et il se lança avidement dans les archives,
les chroniques et les Mémoires. A présent, il pouvait les
lire autrement que l'Italien casanier qui entre corps
et âme dans les événements qu'il lit et ne voit pas,
sous la foule des personnages et des péripéties, la
masse de la chose dans son ensemble. A présent, il
pouvait tout contempler d'un œil serein, comme de
la fenêtre du Vatican. Son séjour hors de l'Italie, à la
vue du bruit et du mouvement des peuples et des
états bouillonnants, lui servait d'étalon sévère pour
toutes ses conclusions, donnait à son regard une
impartialité, une vision globale. En lisant, dès lors, il
fut, plus profondément encore, et en toute objecti-
vité, frappé par la grandeur et par l'éclat du passé de
l'Italie. Il fut saisi par le développement rapide et
multiforme de l'homme sur un coin de terre si exigu,

un mouvement aussi puissant de toutes les forces. Il voyait comme l'humanité avait bouillonné ici, comme chaque ville avait parlé sa propre langue, comme chaque ville possédait des volumes et des volumes d'histoire propre, comme, d'un seul coup, avaient surgi ici toutes les images et toutes les formes de la citoyenneté et du gouvernement ; les républiques agitées de caractères forts et insoumis et l'autocratie de despotes parmi eux ; toute une ville de marchands souverains, liée par des réseaux d'influences secrètes sous l'apparence du pouvoir unique d'un doge ; les étrangers appelés parmi les autochtones ; les flux et les reflux puissants dans les entrailles d'une même petite ville ; l'éclat quasiment féerique des ducs et des monarques de terres minuscules ; les mécènes, protecteurs et persécuteurs ; toute une série de grands hommes qui se retrouvent contemporains ; la lyre, le compas, le glaive et la palette ; les temples surgis au milieu des batailles et des troubles ; la haine, la vengeance sanglante, des traits de magnanimité et la masse des aventures romanesques de la vie privée au milieu du tourbillon politique général, inextricablement mêlés : une manifestation si stupéfiante de tous les aspects de la vie politique et privée, un tel éveil, dans un cadre si restreint, de tous les éléments de l'humanité, qui ne se retrouvent ailleurs que partiellement et à de si vastes intervalles ! Et tout cela avait disparu, était passé soudain, tout cela s'était figé, comme de la lave éteinte, et avait même été jeté hors de la mémoire de l'Europe, comme des vieilleries inutiles. Nulle part, même dans les revues, la pauvre

Italie ne montrait plus son front découronné, privée qu'elle était de rôle politique, et, avec lui, d'influence sur le monde.

"Et sa gloire, se demandait-il, ne revivra donc jamais ? Il n'y a donc pas moyen de faire revenir sa splendeur passée ?" Et il se souvint de l'époque où, encore à l'université, à Lucques, il rêvait, délirant, de renouveler sa gloire éteinte, puisque c'était là l'idée favorite de la jeunesse qui en rêvait simplement, bonnement, autour d'un verre ; il voyait à présent comme la jeunesse était myope, et comme peuvent être myopes les politiques qui accusent le peuple d'indolence et de paresse. Il sentit à présent, boule-versé, la grande dextre – celle devant laquelle l'hom-me, privé de parole, tombe dans la poussière –, la grande dextre qui trace, depuis là-haut, les événe-ments du monde. Cette dextre désigna parmi elle de ses citoyens que sa patrie persécutait, un pauvre Génois, qui, à lui tout seul, allait tuer sa patrie, en indiquant au monde une terre inconnue et d'autres, si vastes, chemins. Un horizon universel avait surgi, les mouvements de l'Europe avaient bouillonné d'un élan gigantesque, les navires avaient couru autour du monde, poussant en avant les puissantes forces du nord. La Méditerranée était restée déserte ; comme le lit d'une rivière à sec, l'Italie, laissée à l'écart, s'était tarie. Venise est là, reflétant dans les vagues de l'Adriatique ses palais éteints, et le cœur de l'étranger est pris d'une pitié déchirante quand le gondolier, la tête basse, le transporte parmi les murs déserts et les rampes brisées des balcons de marbre

349

muets. Ferrare reste sans voix, effrayant le visiteur par l'obscurité farouche de son palais ducal. Ses tours penchées et ses miracles architecturaux regardent, désertés, tout l'espace de l'Italie, eux qui se retrouvent dans une génération qui leur est indifférente. Un écho sonore résonne dans des rues jadis bruyantes, et le pauvre *vetturino* s'approche d'une *osteria* malpropre, installée dans un palais splendide. L'Italie se voit dans des haillons de mendiant, et quelques bribes de ses habits royaux pendent sur elle comme des loques poussiéreuses.

Dans un élan de compassion de toute l'âme, il était même prêt à pleurer. Mais une pensée consolatrice grandiose lui venait à l'esprit d'elle-même, et il ressentait, d'une intuition autre, supérieure, que l'Italie n'était pas morte, que l'on sentait encore sa domination éternelle, invincible sur le monde entier, que son génie immense soufflait éternellement sur elle, lui qui avait noué, dès le début, dans son sein même, le destin de l'Europe et apporté la croix aux obscures forêts européennes, en tirant du chaos, par la perche de la citoyenneté, à ses confins les plus extrêmes, son homme sauvage, qui avait allumé, ici, le tout premier, le feu du commerce universel, qui avait palpité des ruses de la politique et la complexité des ressorts sociaux, puis s'était élevé par tout l'éclat de son esprit, couronnant son front de la couronne sacrée de la poésie, et, quand l'influence politique de l'Italie avait déjà commencé à s'éteindre, qui s'était découvert au monde par des miracles solennels – les arts, offrant à l'humanité des jouissances inconnues et des sensations

350

divines, qui, jusqu'alors, n'étaient encore jamais montées des tréfonds de son âme. Quand le siècle de l'art eut, lui aussi, disparu, et qu'il eut laissés indifférents les hommes plongés dans leurs calculs, il souffle et se transporte sur le monde, dans les cris séducteurs de la musique, sur les bords de la Seine, de la Néva, de la Tamise, de la Moscova, de la Méditerranée ou de la mer Noire, dans les murs d'Alger, et sur les îles lointaines, encore tout récemment sauvages, on entend résonner des applaudissements enthousiastes aux chanteurs retentissants. Enfin, c'est par son antiquité, par sa ruine elles-mêmes que Rome règne aujourd'hui sans partage sur le monde : ces grandioses miracles de l'architecture sont restés comme des spectres, pour reprocher à l'Europe sa mesquine splendeur chinoise et l'émiettement des colifichets de sa pensée. Et cette réunion merveilleuse de mondes disparus, et la beauté de leur réunion dans une nature éternellement en fleur – tout cela existe pour réveiller le monde, pour que l'habitant du Nord, comme dans son sommeil, se représente parfois ce Sud, pour que son rêve l'arrache d'une vie glacée, adonnée aux occupations qui lui rancissent l'âme, – qu'elle l'arrache dans l'éclair d'une perspective qui, par surprise, l'emporte au loin, une nuit de Colisée au clair de lune, une Venise dans son agonie sublime, l'éclat invisible du ciel et les baisers tendres d'un air merveilleux, – pour que, fût-ce une seule fois dans sa vie, il soit un homme beau…

Dans ces minutes solennelles, il se faisait à la ruine de sa patrie, et il y découvrait alors les germes d'une vie éternelle, d'un avenir éternellement meilleur que

prépare éternellement au monde son créateur éternel.
Dans ces minutes, il pensait même très souvent à la
signification présente du peuple romain. Il voyait en
lui un matériau encore en friche. Il n'avait jamais joué
de rôle dans l'époque d'apogée de l'Italie. On lisait
dans les pages d'histoire les noms de ses papes et les
familles aristocratiques, mais le peuple était resté
inaperçu. Il n'avait pas été touché par la marche des
intérêts qui évoluaient en lui-même et en dehors de
lui. Il n'avait pas été touché par l'instruction, aucune
bourrasque n'avait levé les forces cachées au fond de
lui. Il y avait dans sa nature quelque chose de généreux comme l'enfance. Cette fierté du nom romain,
suite à laquelle une partie de la ville, se considérant
comme les descendants des antiques quirites, ne con-
tractait jamais de mariages avec les autres. C'étaient des
traits de caractère fait d'un mélange de bonhomie et
de passion qui montraient sa nature lumineuse : jamais un Romain n'oubliait ni le bien ni le mal, il
était soit bon soit méchant, un dilapidateur ou un
avare, les vices et les vertus, dans leur essence même,
ne s'y mélangeaient jamais, comme chez les gens instruits, formant des images indéfinies qui font que chacun a son petit lot de passions minables sous la
direction générale de l'égoïsme. Cette immédiateté,
cet élan d'y mettre tout son argent, – un tic des peuples puissants, – tout cela avait pour lui son importance. C'était une gaîté lumineuse, non feinte, que
tous les autres peuples ont perdue ; partout où il était
allé, il avait eu l'impression qu'on s'efforçait de distraire le peuple ; ici, au contraire, le peuple se

distrayait lui-même. C'est lui-même qui voulait participer, on avait toutes les peines du monde à le retenir dans le carnaval ; tout ce qu'il avait épargné au cours de l'année, il était prêt à le jeter par la fenêtre pendant cette semaine et demie ; il mettait tout pour une seule parure : il s'habillait en bouffon, en femme, en poète, en docteur, en comte, il racontait des sornettes et des discours à qui l'écoutait et qui ne l'écoutait pas, – et cette gaîté s'emparait, comme un tourbillon, – de chacun – de l'âge de quarante ans jusqu'aux petits bambins : le dernier vieux garçon, qui n'a rien à se mettre, retourne son veston, se couvre la figure de charbon et court, lui aussi, vers la masse bariolée. Cette gaîté venait tout droit de sa nature ; elle ne venait pas de l'ivresse, – les mêmes gens couvraient de quolibets un ivrogne s'ils en rencontraient un. Et puis, ces traits d'un instinct, d'un sentiment naturel de l'art : il avait vu comme une femme simple montrait à un peintre un défaut dans son tableau ; il voyait comme ce sentiment s'exprimait sans le vouloir dans les vêtements pittoresques, dans les parures d'église, comme, à Genzano, les gens couvraient les rues de tapis de fleurs, comme les pétales multicolores de fleurs se transformaient en couleurs et en ombres, comme des dessins se formaient sur la chaussée, des blasons de cardinaux, le portrait d'un pape, des chiffres, des oiseaux, des animaux, des arabesques. Comme, à la veille du dimanche de Pâques, les marchands de comestibles, les *pizzicaroli*, décoraient leurs petits étals : les jambons, les saucissons, les vessies blanches, les citrons et les feuilles devenaient mosaïques et formaient un plafond ; des meules de parmesan et d'autres fromages, s'étalant les unes sur les autres, devenaient des colonnes ; les chandelles formaient les franges d'un rideau de mosaïque, qui drapaient les murs intérieurs ; le saindoux, blanc comme neige, servait à fondre de véritables statues, des groupes historiques de contenu chrétien et biblique, que le spectateur ébahi pouvait prendre pour de l'albâtre, – toute la boutique se transformait en un temple lumineux, luisant d'étoiles dorées, illuminée avec art de lampions suspendus et reflétant de glace en glace des amoncellements infinis d'œufs frais. Tout cela demandait un goût, et le *pizzicarolo* ne le faisait pas pour un profit quelconque, mais pour l'admiration des autres, et pour la sienne propre. Et puis ce peuple, enfin, qui vit du sentiment de sa propre dignité : ici, il est *il popolo*, pas une canaille, et il porte dans sa nature les origines du siècle des premiers quirites ; ici, il n'a pas pu être perverti par des étrangers de passage, qui pervertissent les nations inactives, qui engendrent sur les routes cette classe misérable de gens par laquelle les voyageurs jugent souvent du peuple tout entier. L'absurdité même des réglementations de l'Etat, cette masse incohérente de toutes sortes de lois, venues de toutes les époques et de tous les rapports sociaux, et qu'on n'a toujours pas abolies, parmi lesquelles subsistent même certains édits du temps de l'antique républicaine romaine, – tout cela n'a pas anéanti le noble sens de la justice dans le peuple. Le peuple condamne l'oppresseur injuste,

354

siffle le corbillard d'un mort et s'attelle généreuse-
ment au char qui transporte une dépouille qu'il aime.
La conduite même du clergé, souvent source de tentations, et qui, ailleurs, sème la perversion, ici, n'a
quasiment aucun effet : le peuple sait faire la distinction entre la religion et ses ministres hypocrites, et il
n'est pas contaminé par la pensée glacée de l'in-
croyance. Enfin, la misère et la pauvreté elles-mêmes,
sort inévitable d'un Etat en déclin, ne le poussent pas
vers les crimes obscurs ; il reste gai et il supporte
tout, et c'est seulement dans les romans et les récits
qu'il égorge aux coins des rues. Tout cela montrait
au prince les traits d'un peuple puissant, en friche,
pour lequel une carrière d'avenir semblait se préparer. C'était comme si, volontairement, les Lumières
de l'Europe ne l'avaient pas touché, lui pénétrant la
poitrine de leurs améliorations glacées. Le régime
clérical lui-même, ce fantôme étrange d'époques
révolues, était demeuré là comme pour préserver le
peuple de toute influence extérieure, pour qu'aucun
de ses orgueilleux voisins ne puisse attenter à son
identité, pour que sa fière personnalité reste cachée,
jusqu'au moment venu, dans le silence. Et puis, ici, à
Rome, on ne sentait rien de mort : dans les ruines
mêmes et dans la magnifique pauvreté de Rome, il
n'y avait pas cette sensation pesante, pénétrante, qui
saisit malgré lui l'homme qui contemple les monu-
ments d'une nation enterrée vive. Ici, c'était la sensation contraire : une sérénité lumineuse, solennelle.
Et, chaque fois, en réfléchissant à tout cela, le prince
s'adonnait malgré lui à des réflexions et il finit par

pressentir une espèce de sens mystérieux dans cette expression, "la Rome éternelle".

La conclusion de tout cela était qu'il essaya de connaître son peuple toujours davantage. Il l'observait dans les rues, dans les cafés, dont chacun avait sa clientèle : l'un, des antiquaires ; l'autre, des tireurs et des chasseurs, le troisième des serviteurs de cardinaux, le quatrième des peintres, le cinquième, toute la jeunesse de Rome et les dandys romains ; il l'observait dans les *osterias*, les *osterias* purement romaines, où l'on ne voyait jamais un étranger, où le *nobile* romain s'assied parfois à côté du *minente* et la société ôte veste et cravate aux jours de canicule ; il l'observait dans les petites auberges pittoresques des faubourgs, aux fenêtres aériennes sans carreaux, où, par familles ou par compagnies, les Romains se déplaçaient pour manger, ou, selon leur expression, pour *far allegria*. Il s'asseyait manger avec eux, se mêlait volontiers à la conversation, admirant très souvent le bon sens tout simple et l'originalité pleine de vie du récit des citoyens simples et illettrés. Mais là où il avait le plus l'occasion de le connaître, c'était pendant les cérémonies et les fêtes, quand toute la population de Rome remonte à la surface et se montre soudain une multitude innombrable de beautés jusqu'alors insoupçonnées, – des beautés dont on ne trouve des semblants que dans les bas-reliefs et les poèmes anthologiques de l'Antiquité. Ces regards pleins, ces épaules d'albâtre, ces cheveux résineux, montés au-dessus de la tête de mille façons différentes, ou renversés en arrière, transpercés de part en part, picturalement, par une flèche d'or, ces bras, cette démarche fière, partout des traits et des allusions à la grave beauté classique et non au charme léger des femmes gracieuses. Ici, les femmes semblaient pareilles aux bâtiments italiens : elles étaient soit des palais ou des chaumières, soit belles soit hideuses ; il n'y avait pas de milieu parmi elles. Il jouissait d'elles, comme il pouvait jouir, dans un poème splendide, de certains vers qui ressortaient parmi les autres et emplissaient son âme de frissons rafraîchissants.

Mais bientôt, à ces jouissances, vint se mêler un sentiment qui déclara une guerre puissante à tous les autres, – un sentiment qui provoqua aux tréfonds de son âme de puissantes passions humaines qui levèrent une révolte démocratique contre la noble autocratie de l'âme : il vit Annunziata. Et voilà comment nous sommes enfin arrivés à l'image lumineuse qui a irradié le début de notre nouvelle.

Ce fut au moment du carnaval.

— Aujourd'hui, je n'irai pas au Corso, dit *le principe* à son *maestro di casa*, en sortant de chez lui, je commence à en avoir assez du carnaval, je préfère les fêtes et les cérémonies d'été…

— Mais est-ce que c'est un carnaval ? dit le vieillard. C'est un carnaval des enfants. Je me souviens du carnaval : quand, dans tout le Corso, il n'y avait pas un seul équipage, et que la musique jouait toute la nuit dans les rues : quand les peintres, les architectes et les sculpteurs représentaient de vrais groupes, des histoires : quand le peuple, – le prince

357

comprend : tout le peuple, tout le monde, – tous les doreurs, les encadreurs, les mosaïstes, les belles femmes, toute la *signoria,* tous les *Nobili*, tout le monde, tout le monde, tout le monde… *o quanta allegria !* Là, c'était un vrai carnaval, mais, maintenant, qu'est-ce que c'est comme carnaval ? Eh ! – dɪt le vieillard, et il haussa les épaules, puis dit une nouvelle fois : Eh ! – et il haussa les épaules ; et c'est ensuite qu'il prononça : *E une porcheria.*

Ensuite, le *maestro di casa,* dans un violent élan d'émotion, fit de la main un geste particulièrement fort, mais il se rasséréna quand il s'aperçut que le prince avait disparu depuis longtemps. Il était déjà dans la rue. Ne voulant pas participer au carnaval, il n'avait pris ni masque ni filet de mailles de fer pour le visage, la cape sur l'épaule, il voulait seulement se frayer un chemin à travers le Corso vers l'autre côté de la ville. Mais la masse des gens était trop forte. Il ne s'était pas frayé un passage entre deux personnes qu'il avait déjà été arrosé de farine ; un arlequin bariolé lui frappa l'épaule de sa crécelle, en fusant devant lui avec sa colombine ; les confettis et les poignées de fleurs volèrent dans ses yeux ; des deux côtés, on lui bourdonna aux oreilles : d'un côté, un comte, de l'autre, un médecin qui lui faisait une longue conférence sur qui se trouvait dans son intestin. Il n'avait pas la force de se frayer son chemin, parce que la foule ne faisait que croître ; une suite d'équipages qui n'avaient plus la possibilité de bouger, s'était arrêtée. L'attention de la foule fut captée par un casse-cou qui avançait sur des échasses hautes comme les maisons, risquant à chaque instant de se faire renverser, et de se fracasser sur la chaussée. Mais de cela, visiblement, il ne se souciait pas. Il traînait sur ses épaules le mannequin d'un géant, en le maintenant d'une main tandis que, de l'autre, il brandissait un sonnet avec une queue en papier collée dessus, comme on fait pour un cerf-volant, et il criait à pleine voix : *"Ecco il gran poeta morte. Ecco il suo sonetto colla coda !"* ("Voilà le grand poète mort ! voilà son sonnet à queue[1] !") Ce casse-cou avait provoqué un tel attroupement autour de lui que le prince arrivait à peine à respirer. Toute cette foule finit par se mettre à avancer derrière le poète mort ; la suite des équipages s'ébranla, ce qui lui fit un grand plaisir, même si le mouvement de la foule lui avait arraché son chapeau, qu'il se précipita pour ramasser. Il ramassa son chapeau, releva les yeux, et resta hébété : il avait devant les yeux une femme d'une beauté inouïe. Elle portait un costume d'Albano étincelant, à côté de deux autres beautés qui étaient devant elle comme le jour devant la nuit. C'était là un miracle au plus haut sens du mot. Quand on la regardait, on comprenait tout de suite pourquoi les poètes italiens comparent les belles avec le soleil. C'était précisément un soleil, une beauté totale. Tout ce qui s'est disséminé et qui luit

1. Il existe dans la poésie italienne un genre de poèmes qu'on appelle "sonnet à queue" *(con la coda)* – quand la pensée a manqué de place et appelle un ajout qui peut être parfois plus long que le sonnet lui-même. (Note de N. Gogol.)

trait à trait dans toutes les différentes beautés du monde, tout s'était réuni là. On regardait sa poitrine et son buste, on comprenait clairement ce qui manquait à la poitrine et au buste des autres. Devant ses cheveux épais et étincelants, tous les autres cheveux paraissaient secs et ternes. Ses bras auraient pu transformer n'importe qui en peintre, – comme un peintre, on les aurait regardés éternellement, sans oser respirer. Devant ses jambes, les jambes de toutes les autres, les Anglaises, les Allemandes, les Françaises, les femmes de toutes les nations, semblaient des bouts de bois ; seuls les sculpteurs antiques avaient su retenir la haute idée de leur beauté dans leurs statues. C'était une beauté totale, créée pour aveugler chacun et tous ! Ici, il n'y avait pas besoin d'avoir un goût particulier ; ici, tous les goûts devaient se rassembler, tous, ils devaient se prosterner : le croyant et l'incroyant seraient tombés devant elle, comme devant l'apparition soudaine de la divinité. Il vit que tout le peuple, si nombreux qu'il pût être, restait à l'admirer, que toutes les femmes exprimaient sur leur visage une stupeur involontaire mêlée à du plaisir, et répétaient : *"O bella !"* – tout le monde, semblait-il, se transformait en peintre, et tous les yeux n'étaient fixés que sur elle. Mais le visage de la belle n'exprimait une attention que pour le carnaval : elle ne regardait que la foule et les masques, sans remarquer les yeux tournés sur elle, écoutant à peine les hommes en veste de velours qui se tenaient derrière elle, visiblement des membres de sa famille qui étaient là ensemble. Le prince voulut interroger ceux

360

qui se tenaient près de lui, pour savoir qui était cette beauté merveilleuse, et d'où elle venait. Mais partout il ne recevait en réponse qu'un haussement d'épaules, accompagné d'un geste, et ces paroles : "Je ne sais pas, sans doute une étrangère." Immobile, osant à peine respirer, il la dévorait des yeux. La belle finit par tourner vers lui ses larges yeux, mais elle se troubla tout de suite et les tourna ailleurs. Il fut réveillé par un cri : un gigantesque chariot venait de s'arrêter devant lui. La foule des masques et des blouses roses qui se trouvait dedans, après l'avoir appelé par son nom, se mit à le recouvrir de farine, en accompagnant chaque poignée par un long cri : "ouh, ouh, ouh !…" Et, en l'espace d'une minute, il fut couvert, des pieds jusqu'à la tête, de poudre blanche, aux éclats de rire de tous ses voisins autour de lui. Blanc comme neige, blanc même jusqu'aux paupières, le prince rentra chez lui en courant pour se changer.

Le temps qu'il y arrive, le temps qu'il se soit changé, il ne restait plus qu'une demi-heure avant l'*Ave Maria*. Des équipages vides revenaient du Corso : leurs occupants avaient pris place sur les balcons – pour regarder de là le flot ininterrompu de la foule, dans l'attente de la course de chevaux. A l'angle du Corso, il croisa une charrette pleine d'hommes en vestons et de femmes étincelantes, des couronnes de fleurs sur la tête, brandissant des cymbales et des tambourins. La charrette paraissait rentrer joyeusement à la maison, ses flancs étaient ornés de fleurs, les rayons et les essieux des roues entrelacés de branches vertes. Son cœur se creusa quand il vit que, parmi les femmes, se tenait la beauté qui l'avait sidéré. Son visage s'illuminait d'un rire resplendissant. La charrette fila à toute allure avec des cris et des chansons. Son instinct lui dicta de se précipiter à sa poursuite, mais son chemin fut obstrué par un immense train de musiciens : sur six roues, on transportait un violon grand comme un épouvantail. Un homme était assis en haut, sur le chevalet, un autre, marchant à côté, promenait un archet gigantesque sur les quatre câbles qu'on avait tendus à la place des cordes. Le violon, visiblement, avait coûté de grands efforts, beaucoup de dépenses et de temps. La marche était ouverte par un tambour géant. Une foule de gens et de gamins suivait en tumulte le train des musiciens et la marche était fermée par un *pizzicarolo*, célèbre à Rome pour son embonpoint, brandissant un clystère haut comme un clocher. Quand la rue fut libérée du train, le prince vit qu'il était trop tard, et stupide de courir à la poursuite de la charrette, et qu'on ne savait pas, en plus, dans quelle direction elle avait pu filer. Pourtant, il ne pouvait pas renoncer à son idée de la chercher. Il voyait voleter dans son imagination ce rire étincelant et cette bouche ouverte qui découvrait des dents merveilleuses. "Ce n'est pas une femme, c'est l'éclat de la foudre", se répétait-il en lui-même et, en même temps, il ajoutait avec fierté : "C'est une Romaine. Une femme pareille ne peut naître qu'à Rome. Il faut absolument que je la voie. Je ne veux pas la voir pour l'aimer, non, – je voudrais simplement la regarder, regarder ses yeux, regarder ses mains, ses doigts, ses cheveux étincelants. Pas l'embrasser, non, seulement la regarder. Eh quoi ? C'est ainsi que ça devrait être, c'est une loi de la nature : elle n'a pas le droit de cacher sa beauté et de nous priver d'elle. Une beauté totale doit être donnée au monde pour que chacun la voie, pour que le cœur en garde l'idée en toute éternité. Si elle avait été simplement belle, et pas une telle perfection sublime, elle aurait eu le droit d'appartenir à quelqu'un, quelqu'un aurait pu l'emmener dans un désert, la cacher aux yeux du monde. Mais une beauté totale doit être vue par tous. Est-ce qu'un architecte construit un temple magnifique dans une ruelle obscure ? Non, il le dresse sur une place découverte, pour que les gens puissent le voir de tous les côtés, et qu'ils s'émerveillent. Est-ce qu'une lampe est allumée, a dit le maître divin, pour qu'on la cache et qu'on la mette sous la table ? Non, la lampe est allumée pour rester sur la table, pour que chacun puisse voir, pour que tout le monde vive à sa lumière. Non, il faut absolument que je la voie." Ainsi pensait le prince, après quoi il réfléchit longuement et fit la liste des moyens qui pouvaient lui permettre d'atteindre son but, – il finit, semblait-il, par s'arrêter sur l'un d'entre eux et se dirigea séance tenante vers une de ces rues éloignées, si nombreuses à Rome, où il n'y a même pas de palais cardinalice affichant ses blasons ornés sur des écus de bois ovales, où l'on voit un chiffre sur chaque fenêtre et sur la porte de chaque bicoque, où la chaussée exorbitée avance en pente, où l'on ne voit d'étrangers qu'un peintre allemand à l'aventure, avec sa chaise pliante et ses couleurs, ou bien un bouc, égaré d'un troupeau qui viendrait de passer, et qui s'arrêterait pour regarder, stupéfait, cette rue qu'il n'a encore jamais vue. Ici résonne, à voix sonores, le babil des Romaines : de tout côté, de toutes les fenêtres, on entend des discours et des conversations. Ici, tout est ouvert, et le passant peut apprendre jusqu'au bout tous les secrets d'une famille ; ici, même la mère et la fille ne se parlent pas autrement qu'en se penchant à la fenêtre ; ici, on ne voit pas un seul homme. Sitôt que luisent les premières lueurs du matin, la siora Suzanna ouvre la fenêtre et sort la tête, puis, d'une autre fenêtre, c'est le tour de la siora Grazia, en enfilant sa jupe. Puis ce sera la siora Nanna. Ensuite ce sera la siora Lucia, qui se démêle la natte avec son peigne ; enfin, la siora Cecilia sort son bras de la fenêtre, pour ramasser le linge qui pend à la ficelle, du linge qui, longtemps rétif à se laisser rattraper, est tout de suite puni en se faisant froisser, jeter par terre, et se voit qualifié de ces mots : *"Che bestia !"* Ici, tout est vivant, tout bouillonne ; on voit voler par la fenêtre un chausson vite enlevé vers un gamin farceur ou vers un bouc qui s'approche d'une corbeille où l'on a placé un nourrisson, bouc qui s'est mis à le flairer et, en penchant la tête, s'apprête à lui expliquer ce que c'est que les cornes. Ici, il n'y a rien d'inconnu : tout est connu. Les signoras savent tout sur tout : quel foulard a acheté la siora Giudita, qui va manger du poisson à déjeuner, comment est l'amant de Barbaruccia, quel capucin est le meilleur confesseur. C'est seulement de loin en loin qu'un mari vient

364

mettre son grain de sel, mari qui reste généralement dans la rue, accoudé à un mur, une petite pipe au bec, pensant qu'il est de son devoir, quand il entend parler des capucins, d'ajouter sa petite phrase : "Tous des escrocs", – après quoi il recommence à s'envoyer de la fumée sous le nez. Ici, aucun équipage ne passe, à part peut-être un tape-cul à deux roues, tiré par un mulet, qui apporte sa farine au boulanger, ou un âne endormi, qui peine à livrer une corbeille de brocolis, malgré tous les encouragements des gamins qui lancent des cailloux sur ses flancs insensibles. Ici, il n'y a pas le moindre magasin, juste des petites boutiques, où l'on achète du pain, de la ficelle et des bouteilles de verre, et un petit café étroit, situé exactement à l'angle de la rue, et où l'on voit le bottega sortir et entrer, pour offrir aux signors du café ou du chocolat au lait de chèvre dans de petites cafetières en fer-blanc qu'on gratifie du nom d'Aurora. Ici, les immeubles appartiennent à deux, à trois, et quelquefois à quatre propriétaires, dont l'un possède un droit à vie, l'autre possède un seul étage, et a le droit de jouir de ses loyers seulement pendant deux ans, après quoi, à la suite d'un héritage, ces profits passent pour dix ans au *padre Vincenzo*, lequel, du reste, se le voit contesté par quelque membre de la famille qui habite à Frascati et qui, d'avance, lui a intenté un procès. Il y a aussi des propriétaires qui ne possèdent qu'une fenêtre dans un immeuble, et deux autres dans un autre, et jouissent à part égale avec leur frère des revenus d'une fenêtre dont, du reste, le locataire indélicat ne paie guère le loyer – bref, un sujet de chicanes interminables et une source de profits pour les avocats et les *curiali* qui grouillent à Rome. Les dames dont nous venons de parler, – toutes, celles de la première classe, qu'on gratifie de leur nom complet, ou celles des classes inférieures, qu'on n'appelle que par leurs diminutifs, toutes les Tetta, les Tutta, les Nanna, – dans leur majorité, ne font rien du tout : elles sont épouses : d'un avocat, d'un petit fonctionnaire, d'un petit commerçant, d'un porteur, d'un faquin, et, le plus souvent, d'un citoyen sans trop d'occupation, capable uniquement de se draper dans un manteau pas entièrement fiable.

De nombreuses signoras servaient de modèles à des peintres. Il y avait là toutes sortes de modèles. Quand il y avait de l'argent – elles passaient leur temps dans des *osterias* avec leur mari et toute une compagnie ; s'il n'y avait pas d'argent – elles n'étaient pas désespérées et regardaient par la fenêtre. Au moment dont nous parlons, la rue était plus tranquille qu'à l'ordinaire parce que certaines étaient parties rejoindre la foule populaire sur le Corso. Le prince s'approcha de la porte branlante d'une bicoque toute semée de trous, de sorte que le propriétaire lui-même perdait son temps à passer de trou en trou avec ses clés, avant de trouver la bonne. Il était déjà prêt à saisir le heurtoir quand, brusquement, il entendit ces mots :

– *Sior principe* veut voir Peppe ?

Il leva la tête : du deuxième étage, c'était la siora Tutta qui venait de sortir le torse.

— Ce qu'elle crie, dit siora Suzanna, depuis la fenêtre d'en face. Le *principe*, si ça se trouve, ce n'est pas pour voir Peppe qu'il est venu.

— Bien sûr qu'il est venu pour voir Peppe, n'est-ce pas, prince ? C'est pour voir Peppe que vous êtes là, n'est-ce pas, prince ? Pour voir Peppe ?

— Pour voir Peppe, pour voir Peppe ! poursuivait siora Suzanna, s'aidant d'un geste des deux bras. C'est maintenant que le prince penserait à Peppe ! En ce moment, c'est le carnaval, le prince va sortir avec sa *cugina*, la marquise Montelli, il prendra un carrosse avec ses amis pour jeter des fleurs, il ira à la campagne *far allegria*. Pour voir Peppe, pour voir Peppe !

Le prince resta stupéfait d'entendre ces détails sur son emploi du temps ; mais il n'y avait pas à rester stupéfait, parce que siora Suzanna savait tout.

— Non, mes bonnes signoras, dit le prince, c'est vrai, il faut que je voie Peppe.

A cela, cette fois, c'est la signora Grazia, laquelle gardait depuis longtemps la tête penchée depuis le premier étage et écoutait, qui répondit. Elle répondit en claquant légèrement la langue et en tournant le doigt – ce qui signifie généralement chez les Romaines un signe négatif – et puis, elle ajouta :

— Il n'est pas là.

— Mais vous savez peut-être où il est ?

— Eh ! où il est ! répétait siora Grazia, penchant la tête sur son épaule. Il doit être à l'*osteria*, sur la place, devant la fontaine ; quelqu'un a dû l'appeler, il est parti je ne sais où, *chi lo sa !*

367

— Si le *principe* a quelque chose à lui dire, reprit de la fenêtre d'en face Barbaruccia, tout en fixant une boucle d'oreille, qu'il me le dise, je lui transmettrai.

"Ça, non", se dit le prince et il la remercia pour une telle promptitude.

On vit alors paraître, sortant de l'angle de la ruelle, un nez énorme et sale, suspendu comme une hache sur les lèvres, et le visage tout entier qui apparurent ensuite. C'était Peppe lui-même.

— Voilà Peppe ! s'exclama siora Suzanna.

— Voilà Peppe qui arrive, *sior principe* ! s'écria vivement de sa fenêtre la signora Grazia.

— Il arrive, Peppe, il arrive ! lança Cecilia de l'autre bout de la rue.

— *Principe, principe !* voilà Peppe, voilà Peppe (*ecco Peppe, ecco Peppe) !* criaient les gamins dans la rue.

— Je vois, je vois, dit le prince, assourdi des cris aussi vifs.

— Me voilà, *eccelenza*, me voilà ! dit Peppe en ôtant son chapeau.

Il avait déjà eu le temps, visiblement, de goûter au carnaval. Il avait reçu sur le côté une bonne dose de farine. Tout son dos et son flanc étaient entièrement blancs, son chapeau était cassé, et tout son visage était criblé de petits clous blancs. Peppe était déjà remarquable par le fait que, pendant toute sa vie, il était resté avec ce diminutif, Peppe. Il n'avait jamais pu monter jusqu'à Giuseppe, même s'il avait aujourd'hui les cheveux blancs. Il venait pourtant d'une bonne famille, de la riche maison d'un négociant, mais sa dernière bicoque lui avait été enlevée par un procès. Son père, un homme, lui aussi, du genre de Peppe, encore qu'il s'appelât le sior Giovanni, avait croqué les derniers restes de sa fortune, et, à présent, lui, il tirait le diable par la queue, comme beaucoup de gens – c'est-à-dire qu'il vivait au petit bonheur : tantôt il se retrouvait domestique chez un étranger quelconque, soit il était garçon de courses chez un avocat, soit il apparaissait comme appariteur chez un peintre, ou garde chez un vigneron ou dans une villa ; et, au fur et à mesure, son costume changeait continuellement. Parfois, on croisait Peppe coiffé d'un chapeau rond et d'un vaste pourpoint, parfois vêtu d'une blouse serrée trouée à deux ou trois endroits et munie de manches si étroites que ses longs bras en ressortaient comme des balais ; parfois, on voyait ses mollets dans un bas de curé, le pied chaussé de mules ; parfois, il paraissait dans un costume tel qu'il était difficile de le reconnaître, d'autant qu'il était mis en dépit du bon sens ; parfois, on pouvait simplement penser qu'il avait mis sur ses jambes non pas un pantalon mais une veste, en la remontant et en la nouant, Dieu sait comme, par-derrière. Il était l'exécutant le plus affable de toutes sortes de missions, souvent sans le moindre intéressement : il traînait des loques à vendre aux puces, loques que lui confiaient les dames de sa rue, des livres sur parchemins de quelque abbé ruiné ou de quelque antiquaire, le tableau d'un peintre ; il passait le matin chez des abbés pour faire nettoyer chez lui leur pantalon et leurs souliers, il oubliait de les ramener à l'heure dite, suite à un désir superflu de rendre service à telle ou telle tierce personne, et les abbés restaient aux arrêts, sans souliers et sans pantalon, pendant toute la journée. Souvent, on lui remettait des sommes importantes, mais, l'argent, il en disposait à la romaine, c'est-à-dire que, le lendemain, il s'était presque toujours évaporé ; non pas parce qu'il le dépensait pour lui, ou qu'il le mangeait, mais parce qu'il l'utilisait entièrement à la loterie, dont il était fou. Je doute qu'il y ait eu un numéro qu'il n'eût jamais joué. L'événement le plus insignifiant de la journée avait pour lui une signification capitale. S'il lui arrivait de trouver dans la rue je ne sais quel détritus, il courait tout de suite à son livre de divination, pour voir quel numéro il pouvait y avoir, de façon à le jouer tout de suite à la loterie. Il rêva un jour que Satan, qui, déjà sans cela, lui venait dans ses rêves il ne savait pourquoi à chaque début de printemps, – que Satan, donc, l'avait tiré par le nez sur les toits de tous les édifices à commencer par l'église Saint-Ignace, puis tout le long du Corso, puis le long de la rue des *Tre Ladroni*, puis *via della Stamperia* et qu'il avait fini par s'arrêter juste devant la *Trinité* dans l'escalier, en lui disant : "Tiens, Peppe, parce que tu as fait une prière à Saint-Pancrace : ton billet ne gagnera pas." Ce rêve fut la source de longs débats entre la siora Cecilia, la siora Suzanna et quasiment toute la rue ; mais Peppe résolut l'énigme à sa façon : il courut chercher son livre de divination, apprit que le diable signifiait le chiffre 13, le nez le 24, saint Pancrace le 30, et joua, le matin même, ces trois numéros. Puis, il additionna les trois ensemble, ce qui donna 67, et il joua le 67. Les quatre numéros, comme d'habitude, échouèrent. Une autre fois, il lui arriva d'entrer dans une dispute avec un vigneron, un gros Romain, le sior Rafaele Tomaceli. La raison de leur dispute, – Dieu seul la connaît, mais ils criaient très fort, avec de vastes gestes des deux bras, et, finalement, ils blêmirent tous les deux – signe terrible, auquel, généralement, terrorisées, toutes les femmes sortent la tête par la fenêtre, et le passant s'écarte autant qu'il peut, – signe que l'affaire va en arriver aux couteaux. Et, de fait, le gros Tomaceli avait déjà plaqué sa main sur la guêtre de cuir qui enserrait sa grosse cuisse pour en extraire son couteau, et avait dit : "Attends un peu que je te, espèce de tête de veau !", – quand, brusquement, Peppe s'était frappé le front avec la paume et avait fui du champ de bataille. Il venait de se souvenir que, pour la tête de veau, il n'avait encore jamais pris de billet : il chercha le numéro de la tête de veau et courut au bureau de la loterie, si bien que tous les témoins qui s'étaient amassés pour voir du sang furent sidérés d'un acte aussi inattendu et Rafaele Tomaceli lui-même, rengainant le couteau dans sa guêtre, resta longtemps sans trop savoir quoi faire, puis finit par dire : *"Che uomo curioso !"* Peppe ne se troublait jamais de voir toutes ses mises échouer. Il avait la certitude qu'il finirait par être riche, ce qui fait qu'en passant devant les boutiques, il s'enquérait presque toujours du prix de tel ou tel objet. Un jour, apprenant qu'un grand immeuble était en vente, il était passé en discuter avec le vendeur, et quand ceux qui le connaissaient avaient éclaté de rire, il répondit d'un ton des plus candides : "Mais pourquoi vous riez ? pourquoi vous riez ? Ce n'est pas pour maintenant que je voulais l'acheter, c'est pour plus tard, pour le temps où j'aurai de l'argent. Il n'y a rien de particulier à ça… tout le monde doit se faire un patrimoine pour le léguer plus tard à ses enfants, à l'église, aux pauvres, à toutes sortes de choses… *chi lo sa !*" Le prince le connaissait depuis longtemps, son père l'avait même pris à un moment comme serviteur, pour le mettre à la porte immédiatement – parce qu'en un mois, il avait usé sa livrée et jeté par la fenêtre toute la table de toilette du vieux prince, en lui donnant un coup de coude malencontreux.

— Ecoute, Peppe ! dit le prince.

— Que veut ordonner l'*eccelenza* ? disait Peppe en restant tête nue. Il suffit que le prince dise : "Peppe !" et moi : "Je suis là." Et puis, le prince n'aura qu'à dire : "Ecoute, Peppe !" – et moi : *"Ecco me, eccelenza !"*

— Tu dois, Peppe, me rendre un service comme… – A ces mots, le prince regarda autour de lui et vit que toutes les sioras Grazia, toutes les sioras Suzanna, Barbaruccia, Tetta, Tutta, toutes, sans la moindre exception, – avaient, pleines de curiosité, sorti la tête de la fenêtre et la pauvre siora Cecilia, quant à elle, avait carrément failli passer par-dessus la sienne.

"Oh, ça va mal !", se dit le prince.

— Viens, Peppe, suis-moi.

Il se tut et prit les devants, Peppe le suivant, tête baissée et se parlant tout seul : "Eh ! les femmes, si elles sont curieuses, c'est parce que c'est des femmes, parce qu'elles sont curieuses."

Ils marchèrent longtemps de rue en rue, chacun plongé dans ses pensées. Voilà ce que Peppe pensait : "Le prince va sans doute me donner une mission, peut-être quelque chose d'important, parce qu'il ne veut pas le dire devant tout le monde ; donc, il va me faire un beau cadeau, ou me donner de l'argent. Si le prince me donne de l'argent, qu'est-ce que je fais avec ? Je le rends au sior Servilio, le tenancier du café, à qui je dois depuis longtemps ? parce que le sior Servilio, dès la première semaine du carême, il ne manquera pas de me demander de l'argent, parce que le sior Servilio a mis tout son argent dans un violon monstrueux qu'il a mis trois mois à faire de ses propres mains pour le carnaval, pour se promener avec dans les rues, – maintenant, sans doute, le sior Servilio va, pendant longtemps, manger au lieu d'un chevreau à la broche, rien que des brocolis à l'eau, le temps qu'il retrouve de l'argent pour le café. Ou bien, je ne paye pas le sior Servilio et, au lieu de ça, je l'invite à dîner dans une *osteria* ? parce que le sior Servilio est *il vero Romano* et pour l'honneur qui lui sera fait, il sera prêt à attendre pour la dette, – et la loterie ne manquera pas de commencer à la deuxième semaine du carême. Mais, seulement, comment préserver cet argent pour qu'on n'en sache rien, ni Giacomo, ni le maître Petruccio, l'affûteur, qui ne manqueront pas de me demander un emprunt, parce que Giacomo a mis en gage aux Juifs du Ghetto tous ses habits, et le maître Petruccio, lui aussi, a mis tous ses habits en gage aux Juifs, et il a déchiré une robe et le dernier foulard de son épouse quand il s'est déguisé en femme… Comment faire pour ne pas leur faire crédit ?" Voilà à quoi pensait Peppe.

Et voilà à quoi pensait le prince : "Peppe peut la retrouver, et apprendre son nom, son adresse, et d'où elle vient et qui est cette beauté. D'abord, il connaît tout le monde, et donc il a plus que les autres des amis dans la foule à qui il peut demander, il peut jeter un œil dans tous les cafés et les *osterias*, il peut même parler sans éveiller les soupçons de personne, avec l'allure qu'il a. Et même s'il peut être bavard et tête en l'air, si je lui fais prêter serment sur sa tête de vrai Romain, tout restera secret."

Voilà ce que pensait le prince, marchant de rue en rue, et il finit par s'arrêter en remarquant que, depuis longtemps, il avait passé le pont, qu'il était du côté Transtévère de Rome, qu'il grimpait la colline depuis longtemps et qu'il était tout près de l'église *San Pietro in Montorio*. Pour ne pas rester sur le chemin, il monta sur la terrasse sur laquelle se découvre toute la ville de Rome, et, se tournant vers Peppe, il prononça :

— Ecoute, Peppe, il y a un service que je te demanderai.

— Que veut son *eccelenza* ? redemanda Peppe.

Mais, ici, le prince lança un regard vers Rome et s'arrêta : la Ville éternelle, dans un panorama

374

merveilleux et étincelant, se présentait à lui. Toute la masse lumineuse des immeubles, des églises, des dômes, des aiguilles, était violemment éclairée par l'éclat d'un soleil couchant. Par groupe, et seul à seul, l'un après l'autre, se distinguaient les édifices, les toits, les statues, les terrasses suspendues et les galeries ; ici on voyait, bigarrée et joueuse, la masse des clochers avec leurs cimes fines et les coupoles aux ajours capricieux comme des lanternes ; ici, se dessinait la masse sombre d'un palais tout entier ; là-bas, le dôme plat du Panthéon ; là, le sommet orné de la colonne Antonin et la statue de saint Paul ; plus à droite encore, se dressaient les sommets des bâtiments du Capitole avec les chevaux, les statues ; encore plus à droite, au-dessus de la masse étince-lante des immeubles et des toits, on distinguait, gran-diose et sévère, l'étendue gigantesque du Colisée ; plus loin, à nouveau, le jeu d'une foule de murs, de terrasses et de dômes inondés par l'éclat aveuglant du soleil. Et, au-dessus de toute cette masse étince-lante, au loin, les cimes des chênes de pierre, dans les villas Ludovisi et Medicis, avec les taches som-bres, noires, de leur verdure, et, comme un vrai trou-peau, au-dessus d'elles, en l'air, les cimes en forme de dômes des pins romains, dressés sur leur troncs élancés. Et puis, sur toute la longueur du tableau, on voyait se dessiner les contours bleus et transparents des montagnes, légères comme l'air, prises dans une espèce de lumière phosphorescente. Ni la peinture ni la parole n'auraient pu transmettre l'accord et l'har-monie merveilleuse de tous les plans de ce tableau.

L'air était à ce point pur et transparent qu'on voyait clairement le moindre trait des édifices les plus lointains et tout paraissait si proche qu'on aurait cru pouvoir tendre la main pour le toucher. Les ornements les plus infimes, les détails des ajours d'une corniche – tout se montrait là dans une pureté inaccessible. C'est alors qu'on entendit un coup de canon et, dans le lointain, le cri uni de la masse du peuple – signe que venaient de passer les chevaux sans cavalier qui clôturaient la journée du carnaval. Le soleil descendait plus bas vers la terre ; son éclat sur toute la masse architecturale devenait plus pourpre et plus chaud ; la ville semblait encore plus vivante et plus proche ; les pins étaient encore plus noirs ; les montagnes plus bleues et plus phosphorescentes ; et l'air céleste encore plus solennel et plus beau d'être prêt à s'éteindre… Mon Dieu, quelle vue ! Le prince, saisi, oublia tout, lui-même, et la beauté d'Annunziata, et le destin mystérieux de son peuple, et tout ce qui existe au monde.

POSTFACE

DU BROUILLARD PÉTERSBOURGEOIS
A LA LUMIÈRE ROMAINE :
LE "POÈME" URBAIN DE
NIKOLAÏ GOGOL

En fait, *Les Nouvelles de Pétersbourg* existent-elles vraiment ?

La question peut paraître saugrenue, surtout quand on tient entre ses mains un livre qui porte ce titre. Elle se justifie pourtant quand on sait que Gogol ne l'a lui-même jamais donné et que la formule est entrée dans l'histoire de la littérature un peu par accident pour désigner cet ensemble de nouvelles. Mais quelles nouvelles au juste ? Car si celles-ci sont "pétersbourgeoises", que vient y faire "La Calèche", dont l'action se passe en province ? Certains diront que le héros de ce récit a fait carrière dans la capitale de l'empire, d'autres qu'on y trouve des similitudes stylistiques avec les autres textes de cette période, d'autres enfin qu'il a été écrit dans la capitale russe. Admettons. Mais alors que dire du "Manteau", écrit entièrement à l'étranger ? Et que dire, surtout, de "Rome", la nouvelle qui clôt le recueil ? Saint-Pétersbourg semble bien loin dans ce récit, également écrit à l'étranger et, de surcroît, inachevé. Et s'il est inachevé, pourquoi Gogol a-t-il décidé de l'inclure malgré tout dans le troisième volume de ses *Œuvres* (dont le titre est simplement : *Nouvelles*) ? Beaucoup de questions qui n'ont jamais vraiment trouvé de réponses et que les éditeurs ont souvent éludées en optant pour la solution qui consiste tout simplement à ne pas inclure "La Calèche" et "Rome", le premier récit pour son provincialisme et son caractère anecdotique, le second parce qu'il est inachevé et méridional. Ces amputations permettaient d'offrir au lecteur des *Nouvelles de Pétersbourg* sans mélange, thématiquement en tout cas, et les éditeurs se défaisaient ainsi de la responsabilité d'avoir à justifier le titre général du recueil, et, à plus forte raison, sa composition.

Reste la question de savoir pourquoi Gogol n'a pas fait la même chose, en 1842, quand il préparait ce troisième volume de ses œuvres, que la présente édition, pour la première fois en français à notre connaissance, reproduit fidèlement. On sait en effet que l'écrivain a choisi lui-même les textes à inclure dans ce volume, et, plus significatif encore, qu'il a lui-même décidé de l'ordre dans lequel ceux-ci devaient se succéder. Or, cet ordre ne tient aucunement compte de la chronologie, que ce soit celle de l'écriture ou celle de la publication : "Le Manteau", écrit presque en dernier (peu avant "Rome" et la deuxième version du "Portrait"), et publié pour la première fois justement dans les *Œuvres* en 1842, se trouve ainsi entouré de deux groupes de trois nouvelles et, du coup, placé au beau milieu d'un ensemble présentant une structure symétrique. Qu'on en juge :

"La Perspective Nevski" (première publication : 1835)
"Le Nez" (1836)
"Le Portrait" (première version : 1835 ; seconde version : 1842)
"Le Manteau" (1842)
"La Calèche" (1836)
"Les Carnets d'un fou" (1835)
"Rome. Fragment" (1842)

Ce simple rappel montre à l'évidence que l'écrivain a *organisé* ces nouvelles en un cycle et on peut raisonnablement penser que, lorsqu'il a repris tous ces textes écrits au cours de la décennie précédente, il y a ⁓u un dénominateur commun assez puissant pour justifier un tel ordre. Cela n'est pas étonnant, d'ailleurs, quand on sait, grâce à l'étude des manuscrits, que certains d'entre eux ont été écrits parallèlement : "La Perspective Nevski" a ainsi été commencée en même temps que la première version du "Portrait", et il n'est pas abusif d'affirmer que les deux peintres sont un peu nés de la même souche. Gogol, après avoir raconté l'histoire de Piskariov, abandonne un temps "La Perspective Nevski" et se lance dans "Le Portrait", avant de revenir à la première nouvelle pour la terminer avec les frasques de Pirogov (et le narrateur a cette phrase significative, après les funérailles de Piskariov : "Je crois [!] que nous avons laissé le lieutenant Pirogov au moment où il quittait le malheureux Piskariov et se lançait à la poursuite de sa blondinette"). Il est donc nécessaire de considérer cet ensemble qu'on appelle *Nouvelles de Pétersbourg* comme un seul texte, composé de plusieurs chapitres (un peu comme *Les Ames mortes*), reliés par un fil conducteur, ce fil conducteur que l'écrivain a vu quand il préparait l'édition de 1842.

Bien entendu, chacun de ces "chapitres" forme un tout, qui a sa valeur et son sens, et qui peut être lu pour lui-même. Mais publier ces nouvelles selon un autre ordre, chronologique ou autre, en supprimer certaines ou en importer d'autres venues d'ailleurs, comme cela se fait habituellement, prive le tout de l'apport de sens que révèle cette organisation et qui transcende la signification particulière de chaque récit pris séparément.

Et bien évidemment, dans l'élaboration de ce sens global, la ville elle-même joue un rôle central. Même quand elle n'est plus là, quand on s'en est échappé pour aller se réfugier à… Rome. Donc : oui, *Les Nouvelles de Pétersbourg* existent, mais certainement un peu différemment qu'on a pu le croire.

Quand il arrive dans la capitale septentrionale de l'empire russe de son Ukraine natale à la fin des années 1820, Gogol (1809-1952) se lance dans deux activités : la fonction publique et l'écriture. Si la première ne lui apporte aucune satisfaction (alors que servir l'Etat était le but idéalisé de son déplacement) et fait long feu, la seconde est rapidement couronnée de succès. Quand paraissent ses deux recueils de "nouvelles ukrainiennes", *Les Veillées du hameau près de Dikanka* (1831, 1832), l'écrivain est déjà connu et bien intégré dans le monde littéraire et en 1834, il peut renoncer à son emploi de professeur d'histoire universelle à l'université de Saint-Pétersbourg (fonction dans laquelle il parvenait surtout à assoupir le public) pour se consacrer exclusivement à l'écriture. C'est à ce moment que Gogol conçoit les premières esquisses de ce qui deviendra *Nouvelles de Pétersbourg* : toutes ont été écrites entre ce moment et 1842, année de la publication de la première partie des *Ames mortes,* dont l'écriture est parallèle.

La ville que découvre Gogol est assez contradictoire : si elle brille de toutes les splendeurs héritées du XVIIIᵉ siècle qui l'a vu naître et grandir, elle présente également des aspects moins encourageants, liés à son développement et à la marque que lui imprime Nicolas Iᵉʳ, qui, quelques années plus tôt, a maté le soulèvement des décembristes en montant sur le trône, qui s'apprête à mater la révolte polonaise et qui transforme peu à peu la capitale en un petit monde dominé par une bureaucratie omniprésente. Il découvre également une ville dont le climat humide et froid l'horrifie. En 1836, dans la revue *Le Contemporain,* il se demande comment, après Kiev, "où il gèle peu", et Moscou, "où il ne gèle pas encore assez", "la capitale russe est venue se perdre dans ce bout du monde", où "l'air est tendu de brouillard" et la terre "blafarde, gris verdâtre…". Un autre reproche adressé à la ville son caractère peu national, aussi bien dans son architecture que dans sa population, en quoi elle s'oppose radicalement à Moscou. Dans la suite de ces mêmes notes, Gogol se lance dans une évocation contrastée des deux capitales. Moscou, mal dégrossie, qui dort le matin et prépare des blinis, est opposée à Pétersbourg, ce "dandy" toujours pressé, levé à l'aube et qui ne tient pas en place :

Moscou ne prête pas attention à ses habitants et envoie des marchandises dans toute la Russie ; Pétersbourg vend des cravates et des gants à ses fonctionnaires. Moscou est une grande galerie marchande ; Pétersbourg un beau magasin tout éclairé. La Russie a besoin de Moscou ; Pétersbourg a besoin de la Russie. A Moscou, il est rare de rencontrer un bouton armorié sur un frac ; à Pétersbourg, il n'y a pas de frac sans bouton armorié. Pétersbourg aime se moquer de Moscou, de sa gaucherie et de son manque de goût ; Moscou pique Pétersbourg en disant d'elle qu'elle est une vendue et qu'elle ne sait pas parler russe. A Pétersbourg, sur la Perspective Nevski, sur le coup des deux heures, se promènent des gens qui semblent sortis des journaux de mode illustrés exposés dans les vitrines, même les petites vieilles ont la taille si fine que c'en est risible ; à Moscou, à la promenade, on trouvera toujours, même au

cœur d'une foule à la mode, quelque petite grand-mère
un foulard sur la tête et déjà privée de toute taille[1]

La ville qui se dessine sous la plume de Gogol est un
peu une belle étrangère (ou plutôt un bel étranger,
puisque Pétersbourg est masculin en russe, alors que
Moscou est un féminin, comme le souligne l'écrivain),
avec pour point central la Perspective Nevski, dont la
description ouvre le recueil : "Il n'y a rien de mieux que
la Perspective Nevski…" Ces premiers mots du célèbre
prologue inscrivent le tout dans une tradition précise,
remontant au siècle précédent, qui consiste à faire
l'éloge de la ville et, à travers cet éloge, à encenser l'action de son fondateur Pierre le Grand. Mais très vite,
tout chavire.

Cette tradition était bien vivante à l'époque : dans un
autre prologue, celui du *Cavalier d'airain* (1833), Pouchkine n'écrivait-il pas "Je t'aime, création de Pierre…" ?
Mais chez le poète, dont Gogol avait fait la connaissance
en 1831, tout chavire aussi. Si, dans le prologue, il dit
aimer le côté sévère et solennel de la ville, les palais et les
quais de granit, le "cours puissant de la Néva" et ces nuits
blanches, quand l'aube chasse le crépuscule, bref cette
jeunesse triomphante devant laquelle "a pâli la vieille
Moscou", en quoi son poème s'inscrit parfaitement dans
la tradition, Pouchkine, après ce prologue, raconte l'histoire du pauvre Evguéni, dont la fiancée a péri lors de la
plus terrible des inondations qu'a connues Pétersbourg,
en 1824. Le regard sur la ville dès lors se déplace : elle est
belle, mais elle a une redoutable capacité de destruction et
causera *in fine* la folie du héros. Evguéni a bien esquissé
un geste de révolte, un jour qu'il passait devant la statue de

1. *Notes pétersbourgeoises de 1836.* Nous traduisons.

384

Pierre le Grand... il a voulu se lever contre ce "maître de la destinée", autoritaire et indifférent aux malheurs des petites gens. Il a osé le menacer, mais il a dû fuir quand il a vu bouger le visage plein de colère du cavalier de métal, lequel se lance alors bruyamment à sa poursuite dans les rues de la capitale.

On ne se révolte pas impunément contre l'ordre de Pierre, et ça, les personnages de Gogol en feront la cruelle expérience. C'est le cas de Poprichtchine, le héros des "Carnets d'un fou", qui, en osant désirer la fille de son supérieur hiérarchique, transgresse la Table des rangs, ce système rigide de promotion administrative instauré par le fondateur de la ville. Or, dans cet ordre implacable, la transgression entraîne la punition immédiate : Poprichtchine, devenu fou parce que cet ordre l'a mis trop bas sur l'échelle sociale (alors que son nom est forgé sur la racine qui signifie "carrière"), sera rossé dans l'asile où on l'a enfermé. Les transgressions, chez Gogol, sont toujours sévèrement punies, d'autant plus que le désir lui-même est déjà transgression : Akaki Akakiévitch a-t-il osé désirer un nouveau manteau, en a-t-il rêvé comme on rêve d'une fiancée ("manteau", en russe, est féminin) ? La punition ne se fait pas attendre : c'est la ville qui produit les voyous qui lui volent sa nouvelle acquisition, c'est elle qui produit le "monsieur important", gardien de cet ordre de Pierre, et c'est encore elle qui lui envoie un mauvais refroidissement, dont il ne se relèvera pas... Et "Pétersbourg resta sans Akaki Akakiévitch, comme s'il n'y avait même jamais existé". La ville ne remarque pas les petits êtres de cette taille : elle est trop grande pour eux. Tout ce qui fait sa grandeur peut se retourner contre l'individu : il y a l'élégante géométrie architecturale, mais ces espaces peuvent devenir un lieu propice pour une agression ("Le Manteau") ; il y a les beaux palais,

385

mais il y a aussi la "maison Zverkov", cette célèbre maison de rapport, où Gogol lui-même a vécu quelque temps, symbole de l'entassement humain de la capitale ("Les Carnets d'un fou") ; il y a les avenues rectilignes et somptueuses du centre, mais il y a aussi Kolomna, ce quartier périphérique où traîne la faune des marginaux rejetés loin de ce centre brillant, où vit le possesseur du tableau diabolique ("Le Portrait") et où disparaîtra pour toujours le fantôme d'Akaki Akakiévitch ("Le Manteau"). On le voit, la ville représentée par Gogol n'est guère que l'espace d'une aliénation tragique pour les personnages au teint "hémorroïdal" qui l'habitent, et aucun n'y échappe.

Certes, "il n'y a rien de mieux que la Perspective Nevski". Mais on comprend rapidement que cette beauté n'est qu'un leurre. Ça brille, mais tout est faux : c'est la lumière du réverbère qui déforme la réalité, dans cette ville-décor qui devient un piège. "Il n'y a rien de mieux...", lit-on dans le prologue, mais "tout est mensonge, tout est chimère, rien n'est ce qu'il paraît", lit-on, comme en réponse, dans l'épilogue :

> Mais même en dehors des réverbères, tout respire le mensonge. Elle ment à chaque seconde, cette Perspective Nevski, et surtout quand la nuit, d'une masse épaisse, la couvre de son poids en séparant les murs blancs ou jaune paille des immeubles, quand toute la ville n'est plus que lumières et fracas, quand des myriades de carrosses déboulent depuis les ponts, quand les postillons s'époumonent et sautent sur leurs chevaux et quand le démon lui-même allume les lampes juste pour vous montrer le monde comme il n'est pas.

Pas étonnant, dans ces conditions, que les deux personnages se trompent complètement sur ce qu'ils voient : Piskariov, un peintre pourtant, *ne voit pas* que la beauté biblique rencontrée sur la Perspective Nevski n'est en fait qu'une prostituée ; le lieutenant Pirogov *ne voit pas* que l'Allemande qu'il poursuit de ses assiduités n'est pas une femme légère prête à tromper son mari à la vue d'un uniforme. Les deux ont été mystifiés parce que tout est mensonge.

BROUILLARDS URBAINS, BROUILLAGES NARRATIFS ET PARODIE

Dans ce formidable trompe-l'œil, le brouillard pétersbourgeois joue un rôle important, et une lecture attentive montre que celui-ci envahit peu à peu la narration elle-même : à la fin de la première partie du "Nez", la suite des aventures du barbier Ivan Iakovlévitch, hélé par un exempt de police pour avoir jeté discrètement dans la Néva le fameux nez trouvé le matin dans un petit pain, "se perd dans un brouillard si épais que personne n'a jamais pu le percer". Le même brouillard emporte également la fin de la deuxième partie. Ce brouillard climatique devient par conséquent la métaphore d'un formidable brouillage narratif, et il rend possibles les épisodes les plus invraisemblables. De ça aussi, "la capitale nordique de notre vaste empire" est responsable, et peut-être bien qu'il est inconcevable "qu'il y [ait] des auteurs pour prendre des sujets pareils", comme dit dans l'épilogue du récit, mais "des aventures de ce genre, en ce monde, – c'est rare, mais ça arrive". En tout cas à Pétersbourg.

La ville occupe donc une place centrale dans ces nouvelles, mais c'est une ville disloquée en une quantité de petits morceaux que les personnages qui y vivent peinent à rassembler et à réunir dans une totalité harmonieuse. Avec "La Perspective Nevski", Gogol s'est placé délibérément dans le cadre de la tradition, mais il en secoue tous les présupposés, conférant à l'ensemble une valeur parodique qui, d'ailleurs, ne s'arrête pas là.

En effet, ce brouillard qui émiette la vision de la réalité et ce brouillage narratif qui émiette la vraisemblance attendue dans un récit se conjuguent pour enterrer toute une tradition romantique dans laquelle baigne Gogol à l'époque où il écrit. Soit, encore une fois, "La Perspective Nevski" : un critique un peu borné, ne sachant pas qu'il a affaire à l'un des plus grands génies de la littérature russe, ne trouverait-il pas la nouvelle un peu bancale, avec son immense prologue, puis ses deux histoires d'inégale longueur et très différentes stylistiquement ? N'y verrait-il pas une sorte d'hybride, dont les parties semblent exister indépendamment les unes des autres ? D'où la nécessité de chercher ce qui les relie ailleurs, et on trouvera ce lien, entre autres, dans la dimension parodique de l'œuvre : l'histoire du peintre Piskariov se construit autour des poncifs propres au fantastique romantique, avec la grande place réservée au rêve, l'amour du héros pour une belle inconnue qu'il essaie de sauver de la chute, les prises d'opium et la mort tragique du peintre dans la grande ville, moderne donc hostile. Mais ce récit romantique est ensuite "dégradé" par celui des mésaventures du lieutenant Pirogov, qui relève d'un autre genre, la farce, à la limite de la trivialité, et qui répond également aux stéréotypes du genre (scènes burlesques, soupirant rossé, etc.).

La parodie du récit romantico-fantastique est visible déjà dans le simple fait qu'après la fin tragique de Piskariov, nous sommes transportés dans le faubourg allemand de Pétersbourg. Or, qui dit romantisme, en Russie et à cette époque surtout, dit romantisme allemand. Et qui dit romantisme allemand dit Schiller, lecture obligatoire de toute une génération. Alors, on s'en doute, le nom de l'artisan allemand, Schiller, prend une signification nouvelle, d'autant plus que son compagnon s'appelle Hoffmann, autre écrivain dont l'ombre plane sur toutes *Les Nouvelles de Pétersbourg*. Gogol attire d'ailleurs l'attention du lecteur sur ce point, en martelant ces noms particulièrement signifiants :

> [Pirogov] venait de se voir face à Schiller – pas le Schiller qui a écrit *Guillaume Tell* et l'*Histoire de la guerre de trente ans*, mais le Schiller bien connu, maître ferblantier de la rue Méchtchanskaïa. Auprès de Schiller se tenait Hoffmann, – pas l'écrivain Hoffmann, mais l'excellent cordonnier de la rue Offitserskaïa, grand ami de Schiller. Schiller était soûl et, assis sur sa chaise, il tapait du pied et parlait avec fougue.

Avec "La Perspective Nevski", Gogol propose donc, en ouverture de son cycle, un texte dans lequel il se joue des genres dont il convoque les traits extérieurs. Il faudrait d'ailleurs ajouter à Schiller et Hoffmann les "Frénétiques" français (Jules Janin, par exemple), et les romans d'horreur à la mode à l'époque. Une fois de plus, dans ce jeu, une grande place revient à la ville, *topos* privilégié de la tradition romantique, avec ses zones d'ombre, ses coupe-gorge, etc. L'étude des manuscrits montre que les premiers jets de ce qui allait devenir "La Perspective Nevski" s'inscrivaient tout à fait dans cette tradition :

> Minuit avait sonné depuis longtemps. Seul un réverbère éclairait capricieusement la rue, jetait une lumière effrayante sur les maisons de pierre et laissait dans les

ténèbres celles de bois, qui, de grises, étaient devenues complètement noires.

Le réverbère mourait dans une des rues éloignées de l'île Vassilievski. Seules les maisons de pierres blanches se découpaient çà et là. Celles de bois se fondaient dans la masse épaisse des ténèbres qui s'étendaient sur elles. Que c'est effrayant, quand le trottoir de pierre s'interrompt pour laisser place au bois, quand le bois lui-même s'interrompt, quand tout respire minuit[1] […].

On croirait commencer la lecture d'un conte effrayant, avec les ténèbres de minuit, les ombres menaçantes, les rues désertes, et, plus loin dans le manuscrit, les inévitables miaulements des chats. Mais Gogol abandonne rapidement cette ligne, et s'il garde le réverbère dans la version finale, la fonction de celui-ci a radicalement changé : ce n'est plus une simple partie du décor urbain, comme dans la tradition, mais l'instrument dont le diable se sert pour déformer la réalité, la morceler, "montrer le monde comme il n'est pas" et perdre les héros ainsi trompés. Ce n'est plus le frisson de minuit qui intéresse Gogol, mais la nature de cette déformation visuelle, sur quoi il faudra s'arrêter. De la même manière, la proposition que fait Piskariov à "la femme perdue" dont il s'est épris de la sauver par le mariage et le travail doit être comprise comme une nouvelle attaque parodique contre les poncifs du romantisme social cette fois, auquel l'éloge de la prostitution que lui oppose la belle porte un coup fatal (puisque,

1. Ces fragments sont publiés dans le troisième tome des *Œuvres complètes* éditées par l'Académie des sciences de l'URSS en 1939. Nous traduisons.

selon ces poncifs, la "femme perdue" devrait ressusciter par l'amour).

L'écriture de Gogol est aussi un trompe-l'œil, à l'image de la ville, qui est bien ce centre disharmonieux où va se perdre l'artiste. Et dès la première nouvelle, le problème de la *vision* vient au centre des préoccupations de l'écrivain. En effet, le prologue de "La Perspective Nevski" doit également retenir notre attention pour la technique de description qui s'y développe. Gogol représente la réalité par morceaux, selon le procédé littéraire qu'on appelle la synecdoque (on donne une partie pour désigner le tout) : ce ne sont pas des êtres humains qui circulent sur l'artère principale de la ville, mais des moustaches, des favoris, des tailles ou des uniformes Ce procédé, vieux comme la littérature, n'est cependant pas dépourvu d'une signification nouvelle, car c'est bien le monde lui-même qui est en morceaux, et la représentation métonymique de la réalité n'en est que la conséquence. Dans "Le Nez", le procédé est poussé jusqu'à l'absurde : la partie se détache du tout et va se promener librement en ville sur cette même Perspective Nevski (bien sûr !) où tout est mensonge. L'approche psychanalytique a bien évidemment vu une castration dans cette perte de l'appendice nasal de Kovaliov. Il est vrai que la tradition iconographique assimile souvent le nez au sexe masculin, et qu'une telle lecture du "Nez" est pleine de saveur, surtout quand Kovaliov affirme que cet organe lui est indispensable pour se marier. Dans cette lecture, le fait que le Nez porte un grade supérieur à celui de son propriétaire (obsédé par son avancement) est particulièrement savoureux. Mais il y a là davantage qu'un petit cadeau aux freudiens : dans cette poétique du morcellement, si typique de l'écrivain, il faut surtout voir une synecdoque réalisée, et nous sommes en droit de lire "Le Nez" comme les aventures d'un procédé littéraire en liberté, tellement en liberté qu'il s'apprête même à fuir à Riga (loin de la ville, loin du texte !) au moment où il est opportunément arrêté par le même exempt de police que nous avions rencontré à la fin du premier chapitre, avant que tout ne se perde dans le brouillard pétersbourgeois, et à propos duquel on apprend (maintenant seulement !) qu'il est si myope qu'il n'arrive pas à situer un nez sur un visage !

Cette lecture nous oblige à lire les deux premières nouvelles du cycle comme une suite, et "Le Nez" comme un développement absurde de ce qui n'était qu'un procédé visuel dans la nouvelle précédente. On se souvient que le fameux Schiller de "La Perspective Nevski", pris de boisson, demande à son ami Hoffmann de lui couper le nez, sous prétexte que celui-ci lui revient trop cher en tabac à priser ("Hoffmann, lui, le tenait par le nez avec deux doigts et faisait tourner la lame de son tranchet de cordonnier juste à la surface de ce nez"). Il y a une belle symétrie dans le fait que Schiller veut se débarrasser de son nez, alors que Kovaliov veut récupérer le sien, et c'est comme si la description métonymique du prologue de "La Perspective Nevski" avait préparé le détachement grotesque du précieux organe, qui maintenant se pavane en uniforme, toujours sur la Perspective Nevski… mais dans la nouvelle suivante.

Et ce n'est pas tout. Cette réalité visuellement disloquée est présentée dès le début des aventures de Piskariov comme une tragédie pour le peintre qu'il est : "Il était peintre. N'est-ce pas que c'est un phénomène étrange ? Un peintre de Pétersbourg ! un peintre au pays des neiges, un peintre au pays des Finnois, où tout est humide, lisse, plat, pâle, gris, brumeux…" On ne peut pas être peintre à Pétersbourg, car on ne peut y trouver l'harmonie visuelle.

C'est ce qui perdra Piskariov, qui ne meurt finalement pas tant de son amour déçu que de son incapacité à *voir* de manière correcte ces lambeaux de réalité qui se diluent dans le brouillard et l'obscurité. C'est ce qui perdra aussi Tchartkov, le héros du "Portrait".

Y a-t-il un salut pour le peintre ' Oui, nous dit Gogol, mais il faudra attendre, et on le trouvera dans la nouvelle finale du cycle… à Rome, où les Madones sont des Madones, et non des prostituées.

LA RECHERCHE D'HARMONIE · "VOIR ROME…"

En plaçant "Rome" tout à la fin, Gogol a donné à son cycle une symétrie qui ne doit rien au hasard. En effet, la première et la dernière nouvelles ont toutes deux pour sujet une ville : Pétersbourg pour la première, Rome pour la seconde. Toutes deux présentent une structure déséquilibrée par les digressions lyriques et un scénario identique : la rencontre d'une femme d'une exceptionnelle beauté dans la ville en question, puis la recherche de cette beauté entraperçue. Mais avec "Rome", le retournement est complet. Dans "La Perspective Nevski" (où le thème de la rencontre est dédoublé par la variante grotesque des aventures de Pirogov), la femme se révèle être une prostituée (et l'autre l'épouse d'un artisan petit-bourgeois et vulgaire) ; dans "Rome", l'antique beauté d'Annunziata n'est pas démentie. La construction aussi est inverse : si "La Perspective Nevski" s'ouvre sur ce long prologue dans lequel est décrite la réalité éclatée en synecdoques de la ville qui va perdre les héros, nous trouvons symétriquement, à la fin de "Rome", comme en réponse à ce prologue, un tableau saisissant de l'harmonie de la Ville

393

éternelle baignée de lumière (par opposition au brouillard pétersbourgeois), qui clôt à la fois la nouvelle et le recueil .

> Le soleil descendait plus bas vers la terre ; son éclat sur toute la masse architecturale devenait plus pourpre et plus chaud ; la ville semblait encore plus vivante et plus proche ; les pins étaient encore plus noirs ; les montagnes plus bleues et plus phosphorescentes ; et l'air céleste encore plus solennel et plus beau d'être prêt à s'éteindre… Mon Dieu, quelle vue ! Le prince, saisi, oublia tout, lui-même, et la beauté d'Annunziata, et le destin mystérieux de son peuple, et tout ce qui existe au monde.

Ce finale n'apparaît donc pas tant comme les dernières lignes d'un fragment que comme l'épilogue du cycle tout entier, comme la réponse harmonieuse à la disharmonie exposée au début. Cela nous oblige d'ailleurs à nous interroger sur le caractère inachevé de "Rome". Vassili Gippius, dans sa monographie sur Gogol de 1924, relevait déjà que la nouvelle présentait un certain degré d'achèvement dans la mesure où "ce n'est pas la fable qui est importante", mais la stylistique des périodes lyriques, qui trouvent leur achèvement dans le tableau final de la capitale italienne. Le critique avait vu juste, d'autant plus que Gogol n'en était pas à son premier coup dans le domaine : dans l'introduction de la nouvelle ukrainienne *Ivan Fiodorovitch Chponka et sa tante*, le narrateur avertissait dès le début qu'il avait perdu les derniers feuillets du texte (sa femme les avait utilisés pour faire la cuisine) et que, vu sa mémoire défaillante, il était obligé de raconter son histoire sans la fin. Et, qui l'aurait cru (nous sommes au XIXe siècle, et non pas dans une poétique postmoderne du fragment) : la fin d'un chapitre annonçait une suite, mais cette suite n'existait effectivement pas, et le récit de la vie de Chponka s'interrompait abruptement. Ce texte soi-disant inachevé, Gogol l'a publié quand même, comme il a publié "Rome". Et dans cette nouvelle, comme dans l'autre, s'il n'y a pas de fin, c'est que celle-ci est superflue : d'ailleurs, dans ses premières esquisses, le texte avait pour titre *Annunziata*, et Gogol en parlait dans ses lettres comme d'un futur roman. Bien sûr, l'interruption brutale des recherches du prince peuvent surprendre, mais n'est-il pas dit en toutes lettres que le prince en oubliait "la beauté d'Annunziata" ? Le prince ne s'intéresse plus à la belle d'Alba, ni même à ses yeux dont la lumière, dans les premières lignes, viennent fendre l'obscurité, comme pour donner la réplique aux yeux diaboliques du "Portrait". Le peintre de "Rome" n'a plus besoin de beautés éphémères, car il a trouvé autre chose de bien plus grand. De toute façon, confier les recherches à Peppe n'aurait servi à rien : ce personnage est bien trop "pétersbourgeois", puisque, quand il arrive enfin, c'est un *nez* qu'on voit d'abord ("On vit alors paraître […] un nez énorme et sale…").

Il faut relire maintenant, à la lumière de ces éléments, l'ensemble des *Nouvelles de Pétersbourg* avec un regard nouveau. Nous avons vu que "La Perspective Nevski" se présentait comme la juxtaposition de deux histoires pratiquement indépendantes (les deux héros sont ensemble au début, puis ils se séparent et ne se recroisent jamais : Pirogov n'assiste même pas aux funérailles de son ami peintre). Nous avons vu également que toutes deux étaient en fait des stylisations de genres très codifiés dont la simple juxtaposition suffisait à détruire la signification générique (le burlesque de la seconde détruisant le romantisme de la première). Il est possible maintenant d'affirmer que cette double perspective se développe dans la suite du cycle. Ainsi, "Le Nez", placé en seconde position, apparaît comme la suite des aventures de Pirogov (même type de personnage ridicule et trivial) ; quant au "Portrait", il représente la suite de celles de Piskariov, puisque son héros, Tchartkov, est lui aussi peintre. Plus loin, "La Calèche" semble ressusciter Pirogov en province dans la figure de Tchertokoutski. Quant aux "Carnets d'un fou", on peut les voir comme l'aboutissement logique de l'effet que produit la ville décrite au début. Bien sûr, Poprichtchine n'est pas peintre. Il a néanmoins failli être musicien, comme le montrent les premières esquisses, dont le titre était "Les Carnets d'un musicien fou". (encore un personnage stéréotypé de la littérature romantique). Mais il était structurellement impossible d'avoir un artiste dans la deuxième partie du cycle : il *devait* être fonctionnaire, c'est l'ordre de Pierre le Grand qui l'exige. Et c'est au fond assez logique puisque la formule "peintre pétersbourgeois" est un oxymore. On ne peut pas être peintre à Pétersbourg. En revanche, on peut être fonctionnaire, puisque, pour copier des documents administratifs, il n'est pas nécessaire d'y voir clair, ce qui est le cas d'Akaki Akakiévitch : le changement se produit justement dans "Le Manteau", dont on comprend maintenant la place au centre du cycle, et se termine par la folie du même fonctionnaire, décrite dans "Les Carnets d'un fou" (Akaki Akakiévitch et Poprichtchine ont le même grade de "conseiller titulaire" sur la Table des rangs). La limite des dégâts qu'occasionne la ville sur l'individu est désormais palpable. Poprichtchine croit qu'il est en Espagne : mais ce Sud qu'il a fait sien n'est autre que l'asile où il subit des mauvais traitements. Il faudra une autre lumière méridionale pour trouver l'harmonie, et ce sera celle de Rome.

Les Nouvelles de Pétersbourg présentent donc bel et bien une structure en miroir aux confins de laquelle, pour échapper à la folie, il faut quitter la ville de Pierre le Grand. Même la petite "Calèche" trouve là une nouvelle justification : en effet, sa présence peut être expliquée par le fait que Pétersbourg, comme le veut le mythe, est elle aussi métonymique et représente l'empire russe inébranlable dans son ensemble, et l'empire russe, c'est aussi (hélas peut-être !) la province, cette province qui sert de terrain à Tchitchikov pour ses escroqueries dans *Les Ames mortes*, cette province, aussi, tétanisée par un faux *Revizor* venu, comme il se doit, de Pétersbourg, et dont la fonction, comme tout ce qui vient de "là-bas", relève de l'imposture. "La Calèche" a tout à fait sa place, par conséquent, dans ce qu'on peut quand même appeler *Les Nouvelles de Pétersbourg*, dans lesquelles le salut est représenté par... Rome !

UN SEUL TEXTE

De cette structure émerge peu à peu une véritable *histoire*. Celle-ci est bien sûr éclatée, comme la réalité décrite, mais elle existe. Et ce n'est pas seulement la structure générale du cycle qui appelle cette interprétation : cela se vérifie dans le détail du texte. Une lecture attentive montre en effet qu'un grand nombre de motifs passent d'un récit à l'autre, se développent, et contribuent ainsi à renforcer cette structure. Pirogov, par exemple, adore le théâtre, à part certains vaudevilles qu'il ne juge pas de son niveau, mais qui sont précisément ceux qu'adore Poprichtchine. Les chambres des deux peintres, Piskariov et Tchartkov, se ressemblent beaucoup dans leur désordre (encore une réalité en morceaux que l'artiste n'arrive pas à rassembler). Kovaliov doit refuser de priser dans la tabatière ornée par l'image d'une femme que l'employé du journal lui tend (pas de nez : pas de tabac, pas de femme !), et à cette tabatière répondent celle de Pétrovitch, le tailleur du "Manteau", ornée, celle-là, d'un général et celle, mentionnée en passant dans "La Calèche", dont un des deux personnages principaux est… un général (sans parler de la blague à tabac que le guéritier du "Manteau" sort de sa botte pour "rafraîchir ainsi son nez qu'il avait eu six fois gelé dans le service"). Aux moustaches rencontrées sur la Perspective Nevski répondent, dans cette même "Calèche", celles du soldat en charge de la jument, qui deviennent une partie presque aussi indépendante de leur propriétaire que le nez de Kovaliov, quand le cheval "frissonnant et craintif, […] remontant soudain la tête, faillit faire voler en l'air, en même temps que ses moustaches, le soldat qui s'était accroupi". Le quartier de Kolomna est décrit dans "Le Portrait", mais c'est là aussi que disparaît le fantôme d'Akaki Akakiévitch à la fin du "Manteau". C'est sur la Perspective Nevski, dont on sait déjà qu'elle est une menteuse, que déménage Tchartkov, dans "Le Portrait", quand il commence à mentir lui-même dans sa peinture. On voit çà et là des savates qui donneront leur nom de famille à Akaki Akakiévitch Savatkine[1] : dans la première partie du "Portrait", on rencontre des savates, un manteau et un nez. Le barber du "Nez" a un collègue dans "Les Carnets d'un fou". Nous avons trois personnages démoniaques à la nationalité incertaine, mais de type oriental : le Persan dans "La Perspective Nevski", qui, soit dit en passant, est prêt à échanger de l'opium contre un *portrait* que ferait de lui Piskariov ; l'usurier qui vend le tableau maudit

---

1. En russe *Bachmatchkine*, dérivé de *bachmak*, la savate.

dans "Le Portrait" ; et le tailleur Pétrovitch, dans "Le Manteau", qui ressemble à un "pacha turc".

On pourrait multiplier les exemples de ces motifs qui passent de nouvelle en nouvelle, le plus spectaculaire d'entre eux n'étant autre que le fameux nez. Tout commence, nous l'avons vu, quand Schiller demande à son ami Hoffmann de couper ce nez qui lui coûte trop cher en tabac et qui ne lui sert à rien (contrairement à Kovaliov, qui voit en lui un élément essentiel de son mariage). Nous avons vu également que ce n'était pas un hasard si, dans la nouvelle suivante, l'histoire racontée était celle d'un nez en liberté. Notons en passant que le nez de Kovaliov, avant de prendre son indépendance, était orné d'un petit bouton, qui lui aussi se promène librement de texte en texte après avoir disparu du nez de Kovaliov : dans la nouvelle suivante, "Le Portrait", on apprend que la jeune fille que peint Tchartkov a un petit bouton sur le front (que le peintre efface, bien entendu, puisque tout le monde ment), et ce petit bouton, on le retrouve dans le nom du héros des "Carnets d'un fou" (en effet, si le mot russe *poprichtché* veut dire "carrière", on y entend aussi *prychtch*, "le bouton"). Entre-temps, plusieurs nez sont apparus dans des expressions linguistiques : la mère de la fiancée potentielle de Kovaliov répond à la demande délirante de celui-ci de lui rendre son organe qu'elle n'a jamais voulu "lui moucher le nez" ; dans "La Calèche", il est dit de Tchertokoutski qu'il avait de don de "flairer du nez" la présence de régiments dans la région. Tous ces nez, que "ce puissant ennemi" qu'est "notre gel nordique" attaque si cruellement ("Le Manteau"), se promènent tout au long du cycle, et il est logique qu'ils tiennent une place importante dans l'avant-dernière nouvelle (ou plutôt la dernière, si l'on considère "Rome" comme l'épilogue de l'ensemble), "Les Carnets d'un fou". Poprichtchine, qui va se promener incognito (bien entendu !) sur la Perspective Nevski un de ces jours sans date de sa folie, mais qui, de plus, rêve de s'y promener avec une cape royale qu'il veut commander à un tailleur (c'est le scénario du "Manteau") et qu'il décide de couper dans son vieil uniforme (c'est ce que propose de faire Akaki Akakiévitch à Pétrovitch), Poprichtchine, donc, va sombrer dans le délire des nez détachés de leurs propriétaires que les aventures de Kovaliov avaient préparé. Et le motif peut se suivre tout au long de son journal : le 4 octobre, quand il voit, tétanisé, la fille de son directeur laisser tomber son mouchoir, il écrit : "Je me suis précipité à toutes jambes, j'ai glissé sur ce maudit parquet, et j'ai failli me décoller le nez…" ; le 12 novembre, quand il cherche la maison de la chienne qui entretient une correspondance avec la chienne de la fille du directeur, il est obligé d'aller à la rue Méchtchanskaïa (c'est là qu'habite le brave Schiller !), mais cela sent tellement le chou qu'il est obligé de "se boucher le nez". Un peu plus loin, la chienne-écrivain défend son bien contre Poprichtchine, qui veut lui voler ses lettres, et "la sale bête, elle a failli me prendre le nez entre ses dents". Une fois à Madrid, c'est-à-dire à l'asile, toutes ces expressions de la langue se concrétiseront dans son délire, quand il voudra sauver la lune, dont la fabrication par un tonnelier boiteux de Hambourg dégage une telle puanteur qu'"il faut se boucher le nez". Et il explique :

> Et de là vient aussi que la lune elle-même est une sphère si tendre que les gens ne peuvent absolument pas y vivre, et qu'il n'y a en ce moment que les nez qui y vivent. Et c'est pour cela que, nous-mêmes, nous ne voyons pas nos propres nez, du fait qu'ils se trouvent à l'intérieur de la lune. Et quand j'ai réalisé que la terre est une essence lourde et que, en s'asseyant, elle pouvait moudre en farine

ces nez qui sont les nôtres, j'ai été saisi d'une telle inquiétude que, remettant mes bas et mes savates, je me suis précipité dans la salle du conseil, pour donner ordre à la police
de ne pas laisser la terre s'asseoir sur la lune.

Dans ce contexte, il était logique qu'un ultime petit
nez, juste avant le transfert à Rome, apparût dans la dernière phrase "pétersbourgeoise" : "Dites, vous savez que,
le dey d'Alger, il a une bosse, juste en dessous du nez ?"
Voilà où nous a entraînés cette synecdoque initiale,
symbole du morcellement d'un réel qui conduit l'individu
à la folie. La boucle est bouclée. Dans sa tirade finale,
Poprichtchine, qui n'était jusque-là qu'un petit fonctionnaire un peu toqué, devient un personnage tragique : il ne
lui reste que la fuite à l'infini, loin du brouillard pétersbourgeois, vers sa Maman, vers la lumière, vers l'Italie :
"le brouillard gris-bleu s'étale sous mes pieds ; une corde
tinte dans le brouillard ; d'un côté, c'est la mer, de l'autre
– l'Italie"…

UN MANIFESTE ARTISTIQUE

Ces fils qui se tendent entre les nouvelles finissent par tis-
ser des réseaux de sens qui traversent tout le recueil.
Parmi les motifs contribuant ainsi à en consolider la
structure et à produire un sens global, il en est encore un
qui mérite une attention particulière. Il s'agit des allusions
aux disputes littéraires de l'époque, qui nous ramènent à la
figure, discrète mais centrale, de Pouchkine. Poprichtchine, on l'apprend dans son journal au 4 octobre, lit
L'Abeille du Nord, une feuille réactionnaire grand public
de l'époque, dans laquelle il suit les événements d'Espagne. Ce journal, on le trouve aussi entre les mains de

Pirogov : son titre n'est pas donné, mais on le devine derrière le nom de ses deux rédacteurs, Gretch et Boulgarine. Dans "Le Nez", l'employé de rédaction à qui Kovaliov demande de passer un avis de recherche lui propose, vu l'histoire rocambolesque dont il s'agit, de s'adresser à une "plume adroite" et d'imprimer le résultat dans *L'Abeille du Nord*. Or, ce journal était spécialisé dans les attaques contre Pouchkine (et contre Gogol également), et sa mention apparaît toujours à proximité du nom du poète. Il y a donc une belle ironie, quand le narrateur indélicat dit des gens médiocres du type Pirogov qu'"ils aiment parler de littérature, font l'éloge de Boulgarine, de Pouchkine et Gretch". Pauvre Pouchkine, qui se trouve là encadré par ses détracteurs. De manière tout aussi déplacée, on trouve le nom de Pouchkine sous la plume de Poprichtchine, qui attribue au poète des vers absolument nuls qui appartiennent en fait à un auteur démodé du XVIIIᵉ siècle.

Le nom de Pouchkine n'est bien sûr pas un hasard et, par le jeu des allusions, il nous entraîne vers une autre strate de sens, qui montre à qui veut bien le voir que *Les Nouvelles de Pétersbourg* sont un véritable manifeste littéraire et artistique. L'auteur du *Cavalier d'airain* est présent, une fois de plus de manière très symétrique, à la fin de la première partie du "Portrait" et à la fin de la seconde. Quand Tchartkov, dans sa folie, se met à détruire tous les tableaux qu'il achète dans ce seul but, "on pouvait croire que s'était incarné en lui cet effrayant démon que Pouchkine a représenté idéalement". Et que fait ce "démon" qui donne son titre au poème de Pouchkine ? Il apprend au jeune poète romantique que la beauté n'est qu'un rêve (on reconnaît là la cruelle expérience de Piskariov). Puis, à la fin de la seconde partie, Pouchkine apparaît de nouveau, cette fois sous la forme d'une citation dissimulée, quand est décrite la toile représentant la naissance du Christ réalisée par l'auteur du portrait diabolique après une ascèse purificatrice. Dans ce passage est évoquée la "profonde raison dans les yeux du Divin enfant" sur lequel se penche la Vierge : l'expression est tirée du poème de Pouchkine "Madone" (1830), qui évoque la célèbre Madone du Pérugin.

Dans cette ligne, qui va du démon (celui qui allumait les réverbères dans "La Perspective Nevski") à la Madone, on voit donc se dessiner peu à peu un discours sur l'art dont la subtile élaboration va très loin. En effet, il y a trois portraits de Madone dans notre cycle : la Madonna dei Bianchi à Pieve, à qui est comparée la prostituée dont s'entiche Piskariov ; la Madonna du peintre religieux qui s'est affranchi par l'ascèse de l'aspect diabolique que l'art peut contenir et qu'il avait révélé, grâce à son génie, dans le portrait maléfique ; et, enfin, Annunziata, Madone terrestre, porteuse de cette beauté antique, mais *qu'il n'y aura plus besoin de représenter.* Cela fait d'elle la réponse absolue à la Psyché ridicule de Tchartkov, lequel a cédé au mensonge de la représentation flatteuse en peignant le portrait d'une godiche boutonneuse de la capitale. Ce n'est qu'à Rome que sera vaincu ce mensonge généré par la ville dès la première nouvelle du cycle. L'apparition de la Ville éternelle n'arrive d'ailleurs pas sans avoir été préparée, puisque c'est là qu'a été réalisé le tableau qui dessille les yeux de Tchartkov.

Alors, finalement, qu'a voulu dire Gogol ? On le voit, au-delà des aventures racontées, qui sont souvent très minces, ou alors invraisemblables, et au-delà de la virtuosité stylistique qui relègue ces aventures au second plan, nous trouvons dans ces nouvelles un véritable manifeste sur l'art, manifeste valable aussi bien pour la peinture que pour la littérature, et dont les fondements sont à trouver dans l'art religieux. D'où la place qu'occupent dans "Le

Portrait" les grands maîtres de la Renaissance, Raphaël en tête : ceux-là ont su *voir*.

Car on en revient toujours au problème de la *vision*. A relire ces nouvelles, on ne peut qu'être frappé par l'omniprésence de ce motif. Tout le monde voit mal, et ce n'est pas que le brouillard craché par le marais pétersbourgeois qui en est la cause. Piskariov, qui n'a pas su voir que la prostituée n'était pas une Madone, aura en plus de sérieux troubles de la vision après ses prises d'opium ; Pétrovitch, le fameux tailleur, est borgne ; Akaki Akakiévitch a une très mauvaise vue à force de copier ; l'exempt de police qui attrape le nez en vadrouille est ultra-myope… Tout ça est l'œuvre du diable, ce démon évoqué par Pouchkine, qui fait "voir les choses comme elles ne sont pas". La question qui est posée est donc bien celle de la représentation de la réalité et, *a posteriori*, de la *vérité* en art. Dans la représentation qu'il fait de ce monde en miettes, Gogol montre en fait l'impuissance de l'art réaliste, accumulation d'éléments disparates que rien ne relie : dans ce contexte, des yeux isolés, comme ceux du "Portrait", peuvent devenir diaboliques. Pour dépasser cet émiettement, Gogol quitte Saint-Pétersbourg, dans ses nouvelles comme dans sa vie d'ailleurs (depuis 1836, il vit à l'étranger). Et c'est à Rome, lieu d'exil volontaire de son ami peintre Alexandre Ivanov, qui travaillait à l'époque sur sa célèbre "Apparition du Christ au peuple", à Rome, dont il disait dans une lettre que c'était la "patrie de son âme", que Gogol va chercher l'essence d'un art de type religieux où le Christ-enfant a, lui, "une profonde raison dans les yeux".

Kundera a dit que "les grands romans sont toujours un peu plus intelligents que leurs auteurs". Il y aurait une "sagesse du roman", une "sagesse suprapersonnelle", que souffle aux romanciers une "autre voix". C'est à n'en pas douter cette voix qu'entendait Gogol quand il décidait de la composition du troisième volume de ses œuvres. Est-ce à dire que *Les Nouvelles de Pétersbourg* sont les chapitres d'un seul roman ? Ou d'un seul "poème", selon la définition que donne l'écrivain lui-même des *Ames mortes* (terminées en même temps que "Le Manteau", lui-même écrit sur le même papier que "Rome" et... à Rome) ? C'est fort possible. En tout cas, il y a une "intelligence" dans la structure de ce recueil, une "voix" que le bon lecteur devrait entendre.

Dostoïevski, un des meilleurs lecteurs de son illustre prédécesseur, aurait dit : "Nous sommes tous sortis du «Manteau» de Gogol", ce "Manteau" qui, on l'a vu, occupe la place centrale dans cette structure spéculaire. Assurément, Dostoïevski avait entendu cette voix. Le fait est d'autant plus remarquable que les sociologues de la critique, et surtout le premier d'entre eux, Vissarion Biélinski, dont l'autorité était faiblement contestée, avaient réduit l'œuvre de l'écrivain à un acte d'accusation contre le régime. En bon "réaliste", Gogol montrait, selon Biélinski, les aspects les plus rebutants de l'autocratie. *Les Ames mortes* seront ainsi saluées par le maître de la critique de cette époque comme un réquisitoire contre le servage, une idée reprise mécaniquement par la critique dite "radicale" au XIXᵉ siècle, puis, plus tard, par la critique soviétique. Dans la même veine, on dira du "Manteau" qu'il est dirigé contre la formidable machine administrative de Nicolas Iᵉʳ, cette machine qui écrase implacablement

405

les "petites gens". Que n'a-t-on pu lire sur la célèbre phrase qu'oppose Akaki Akakiévitch aux moqueries de ses collègues : "Laissez-moi, pourquoi est-ce que vous me blessez ?" Cette phrase, prononcée "sur un ton qui vous poussait tellement à la compassion" qu'un fonctionnaire débutant y avait entendu "Je suis ton frère !", c'était bien sûr un cri de protestation, l'expression de cet "humanitarisme" *(goumannost)* que Biélinski appelait de ses vœux dans la littérature et qu'il avait cru percevoir chez Gogol. Quelle déconvenue pour lui quand, en 1847, à la place de la deuxième partie des *Ames mortes* que tout le monde attendait, Gogol publie ce qu'il croyait être son grand ouvrage d'édification, les *Passages choisis de ma correspondance avec mes amis.* Offusqué, le critique ne verra dans cet ensemble lettres que le salmigondis d'un "curé de campagne", défenseur de l'ordre patriarcal voulu par Dieu et l'autocrate. C'était une trahison, et Bélinski, dans une lettre qui circulera activement dans les milieux politiques et littéraires, demandera à Gogol de se réjouir avec lui "de l'insuccès de son livre", ce "lourd péché" qu'il ne pourrait racheter que par une nouvelle œuvre qui rappellerait celles d'avant.

Bélinski entendait très bien la voix des changements nécessaires à la Russie, mais il était imperméable à "la sagesse du roman". Cette fermeture l'a amené à dire parfois des choses aberrantes. Il reprochait, par exemple, au "Portrait" sa tendance fantastique : la bonne idée qui consistait à "représenter en Tchartkov un peintre talentueux ayant ruiné son talent, et par conséquent lui-même, par la cupidité et l'attrait d'une mesquine notoriété" était gâchée, selon lui, par un manque de simplicité qui diluait la nouvelle dans des "amusements fantastiques". S'il avait basé son récit sur "la vie quotidienne", "alors Gogol, avec le talent qui est le sien, aurait créé quelque chose de

grand. Il aurait fallu ne pas mêler à ça l'effrayant portrait… il n'aurait fallu ni l'usurier, ni la vente aux
enchères, ni de nombreuses choses que le poète jugeait si
nécessaires, précisément parce qu'avec cela, celui-ci
s'éloignait du regard qu'il faut poser aujourd'hui sur la
vie et l'art". Imaginons un peu : il aurait fallu écrire "Le
Portrait" sans fantastique, sans usurier et, surtout, sans
portrait ! L'indigence d'un tel raisonnement impressionne
quand on pense aux implications esthétiques qui émanent
de cet ensemble de nouvelles.

Bélinski n'avait pas compris la dimension religieuse
de l'œuvre de Gogol, tout comme il n'en avait pas compris la dimension parodique et, par conséquent, tout ce
qui faisait la modernité de son écriture. Cette lecture poli-
tisée de Gogol a été tenace. Il faudra attendre le début du
XXᵉ siècle pour qu'on relise cette œuvre et pour qu'on
l'aborde enfin d'un point de vue artistique. Le formaliste
Boris Eichenbaum, pour ne citer que lui, a proposé une
nouvelle méthode d'approche dans son célèbre article,
dont le titre annonce le programme : "Comment est fait
«Le Manteau» de Gogol" (1924). Il s'agissait de cesser
d'affirmer que le contenu de la nouvelle se trouvait dans le
cri de désespoir d'Akaki Akakiévitch ("Pourquoi est-ce
que vous me blessez ?") et de proposer une lecture qui
s'attachait à démontrer la véritable *facture* de la nouvelle
en fonction de ses caractéristiques stylistiques, et, au-delà,
sa véritable signification. Eichenbaum a ainsi montré
que "Le Manteau" était construit sur deux "couches
compositionnelles" : l'une comique, faite de mimiques
articulatoires (comme l'inoubliable généalogie du héros),
l'autre déclamative et pathétique, comme la célèbre
phrase sur laquelle l'approche sociologique avait focalisé
son attention ("Je suis ton frère"). En isolant la première
de ces couches, on réduisait "Le Manteau" à un récit

comique ; en isolant la seconde, on tombait dans le piège du soi-disant "humanitarisme" gogolien. Et dans les deux cas, le finale fantastique de la nouvelle (la réapparition du fantôme vengeur d'Akaki Akakiévitch) demeurait totalement inexplicable. Or, ces deux couches ne produisent la signification du texte que si on les considère ensemble, dans leur alternance et dans leur valeur contrastive : chacune d'elles modifie profondément la signification qu'aurait eue la nouvelle si l'autre avait existé seule (tout comme l'aventure burlesque de Pirogov modifie la dimension pathétique de celle de Piskariov racontée juste avant). Et que cela ait été le but de Gogol est indéniable quand on sait, par l'étude des manuscrits, que la "déclamation pathétique" a été ajoutée à la première couche comique dans un deuxième temps seulement. D'où cet "effet grotesque" qui fonde l'écriture de Gogol, et dans lequel, dit Eichenbaum "la grimace du rire alterne avec celle de la souffrance".

Le même type d'analyse est valable pour l'ensemble du cycle. C'est en effet dans un deuxième temps seulement, quand il préparait son recueil pour l'édition de 1842, que Gogol a construit un texte unique, qui produisait en tant que tel un sens plus large, jusque-là sous-jacent, qui lui-même appelait, *a posteriori*, une nouvelle lecture de chacune des nouvelles. Cette nouvelle lecture confirme, si besoin était, la modernité de l'écriture de Gogol : renversements parodiques des conventions de genres ; structure signifiante ; inachèvement narratif ; mise à nu des procédés utilisés ; discours narratif stylisé ; boursouflure de la description ; autocommentaires ; etc. Ce sont là autant de procédés que le XXe siècle mettra au centre de son esthétique. Mais surtout, cette nouvelle lecture rend douloureusement perceptible l'éclatement de la réalité qui fait du personnage gogolien un prédécesseur de "l'homme

408

absurde" du XXe siècle, seul dans un monde en miettes ; elle souligne également l'aspect religieux de cet appel (désespéré) à une transcendance de l'art. Cela aussi est très moderne.

Car Gogol n'était pas un militant. Il n'était pas non plus un "curé de campagne". Ni un amuseur. Il était un écrivain, c'est-à-dire celui qui met un Total de sens dans ses écrits et qui, lorsqu'il n'y arrive pas, jette le tout au fourneau. C'est ce que fera Gogol avec la deuxième partie des *Ames mortes*. Avant d'en mourir bientôt.

JEAN-PHILIPPE JACCARD

TABLE

BABEL

COÉDITION ACTES SUD – LEMÉAC

Ouvrage réalisé
par l'Atelier graphique Actes Sud.

Cet ouvrage a été imprimé en France
par CPI Bussière
à Saint-Amand-Montrond (Cher)
en mars 2010
pour le compte
d'ACTES SUD
Le Méjan
Place Nina-Berberova
13200 Arles.

Dépôt légal
1re édition : février 2007
N° impr. 101050/1